BASTEI
LÜBBE

Von Susanna Kubelka erschien bei BASTEI-LÜBBE:

16136 Madame kommt heute später

FRAUEN

Susanna Kubelka

Burg vorhanden – Prinz gesucht!

BASTEI LÜBBE

BASTEI-LÜBBE-TASCHENBUCH
Band 16146

1. Auflage April 1996
2. Auflage Sept. 1996

Printed in Germany
Einbandgestaltung: Manfred Peters
Titelillustration: HENES MEIER
Satz, Druck und Bindung: Ebner Ulm
ISBN 3-404-16146-7

Der Preis dieses Bandes versteht sich einschließlich
der gesetzlichen Mehrwertsteuer

Für Onkel Udo

1

Die Uhr auf dem großen, eckigen Turm schlägt Mitternacht. Zwölf kurze Töne, viel zu zart für das alte Gemäuer. Das Schlagwerk war nach dem Krieg nie wieder das, was es einmal gewesen war. Es müßte eigentlich repariert werden.

Die Uhr mit dem mächtigen, schwarzen Zifferblatt klingt nicht nur seltsam, sie geht auch falsch. Es ist nicht zwölf, sondern elf, eine Stunde vor Mitternacht. Aber das ist Absicht, denn Graf Eduard Silvester will es so. Er ist Herr auf Kronegg, und sein Wort ist Befehl. Ihm gehören das Zifferblatt, das Schlagwerk, der eckige Turm, der runde Turm und die prachtvolle alte Ritterburg, die dazugehört. Es beruhigt seine gräflichen Nerven, wenn die Uhr eine Stunde vorgeht.

»Also, was sagst du, mein Kind?« fragte er mich stolz am ersten Abend. »Ich habe die Uhr fünf Jahre nicht nachgestellt, und das ist das Resultat. Eine raffinierte Sache. Zuerst erschrickt man, wie schnell die Zeit vergeht, im nächsten Moment aber kommt die Überraschung: Sechzig Minuten gewonnen! Stündlich eine Freude! Eine fabelhaft wirksame Glückstherapie!«

Graf Eduard Silvester tut immer, was er will, doch man gewöhnt sich daran. Burg Kronegg ist eine Welt für sich, und daß die Uhr hier anders schlägt, gehört dazu. Nichts, was draußen geschieht, kann einen hier erschüttern. Zwischen uns und den andern liegt ein Mauerring, der stellenweise bis zu elf Meter dick ist. Davor ist ein tiefer Graben, in den das letzte Mal während der zweiten Türkenbelagerung Wasser geleitet wurde. Aber das ist schon lange her und war vergebliche Mühe. Die Türkenheere haben die Burg einfach umgangen. Nur aus diesem Grunde können wir von uns behaupten, nie eingenommen worden zu sein.

»Glück«, sagt der Burgherr, »Glück, mein Kind. Über uns schwebt ein gütiges Schicksal.«

Wie gesagt, die Uhr schlug zwölf, obwohl es erst elf war. Wir saßen hoch oben auf dem steinernen Wehrgang: der Graf, Lotte, die Köchin, und ich. Wir hatten auf einer hölzernen Bank Platz genommen, die den ganzen Sommer hier oben stand, aber genausogut hätten wir uns auf die Steinmauer setzen können. Sie war immer noch warm von der Sonne, die den ganzen Tag aufs schönste geschienen hatte. Unter uns in der Dunkelheit lag das Tal. Wir aber blickten nach oben, denn wir waren beschäftigt. Gemäß eines ungeschriebenen Gesetzes, das auf Kronegg strengstens befolgt wurde, bewunderten wir in schönen Sommernächten die Sterne.

»Lotte«, fragte der Graf soeben, »haben Sie schon eine Sternschnuppe gesehen?«

Die Köchin schüttelte den Kopf.

»Und du?« fragte er dann in meine Richtung.

»Auch noch keine.«

»Was nicht ist, kann noch werden«, meinte Graf Eduard und setzte seine Schulmeistermiene auf. »Aber jetzt werden wir sehen, ob du gestern aufgepaßt hast, Annette. Beantworte mir bitte folgendes: In welchen Sommernächten fallen die meisten Sternschnuppen?«

»Um den zehnten August herum.«

»Und wie heißen sie?«

»Perseiden, mit der Betonung auf dem I.«

»Und woher kommen sie?«

»Aus dem Sternbild des Perseus.«

»Wunderbar. Und wie heißt der Abendstern?«

»Venus.« Das war leicht.

»Bravo!« rief der Graf und stand auf. »Du bist eine gute Schülerin. Antreten zum Abendkuß! Aber morgen, mein Kind, morgen werden die Fragen schwieriger. Du weißt, was ich meine.«

Er warf mir einen vielsagenden Blick zu, der mir Schauer über den Rücken jagte. Dann beugte er sich zu mir herunter und gab mir einen flüchtigen Kuß auf die Wange.

Der abendliche Sternkundeunterricht war beendet. Es war elf Uhr, und man zog sich zurück.

Das heißt, die anderen gingen. Ich blieb noch sitzen. Erstens hatte ich noch keine Sternschnuppe gesehen, zweitens fehlte mir die nötige Ruhe, um ins Bett zu gehen. Die Nacht war warm, und die Grillen zirpten. Ich beobachtete, wie die beiden Eulen aus dem runden Turm lautlos in die Finsternis glitten, um sich auf die Jagd nach ihrem Abendbrot zu machen. Die Eulen wohnten im runden Turm und die Fledermäuse im eckigen. So kamen sie einander nicht in die Quere.

Auf Kronegg ging zwar die Turmuhr falsch, dafür aber war sonst alles in bester Ordnung. Die Eulen und die Fledermäuse, die Turmfalken und die Nachtigallen, ja selbst die gräflichen Regenwürmer hatten ihren angestammten, sicheren Platz. Sie brauchten sich um ihr Leben keine Sorgen zu machen.

Nur *mein* Leben war ein völliges Chaos, und fast hätte ich zu weinen begonnen. Zu viel war in letzter Zeit über mich hereingebrochen, und jetzt wußte ich nicht mehr, wie es mit mir weitergehen sollte. Schuld an dem ganzen Unglück war natürlich ein Mann, einer, den ich noch dazu um ein Haar geheiratet hätte. Aber Gott sei Dank war es nicht zum Äußersten gekommen!

Ich lehnte mich zurück und blickte in den strahlenden Sternenhimmel. Was für eine wunderbare Nacht! Viel zu schön, um zu weinen. Außerdem hätte alles noch viel schlimmer sein können. Auf der ganzen Welt gibt es vielleicht zweihundertfünfzig Burgen, die der Rede wert sind, und daß eine der schönsten ausgerechnet meinem Onkel gehörte, war reine Glückssache.

Graf Eduard Silvester war der Bruder meiner Mutter. Als ich ihm von meiner Misere geschrieben hatte, hatte er mir prompt ein Telegramm nach London geschickt:

KRONEGG STEHT DIR OFFEN. DEINE ZIMMER SIND BEREIT. BETT IST ÜBERZOGEN. HÜHNCHEN BEKOMMT SPRECHUNTERRICHT. ZUR BEGRÜSSUNG WIRD ER »ANNETTE« SAGEN KÖNNEN.

Das Telegramm war meine Rettung gewesen. Wenn es nicht gekommen wäre, wer weiß, was sich noch alles abgespielt hätte.

Nun, Hühnchen hatte nicht »Annette« gesagt. Der weiße Kakadu, der eigentlich Bonnie hieß, war Onkel Eduards Lieblingstier und hatte überhaupt noch nie ein Wort gesprochen. Als er mich vor zwei Tagen zum erstenmal erblickte, stellte er seinen orangenen Schopf auf, krächzte entsetzt und rettete sich nach oben auf die Vorhangstange. Von dort warf er mir beleidigte Blicke zu.

»Was ist denn das für ein Benehmen?« donnerte der Graf. »Wirst du sofort herunterkommen und Annette begrüßen? Was soll denn das? Herunter mit dir, aber schnell!« Doch Hühnchen dachte nicht daran. Er fühlte sich dort oben sicher, und als der Graf weiterschimpfte, erledigte er die Angelegenheit auf seine Weise. Er machte seine schwarzen Knopfaugen zu und war jetzt nicht mehr da. Sollten die da unten tun, was sie wollten.

Ach, Kronegg! Wie viele glückliche Tage hatte ich in meiner Kindheit hier verbracht. Und wie viele Jahre hatte ich Heimweh gehabt nach dieser schönen, alten Ritterburg und nach dem herrlichen Blick vom Wehrgang weit über das Tal bis hinüber zur ungarischen Grenze. Ich legte meine Hand auf den warmen Stein, und eine Welle der Erleichterung kam über mich. Was immer ich auch angestellt hatte, ich fühlte mich geborgen hinter diesen wuchtigen Mauern, die für die

Ewigkeit gebaut worden waren. Jahrhundertelang hatten sie die Vorfahren meiner Mutter beschützt und die Dorfbewohner, die bei feindlichen Angriffen hier Zuflucht gefunden hatten. Von außen schien die Burg eher trutzig, wenn nicht gar furchterregend. Aber kaum überquerte man die Zugbrücke, kaum passierte man das äußere Tor und das innere, kaum stand man im sonnigen großen Burghof mit den Kastanien in der Mitte, dem eckigen Turm rechts und dem runden links, so fühlte man alle Ängste schwinden. Man begann, freier zu atmen, die Rosen dufteten, und die Turmfalken schienen ihre Kreise schnurstracks in den Himmel zu ziehen. Plötzlich wußte man, daß einem hier nichts Böses widerfahren konnte.

Fünf Jahre war ich in England gewesen, und ich schämte mich für das, was ich dort angerichtet hatte. Trotzdem verlief der Empfang vor zwei Tagen auf dem winzigen Bahnhof im kleinen Ort Kronau herzlich und so, als kehrte ich nur von einem kleinen Ausflug ins Nachbardorf zurück. Der alte Daimler stand da, daneben Hans, unser Mann für alles, der seit zwanzig Jahren auf der Burg diente und außerdem gelernter Tischler war. Hans half beim Gepäck, Onkel Eduard küßte mich verschämt auf beide Wangen, und dann fuhren wir durch die heimatlichen Wälder, nach denen ich mich in England so gesehnt hatte.

»Du bist eine Dame geworden, das sieht man auf den ersten Blick«, meinte der Graf, während ich glücklich meine Finger über die vertrauten Schweinsledersitze gleiten ließ. »Hans, finden Sie nicht auch, daß da eine Frau von Welt zu uns zurückgekehrt ist? Laß dich ansehen, mein Kind! Genau, wie ich vermutet habe. Die Ähnlichkeit mit deiner Großtante Aimé ist stärker geworden. Nur weiter so! An Aimé kannst du dir ein Beispiel nehmen. Noch mit fünfundneunzig war sie der Mittelpunkt jeder Gesellschaft. Übrigens habe ich im letzten Winter ihr großes Bild restauriert und in deinen Salon gehängt. Aber dreh dich noch einmal zu mir, mein Kind. Blaß siehst du aus. Und mager.«

Das stimmte. In den fünf Jahren, die wir einander nicht gesehen hatten, war ich dünner geworden, der Graf aber dicker. Ich war endlich erwachsen geworden, er dagegen wirkte jetzt jünger. Überhaupt sah er blendend aus: gesund, frisch, sprühend vor Vitalität.

Aha, dachte ich, eine neue Haushälterin. Recht sollte ich behalten.

Onkel Eduard hatte nämlich das, was man in unserer Familie einen »Hang nach unten« nennt. Er verliebte sich grundsätzlich nur in weibliche Angestellte, und deshalb hatte er auch nie geheiratet. Die ebenbürtigen Damen, die ihn und seine Burg liebend gerne genommen hätten, waren ihm »zu aufmüpfig«. Die anderen wiederum fand er nicht gebildet genug, um sie der Familie einzuverleiben.

Aber es gab noch etwas, was seinen Heiratsdrang empfindlich dämpfte. Graf Eduard Silvester war nicht übermäßig von erotischem Verlangen geplagt. Sein Liebesleben beschränkte sich auf harmlose Flirts: ein heimlicher Kaffee in der Küche, Wortgeplänkel, eine Rose aus dem Burggarten, ein Klaps auf den Hintern. Graf Eduard in leidenschaftlicher Umarmung – irgendwie war das unvorstellbar. Offensichtlich auch für ihn selbst, denn sein Lieblingsspruch lautete:

»Geschlechtliche Liebe ist nichts für gescheite Leute, aus dem einfachen Grund, weil bei dieser Betätigung das gesamte Blut nach unten fließt. Gescheite Leute aber brauchen es im Hirn.«

So platonisch die Beziehung auch sein mochte – mein Onkel hatte eine neue Flamme, und sie schien ihm gutzutun.

»Wie heißt sie?« Ich fragte ihn unvermittelt und bemühte mich krampfhaft, ernst zu bleiben.

»Wen meinst du, mein Kind?« Er schien ehrlich erstaunt.

»Die neue Haushälterin. Gestehe! Du hast die geizige Anna entlassen.«

Der Graf begann schallend zu lachen.

»Bravo! Wie hast du das erraten?«

»Weil du so gut aussiehst. Erinnerst du dich? Als ich weggefahren bin, warst *du* derjenige, der zu mager war.«

»Stimmt. Das hätte ich fast vergessen. Die Anna war ja sagenhaft geizig. Aber ich habe sie nicht entlassen, sie ist von alleine gegangen. Weißt du, was passiert ist? Sie hat sich einen Mann geangelt. Eine gute Partie. Erinnerst du dich an den verwitweten Gastwirt vom ›Gekränkten Auerhahn‹? Sie hat ihn geheiratet, und ich war zur Hochzeit eingeladen. Vorher haben sie noch die Küche und die Gaststube renoviert. Von dem Geld, das sie sich bei *mir* zusammengespart hat! Soll ich dir ein Geheimnis verraten?« Er beugte sich zu mir und flüsterte: »Wenn sie nicht geheiratet hätte, wären wir sie nie losgeworden. Ich habe mich nämlich ziemlich vor ihr gefürchtet.« Wir sahen uns an und lachten hemmungslos. Wir hatten einander immer gern gehabt.

»Und wie heißt die Neue?« fragte ich, als ich wieder sprechen konnte.

»Lotte. Eine ausgezeichnete Kraft. Kocht hervorragend und hat auch sonst allerhand Qualitäten. Jeder mag sie, und das Mädchen gehorcht ihr aufs Wort. Wir sind alle verliebt in sie. Stimmt's, Hans?«

Hans antwortete nicht. Er fuhr gerade über einen holprigen Feldweg und bemühte sich nach bester Kraft, Schlaglöchern auszuweichen. Aber der Graf wollte ein Lob über seine Lotte hören und ließ nicht locker.

»Was halten Sie von unserer neuen Köchin, Hans?«

»Nette Frau«, sagte dieser gutmütig.

»Und der Teekuchen gestern nachmittag? Wie war der?«

»Sehr gut, Herr Graf. Schade, daß das Fräulein Annette nicht da war.«

»Das finde ich auch. Er hätte dir geschmeckt, mein Kind! Aber keine Angst, du wirst nicht zu kurz kommen.« Er nahm meine Hand, tätschelte sie flüchtig und legte sie wieder auf den Sitz zurück.

»So«, sagte er, als er sich von diesem ungeheuren Gefühlsaufwand erholt hatte – und er sagte es so leise, daß es Hans nicht hören konnte –, »jetzt bist du also wieder im Lande. Und alles ist genauso gekommen, wie ich es dir vorausgesagt habe. Stimmt's?«

Ich nickte.

»Der Kerl war ein Taugenichts.«

»Ja«, antwortete ich kaum hörbar.

»Aber du hast mir nicht geglaubt.«

»Nein.«

Der Graf schüttelte den Kopf. »Ich möchte bloß wissen, von wem du diesen Hang nach unten geerbt hast. Auf den ersten Blick habe ich gesehen, daß mit dem irgend etwas nicht stimmt. Was nützen die ganzen reichen Verwandten? Die *Kinderstube* hat ihm gefehlt. Wie hast du einen Mann ohne Kinderstube ernst nehmen können?«

»Ich war verliebt«, sagte ich dummerweise, »in seine grünen Augen.«

Dem Grafen verschlug es die Sprache.

»Wie bitte? Was hast du gesagt? Verliebt in seine grünen Augen?«

»Außerdem hat er ein paar gute Seiten gehabt.«

»Das glaube ich nicht.«

»Doch. Er war zum Beispiel ein recht guter Liebhaber.«

»Nicht so laut«, flüsterte der Graf entsetzt. »Das muß nicht jeder hören. Du hast dich also mit ihm *eingelassen*?«

»Onkel Eduard, ich habe fünf Jahre mit ihm gelebt.«

»Nacht für Nacht?«

Ich nickte.

Der Graf begann rot anzulaufen.

»Wie kann man nur einen Mann ohne Kinderstube in sein *Schlafzimmer* lassen?« kam es dann dröhnend, ohne Rücksicht darauf, ob Hans es hörte oder nicht. »Bei deiner Erziehung! Du kommst aus einer der besten Familien, und wir haben immer den Geist vor das Fleisch gestellt. Weißt du, was ich von dir erwartet habe? Einen heiligmäßigen Lebenswandel!«

Ich seufzte.

»Was gibt es da zu seufzen? Schau mich an! *Ich* bin keiner einzigen Versuchung erlegen, und ich bin sehr viel älter als du.«

»Ich bin wahrscheinlich anders, Onkel Eduard.«

»Unsinn.«

»Ich weiß nicht, ob ich jahrelang ohne einen Mann leben könnte.«

»Sollst du auch nicht. Nur so lange, bis ich einen für dich gefunden habe.«

»Aber du hast dir zuviel Zeit gelassen. Ich war schon einundzwanzig, und dir war immer noch keiner gut genug.«

»Dir auch nicht. Jeden, den ich vorgeschlagen habe, hast du abgelehnt.«

»Aber du hast mir doch nur einen *einzigen* Mann vorgestellt!«

»Na und? Einer genügt doch. Du kannst ja nicht *zwei* heiraten.«

Ich sagte nichts mehr. Über diesen Punkt hatten wir schon genug gestritten. Aber der Graf war nicht mehr zu bremsen. »Diese blödsinnige sexuelle Revolution hat allen das *Hirn* versengt«, tobte er, »Liebe, Liebe, Liebe – was hat das mit der Ehe zu tun? Haben dir die grünen Augen zu deinem Glück geleuchtet? In den Bankrott haben sie dich getrieben. Dabei sagt einem doch der Verstand, daß dieses Herumgebalge im Bett nicht gut sein *kann*. Merk dir ein für allemal: Das Leben ist leichter ohne diese Schweinereien. Der Kopf bleibt klar, das Auge scharf, man hat weniger Probleme und behält obendrein sein Geld. Nimm dir an mir ein Beispiel! Ich male, ich restauriere, ich sammle. Mein Ruf ist ausgezeichnet, und mein Besitz ist intakt. Und du? Was hast du! Du hast deinen Kopf verloren und, wie ich höre, einen Großteil des Vermögens, das dir Onkel Nestor vermacht hat.«

Ich schwieg.

»Wie hast du das nur angestellt, sag!«

Ich seufzte. »Das ist eine lange Geschichte«, sagte ich ausweichend und fragte mich, was wohl Daniel in dem Moment machte.

»Wir werden aber darüber reden müssen.«

»Natürlich. Wenn du willst, jetzt gleich.«

Der Graf war gerührt. »*So* eilig ist es auch wieder nicht.« Er tätschelte meine Wange. »Du bist ja erst zwei Minuten im Lande. Nein, nein. Das hat Zeit. Übermorgen werden wir das erledigen. Übermorgen beim Frühstück. Und weißt du, was du bis dahin tust? Du wirst dich ausschlafen und ordentlich essen. Versprichst du das?« Er gab mir schnell einen Kuß. »Entschuldige«, sagte er, »mein Temperament ist mit mir durchgegangen. Magst du mich noch?«

Die zwei Tage waren wie im Flug vergangen. Morgen war es soweit.

Ich saß noch immer auf dem Wehrgang und blickte in die Nacht hinaus. *Eine* Sternschnuppe hatte ich immerhin gesehen. Ein kleiner Trost.

Ich seufzte. Seit Jahren hatte ich diese Aussprache gefürchtet. Jetzt stand sie bevor. Natürlich könnte man die Dinge beschönigen und ein paar Ausreden erfinden. Aber im Endeffekt würde das auch nichts nützen, denn ich konnte mir nie merken, was ich erdichtet hatte. Vor ein paar Jahren hatte ich daher das Lügen aufgegeben und mich der Wahrheit verschrieben. Die vergaß ich nie.

So würde es auch morgen sein. Ich würde meine Schandtaten wortgetreu berichten – und den Rest dem lieben Gott überlassen.

2

Auf Burg Kronegg aufzuwachen war schon immer ein besonderes Vergnügen gewesen. Mein Schlafzimmer lag im Erdgeschoß, und die drei hohen Fenster gingen auf den großen Burghof mit den Kastanien hinaus. Die ersten Sonnenstrahlen des Tages warteten darauf, vom Laub grüngefiltert, in mein Bett zu leuchten. Aber ich bin kein Frühaufsteher, und deshalb ließ ich sie nur selten herein. Auch an diesem Morgen hatte ich die Vorhänge zugezogen, und ich lag sicher und geborgen, aber auch ein wenig ängstlich in meinem Himmelbett. Die Turmuhr schlug zehn, was bedeutete, daß es erst neun war. Als ich vor fünf Jahren von hier fortging, war das noch nicht so gewesen. Damals war die Uhr erst eine halbe Stunde vorgegangen.

Noch etwas hatte sich in meiner Abwesenheit geändert. Jahrelang hatte sich mein Onkel geweigert, auf Kronegg ein Telefon installieren zu lassen. Seit ich denken konnte, hatte er einen erbitterten Kampf mit der Technik geführt und alle neuen Errungenschaften verteufelt. Soweit ich mich zurückerinnern konnte, war die Burg vollkommen von der Welt abgeschnitten gewesen. Wer uns erreichen wollte, war auf Briefe, Eilsendungen und Telegramme angewiesen, was die armen Postboten in Kronau vor allem im Winter oft zur Verzweiflung getrieben hatte.

Jetzt war das anders. Hatte es früher überhaupt kein Telefon gegeben, so befand sich nun in jedem Schlafzimmer eines, auch in der Küche, der Tischlerei, der Bibliothek, dem großen Salon, dem Rittersaal und dem Arbeitszimmer des Grafen. Gleich neben meinem Bett stand ein grüner Apparat, und diesen benutzte ich jetzt, um in der Küche mein Frühstück zu bestellen.

Luxus, dachte ich, als ich den Hörer auflegte, reinster Luxus. Und das beste ist, daß ich nichts dafür bezahlen muß.

Zahlen, zahlen, zahlen – dieses Wort hatte ich in den letzten fünf Jahren in London bis zum Überdruß gehört. Immer gab es etwas zu bezahlen: Miete, Strom und ungeheure Telefonrechnungen. Leihwagen und Hotelzimmer. Flugtickets und teure Abendessen. Maßanzüge von Yves St.-Laurent und Manschettenknöpfe von Cartier. Goldene Feuerzeuge, Seidenhemden – und natürlich Schulden. Ich hatte mich ausnehmen lassen wie eine Weihnachtsgans, denn ich wollte den Mann, mit dem ich lebte, bei Laune halten. Er liebte den Luxus und brauchte ihn auch, um auf seine Kunden vertrauenerweckend zu wirken.

Daniel war Finanzberater. Er war es vor allem dann, wenn er kein Geld mehr hatte. Besaß er eigene Mittel, so spekulierte er an der Börse. Hatte er alles verloren, ließ er sich dazu herab, das Geld anderer »gewinnbringend« anzulegen. Zu diesem Zweck stand er in engster Verbindung mit gewissen Firmen, die gegen teure Gebühren idiotensichere Anlagen versprachen und sich für Experten an der Rohstoffbörse ausgaben.

Sie empfahlen alle möglichen Käufe: Kupfer, Zinn, Kohle, Tomaten; natürlich immer gleich tonnenweise. Mit Vorliebe rieten sie ihren Kunden, in Erdölbohrungen zu investieren, welche die Firma selbst in Auftrag gab. Das ging so lange gut, bis sich herausstellte, daß die angebliche Bohrinsel im Atlantik aus nur einem Mann bestand, der sich das ganze Jahr über auf den Jungferninseln in der Sonne vergnügte.

Gott sei Dank war es Daniel nie gelungen, auch nur einen einzigen Kunden zu vermitteln, sonst hätte ich ihn bald im Gefängnis besuchen können. Er selbst aber dachte anders und war enttäuscht über den miserablen Geschäftsgang.

»Ich verstehe nicht«, meinte er kopfschüttelnd, »warum die Leute nicht anbeißen.«

Ich verstand es in dem Moment, als ich einen seiner »Partner« persönlich kennenlernte. Der Mann hatte ein echtes Unterweltsgesicht. Wer auch nur einen Funken Menschenverstand besitzt, legt sein Geld woanders an.

Diese Dinge erfuhr ich aber erst im letzten Stadium unseres Zusammenlebens. Vorher war Daniel mein Gott gewesen, und es wäre mir nie in den Sinn gekommen, daß mit seinen Geschäften irgend etwas nicht in Ordnung sein könnte. Für mich war er ein Weltmann: geboren in Neuseeland, erzogen in den teuersten Schulen Europas, herumgereicht von Verwandten und Bekannten, fließend in Englisch, Französisch und Deutsch.

Kennengelernt hatte ich ihn auf Kronegg. Daniels europäische Verwandten sorgten dafür, daß er in die richtigen Kreise kam, um dort standesgemäße Ferien zu verbringen, die sie nichts kosteten. Da mein Onkel mit seinem Onkel Bridge gespielt hatte, wurde er auf unser Sommerfest eingeladen und aufgefordert, auch das anschließende Wochenende zu bleiben. Dies genügte, um mich rückhaltlos für ihn zu entflammen.

Daniel war aber auch umwerfend aussehend. Er war blond und zart. Seine Augen hatten ein Grün, das ich noch nie gesehen hatte. Katzenaugen waren nichts dagegen. Sie wechselten ihre Farbe von türkis bis moosgrün und hatten, zumindest auf mich, hypnotische Kraft. Bei einem bestimmten Blick wurde mir flau im Magen, meine Knie begannen zu zittern, und der letzte Rest von Widerstand schwand dahin. Natürlich hatte er auch ausgezeichnete Manieren, und gekleidet war er immer tadellos. Selbst auf der Burg hatte ich ihn nie mit staubigen Schuhen gesehen. Er war überhaupt der eleganteste Mann, der mir je begegnet ist.

Sportlich war er nicht. Er lag am liebsten im Liegestuhl in der Sonne und las die Börsenberichte. Seine Schwäche waren exotische Cocktails, und als ihm bei unserem Sommerfest ein Glas Pimm's ohne frische Minze serviert wurde, sah ich ihn zum erstenmal aus der Fassung geraten. Heute würde mich dieser Ausbruch warnen. Damals aber war ich tief beeindruckt von soviel Welt- und Cocktailkenntnis.

Ach, Daniel. Er war mein erster Liebhaber gewesen, und

er war zärtlich, einfühlsam und amüsant – wenn er dazu aufgelegt war. Er konnte aber auch tagelang irritiert herumsitzen, mich keines Blickes würdigen und die elegante Londoner Wohnung in einen Schweinestall verwandeln. Er verlangte dann, wie ein Fürst von mir bedient zu werden, und er machte bei der kleinsten Kleinigkeit, die ihm nicht paßte, beißende Bemerkungen über meinen Vater und meine Mutter. Aber er war schlau. Er ging nie zu weit. Im allerletzten Moment, ehe ich in Tränen ausbrach, nahm er mein Gesicht in seine gepflegten Hände, strahlte mich aus seinen grünen Augen an und sagte:

»So, und jetzt ist alles wieder gut. Du ziehst dir dein schönstes Kleid an, wir fahren ins Hotel ›Ritz‹ Tee trinken.«

Und schon sah die Welt wieder anders aus.

Daniel war meine erste große Leidenschaft. Mein Pech war nur, daß er sich auf der Burg aufhielt, als das Testament Onkel Nestors, genauer meines Großonkels Nestor, bekannt wurde. Ich erzählte ihm natürlich davon, denn ich nahm an, daß er selbst vermögend war. Er benahm sich jedenfalls so, und außerdem war er ein Familienfreund. Es gab keinen Grund, ihm zu mißtrauen.

»So viel Geld«, sagte er. »Was tust du damit?«

»Onkel Eduard wird es für mich anlegen. Wir werden den großen Gutshof zurückkaufen, der zur Burg gehört. Das haben wir uns schon lange gewünscht. Dann sind wir nämlich Selbstversorger.«

»Einen Gutshof?« Daniel wirkte enttäuscht. »Das ist doch totes Kapital. Weißt du, was das ist? Reinstes Provinzdenken. Geld soll man anlegen und für einen arbeiten lassen. Man muß flexibel sein und in Dinge investieren, die im Preis steigen. Man muß kaufen und verkaufen, nur so wird man reich. Du solltest etwas unternehmen mit deinem Geld. Hast du noch nie daran gedacht?«

»Nein«, antwortete ich, und das stimmte. Es fehlte mir an nichts, und ich bekam, was ich wollte. Wir gingen zwar vorsichtig mit Geld um, aber ansonsten war es uninteressant. Auf Kronegg wurde nie über finanzielle Dinge gesprochen. Daniel dagegen konnte tagelang über Geld reden. Für ihn gab es kein spannenderes Gesprächsthema. Das hätte mich natürlich stutzig machen sollen, um so mehr, als er sich nur mit mir, nie aber mit dem Grafen über Geld unterhielt. Anfangs dachte ich auch viel über diesen Umstand nach, aber dann kam ich zu dem Schluß, daß man in Neuseeland wahrscheinlich offener über solche Dinge spricht als in Europa. Und wenn er wirklich eine gute Hand für Geschäfte hatte, warum sollte er nicht ab und zu ein bißchen prahlen? Schließlich gehörte es zu seinem Beruf.

»Du bist Banker, Daniel, nicht wahr?« hatte ich ihn gefragt.

»Ich bin Finanzier«, war die Antwort. »Ich bin selbständig und stehe auf eigenen Füßen. Ich bin nicht zum Angestellten geboren.«

Auch das hatte mir imponiert.

»Annette, *darling*«, flüsterte er nach seiner ersten Liebeserklärung unter den Kastanien im großen Burghof, »ich könnte dein Geld verdoppeln. Mein Vater hat mir seinen ganzen Besitz anvertraut, und seither kennt mich jeder in Neuseeland. Was mir fehlt, ist der Einstieg in Europa. Willst du mir dabei helfen? Komm mit mir nach London, Liebste! Ich lege dein Geld so gut an, daß wir den Gutshof von den Zinsen kaufen können. Wir lassen dein Vermögen für uns arbeiten und führen ein herrliches Leben in England. Gib mir eine Chance, *darling*! Du vertraust mir doch?«

Ich vertraute ihm nicht nur, ich liebte ihn.

Und das Schicksal nahm seinen Lauf.

Das Mädchen mit dem Frühstückstablett riß mich aus meinen Gedanken. O Gott, die Besprechung! Onkel Eduard! Ich mußte mich anziehen. Mein Herz begann wild zu klopfen.

»Der Herr Graf hat gesagt, Sie sollen ruhig anfangen. Er kommt in einer halben Stunde vorbei. Er ist in der Tischlerei. Bonnie hat heute nacht die Vorhangstange durchgebissen, und jetzt wird eine neue gemacht. Wenn Sie noch etwas brauchen, läuten Sie bitte.«

Eine halbe Stunde. Gut, das verschaffte mir Zeit. Das Mädchen ging, und ich sprang aus dem Bett. Ich hatte zwar Angst, aber wie immer am Morgen war ich gut aufgelegt und voll Energie.

Ich öffnete sämtliche Fenster. Draußen war ein herrlicher Tag. Es roch nach frischgemähtem Gras, und der große Burghof sah aus wie im Märchen. Die Heckenrosen neben dem Tor zum kleinen Hof blühten rosa und weiß, und die Lilien dufteten unter meinem Fenster. Obwohl es bereits Anfang Juli war, standen die Lilien noch in vollster Blüte. Der Graf kümmerte sich selbst um sie. Er war ein guter Gärtner. Seit ich zum erstenmal auf die Burg gekommen war, seit ich diese Zimmer bewohnte, hatte er jedes Jahr eigenhändig unter meinem Fenster Lilien gepflanzt.

Schön war es auf Kronegg. In der Mitte des großen Hofes standen fünf mächtige Kastanien, die vor über hundert Jahren zu Ehren der Krönung Kaiserin Elisabeths zur Königin von Ungarn gepflanzt worden waren. Sie standen so nahe beisammen, daß ihre Zweige sich berührten und ein schattiges Dach bildeten, unter dem es selbst am heißesten Sommertag angenehm kühl war.

Ein großer, runder Tisch, eine hübsche Holzbank und mehrere weiße Korbstühle standen dort. Bei schönem Wetter wurde immer draußen gegessen. Auch heute hätte ich am liebsten unter den Bäumen gefrühstückt und die Kuchenbrösel an die Meisen verfüttert. Aber der Graf wollte mit mir allein sein, weshalb ich hier auf ihn wartete.

Das Mädchen hatte das Tablett im Salon abgestellt. Auf Kronegg standen mir ein Schlafzimmer, ein Salon, ein Ankleideraum und ein eigenes Bad zur Verfügung – nicht schlecht für eine junge Frau ohne einen Heller. Die Räume gehörten darüber hinaus zu den hübschesten der Burg, denn sie waren ursprünglich für meine Mutter eingerichtet worden.

Meine Mutter! Nur jetzt nicht daran denken! Barfuß lief ich über die weichen Teppiche ins Badezimmer und stellte mich vor den bodenlangen Spiegel. Ich wollte auf andere Gedanken kommen, und es half. Wenn schon finanziell und in der Liebe alles schiefgegangen war, so hatte ich wenigstens mit meinem Äußeren keine Probleme. Nie hatte ich mir gewünscht, anders zu sein, als ich tatsächlich war. Ich war zufrieden mit meinen langen, schwarzen Locken und meinen veilchenblauen Augen, die mir, seit ich denken konnte, Komplimente eingebracht hatten. Angeblich waren sie einmalig in der Familie. Ich war stolz auf sie, und ich wußte: Wenn ich meine Lippen rot anstreiche, beginnen die Männer auf der Straße zu pfeifen.

Von Lippenstift und ähnlichem konnte aber auf Kronegg keine Rede sein. Auch die Haare würde ich hochstecken müssen. Onkel Eduard haßte Make-up, und lange, offene Locken fand er vulgär.

»Zu aufreizend«, hatte er früher immer gesagt. »Was hast du vor? Willst du den Hans verführen?« Und wenn ich nach Kronau zur Post wollte, hatte er jede einzelne Haarnadel überprüft, um sich davon zu überzeugen, daß sich unterwegs keine einzige Locke lösen konnte.

Fertig angezogen saß ich im Salon und begann mit meinem Frühstück. Es gab frische Milch und frische Butter vom Gutshof, hausgemachte Aprikosenmarmelade, und das Ei war genau drei Minuten gekocht, wie ich es am liebsten hatte. Der Kaffee war stark und duftete verführerisch. Ich schätzte ihn um so mehr, seit ich in London den wäßrigen *American coffee* kennengelernt hatte, den man überall, außer im Hotel Ritz, vorgesetzt bekam.

Selbst die geizige Anna hatte guten Kaffee gemacht. Aber Lotte übertraf sie auch in dieser Hinsicht. Die kleine, rundliche Lotte war überhaupt ein Glückstreffer. Sie hatte sich nicht gescheut, sofort nach ihrer Ankunft auf der Burg sämtliche größeren Städte im Umkreis nach ihrer bevorzugten Kaffeesorte abzusuchen. Als dies nichts nützte und auch mehrere Ausflüge in die Bundeshauptstadt erfolglos blieben, fand sie mit Hilfe ihres früheren Dienstherrn einen Schleichweg, um »die einzigen Bohnen, die wirklich Bohnen sind«, aus Frankreich kommen zu lassen.

»Nur die Dummen schwören auf Brasilien«, vertraute sie mir am ersten Tag an, »aber ich habe alle Sorten durchprobiert. Ich weiß, was ich weiß. Der beste Kaffee kommt aus Haiti.«

Der Burgherr schloß sich dieser Meinung an. Er trank zwar seit einiger Zeit keinen echten Bohnenkaffee mehr, aber wenn es seine Lotte sagte, dann mußte es auch stimmen. Ab und zu gönnte er sich zwar einen Schluck, aber meist hielt er sich an Ersatzkaffee, den Lotte nur unter auffälligem Rümpfen der Nase auszuschenken pflegte.

Der Grund für diese Vorliebe meines Onkels blieb uns lange Zeit verborgen. Der Graf erfreute sich nämlich bester Gesundheit und war ein ausgesprochen robuster Mensch. Keinem von uns war es je gelungen, auch nur den kleinsten Bazillus auf ihn zu übertragen. Selbst wenn die ganze Burg hustend und niesend mit Grippe daniederlag, stapfte er mitten im Winter vergnügt durch den Hof und begann mit dem Restaurieren der Sonnenuhr. Aber Lotte war es doch gelungen, das Geheimnis des Ersatzkaffees zu lüften.

»Herr Graf«, hatte sie ihn in einem zärtlichen Moment gefragt, »haben Sie denn ein heimliches Leiden?«

Eine Sekunde hatte er gezögert, dann aber war es aus ihm herausgebrochen. »Ich habe kein heimliches Leiden, meine Liebe, sondern ein unheimliches. Sie werden schon bemerkt haben, daß mein Temperament ständig mit mir durchgeht. Alles mögliche habe ich versucht, bis die geizige Anna, Ihre Vorgängerin, daraufgekommen ist, daß Ersatzkaffee ein gutes Gegenmittel ist. Eine leichte Besserung ist bereits eingetreten, und jetzt bleibe ich dabei, bis ich so sanft bin wie ein Lamm.«

Von lämmchenhafter Sanftheit konnte aber noch lange keine Rede sein. Das hatte ich schon am ersten Tag im Auto bemerkt. Der Jähzorn des Burgherrn war genauso, wie ich ihn in Erinnerung hatte, und deshalb standen auch an diesem Morgen zwei Kannen auf dem Frühstückstablett: eine große, blaue für mich und eine kleine, silberne, gefüllt mit dem Spezialgebräu für den Grafen.

Onkel Eduard, der inzwischen eingetroffen war, ließ sich von mir eine Tasse vollschenken und rührte dann langsam und genußvoll neun Löffel Zucker in seinen Ersatzkaffee. Großmama hatte mir erzählt, daß er schon als Kind so viel Zucker in seine Schokolade getan hatte, bis der Löffel darin steckenblieb.

»Wie kann mar nur behaupten, daß Zucker schlecht ist«, empörte er sich, wenn die Rede darauf kam. »Meine Großtante hat die letzten fünf Jahre ihres Lebens nur von Bonbons und Champagner gelebt und ist fast hundert Jahre alt geworden.«

Aber dann wechselte er schnell das Thema.

Nun war er also gekommen, der gefürchtete Morgen. Wir saßen einander gegenüber. Onkel Eduard trug eine sportliche Weste und feste Hosen, denn er wollte anschließend auf den runden Turm, um mit Hans die Wetterfahne unter die Lupe zu nehmen. Diese hatte seltsamerweise seit dem Tag meiner Ankunft nur nach Osten gezeigt, doch daß wir keinen Westwind hatten, stand fest. Ich war an diesem Morgen musterhaft gekleidet: heller Leinenrock, weiße Leinenbluse, flache, rote Schuhe und als einziger Schmuck eine schwere, rote Korallenkette. Ich trug keine Spur eines Make-ups. Das Haar hatte ich brav hochgesteckt.

Onkel Eduard musterte mich mit Wohlgefallen. Dann legte er seinen Silberlöffel auf die Untertasse.

»So«, sagte er zufrieden, »heute wird es nur eine kurze Aussprache, denn wir müssen auf den Turm wegen der Wetterfahne, und Hans wartet schon. Also, kommen wir zur Sache. Wieviel hast du verloren?«

»Ziemlich viel«, sagte ich wahrheitsgetreu, »aber genau weiß ich es nicht.« Der Satz endete in einem tiefen Seufzer.

Onkel Eduard war sofort gerührt. »Ich will dich nicht quälen, mein Kind. Ich will nur wissen, woran wir sind. Ich werde mir auch nie verzeihen, daß du diesen Tunichtgut hier kennengelernt hast. Aber Onkel Nestor würde sich im Grabe umdrehen, wenn er wüßte, was aus seinem Vermögen geworden ist. Außerdem«, er machte eine kleine Pause und sah mir forschend in die Augen, »außerdem war das Geld fix eingeplant, was du gewußt hast. Seit Jahrzehnten habe ich darauf gewartet, den Gutshof zurückzukaufen. Einen Pächter habe ich schon. Er wird alles so lassen, wie es ist, und nichts verändern. Genau der Mann, den ich mir wünsche. Aber du weißt noch gar nicht, was passiert ist. Stell dir vor, der Besitzer will den Gutshof *tatsächlich* verkaufen, und zwar sofort. Er will auswandern, zu seinem Bruder nach Kanada. *Er* ist zu mir gekommen und hat mich gefragt, ob ich immer noch interessiert bin. Hast du Worte?«

Ich hatte keine. Der Gutsbesitzer hatte nämlich vor fünf Jahren noch geschworen, nie zu verkaufen. Jedesmal, wenn die Rede darauf gekommen war, hatte er abgewinkt und gelacht, was mein Gewissen in London etwas erleichtert hatte.

»Also, was ist?« unterbrach der Graf meine Gedanken. »Haben wir genug Geld für die Anzahlung?«

Jetzt mußte ich heraus mit der bitteren Wahrheit.

»Ich glaube kaum. Es ist einfach alles schiefgegangen.«

Die Miene des Burgherrn verdüsterte sich merklich. »Was heißt alles?«

»Einfach alles. Dabei hat mir Daniel versprochen, das Geld so gut anzulegen, daß wir den Gutshof von den Zinsen kaufen können.«

»So? Hat er versprochen? Und wie, bitte sehr, ist dein Held zur Tat geschritten?«

»Er hat sich nach bombensicheren Geschäften erkundigt.«

Onkel Eduard begann gefährlich zu lächeln. »Wahrlich, ein genialer Geist.«

Ich beschloß, kein Wort über die Goldaktien zu verlieren, die Daniel, ohne mich zu fragen, gekauft hatte. Es handelte sich um eine Beteiligung an einer befreundeten Firma, die in der australischen Wüste nach Gold suchte. Ich war von Anfang an skeptisch gewesen, denn ich wußte von den Erdölbohrungen auf den Jungferninseln, und das genügte mir.

»Weißt du«, sagte ich schnell, »ursprünglich wollte ich Großonkel Nestors Vermögen nicht anrühren. Aber dann hat Daniel eine Riesenchance bekommen, weißt du, ein Geschäft, bei dem man über Nacht Millionen verdient, und da habe ich die Aktien hergegeben.«

»Die Dummheit der Jugend ist ohne Grenzen.« Onkel Eduard blickte gequält zu Boden. »Im Ernst, mir fehlen die Worte. Weißt du denn nicht, daß es solche Geschäfte nur im Film gibt oder in der Unterwelt? Warst du denn von allen guten Geistern verlassen? Daß du so einen Blödsinn geglaubt hast, ist mir unverständlich.«

»Aber Daniel hat nur von solchen Geschäften gesprochen«, verteidigte ich mich, »und seine Bekannten auch. Wirklich, wir haben mehrere Leute kennengelernt, die über Nacht das ganz große Geld . . .«

»Ich bitte dich, schweig!« rief der Graf und biß die Zähne zusammen, um die Fassung zu behalten. »Das ist ja nicht zu ertragen! So ein Unsinn, und das von meinem eigenen Fleisch und Blut.« Er griff nach seiner Silberkanne, schenkte sich nach und nahm schnell einen Schluck. »Aber so ist das eben, und jetzt haben wir die Bescherung. Langer Rede kurzer Sinn, du hast dem Nichtsnutz dein gesamtes Vermögen anvertraut. Und wie ich dich kenne, hast du es ihm auch gleich überschrieben.«

»Natürlich nicht!« protestierte ich. »Das hätte Daniel nie von mir verlangt.« Obwohl er es angenommen hätte, aber das brauchte Onkel Eduard nicht zu wissen.

»Weißt du«, fuhr ich fort, »er hat sich wirklich bemüht. Er hat immer nur solide Dinge gekauft. Kupfer oder Kohle oder Silber, aber er hat kein Glück gehabt. Kaum hatte er etwas erstanden, ist es auch schon im Preis gesunken.«

»Hat *er* dir das gesagt?«

»Nein, ich habe es herausgefunden. Einmal sind wir auf Urlaub in die französischen Alpen gefahren, und Daniel hat geschworen, wenn wir zurückkommen, dann sind wir Millionäre. Er hat nämlich Zinn gekauft, riesige Mengen. Die standen in England irgendwo in Containern auf einem Verschiebebahnhof. Dann sind wir zurückgekommen, und er hat kein Wort mehr darüber verloren. Weißt du, was passiert war? Zinn ist gefallen, und in den drei Wochen sind wir um sechzigtausend Mark ärmer geworden.«

»Das ist ja kriminell! Was hast du unternommen?«

»Nichts.«

»Nichts?«

Ich zuckte die Achseln und starrte auf meine Kaffeetasse.

»Annette, sieh mir in die Augen! Du warst diesem Lumpen hörig, nicht wahr?«

»Nein!« sagte ich bestimmt.

»Lüg nicht!« donnerte der Graf. »Ich bin doch nicht von gestern! Du warst ihm hörig, er hat dich um deinen Verstand gebracht. Diese verdammte Sexualität, ich habe es immer befürchtet. Diese verfluchte Fleischeslust ist schuld an allem Übel.«

Wir schwiegen. Ich dachte an Daniel und an das letzte Mal, als ich ihn gesehen hatte. Es war auf dem Londoner Flugplatz gewesen. Er befand sich auf dem Weg in die Schweiz, einen argentinischen Großgrundbesitzer im Schlepptau, der offensichtlich sein Geld loswerden wollte. »Spätestens in fünf Tagen bin ich wieder zurück«, hatte er mir zugerufen, als er durch die Paßkontrolle ging. Ich lächelte und winkte ihm zu. Aber ich wußte, daß ich dann nicht mehr dasein würde. Die Wohnung hatte ich bereits gekündigt. Drei Tage blieb ich noch in London. Ich packte, erledigte ein paar geschäftliche Dinge und besorgte meine Flug- und Bahnkarte.

Am vierten Tag, gerade als ich das Haus verlassen wollte, kam eine gewaltige Rechnung aus Zürich, vom »Dolder Grand Hotel«. Sie war an mich adressiert. Ich legte sie mit der ebenfalls noch unbezahlten Telefonrechnung ins Vorzimmer unter den Spiegel. Ich fühlte mich für Daniels Schulden nicht mehr zuständig. Abschiedsbrief schrieb ich keinen, nur eine einzige Zeile:

ICH VERLASSE DICH. DU WEISST, WARUM.

Die unbezahlten Rechnungen würden ihm klarmachen, daß ich es diesmal wirklich ernst meinte.

»Für das letzte Geld habe ich Pfandbriefe gekauft – und Korallen«, sagte ich laut.

Der Graf zog seine buschigen Augenbrauen hoch. »Korallen?«

»Warum nicht?«

»Wie bist du denn *darauf* gekommen? Das ist doch Unsinn! Eisen hättest du kaufen müssen. Gußeisen.«

»Wie bitte? Gußeisen? Wie kommst du auf Gußeisen? Meinst du das ernst?«

»Natürlich«, lachte der Graf, »Gußeisen ist stark im Kommen.« Dann beugte er sich zu mir und meinte mit Verschwörerstimme: »Kein Mensch weiß es. Aber ich sage dir, daß die Kapitalanlagen der Zukunft Kunstwerke aus Gußeisen sind.«

»Bist du sicher?«

»Absolut! Das breite Volk hat zwar noch keine Ahnung, aber das ist immer so. Man muß die Leute mit der Nase auf die schönen Dinge stoßen. Aber ehe man das tut, mein Kind, muß man kaufen. Jetzt sind die Sachen noch erschwinglich. Du hättest zum Beispiel in London ein paar Büsten kaufen können oder ein Reiterstandbild. Oder einen zum Abbruch bestimmten Musikpavillon.«

»Daran hätte ich nicht im Traum gedacht«, sagte ich perplex, »das wäre mir nie im Leben eingefallen.«

»Natürlich nicht«, rief der Graf vergnügt. »Gußeisen ist auch noch ein Geheimtip. Das macht es ja so interessant. Ich habe da eine Sammlung angelegt, mein liebes Kind. Wenn ich dir das erkläre – aber das führt zu weit, das heben wir uns für später auf. Außerdem habe ich Dinge entdeckt, die hältst du nicht für möglich. Ich glaube, ich bin einem uralten Geheimnis auf der Spur.« Er hörte plötzlich auf zu reden und sah auf die Uhr.

»Welchem Geheimnis?« rief ich aufgeregt. »Das ist ja toll!«

Der Graf lachte. »Zähme deine Neugierde! Ich sage kein Wort mehr. Erzähle mir lieber von den Korallen. Du hast Korallen gekauft. Warum?«

Diesmal senkte *ich* geheimnisvoll die Stimme. »Weil sie bald so teuer sein werden wie Gold. Die Meere werden ausgeplündert, es gibt keinen Nachschub, aber die Nachfrage steigt ständig.«

»Für wieviel Geld hast du gekauft?«

Ich sagte es ihm.

»Immerhin etwas«, meinte der Graf. »Man muß schon für jeden geretteten Pfennig dankbar sein. Zeig her. Ist das eine Korallenkette, die du da umhast? Recht hübsch. Aber diese Sachen hat man früher Kindern geschenkt. Das war Kinderschmuck. Kein Mensch hat das ernstgenommen.«

In leichtem Tonfall erwähnte ich, wieviel ich für die Kette ausgegeben hatte.

»Das ist ja unglaublich«, staunte der Graf, »das hätte ich nie gedacht. Wie sich die Zeiten ändern. Vielleicht hast du gar keinen so schlechten Griff getan.«

»Ich wollte endlich etwas besitzen, was mir gefällt«, erklärte ich. »Mit Kupfer, Zinn und Kohle habe ich immer nur Pech gehabt. Korallen mag ich. Ich finde sie sehr hübsch. Und wenn sie wider Erwarten im Preis sinken sollten, kann man immer noch wunderschönen Schmuck daraus machen.«

»Recht hast du!« rief der Graf. »Es war sicher ein guter Kauf. Über uns schwebt ja im allgemeinen ein gütiges Schicksal.«

Er stand auf. »Komm«, sagte er, »komm, mein Kind! Zieh dir eine Jacke an und begleite uns auf den runden Turm.«

3

Der runde Turm war der älteste Teil von Kronegg. Er war so alt, daß seine Fundamente noch von den Römern stammten, die hier ein Kastell errichtet hatten. Auch die anderen Burgen der Gegend gingen auf römischen Ursprung zurück. Sie waren gebaut worden, um einen Schutzwall gegen die Feinde aus dem Osten zu bilden: gegen Hunnen, Magyaren und Türken.

Wie alt der Turm wirklich war, sah man auch daran, daß er Zinnen besaß. In der eleganten Barockzeit aber, als Zinnen aus der Mode kamen, hatte man ihm ein Dach aufgesetzt, ein lustiges, spitzes, rotes Ziegeldach. Und obendrauf prangte die Wetterfahne: ein verziertes Ding aus Eisen mit der stolzen Jahreszahl 1611.

Trotz der äußeren Veränderung war der Turm innen noch reinstes Mittelalter. Er war kalt und finster, und die Steinstufen waren unregelmäßig und ziemlich hoch. Es gab kein Geländer. Die Wand, an die man sich stützen mußte, um sicher nach oben zu kommen, war aus grobem, kaltem Stein. Alles im runden Turm war aus Stein, auch die Zwischenwände, welche die drei kleinen Wachtzimmer abteilten. Der eckige Turm war dagegen richtig luxuriös. Er war aber auch viel jünger und bereits aus Ziegeln gebaut.

»Irgend etwas stimmt nicht mit der Wetterfahne«, keuchte der Graf, der im Halbdunkel hinter mir herstieg und aus unerklärlichen Gründen einen Holzhammer trug. »Sie ist geradezu unheimlich ruhig. Normalerweise weckt sie mich jeden Morgen auf, wenn sich der Wind dreht. Seit drei Tagen höre ich überhaupt nichts. Immer diese unheimliche Stille, das macht mich nervös.«

Die Wetterfahne hatte ein Eigenleben. Seit ich denken konnte, quietschte sie bei der kleinsten Drehung so schauerlich, daß es einem durch Mark und Bein ging. In stürmischen Nächten war es besonders arg. Wir von Kronegg waren daran gewöhnt, aber Burggästen ging das Gequietsche auf die Nerven. Um ganz ehrlich zu sein, ich hatte gegen die neugefundene Ruhe nichts einzuwenden. Fünf Jahre Abwesenheit hatten mich verändert. Ich fand stille Nächte angenehm. Selbst an die Turmuhr hatte ich mich erst wieder gewöhnen müssen.

»Vielleicht ist sie eingerostet«, keuchte Hans, der hinter dem Grafen ging. »Dann muß ein Dachdecker her. Allein kann ich nichts machen. Oder soll ich es versuchen?«

»Um Gottes willen!« entsetzte sich Onkel Eduard und blieb stehen. »Wollen Sie sich das Genick brechen? Ich will nur herausfinden, was los ist, mehr nicht. Wahrscheinlich ist gar nichts zu machen, außer mit einem Hubschrauber oder einem Gerüst, und beides ist mir momentan zu aufwendig. Dazu fehlt mir die nötige Ruhe!«

Die Fahne sah von unten klein aus, war aber in Wirklichkeit vier Meter hoch und etliche Zentner schwer. Im Notfall hätte ein Dachdecker, gut abgesichert und angeseilt, an ihr herumhämmern und einige Liter Öl den Schaft entlang gießen können, aber Abmontieren kam nicht in Frage. Dazu wären auch zwei Männer nicht in der Lage gewesen.

Wir vergaßen die Wetterfahne, als wir endlich oben ankamen und atemlos aus dem kalten Dämmerlicht hinaus in die Sonne traten. Die Aussicht war überwältigend. Das ganze Tal lag uns zu Füßen, jedes Haus konnte man erkennen, vor allem aber die Straßen, die durch das Tal führten. Hier einen Wachtturm zu errichten, war ein taktisches Meisterwerk gewesen. Kein Feind konnte sich unerkannt nähern.

Hans kletterte geschickt in den Dachstuhl, um die Verankerung der Fahne zu überprüfen.

»Vorsicht«, warnte der Graf, »hier heroben nisten die Eulen.«

Und dann blickten wir gemeinsam hinunter auf die vertrauten Dächer der Burg.

»Ich nehme an, du hast Heimweh gehabt.«

»Sehr«, sagte ich. »So schön wie hier ist es doch nirgends auf der Welt.«

Der Graf nickte zufrieden. »Es ist nirgends so schön, und nirgends wird es dir so gutgehen, mein Kind. Es gibt nicht viele Menschen auf dieser Welt, die es wirklich gut mit einem meinen.«

»Schau, wer da kommt!« rief er plötzlich und zeigte nach links. Über das Dach der Burgkapelle, ganz nahe an uns vorbei flog ein großer, stattlicher Storch. Er hatte seinen langen roten Schnabel nach vorne und die Beine steif nach hinten gestreckt. Der ganze Vogel glich einem langen geraden Strich, an dem sich nur die großen schwarzweißen Schwingen auf und ab bewegten. Der Storch versetzte mich sofort in gute Laune.

Seit ich denken konnte, hatte es auf dem Dach des Gutshofes ein Storchennest gegeben. Jedes Frühjahr wetteten der Graf und ich, wieviel Junge wohl diesmal aufgezogen werden würden. Wir nahmen größten Anteil am Leben der Storchenfamilie, denn die ersten Flugübungen der jungen Vögel hatten immer das Dach der Burg zum Ziel. Stolz saßen sie dann oben, nach dem ersten erfolgreichen Flug über den Burggraben und die Zugbrücke, und wir konnten sie nicht genug bewundern. Dieses Jahr standen zwei Junge im Nest. Ein gutes Zeichen.

»Zwei Junge«, sagte der Graf laut, »hast du schon gesehen? Störche bringen Glück.«

Hans turnte aus dem Gebälk. »Ich kann nichts finden außer Rost«, meinte er. »Die Verankerung ist in Ordnung. Wenn Sie erlauben, gehe ich wieder hinunter in die Werkstatt. Soll ich für Nachmittag den Dachdecker bestellen?«

»Das besprechen wir noch«, meinte der Graf. »Vielen Dank!« Hans verschwand im Stiegenhaus, tauchte unten wieder auf, überquerte den kleinen Hof mit dem runden, steinernen Brunnen und verschwand in der Tischlerei. Onkel Eduard legte seinen Holzhammer auf den Boden und setzte sich, ganz gegen seine Gewohnheit, auf die Mauer.

»Komm her«, sagte er, »wir haben noch etwas zu klären.«

Das Dach des runden Turmes war so geschickt auf die alten Zinnen aufgesetzt, daß die ehemaligen Schießscharten zu Fenstern geworden waren, in denen man bequem Platz fand. Schwindelfrei mußte man zwar sein, aber das waren wir alle auf Kronegg. Ich setzte mich zum Grafen und lehnte mich mit dem Rücken an die Wand. Die sonnenbeschienenen Steine strahlten Wärme aus, und die Luft war angenehm kühl, denn auf den Türmen wehte immer eine leichte Brise.

»Der Wind hat sich gedreht«, sagte Onkel Eduard unvermittelt. »Jetzt kommt er tatsächlich aus Westen. Was meinst du, hat die Wetterfahne das vorausgeahnt? Wäre man abergläubisch, so könnte man sagen, daß uns ein Besuch aus westlicher Richtung bevorsteht.«

»Seit wann bist *du* abergläubisch?« fragte ich erstaunt.

»Man hat so seine Vorahnungen«, meinte der Graf und lächelte geheimnisvoll, weigerte sich aber, näher darauf einzugehen. Dann hob er den Holzhammer auf und drehte ihn gedankenverloren in der Hand.

»So«, sagte er, »und jetzt gestehe. Warum hast du volle drei Jahre nichts hören lassen?«

»Weil ich mich vor dir gefürchtet habe.«

Der Graf hatte bei meiner Abreise derart getobt, daß ich überzeugt gewesen war, er wolle mich nie wiedersehen.

»Du meinst, weil damals mein Temperament mit mir durchgegangen ist? Das ist eine schwache Entschuldigung. Das bist du doch gewöhnt. Wegen dieser kleinen Szene beim Abschied hast du drei Jahre nicht geschrieben?«

»Außerdem habe ich ein schlechtes Gewissen gehabt.«

»*Das* sehe ich ein. Aber du hättest sofort schreiben müssen, als du dem Kerl auf die Schliche gekommen bist. Vielleicht wäre das Vermögen noch zu retten gewesen. Außerdem bin ich dein nächster Verwandter. Ich hätte dich mit offenen Armen aufgenommen.«

»Aber ich bin doch zu dir zurückgekommen, Onkel Eduard.«

»Stimmt. Aber zu spät.«

»In anderen Umständen bin ich nicht, wenn du das meinst.«

»Das meine ich nicht. Ich meine allgemein.«

»Wieso allgemein?«

»Fünf Jahre sind eine lange Zeit. In fünf Jahren kann sich allerhand ändern. Ich habe sehr viel nachgedacht und ein paar Entscheidungen getroffen. Wie du weißt, bin ich ein Mann von schnellem Entschluß.«

»Das weiß ich. Aber was hast du entschieden?«

Onkel Eduard schlug die Beine übereinander. »Das wirst du schon noch erfahren. Im richtigen Moment. Jedenfalls hat es mich sehr enttäuscht, daß du nicht früher von deinem Helden losgekommen bist.«

»Im ersten Jahr habe ich genau fünfzehnmal versucht, Daniel zu verlassen«, sagte ich mit Nachdruck. »Jeden Monat einmal und im Dezember sogar dreimal.«

»Immerhin etwas«, sagte der Graf trocken.

»Du weißt gar nicht, wie schwer das war«, protestierte ich. »Ich wollte wirklich heimkommen.«

Der Graf winkte ab. »Der größte Unterschied der Welt liegt zwischen Wort und Tat«, zitierte er dann. »Eine alte Weisheit, die ewig gültig sein wird. Leider trifft sie auch auf meine einzige Nichte zu.«

»Onkel Eduard«, sagte ich und setzte mich kerzengerade auf, »darf ich dir etwas sagen? Daniel hat gedroht, daß er sich *umbringen* wird, wenn ich ihn verlasse. Möchtest du eine Mörderin in der Familie haben?«

Der Graf war nicht beeindruckt. »Er hat gesagt, er bringt sich um?«

»Natürlich.«

»Und du hast das geglaubt?«

»Warum sollte ich es nicht glauben?«

»Weil man dieser Art von Mann überhaupt nichts zu glauben hat«, rief der Graf ziemlich laut. »Fehlt dir denn jede Menschenkenntnis? Ich wage zu behaupten, daß dieser grünäugige Mistfink nie im Traum daran gedacht hat, sich umzubringen, daß er sich auch jetzt noch nicht umgebracht hat und daß er bei bester Gesundheit unter den Lebenden weilt und uns noch ziemlich auf die Nerven fallen wird. Verstehst du mich?« Er schlug mit dem Hammer auf den Stein, daß es knallte.

»Natürlich verstehe ich dich«, sagte ich beschwichtigend. »Du hast auch vollkommen recht, aber ich habe fünf Jahre gebraucht, bis mir das klar geworden ist.«

»Lange Leitung.«

»Leider. Aber jetzt weiß ich es.«

»So eine uralte Masche«, ärgerte sich der Graf, »der älteste Trick seit Adam. Drohe mit deinem Ableben, und schon werden alle Frauen schwach.«

»So einfach ist das auch wieder nicht«, erwiderte ich gekränkt. »Hältst du uns alle für blöd?«

»Aber es hat gewirkt. Oder willst du das vielleicht abstreiten? Ihr habt einen Konstruktionsfehler, ihr Frauen. Ihr habt einen übertriebenen Sinn für Mitleid. Ein Paar treuherzige grüne Augen, sanfter Hundeblick, leichter Tränenflor – und schon fließt das Geld in die falsche Richtung. Unterbrich mich jetzt nicht, ich weiß, was ich sage. Ich habe das nämlich schon einmal erlebt, hier auf dem runden Turm, und zwar kurz vor deiner Geburt.«

Mein Herz begann aufgeregt zu klopfen. »Mit meiner Mutter?«

»Erraten.«

»Onkel Eduard«, bettelte ich, »können wir nicht wie zwei vernünftige Menschen über meine Mutter reden? Ich war fünf Jahre fort, und ich bin erwachsen geworden.«

Der Graf sah mich an und sagte nichts.

»Ewig diese Geheimnistuerei«, seufzte ich. »Dabei habe ich die Geschichte mit Südafrika nie geglaubt.«

Seit ich denken konnte, waren auf Kronegg zwei Themen tabu: mein Vater und meine Mutter. Ich wußte zwar, daß ich die ersten vier Jahre meines Lebens mit ihnen verbracht hatte, konnte mich aber an nichts mehr erinnern. Als ich dann auf die Burg kam, hatte mein Onkel sein Bestes getan, um mich die beiden ganz vergessen zu lassen. Auf meine Fragen hieß es immer nur: Deine Mutter ist in Südafrika und pflegt dort in aufopfernder Weise eine kranke Verwandte.

»Onkel Eduard, bitte! Kannst du mir nicht die Wahrheit sagen?«

»Jawohl!« rief der Graf plötzlich und fügte zu meiner größten Überraschung hinzu: »Ich kann und ich werde. Ich habe einen Fehler gemacht. Ich habe dir nichts erzählt, weil ich dir das Schicksal deiner Mutter ersparen wollte. Jetzt sehe ich, daß das dumm von mir war. Ich hätte dir ganz im Gegenteil jedes Detail erzählen müssen. Dann hättest du gewußt, wie man es nicht machen darf, und wärst nicht dem erstbesten Hochstapler in die Klauen geraten.«

Gespannt lehnte ich mich zurück. »Also, wo ist sie?« fragte ich neugierig.

Onkel Eduard machte ein ernstes Gesicht. Dann nahm er meine Hand und sagte mit Grabesstimme: »Deine Mutter, mein Kind, lebt in einem Luxushotel in der Südsee. Dort amüsiert sie sich nach besten Kräften. Sie läßt sich von den Männern den Hof machen.«

Ich konnte mich nicht mehr halten und begann laut zu lachen.

Der Graf ließ meine Hand los und betrachtete mich mit Mißbilligung. »Was gibt's da zu lachen? Hast du nicht verstanden, was ich gesagt habe?«

»Entschuldige bitte, aber das ist wirklich komisch. Ich habe nämlich gedacht – nach deinem Tonfall zu schließen –, sie sitzt im Gefängnis. Aber ein Luxushotel in der Südsee *und* ein Haufen Verehrer, das klingt doch wirklich gut.«

»Gut? Für *meine Schwester?*« entrüstete sich der Graf, »und für *deine Mutter?* Nein! Da ist ein Unterschied. Wir haben immerhin eine Familientradition zu verteidigen. Aber was ich dir noch sagen wollte, ist folgendes: Zuerst heiratet sie aus Mitleid einen hergelaufenen Habenichts. Sie selbst war noch ein halbes Kind. Aber bitte sehr, sie wollte unbedingt unter die Haube. Kaum ist sie verheiratet, läßt sie sich wieder scheiden, obwohl du schon auf der Welt bist. Und was tut sie dann? Sie kommt hierher und läßt sich häuslich nieder. Das war die einzige vernünftige Idee ihres Lebens.« Er machte eine wirkungsvolle Pause. »Aber ist sie geblieben? Hat sie sich ihrem Kind gewidmet? Natürlich nicht. Die Burg und der Bruder waren ihr zuwenig. Kein Telefon, zuwenig Abwechslung, keine Liebesgeschichten. Chronischer Verehrermangel, verstehst du? Also ist sie auf und davon, und ich höre nur von ihr, wenn sie Geld braucht.«

»Fragt sie nie nach mir?«

»Natürlich. In jedem Brief. Aber sie kriegt keine Antwort.«

»Warum denn nicht?«

»Strafe muß sein«, sagte der Graf und lächelte zufrieden in sich hinein.

»Aber Strafe nützt nichts.«

»So. Meinst du? Da bin ich anderer Ansicht.«

»Ist sie wirklich so schön, wie alle sagen?«

»Leider«, brummte der Graf mit aufrichtigem Bedauern. »Sie hat dieselbe gute Veranlagung wie Aimé und hält sich ausgezeichnet. Sie wird eigentlich immer schöner. Das Älterwerden ist daher kein Grund für sie, ihr Leben zu ändern. Soll ich dir sagen, was ich kaum auszusprechen wage? Ich habe jede Hoffnung aufgegeben, aus ihr noch eine anständige Frau zu machen.«

»Hauptsache, sie ist glücklich.«

Der Graf sah mich zweifelnd an. »Das ist *nicht* die Hauptsache. Hauptsache ist, sie macht uns keine Schande. Das wahre Glück, mein Kind, liegt nicht in der wilden Fleischeslust, sondern in der Ehe. Ist das klar?«

Ich begann zu kichern. »Vollkommen. Deshalb hast *du* nie geheiratet.«

»Hör sofort auf zu lachen. *Ich* stehe hier nicht zur Debatte, und außerdem ist für Männer manches anders.«

»Jetzt nicht mehr.«

»So, glaubst du? Vielleicht hast du recht. Aber was reden wir da. Du hast viel bessere Anlagen als deine Mutter. Du hast nicht nur Aimés Aussehen geerbt, sondern auch ihren Charakter.« Den letzten Satz hatte ich schon tausendmal gehört. Ich hatte angeblich nichts von meiner Mutter, aber alles von Aimé. Aimé war das große Vorbild. Alle waren stolz auf sie, denn sie hatte unermüdlich geheiratet und mit jeder Ehe mehr Geld in die Familie gebracht.

Immer hatte sie die Interessen von Kronegg im Auge behalten. Ihr letzter Bräutigam war ihre Jugendliebe von der Nachbarburg gewesen. Sie war genau zweiundachtzig, als sie mit ihm vor den Altar trat. Sie schenkte ihm noch zwölf aufregende Monate, überlebte ihn um dreizehn Jahre und erbte von ihm den großen bewaldeten Berg, der im Norden unser Tal begrenzt, sowie ein paar exquisite Schmuckstücke, die ich zu meiner Hochzeit bekommen sollte.

»Sehe ich meiner Mutter überhaupt nicht ähnlich?«

»Nicht im geringsten«, entrüstete sich Onkel Eduard.

»Aber irgendeine Ähnlichkeit zwischen Mutter und Tochter muß es doch geben.«

»Nein.«

»Bist du sicher?«

»Absolut.« Der Graf legte den Kopf zurück und schien angestrengt auf die Turmfalken zu horchen, die vergnügt und geschäftig dicht an unseren Köpfen vorbei durch die Luft sausten.

»Also gut«, sagte er plötzlich, »du sollst es wissen. Aber

dann hörst du auf, mich zu quälen, verstanden?« Er machte eine kleine Pause. »Du hast deine Augen von ihr geerbt.« Die Turmuhr schlug elf Uhr und riß uns aus unseren Gedanken.

»Zehn«, rief der Graf erleichtert und stand auf. »So, und jetzt unterhalten wir uns über angenehmere Dinge. Um ein Uhr wird gegessen. Es gibt etwas Köstliches. Lotte hat für diesen heißen Sommertag ein spezielles Menü zusammengestellt. Es ist leicht und gesund. Die Rezepte stammen aus Tunesien.«

»Lotte war in Tunesien?«

»Aber selbstverständlich«, rief der Graf stolz, »sie war in Tunesien und Marokko und Algerien. Sie war jahrelang Köchin bei der Familie eines französischen Bankdirektors, mit der sie durch die ganze Welt gereist ist. Gescheit wie sie ist, hat sie überall Rezepte gesammelt, und davon profitieren wir jetzt. Im Vertrauen, mein Kind, sie ist die beste Köchin der ganzen Gegend. Sie ist unbezahlbar. Leider ist ihr Ruf schon zu sämtlichen Nachbarn gedrungen, und der falsche Leopold von Lockenstein schmiedet schon eifrig Pläne, wie er sie mir abspenstig machen könnte. Stell dir vor, er schickt ihr hinter meinem Rücken Fasane und Rebhühner und was weiß Gott noch alles, nur damit sie zu ihm kommt. Ich habe ihn natürlich zur Rede gestellt, aber er leugnet alles ab, unverschämt wie immer. Was meinst du dazu?«

»Er wird sie sicher nicht kriegen«, tröstete ich ihn.

»Das meine ich auch. So gut wie auf Kronegg geht es ihr nirgends auf der Welt.« Er blickte zufrieden um sich. »Ja, das ist schon ein paradiesischer Erdenfleck. Und gemeinsam werden wir es schon schaffen, oder? Dein Seitensprung wird auch bald vergessen sein, obwohl dich der Lümmel nicht so schnell in Ruhe lassen wird. Würde ich auch nicht an seiner Stelle. Er ist jedenfalls ein Klotz am Bein. Sag, mein Kind, wer weiß eigentlich von dem, was sich in London abgespielt hat?«

»Niemand. Nur du und ich und Daniel.«

»Gut. Das macht die Sache leichter. Laß mich nachdenken! Wir bleiben bei dem, was ich auch dem Personal gesagt habe. Du warst im Ausland, um Sprachen zu lernen. Wenn du der Nachbarschaft begegnest, wirst du das gleiche erzählen.«

»Wie du willst, Onkel Eduard. Aber wozu brauche ich die Fremdsprachen?«

»Du hilfst mir bei der Verwaltung der Burg.«

»Aber dazu genügt doch Deutsch. Wir haben noch nie Fremdsprachenkorrespondenz gehabt.«

»Doch. Du vergißt meine Sammlungen. Falls jemand fragen sollte, so warst du im Ausland, damit du mir besser beim Aufbau und Ordnen meiner Sammlungen helfen kannst. Du studierst die ausländischen Kataloge und korrespondierst mit den Auktionshäusern in New York, London und Paris. Außerdem hast du in England Kunstgeschichte studiert. Kannst du dir das merken?«

»Natürlich. Da ist doch nichts dabei.«

»Halt!« rief der Graf plötzlich und stand wie vom Blitz getroffen. »Ich habe soeben einen genialen Einfall. Das ist doch eine exzellente Idee! Du wirst mir *tatsächlich* bei meinen Sammlungen helfen. Ich brauche sowieso Assistenz. Du wirst wirklich Kataloge lesen und Briefe schreiben – soviel Englisch hast du doch gelernt, oder? Na, also. Du wirst meine rechte Hand, du begleitest mich zur nächsten Kunstauktion, und ich bringe dir bei, wie man etwas günstig ersteigert. Außerdem werde ich dir die Grundzüge der Kunstgeschichte eindrillen. Wir werden sofort damit beginnen. Ich will wissen, was du kannst.«

Der Graf war voll in Fahrt, und ich wußte, was nun kommen würde. Blendend gelaunt, zeigte er nach rechts.

»Wann wurde der eckige Turm gebaut?«

»Etliche Jahrhunderte nach dem runden.«

»Aber wann? Wie heißt die Epoche?«

»Gotik«, antwortete ich auf gut Glück.

»Falsch!« donnerte der Graf, ganz in seinem Element. »Grundfalsch! Wir haben keinen gotischen Turm auf Kronegg. Es hat zwar einen gegeben, aber der wurde zerstört. Der eckige Turm wurde später gebaut. Wie heißt der Stil, der nach der Gotik kam?«

»Renaissance?«

»Richtig. Und was ist der Hauptunterschied zwischen einem Turm aus der Renaissance und einem uralten Turm wie diesem runden hier? Was war neu an der Renaissance? Was hat der eckige Turm, was der runde nicht hat?«

»Eine Uhr«, meinte ich unsicher.

»Vergiß die Uhr«, befahl der Graf in höchster Lautstärke, »vergiß die Uhr, die ist erst viel später dort hinaufgekommen. Nimm deinen Verstand zusammen! Was ist der Unterschied zwischen den beiden Türmen?«

Und er klopfte an die steinerne Wand, an die ich mich mit dem Rücken gelehnt hatte.

»Das Baumaterial?« fragte ich schüchtern, denn ich war nicht sicher, ob es das war, was er hören wollte.

»Korrekt!« rief der Graf so laut, daß die Spatzen vor Schreck aufflogen. »Das Baumaterial. Der runde Turm ist noch aus Stein, der eckige bereits aus Ziegeln. In der Renaissance hat man wieder begonnen, mit Ziegeln zu bauen. Ich sage wieder, denn schon die Römer verwendeten dieses edle Baumaterial, und es hat Jahrtausende überdauert. Die römi schen Ziegel waren perfekt, klein, flach und hart, aber mehr darüber ein andermal. Ich sehe schon«, er klang äußerst vergnügt, »wie weit es bei dir fehlt. Du besitzt nicht den leisesten Hauch kunstgeschichtlicher Bildung. Du verwechselst die Stilarten und bringst sämtliche Jahrhunderte durcheinander. Ab heute wird gelernt. Einverstanden?«

»Ja, Onkel Eduard«, sagte ich, »natürlich bin ich einverstanden. Aber du gibst mir doch schon jeden Abend Sternkundeunterricht.«

»Das ist nur zum Vergnügen«, meinte der Graf, warf seinen Holzhammer in die Luft und fing ihn geschickt wieder auf. »Das ist nur zur Entspannung nach einem anstrengenden

Tag. Das kann man doch nicht als Lernen bezeichnen! Willst du vielleicht andeuten, daß du geistig überfordert bist?«

»Nein, nein«, sagte ich schnell, »ganz im Gegenteil.«

»Das meine ich auch.« Der Graf betrachtete mich liebevoll. »Wir haben deinen Geist zu sehr vernachlässigt. Wo das hinführt, sieht man ja. Ab heute nehme ich dich in meine Schule, und wenn du entlassen wirst, kann dich kein Mann der Erde mehr übervorteilen. Du wirst sie alle durchschauen, die Männer, und nur der beste wird vor unseren Augen Gnade finden. Was hältst du davon?«

Ich sagte nichts, und Onkel Eduard erwartete auch keine Antwort. Er stand glücklich neben mir, die Sonne schien voll auf seine kräftige Nase, und der Wind hatte sein dichtes, weißes Haar durcheinandergebracht. Der Graf war erst achtundfünfzig Jahre alt, doch er hatte weiße Haare gehabt, soweit ich zurückdenken konnte. Mit vierzig war sein Haar schon silbergrau gewesen, aber das hatte sein Gesicht nur noch jünger gemacht. Und jung sah er auch jetzt aus mit seinen schwarzen, buschigen Augenbrauen und den dunklen Augen, die in der Vorfreude auf viele lehrreiche Unterrichtsstunden noch feuriger glänzten als sonst.

»Du hättest Professor werden sollen«, scherzte ich, »an dir ist ein erstklassiger Lehrer verlorengegangen.«

»Abwarten.« Er zwinkerte mir zu.

Ich war stolz auf meinen eleganten Onkel. Er war hochgewachsen und stattlich, der gutgeschnittene Rock verdeckte den leichten Ansatz zur Rundlichkeit, der auf das Konto von Lottes Kochkünsten ging. Selbst die festen Hosen konnten seine vornehme Erscheinung nicht mindern. Nur der Holzhammer paßte nicht ins Bild.

Der Holzhammer! Was wollte er damit? Er war mir sofort aufgefallen, denn ich hatte noch nie einen so großen gesehen. In der Form glich er zwar dem gewöhnlichen Küchengerät, mit dem man hierzulande Fleisch weich zu klopfen pflegt, aber er war doppelt so groß.

»Onkel Eduard«, fragte ich neugierig, »was ist das, was du da in der Hand hältst?«

Er sah mich an, dann blickte er an seinem Arm entlang.

»Das siehst du doch«, antwortete er nach einer kleinen Pause. »Ein Holzhammer. Ein ganz gewöhnlicher Holzhammer.«

»Und wozu brauchst du den? Oder hast du ihn nur zufällig dabei?«

»Was für eine dumme Frage! Zweifelst du an meinem Verstand? Natürlich hat es einen Sinn, wenn ich etwas in die Hand nehme. *Ich* weiß immer, warum ich etwas tue, was noch lange nicht heißt, daß ich es dir jedesmal sagen werde.«

Er begann vergnügt zu lachen.

»Sag es mir, Onkel Eduard, bitte, sag es mir!«

»Nein, du Neugierdsnase.« Er beugte sich zu mir herunter und kniff mich spielerisch in die Wange. »Paß auf«, flüsterte er dann geheimnisvoll, »wir zwei schließen jetzt einen Pakt. Der Holzhammer ist meine Angelegenheit, das wirst du respektieren. Du stellst keine Fragen und machst keine Anspielungen, schon gar nicht vor den Angestellten. Ich dagegen verpflichte mich feierlich, dich nicht mehr mit deinen Finanzen zu quälen. Einverstanden?«

»Gern«, sagte ich verblüfft, »wenn du willst?«

»Ich will.«

»Also gut, abgemacht.«

»So«, sagte er, als wir uns zur Bekräftigung des Versprechens die Hand geschüttelt hatten, »jetzt wirst du mich alleine lassen. Ich habe hier noch etwas zu tun. Nanu, wer kommt denn da?«

Er beugte sich über die Zinnen.

Sofort stand ich neben ihm. Eine große schwarze Limousine fuhr langsam den Burgberg herauf und blieb vor dem Tor stehen. Ein Mann stieg aus. Er trug etwas Schweres, überquerte die Zugbrücke und läutete. Was er mit soviel

Mühe trug, konnte man nicht erkennen, denn alles wirkte von oben ziemlich klein.

»Ich kann mir schon denken, wer das ist«, rief der Graf mit drohendem Unterton, und dann, keinen Widerspruch duldend: »Also, adieu, mein Kind, bis später! Wir sehen uns beim Essen.«

Neugierig stieg ich den Turm hinunter und zählte wie gewohnt die Stufen. Es waren genau dreihundertfünfundsechzig. Als ich unten ankam, war das Auto verschwunden.

4

Punkt dreiviertel eins saß ich unter den Kastanien. Der runde Tisch war mit einem weißen Tuch aus Damast bedeckt, und die langen Fransen, die bis zum Boden reichten, erinnerten mich an meine Kindheit. Als kleines Mädchen hatte ich sie nämlich immer während des Essens zu langen Zöpfen geflochten, und je mehr ich fertigbrachte, ohne daß die Erwachsenen es bemerkten, desto günstiger war das Omen. Fünf Zöpfe: Vielleicht würde ich auf dem Burgberg Erdbeeren finden. Zehn Zöpfe: Vielleicht durfte ich das Mädchen beim Milchholen begleiten.

Die Milch wurde vom Gutshof geholt, und dorthin wollte ich immer. Das Storchennest faszinierte mich, außerdem kannte ich die Namen sämtlicher Kühe, Pferde, Hunde und Hühner. Die Landwirtschaft war ausgezeichnet geführt, nach der alten, gesunden Art, ohne Kunstdünger und Insektengifte. Die Tiere hatten geräumige, luftige Ställe und verbrachten den ganzen Sommer auf der Weide. Auch die Schweine durften ins Freie, und die Hühner führten ein glückliches, ungezwungenes Leben.

Aber es gab noch etwas Besonderes auf dem Gutshof: ein

Zuchtschwein namens Charlotte, das vor Wonne in Ohnmacht fiel, wenn man es an einer bestimmten Stelle am Hals kratzte. Ich kannte die Stelle. Der Gutsbesitzer hatte sie mir gezeigt, und Charlotte wußte das. Kaum betrat ich den Stall, begann sie freudig zu grunzen. Dann eilte sie, so schnell sie mit ihren kurzen Beinen dazu imstande war, zur Brettertür und hielt mir den Hals hin. Ich begann sie zu kratzen, Charlotte schloß wohlig die Augen und fiel prompt in starre Verzückung. Sekunden später kippte sie zur Seite und streckte alle viere von sich. Sie brauchte ungefähr eine Minute, bis sie sich wieder erholt hatte, und dann begann das Spiel von neuem. Kein Wunder, daß ich jedesmal mit Gewalt aus dem Schweinestall entfernt werden mußte. Ich wollte einfach nicht mehr nach Hause, ich wollte bei Charlotte bleiben. Trösten konnte mich nur der Graf. Er versprach mir ein Stück Marzipan, und wenn er es mir in den Mund steckte, versiegten die Tränen.

Ach, der Gutshof. Nur meiner eigenen Dummheit war es zuzuschreiben, wenn er uns verlorengehen sollte. Nicht auszudenken, daß ein Fremder dort einziehen und alles verändern sollte. Aber seltsamerweise hatte Onkel Eduard ziemlich milde auf meine Beichte reagiert. Er hatte sogar versprochen, nicht mehr über meine Finanzlage zu reden. Ob da eine andere Geldquelle winkte? Er wirkte jedenfalls nicht so, als hätte er den Gutshof abgeschrieben.

Ich streckte mich wohlig. Die gefürchtete Unterredung war gar nicht so schlimm gewesen. Zwar hatte ich noch längst nicht alles gebeichtet, aber das Wichtigste war heraus. Außerdem würde Großmama bald hier sein – und dann war alles leichter.

Großmama war die Mutter des Grafen. Sie lebte in Südfrankreich und kam jeden Sommer nach Kronegg, um hier ihren Geburtstag zu feiern. Sie war am 31. Juli geboren. In spätestens zwei Wochen mußte sie eintreffen. Der Gedanke an Großmama versetzte mich sofort in beste Laune. Sie hatte immer zu mir gehalten und mir als Kind alles erlaubt, was Onkel Eduard verboten hatte. Die zwei Monate, die sie auf der Burg verbrachte, waren die schönsten des Jahres gewesen. Auch jetzt würde sie mir gute Dienste leisten. Sie kannte den Grafen in- und auswendig, und wenn sie einmal da war, würde es mit seinen Geheimnissen nicht mehr so weit her sein. Sie würde sofort herausfinden, was es mit dem Holzhammer für eine Bewandtnis hatte und welche mysteriösen »Entscheidungen« der Graf in meiner Abwesenheit gefällt hatte. Vor allem würde sie mir etwas über meine Mutter erzählen, jetzt, wo das erste Wort gefallen war.

Ich legte den Kopf zurück und blickte lange in das grüne Blätterdach über mir. Ich fühlte mich wohl. Der Tag war heiß, und die Luft flimmerte silbrig, wie ich es in England während der ganzen fünf Jahre kein einziges Mal erlebt hatte. Es hatte zwar auch in London schöne Sommertage gegeben, aber es war nicht dasselbe gewesen. Die Erde blieb immer feucht, auch wenn es eine Woche nicht regnete. Jedesmal, wenn ich mich ins Gras legte, bekam ich Gliederschmerzen.

Es geht eben nichts über das gewohnte, heimatliche Klima. Ich schlüpfte aus meinen Schuhen und strich sanft mit den Zehen über die warme, trockene Erde. Es war angenehm still im Hof. Die Singvögel rührten sich kaum, und die Bienen summten leiser als am Vormittag. Die Sonne stand direkt über mir und verbreitete Hitze und Schläfrigkeit. Ein kleiner, gelber Schmetterling gaukelte vorbei.

Ich zog meine Schuhe wieder an, damit Onkel Eduard meine Zehennägel nicht sehen konnte, die ich verbotenerweise rot lackiert hatte. Dann unterwarf ich den Tisch einer genauen Prüfung.

Das Essen versprach interessant zu werden. Eine große, hölzerne Salatschüssel stand da, daneben ein Kristallfläschchen mit der Marinade. In zwei weißen Schalen war eine Art Püree, das eine hell-, das andere dunkelgrün. Was konnte das sein? Hoffentlich keine Erbsen. Erstens mochte ich sie nicht besonders, zweitens waren sie viel zu schwer für einen heißen Sommertag. Erbsenpüree paßt besser in den Winter.

»Was ist das, Lotte?« fragte ich neugierig, denn ich hatte hinter mir Schritte gehört. Es war aber nicht die Köchin, die unter die Kastanien trat, sondern der Graf. Er hatte sich umgezogen, trug eine helle, elegante Leinenjacke und wirkte leicht gereizt. Auf seiner rechten Schulter saß Bonnie.

Bonnie und ich hatten bereits Freundschaft geschlossen. Gestern mittag hatte der Kakadu zwei Sonnenblumenkerne von mir angenommen, und am Abend durfte ich ihn sogar unter den Flügeln kraulen. Er war zu diesem Zweck extra von seiner Vorhangstange heruntergeflogen, was den Grafen sichtlich beeindruckte.

»Er mag dich«, hatte Onkel Eduard festgestellt, »das ist ein gutes Zeichen. Hühnchen hat einen untrüglichen Sinn für wertvolle Menschen.«

Heute wirkte der Vogel besonders munter. Seine schwarzen Knopfaugen glänzten, und er knabberte zärtlich am Ohrläppchen des Grafen. Dieser aber setzte ihn sofort auf seinen Kletterbaum, einen großen, verzweigten Ast, der auf einen Sonnenschirmständer montiert war und neben dem Eßtisch stand. Irgend etwas war geschehen. Hühnchen war in Ungnade gefallen. Aber warum?

»Das Mistvieh hat doch tatsächlich meinen Großpapa angeknabbert«, erklärte der Graf gereizt. »Du weißt schon, das große Gemälde im Herrenzimmer hinter meinem Schreibtisch. Ich habe es neu rahmen lassen, und es ist gestern erst fertig geworden. Ich komme vom Turm herunter, und alles ist in Ordnung. Dann lasse ich den Vogel vielleicht zwei Minuten allein, und schon beißt er ein großes Loch in den teuren Rahmen. Ich weiß gar nicht, ob das noch zu reparieren ist.«

Bonnie stellte seinen Schopf auf und begann zärtlich zu flöten.

»Ja, ja, du Schlingel. Das nützt jetzt auch nichts mehr.«

Der Graf drohte mit dem Finger und setzte sich neben mich

in einen weißen Korbstuhl. Dann schenkte er uns beiden Rotwein ein.

»Hühnchen hat nicht nur einen untrüglichen Sinn für wertvolle Menschen«, sagte ich, »wertvolle Hölzer scheint er ebenfalls zu schätzen. Ein Qualitätsvogel braucht eben Qualitätsholz.«

»Leider«, bestätigte der Graf und kostete den Wein.

»Das ist auch sein einziger Nachteil. Im ersten Jahr hat er so viel kaputtgemacht, daß ich ihn um ein Haar wieder hergegeben hätte. Kein Spiegelrahmen ist vor ihm sicher gewesen. Aus meinem Schreibtisch hat er das eingelegte Ebenholz herausgearbeitet und in winzige Stücke zerbissen. Er kann zwar nichts dafür, die Natur hat ihn so gemacht, und wenn er gesund bleiben will, *muß* er Holz knabbern. Aber ich weiß nicht, was passiert wäre, wenn Hans nicht die Idee mit den Kletterbäumen gehabt hätte. Seither läßt er wenigstens das Mobiliar in Ruhe.«

»Wie lange hast du ihn jetzt?«

»Zwei Jahre.«

»Vielleicht hättest du ihn von Anfang an in den Käfig sperren sollen.«

Der Graf sah mich zweifelnd an. »In den Käfig? Ich kaufe doch keinen Vogel, um ihn hinter Gittern darben zu lassen. Möchtest du dein Leben in einem Käfig verbringen?«

»Krrrxt!« machte Bonnie und stellte seinen Schopf auf.

»Siehst du«, meinte Onkel Eduard besänftigt, »er versteht jedes Wort. Irgendwann wird er auch begreifen, daß man nichts kaputtmachen darf, nicht wahr, mein Hühnchen? Er ist wirklich außerordentlich intelligent. Ich möchte nicht, daß du einen falschen Eindruck bekommst, Annette. Immerhin hat er zwei ganze Monate nichts angestellt.« Seine Stimme war bedeutend milder geworden. Er blickte liebevoll auf den Kakadu, der sich auf doppelte Größe aufgeplustert hatte und brav auf sein Mittagessen wartete. Der Zorn des Grafen war wie immer schnell verebbt. Er konnte seinem Herzenstier nie lange böse sein. »Hans soll sich den Rahmen noch einmal vornehmen«, meinte er dann völlig versöhnt. »Vielleicht kann man ihn doch noch richten.« Und er begann, den Vogel unter den Flügeln zu kraulen.

Amüsiert sah ich ihm zu. Bonnie war in der Tat ein Prachtexemplar. Er hatte strahlendweiße Federn, einen orangen Schopf, den er bei jeder Gefühlsregung aufstellte, und kreisrunde, orange Bäckchen. Die Unterseite des Schwanzes und der Flügel war zitronengelb. Im Scherz hatte Onkel Eduard einmal gesagt: »Ich besitze einen weißen Kakadu, gelb gefüttert, mit orangem Zubehör.« Die Beschreibung blieb an Bonnie hängen. Er war zwar meistens das brave Hühnchen, aber wenn er etwas angestellt hatte, wenn der Burgherr wirklich böse auf ihn war, dann war er das »orange Zubehör«.

Wie gesagt, Bonnie war ein schönes, stolzes Tier, vor allem, wenn man ihm gegenübersaß. Abends in der Küche war das anders. Er schlief nämlich oben auf einer Vorhangstange, und wenn man ihm von unten in die duftige weiße Federhose blickte, hatte man den Eindruck, daß sich ein wohlgenährtes, weißes Suppenhuhn dort hinauf verflogen hatte. Auch Onkel Eduard war die Ähnlichkeit nicht verborgen geblieben. Er hätte zwar nie zugegeben, daß sein Liebling – außer den Federn natürlich – mit der niedrigen Rasse der Haus- und Gebrauchsvögel das geringste gemeinsam hatte, doch ließ er den Speiseplan ändern. Seit Bonnies Einzug war auf Kronegg kein Huhn mehr auf den Speiseplan gekommen.

Überhaupt hatten sich die Eßgewohnheiten auf der Burg verändert. Dem Grafen fiel es immer schwerer, Fleisch zu essen. Er liebte Tiere über alles, und etwas Lebendes umzubringen, um es dann aufzuessen, fand er barbarisch. Seit er Bonnie besaß, hatte er mühevoll Schritt für Schritt begonnen, auf Fleisch zu verzichten. Ganz war es ihm noch nicht gelungen, aber es erklärte die vielen delikaten Gemüse-, Salat- und Obstgerichte, die Lotte auf den Tisch brachte.

Auch heute war das Essen ausgezeichnet. Es gab Käsesoufflé, so leicht und locker, daß es auf der Zunge zerging. Dazu Salat und Weißbrot. Die geheimnisvollen grünen Speisen entpuppten sich als Püree aus grünen Bohnen, gewürzt mit Zitrone und Salz, sowie als Mousseline aus passiertem Kochsalat und Lauch. Ich hatte noch nie so etwas gegessen. Anschließend gab es Käse und zum Nachtisch kleine Zuckermelonen mit Sherry.

Wir hatten mit großem Appetit gespeist, und auch Bonnie war mit seinem Mahl zufrieden. Er hatte mit glänzenden Augen eine rote Hirserispe angeknabbert und verzehrte zum Abschluß noch etwas Petersilie. Der Kakadu war ein sehr manierlicher Esser. Er fraß nicht aus einem Napf, sondern hielt Rispen und Kräuter geschickt mit einem Füßchen, das so beweglich war wie eine menschliche Hand. Ab und zu, wenn es besonders gut schmeckte, spreizte er gekonnt eine Kralle weg, was uns jedesmal zum Lachen brachte. Es war nämlich haargenau dieselbe Geste, mit der affektierte Menschen beim Teetrinken den kleinen Finger spreizen.

»Ach, das war wieder köstlich, Lotte«, lobte der Graf und faltete seine Serviette. »Wie habe ich nur so lange ohne Sie überlebt?«

Lotte lächelte geschmeichelt. Wenn wir keine Gäste hatten, aß sie immer mit uns am Tisch.

»Ja, Lotte«, sagte Onkel Eduard und blickte der Köchin tief in die Augen, »was würde ich nur ohne Sie anfangen? Ein Glück, daß Sie zu uns gekommen sind.«

Lotte errötete und senkte bescheiden das Haupt.

»Übrigens«, fuhr der Graf fort, »war das nicht der Wagen von Lockenstein, der heute vormittag vorbeigekommen ist?«

»Ja, ja«, sagte Lotte schnell, »ich wollte Ihnen schon sagen, daß er da war, aber ich habe Sie vor dem Essen nicht finden können. Der Herr Leopold hat nämlich zwanzig frische Forellen geschickt.«

Der Graf runzelte die Stirn. Dann senkte er die Augen auf

das Tischtuch. Sein Hals begann sich langsam rot zu färben. Ein untrügliches Zeichen.

»Zwanzig Forellen?« fragte er gefährlich leise.

»Mit seinen Komplimenten.«

»Ja, glaubt denn der Esel, wir sind auf *Almosen* angewiesen?« schrie er dann so laut, daß Hühnchen entsetzt die Petersilie fallen ließ. »Was soll der Unsinn? Soll das eine Beleidigung sein?«

»Schick sie bitte nicht zurück«, mischte ich mich unvorsichtigerweise ein, »sonst ist er tödlich gekränkt. Immerhin ist er unser Nachbar.«

»Was heißt Nachbar?« tobte der Graf, rot im Gesicht. »Was heißt Nachbar? Er soll sich zum Teufel scheren mit seinen ewigen Belästigungen. Auf so einen Nachbar kann ich verzichten. Keine Ruhe läßt er mir. Das ist Hausfriedensbruch, jawohl! Ich werde ihn verklagen!«

Bonnie begann markerschütternd zu schreien. Für Wortgefechte war er immer zu haben. Er betrachtete sie als persönliche Herausforderung und mußte beweisen, daß er noch viel lauter sein konnte als alle Anwesenden zusammen. Er spreizte seinen Schwanz wie einen Fächer, stellte den Schopf auf und kreischte so entsetzlich, daß uns die Ohren bebten. Sofort war er Herr der Lage. Er übertönte wirklich alles, was menschliche Stimmen hervorbringen können.

»Halt den Schnabel!« brüllte der Graf trotzdem. »Was geht dich das an? Lerne lieber reden, du dummes Huhn!«

Bonnie holte kurz Atem, um erneut loszulegen, aber Lotte hob die Petersilie auf und brachte ihn damit auf andere Gedanken.

»Onkel Eduard«, sagte ich in die kurze Ruhepause hinein, »verklage ihn bitte nicht. Das mit den Forellen ist doch nur eine nette Geste. Du schickst dem Leopold auch jeden Herbst Kostproben von deinem neuen Wein.«

»Es sind wirklich sehr schöne Fische«, wagte Lotte einzuwerfen. »Wenn Sie erlauben, können wir heute abend . . .«

»Nein, das können wir nicht«, brüllte der Graf, rot vor Zorn. »Das kommt nicht in Frage, und ich will darüber kein Wort mehr hören. Begreift ihr denn nicht, was hier gespielt wird? Habt ihr denn gar keine Menschenkenntnis? Dieser stupide Unverstand bringt mich ins Grab. Noch ein Wort über die Fische, und ich platze vor Wut!«

Er sprang auf und schleuderte die Serviette auf den Tisch. Sie flog haarscharf an Lottes Nase vorbei und landete spritzend in der Salatschüssel. Das Marinadefläschchen fiel um, und ein fetter Strom ergoß sich über den Brotkorb. Blitzschnell rückte ich mit meinem Korbsessel zurück, denn das Öl tropfte bereits über den Tischrand. Der Graf sah schuldbewußt auf das, was er angerichtet hatte, aber Bonnie stahl ihm die Schau. Der Kakadu legte den Kopf schief, betrachtete eingehend die Serviette im Salat und sagte dann laut und deutlich: »Popo!«

Onkel Eduard sank entgeistert in den Sessel zurück. Die Tatsache, daß sein Lieblingstier das erste Wort gesprochen hatte, verschlug ihm die Sprache. Mit rotem Kopf starrte er auf Bonnie und wußte nicht, ob er ihn loben oder tadeln sollte. Er fuhr sich mit der Hand durch die Haare, und auf seinem Gesicht stand deutlich geschrieben, was er dachte: Popo gehört nicht in den Wortschatz eines hochherrschaftlichen gräflichen Kakadus!

»Er spricht, er spricht«, jubelte Lotte, »und ganz deutlich noch dazu. Haben Sie gehört? Er hat Popo gesagt. Jetzt wird er bald ganze Sätze sprechen. Das wird lustig.«

»Haben *Sie* ihm das beigebracht?« Der Graf blickte mit gemischten Gefühlen auf seine Köchin, die entzückt den Vogel betrachtete. »Das ist nämlich ein *sehr* eigenartiges Wort. Von mir hat er das nie gehört.«

»Von mir auch nicht«, sagte Lotte bestimmt. »Ich habe ihm immer nur langsam und deutlich seinen Namen vorgesagt. Bo – nnie, Bo – nnie. Schon morgens beim Frühstück. Das hat ihn sehr beeindruckt.«

»Offensichtlich«, kommentierte der Graf. »Aber Sie haben die erste Silbe zu stark betont. Jetzt haben wir die Bescherung. Hoffentlich können wir ihm das wieder ausreden.«

»Wieso?« fragte Lotte gekränkt. »Das ist doch ein guter Anfang. Besser Popo als gar nichts.«

»Das finde ich auch«, pflichtete ich ihr bei und begann zu kichern.

Bonnie hatte sich durch die Debatte über seine Sprechfähigkeit nicht aus der Fassung bringen lassen. Er fixierte weiterhin die Salatschüssel samt Inhalt, denn so etwas sah er nicht alle Tage. Sein Hals wurde immer länger und seine schwarzen Knopfaugen immer größer. Plötzlich stieß er ein verwegenes Krächzen aus und hüpfte von seinem Ast herunter auf das Tischtuch. Er landete gekonnt zwischen zwei Weingläsern, marschierte entschlossen auf die Salatschüssel zu und packte die Serviette am obersten Zipfel. Unter großen Anstrengungen zog er sie heraus, schleifte sie, ohne auch nur das geringste umzustoßen, geschickt zwischen Gläsern und Tellern hindurch und warf sie auf den Boden. Dann legte er den Kopf schief und äugte zufrieden hinunter.

Wir sahen uns an und mußten auf Kommando schallend lachen. Der Graf schnappte nach Luft und ließ eine Lachsalve los, daß der Tisch zitterte.

»Das ist wirklich zu komisch!« stöhnte er, während ihm die Tränen über die Wangen liefen. »Bonnie, du bist ein Genie. Was sagt ihr? Sprechtalent hat er keines, aber er ist eine ausgezeichnete Hausfrau.«

Ich wischte mir die Augen. »Jedenfalls hat er einen untrüglichen Sinn für Ordnung.«

»Genau. Bonnie, wir sind stolz auf dich. Komm, mein Hühnchen! Komm!«

Er beugte sich vor und begann, den Kakadu am Kopf zu kraulen. Bonnie vergaß auch gleich die Serviette, klappte seinen orangen Schopf nach vorne und schloß wonnevoll die Augen. Köpfchenkraulen war seine größte Seligkeit.

»So«, meinte der Graf zufrieden, »jetzt erkläre ich euch, warum ich mich vorhin so aufgeregt habe. Der Leopold ist ein falsches Aas. Er schickt uns die Fische nicht aus nachbarlicher Liebe, sondern weil er es auf Sie, liebe Lotte, abgesehen hat. Er hätte nichts lieber, als daß Sie mich verlassen und zu ihm kommen. Aber«, er tätschelte kurz Lottes Hand, »das würden Sie bereuen. Auf Lockenstein hätten sie keine ruhige Minute. Für jedes Familienmitglied muß extra gekocht werden. Der eine ißt kein Gemüse, der andere keine Kartoffeln, und der Burgherr hat an allem etwas auszusetzen. Glauben Sie mir, dort wechselt man dreimal im Jahr das Personal. Und was die Dame des Hauses betrifft, nun, über die breitet man am besten den Mantel des Schweigens. Erstens ist sie neurotisch, zweitens ist sie ein unerfreulicher Anblick. Sie ist spindeldürr und flach wie ein Bügelbrett; vorne und hinten absolut gleich. Keine anständige Frau sieht so aus, glauben Sie mir!«

Er ließ einen wohlgefälligen Blick über die Rundungen seiner Köchin gleiten.

Lotte wurde rot. »Ich will ja gar nicht fort«, meinte sie dann. »Ich wollte nur wissen, was ich mit den Fischen anfangen soll.«

»Herschenken!« befahl Onkel Eduard. »Ich will keinen Bissen davon. Schenken Sie sie dem Postfräulein im Dorf, und der Hans kriegt auch ein paar. Der freut sich bestimmt. Ist das klar?«

»Nein«, sagte Lotte und schluckte. »Klar ist es nicht, aber ich werde natürlich tun, was Sie anordnen.«

Onkel Eduard setzte Bonnie wieder auf den Kletterbaum. »Wenn es nicht klar ist, werde ich es klären«, meinte er und schlug die Beine übereinander. »Dann kann es in Zukunft keine Mißverständnisse mehr geben. Also, Lotte, damit Sie mich richtig verstehen, zwischen dem Leopold und mir gibt es eine alte Feindschaft. Lockenstein und Kronegg haben nämlich früher einmal zusammengehört. *Beide* Burgen waren im Besitz *meiner* Familie. Haben Sie das nicht gewußt? Nein? Jedenfalls war es so. Die Burgen sind auch nur zwölf Kilometer voneinander entfernt, und es gibt sogar einen unterirdischen Gang, der sie verbindet.«

Lotte machte große Augen. »Ist der Gang noch vorhanden?«

»Natürlich. Es ist ein alter Fluchtweg. Aber keine Angst, er mündet nicht in Ihr Schlafzimmer. Als wir Lockenstein hergegeben haben, hat ihn mein Urgroßvater auf unserer Seite zumauern lassen.«

»Warum haben Sie die schöne Burg hergeben müssen?« wollte Lotte wissen. »Spielschulden?«

»Spekulationen«, sagte Onkel Eduard düster. »Spekulationen, die danebengegangen sind. Mein Urgroßvater war zwar ein hervorragender Kunstgeschichtler, aber Geschäftsmann war er keiner. Das kommt in den besten Familien vor. Aber die Sache hätte gut ausgehen können, wenn sich die Lockensteiner ordentlich benommen hätten. Verstehen Sie? Sie haben es aber nicht getan, sondern unsere verteufelt schlechte Lage ausgenützt. Ich werde Ihnen das später einmal erklären. Jedenfalls war das der Anfang der Feindschaft. Weitergegangen ist es dann mit meiner bildschönen Tante Aimé. Das war unsere Revanche. Aimé hat nämlich den Erbonkel von Leopold geheiratet; da war sie schon über achtzig. Die Sippe auf Lockenstein war wie vom Schlag gerührt, denn er hat ihr einen ganzen Berg geschenkt, voll bewaldet mit uralten Eichen, Linden und Lärchen. Ein Vermögen ist er wert. Der Leopold ist mir auch jahrelang in den Ohren gelegen. Er wollte den Berg zurückhaben. Als er endlich kapiert hat, daß nichts zu machen ist, hat er uns ein Kuckucksei gelegt, das sich gewaschen hat.« Er sah schnell zu mir herüber. Ich wurde feuerrot, wußte ich doch nur zu gut, wer das Kuckucksei war.

»Was hat er getan?« fragte Lotte neugierig.

»Etwas Hundsgemeines. Aber das führt zu weit, das kann ich jetzt nicht erklären. Ich erwähne es auch nur, damit Sie die

Verhältnisse zwischen Lockenstein und Kronegg besser verstehen. Nach außen hin sind wir gute Nachbarn. Aber in Wirklichkeit ärgert mich der Leopold, wo er kann. Deshalb reagiere ich allergisch, wenn er jetzt auch noch hinter Ihnen her ist.«

»Ich weiß gar nicht, ob er das ist«, sagte Lotte nachdenklich. »Heute früh ist er nicht einmal aus dem Auto gestiegen, um mir guten Tag zu sagen. Der Chauffeur hat die Fische abgeliefert, und der Herr Baron hat mir vom Auto aus zugewinkt.«

»Das ist aber *sehr* interessant«, rief Onkel Eduard alarmiert. »Das wirft ein ganz neues Licht auf die Sache. Lotte, sind Sie sicher, daß der Leopold selbst im Auto war?«

Die Köchin nickte eifrig. »Da bin ich völlig sicher. Da gibt es keinen Zweifel. Ich habe ihn ganz genau gesehen.«

Onkel Eduard stand auf. »Das bedeutet etwas«, grübelte er. »Ich bin mir auch ziemlich sicher, was. So eine Schweinerei! Der Kerl ist ja geradezu gemeingefährlich. Das werden wir sofort klären, sonst habe ich keine ruhige Minute mehr. Er spioniert also in unserer Nachbarschaft herum. Sehr interessant!«

»Was bedeutet das denn?« riefen Lotte und ich gleichzeitig. Aber der Graf antwortete nicht. Er blickte durch uns hindurch auf die Kastanien und führte ein unverständliches Selbstgespräch. Dann hob er den Kopf.

»Lotte, lassen Sie den Kaffee servieren. Das Mädchen soll ein neues Tischtuch bringen. Mir ist eben das Licht meines Lebens aufgegangen. Ihr müßt mich entschuldigen, ich muß sofort einen Anruf erledigen.«

Wir sahen ihm nach, wie er aus dem Schatten der Kastanien hinaus in die Sonne trat und auf das steinerne Tor zuging, das zum kleinen Burghof führte. Er war so in Gedanken versunken, daß er Hans, der eben von seiner Mittagspause zurückkam, nicht bemerkte. Er erwiderte seinen Gruß nicht und ging an ihm vorbei, als wäre er unsichtbar. Hans grüßte noch einmal, zuckte dann mit den Achseln und verschwand in der Tischlerei.

»Ach, diese Männer«, seufzte Lotte, als der Graf außer Hörweite war. »So ein herrliches Essen, so ein schöner Sommertag und so eine Aufregung wegen nichts und wieder nichts.«

Ich war mir nicht ganz so sicher. Ich kannte den Leopold seit meiner Kindheit und traute ihm nicht über den Weg. Er hatte mir zwar nichts getan, aber Onkel Eduard hatte mich immer vor ihm gewarnt, und das genügte.

»Mein Onkel ist überzeugt davon, daß der Leopold gefährlich ist.«

»Ach was. Das ist doch nur Eifersucht. Die meisten Männer sind Kampfhähne, da sind Grafen und Barone keine Ausnahme. Was soll er denn im Schilde führen? So ein netter, eleganter Herr. Ein echter Gentleman ist das. Eine Freude wollte er uns machen, sonst nichts. Jetzt stehen wir da mit zwanzig erstklassigen Fischen und wissen nicht, was wir mit ihnen anfangen sollen.«

»Einfrieren?«

»Daran habe ich auch schon gedacht.«

»Aber so, daß es niemand merkt.«

Lotte nickte, hob die Serviette auf, packte Salatschüssel nebst Weinflasche und marschierte so entschlossen in Richtung Küche, daß der Kies unter ihren Schuhen knirschte. Ich blieb bei Bonnie, der sich wohlig seiner Verdauung widmete. Der Kakadu hatte die Augen geschlossen und sich so aufgeplustert, daß er in seinen Federn zu versinken schien. Wie eine große, flauschige Kugel saß er auf seinem Ast und öffnete nur ab und zu ein schwarzes Auge, um sich zu vergewissern, daß ihm auch keiner ans Leben wollte.

Ich hielt ganz still, um ihn nicht zu stören. Bonnie war ein besonders ängstlicher Vogel. Die kleinste Bewegung konnte ihn so erschrecken, daß er in wilder Hast die Flucht ergriff. Meist rettete er sich dann hinauf in die Kastanien, wo er stundenlang Verstecken spielte und nicht mehr herunterzukriegen war. Onkel Eduard bekam jedesmal einen Tobsuchtsanfall, und das wollte ich heute nicht mehr riskieren.

Lotte kam von der Küche und strahlte Zufriedenheit aus.

»In der Tiefkühltruhe ist Platz genug«, flüsterte sie und stellte ein großes, verziertes Silbertablett auf den Tisch. Ich sah, daß sie meine Lieblingstassen genommen hatte, kleine, sechseckige, sonnengelbe Tassen aus hauchdünnem Porzellan. Hinter ihr kam das Mädchen mit den beiden Kannen.

»Ich höre, Bonnie hat Popo gesagt«, kicherte es, während es den Tisch abräumte und neu deckte. »Sag Popo, Hühnchen! Sag Popo!«

In diesem Moment kam der Graf zurück, und dem Mädchen blieb das Wort im Mund stecken. Onkel Eduard hatte sich umgezogen, hielt seinen Holzhammer in der Hand und machte ein so finsteres Gesicht, daß es auch Lotte und mir die Sprache verschlug.

»Kaffee!« befahl er, ohne sich zu setzen. »Nein, nicht den Sanftmacher, sondern den echten. Ich *will* mich nämlich aufregen.«

»Den echten?« fragte Lotte vorsichtig.

»Ja. Habe ich doch gerade gesagt.«

Lotte war selig. »Also, das freut mich. Ich habe ihn heute nämlich besonders gut gemacht. Was sagen Sie zu dem Aroma?« Und sie schenkte seine Tasse bis zum Rand voll.

Onkel Eduard sagte gar nichts. Er schaufelte so viel Zucker in seinen Kaffee, daß der überging, trank im Stehen und verlangte eine zweite Tasse.

»So«, sagte er dann, »genau das habe ich gebraucht. Jetzt bin ich in der richtigen Stimmung. Jetzt nehme ich es mit jedem auf. Also, alles herhören! Ich habe den Anruf gemacht, und meine schlimmsten Befürchtungen haben sich bestätigt. Der feine Herr Baron hat meine ganzen Pläne durcheinandergebracht. In den nächsten Tagen werde ich *sehr* beschäftigt sein.«

»Können wir dir nicht helfen?« wollte ich wissen.

»Doch. Indem ihr keine dummen Fragen stellt. Eure Unterstützung äußert sich in erster Linie in tatkräftigem Schweigen. Habt ihr das verstanden?«

»Entfällt mein Kunstgeschichtsunterricht?« fragte ich hoffnungsvoll.

»Natürlich nicht. Wo denkst du hin? Glaubst du, ich vergesse alle meine Pflichten? Punkt drei hole ich dich ab, und wir beginnen mit der Eisensammlung. Bis dahin bitte ich dich, daß du dich um Bonnie kümmerst. Ich kann ihn jetzt nicht brauchen.« Er trat hinaus in die Sonne, den Holzhammer fest im Griff.

»So«, sagte er kämpferisch zu sich selbst, »jetzt geht es hart auf hart. Jetzt wird ans Werk gegangen. Dem Mutigen gehört die Welt.«

Er begann fest auszuschreiten, senkte den Kopf und drehte sich kein einziges Mal um.

Er ging geradewegs auf den runden Turm zu.

5

Der Graf war verschwunden, und uns war die Lust vergangen, noch länger beisammenzusitzen. Nachdem wir eine Weile über das seltsame Benehmen des Burgherrn gerätselt und unseren Kaffee getrunken hatten, zog sich Lotte zurück, um sich eine Stunde auszuruhen. Hans stellte Bonnie samt Kletterbaum in meinen Salon und ging dann lustlos in die Tischlerei. Dort wirkte sich die Hitze hörbar auf seinen Arbeitseifer aus: Es klangen nur ganz selten Hammerschläge zu uns herüber, dazwischen war minutenlang Stille. Auch aus dem runden Turm drang kein Geräusch. Was tat Onkel Eduard dort oben? Und was hatte der runde Turm mit Leopold von Lockenstein zu tun? Sollte ich hinaufgehen und herumspionieren? Ach was, das war zu anstrengend. Ich würde es schon rechtzeitig erfahren. Spätestens bei Großmamas Ankunft.

Ich gähnte. Zum erstenmal war ich allein mit Bonnie. Der Kakadu saß brav auf seinem Baum und schien nur einen Wunsch zu haben: einen langen, ausgiebigen Mittagsschlaf zu halten. Er hatte ein Bein angezogen, und die Augen fielen ihm zu. Ich beobachtete ihn eine Weile und schlich dann auf Zehenspitzen in mein Schlafzimmer, um es ihm nachzumachen.

Aufatmend befreite ich mich von den Kleidern. Dann duschte ich kalt und schlüpfte in einen leichten seidenen Morgenrock. So, jetzt fühlte ich mich besser. Ich streckte mich bequem auf meinem Himmelbett aus und schloß die Augen. Aber kaum war ich zwei Minuten so gelegen, hörte ich ein gefährliches Geräusch, das mich sofort auf die Beine brachte. Was war das? Ich horchte angestrengt. Großer Gott! Im Salon splitterte Holz!

Ich lief zur Tür und riß sie auf. Entsetzlich! Bonnie thronte auf dem großen Spiegel über dem Kamin. Er hatte aus dem vergoldeten Rahmen einen Schnörkel gebissen und zerlegte ihn gerade genußvoll in zündholzgroße Teile.

»Du böser Vogel«, rief ich wütend, »hörst du sofort auf?« Aber Bonnie ließ sich nicht aus der Ruhe bringen. Er sah freundlich auf mich herab, als wolle er sagen: Wirklich erstklassiges Holz, ich kann es wärmstens empfehlen. Dann rückte er ein Stück nach rechts, um die neunzackige Grafenkrone in Angriff zu nehmen.

Aber dazu kam er nicht. Ich stürzte zum Kamin, und der Kakadu flatterte erschrocken auf seinen Kletterbaum. Dort ließ er meine Strafpredigt über sich ergehen, aber kaum machte ich Anstalten, ihm den Rücken zu kehren, setzte er zum Flug auf den Spiegel an. Offensichtlich war er fest entschlossen, seine Schandtat fortzusetzen.

Ich wußte vom Grafen, daß es für einen Kakadu nichts Aufregenderes gibt als ein angenagtes Stück Holz. Die frische Bißstelle verlockte ihn ebenso zum Weiterbeißen, wie uns Menschen ein angebissenes Stück Torte zum Weiteressen verführt. Wenn ich einen größeren Schaden verhindern wollte, durfte ich den Vogel nicht aus den Augen lassen.

»Schöne Aussichten«, dachte ich laut. Ich hatte keine Lust, hier bis drei Uhr stehenzubleiben. Zum Mittagessen hatte ich Wein getrunken, und Wein macht mich müde. Ich hatte nur einen Wunsch: unter die kühlen Laken meines Himmelbettes zu schlüpfen und bis drei Uhr zu schlafen.

Der Zufall kam mir zu Hilfe. Ich entdeckte nämlich auf einem kleinen Tischchen neben dem Sofa eine Dose mit Büffelbeize. Das Mädchen hatte morgens die Möbel poliert und sie offensichtlich vergessen. Sofort hatte ich eine brillante Idee. Rote Büffelbeize, genau das Richtige. Ich würde die angenagte Stelle damit bestreichen und Bonnie die Lust am Weiterbeißen gründlich verderben.

Der Kakadu legte den Kopf schief. Interessiert verfolgte er, wie ich den Spiegelrand mit gut zwei Zentimeter roter Beize bestrich. Als ich fertig war, stellte er den Schopf auf, rührte sich aber nicht vom Fleck.

»So«, sagte ich zufrieden und ging mir die Hände waschen, »guten Appetit, mein Hühnchen!«

Dann begab ich mich zu Bett und schlief herrlich. Ich schlief mit gutem Gewissen. Um auf Nummer Sicher zu gehen, hatte ich die Tür zum Salon offenstehen lassen. Das kleinste Geräusch hätte mich geweckt. Aber ich hatte nichts gehört, bis auf ein kurzes Geflatter, und das konnte ich auch geträumt haben.

Als ich aufstand, wußte ich nicht, wie spät es war. Im Hof sah ich niemanden, aber der runde Tisch war für den Tee gedeckt, und der Schatten des eckigen Turmes reichte bis zu den Kastanien. Als ich auf die Turmuhr blickte, erschrak ich. Dreiviertel fünf! Der Graf wollte mich doch um drei abholen. Warum war er nicht gekommen?

Eiligst begann ich mich anzuziehen. Dann lief ich in den Salon, aber kaum war ich durch die Tür, versagten mir die Knie. Der Anblick, der sich mir bot, raubte mir alle Kraft.

Bonnie hockte auf dem Kaminsims inmitten unzähliger Häufchen roter Büffelbeize, die er mühsam mit dem Schnabel vom Spiegel abgetragen hatte. Der ganze ehemals weiße Vogel war jetzt über und über rosa wie ein Flamingo. Schnabel und Zunge aber prangten feuerrot.

Noch nie in meinem Leben war ich so erschrocken. Du lieber Gott! Bonnie wird sterben! Sofort einen Tierarzt! Ich stürzte zum Telefon. Keine Antwort im Herrenzimmer des Grafen, keine Antwort in der Küche, keine Antwort in der Tischlerei. Ich lief in den Hof und wäre fast mit dem Mädchen zusammengestoßen.

»Wo ist der Graf?« rief ich in Panik.

»Drüben im Gutshof«, antwortete es erstaunt.

»Und Lotte?«

»Einkaufen gefahren.«

»Und Hans?«

»In der Burgkapelle bei den Statuen. Der heiligen Cäcilia ist die Harfe aus der Hand gefallen, jetzt muß er sie reparieren. Möchten Sie schon einen Tee?«

Ich lehnte ab. So schnell war ich noch nie in der Burgkapelle. Das Blut klopfte vom Laufen in meinen Schläfen, und das Atmen schmerzte. Aber Hans war nirgends zu sehen. Es dauerte eine Viertelstunde, bis ich ihn fand. Er war oben im Rittersaal, stand auf einer hohen Leiter und klopfte die hölzerne Kassettendecke ab. Diese war kürzlich restauriert und neu verankert worden, und Hans kontrollierte gerade, ob alles in Ordnung war.

»Was ist passiert?« rief er, als er mich sah.

»Wir brauchen sofort einen Tierarzt. Bonnie ist in Lebensgefahr. Kennen Sie einen in der Nähe?«

»Natürlich«, meinte Hans und hörte sich meine Beichte an. Dann stieg er von der Leiter. »Ich werde gleich telefonieren, aber vorher möchte ich den Vogel sehen.«

Im Geist sah ich Bonnie bereits leblos auf dem Parkett liegen. Zitternd öffnete ich die Tür zum Salon, aber groß war die

Überraschung, als wir eintraten. Der Kakadu saß äußerst lebendig auf seinem Baum und putzte sich mit Feuereifer. Die Flügel waren wieder weiß wie eh und je, der Schnabel glänzte schwarz, nur Füße und Zunge schimmerten noch rosa.

»Vor einer Viertelstunde war er noch rot wie ein Flamingo«, stammelte ich.

»Das glaube ich Ihnen gern.« Hans deutete auf die Schweinerei auf dem Kamin. »Geben Sie mir einmal die Dose! Ich will die Beschreibung lesen.«

Dann rief er den Tierarzt an. »Also, er wird's überleben«, sagte er, als er den Hörer aufgelegt hatte. »Viel hat er sicher nicht geschluckt, und das Zeug ist weniger giftig, als man glaubt. Ich nehme den Vogel jetzt mit in die Tischlerei. Dort kann er Holz fressen, soviel er will. Ich lasse ihn immer von den Sägespänen kosten. Das mag er, und anschließend ist er tagelang brav.«

»Popo!« sagte Bonnie und schüttelte sich, daß die Federn flogen.

»Und der Spiegel?« fragte ich ängstlich.

Hans begutachtete den Schaden. »Den kriege ich schon hin. Keine Angst. Wenn ich Zeit habe, richte ich ihn gleich am Nachmittag. Dann brauchen Sie dem Grafen nichts zu sagen.« Er warf mir einen vielsagenden Blick zu. »Der hat ohnehin genug Sorgen momentan.«

»Wie meinen Sie das, Hans?«

»Fragen Sie ihn. Er wird es Ihnen schon sagen.«

Hans setzte Bonnie auf seine Schulter, packte den Kletterbaum und ließ mich allein. Ich sank aufs Sofa.

Das fängt ja schön an, dachte ich, so kann ich auf meinen Onkel keinen guten Eindruck machen. Da hätte ich gleich in England bleiben können. Zuerst verliere ich die Erbschaft, so daß der Gutshof in Gefahr ist, und dann, um dem Ganzen die Krone aufzusetzen, vergifte ich um ein Haar seinen Lieblingsvogel. Kann man sich *noch* dümmer anstellen?

Ich sah auf den angeknabberten Spiegel, und mir wurde

angst und bange. Was wußte Hans, das ich nicht wußte? Hatte ihn der Graf in die Sache mit dem Leopold eingeweiht? Was hatte er ihm über mich erzählt? Und inwieweit hatte er mir verziehen?

Nervös begann ich, an meinen Nägeln zu kauen. Sicher, Onkel Eduard hatte sich an sein Versprechen gehalten und mir keine offenen Vorwürfe gemacht. Aber Andeutungen ließ er doch fallen. Etwa heute mittag beim Essen die Bemerkung über Leopold mit dem Kuckucksei. »Er hat uns ein Kukkucksei gelegt, das sich gewaschen hat.« Lotte hatte keine Ahnung, wer damit gemeint war. Aber mich hatte der Graf bis ins Mark getroffen.

Das Kuckucksei war niemand anderer als Daniel. Wir hatten ihn nämlich durch Leopold kennengelernt. Er war Hausgast auf Lockenstein gewesen, denn der Leopold hatte mit Daniels Onkel studiert. Irgendwie war dann die Rede darauf gekommen, daß besagter Onkel einmal eine Zeitlang zur Bridgepartie des Grafen gehört hatte, und daraufhin wurde Daniel zu unserem Sommerfest eingeladen.

Ich stand auf, ging ins Bad und holte eine Schachtel Papiertaschentücher. Sorgfältig begann ich, den marmornen Kaminsims und den Spiegel von der roten Beize zu säubern. Was immer man auch über Leopold sagen mochte, die Sache mit Daniel war nicht *seine* Schuld gewesen. Sicher, er hatte ihn auf das Fest mitgebracht – aber als Verehrer seiner Tochter. Ich dagegen sollte mit Leopolds Sohn Walter verkuppelt werden, um endlich die Familienfehde zu beenden.

Ich erinnerte mich noch genau an den Abend. Walter war reizend zu mir gewesen, aber ich hatte mich geärgert, daß über meinen Kopf hinweg Pläne mit mir gemacht wurden, und hatte mich geweigert, auch nur ein einziges Wort mit ihm zu sprechen. Leopold und Onkel Eduard waren empört über mein Benehmen. Sie wußten nicht, daß ich sie durchschaut hatte und fest entschlossen war, in punkto Liebe meinen eigenen Willen durchzusetzen.

Schon als junges Mädchen hatte ich mir vorgenommen, keine Interessenheirat einzugehen. Ich wollte nicht verkuppelt werden. Ich wollte lieben. Vor dem Abitur hatte ich dann die Regeln festgesetzt. Ich wollte keinen Mann aus der Nachbarschaft und keinen Verwandten. Ich wollte keinen aus Onkel Eduards Bekanntenkreis und schon gar keinen mit einem Adelstitel.

Der Grund dafür war einfach. Ich wollte nicht ständig Entschuldigungen für meine Mutter erfinden, wenn die Rede auf meinen bürgerlichen Vater kam. Ich hatte keine Lust, mein Leben lang fremde Stammbäume auswendig zu lernen oder heldenhafte Vorfahren zu bewundern, die irgendwann einmal vor ewig langer Zeit glorreiche Schlachten gewonnen hatten. Ich interessierte mich weder fürs Fechten noch für Bridge. Vor allem aber wollte ich keinen Mann, der auf die Jagd ging.

Walter ging zwar *nicht* auf die Jagd, aber das machte seine Sache auch nicht besser. Um ganz ehrlich zu sein: Auch mit dem Stammbaum hätte ich keine Probleme gehabt. Die Lokkensteiner waren erst spät im 18. Jahrhundert von Leopold I. geadelt worden, und die paar Generationen konnte man sich schnell merken. Eigentlich gab es an Walter nicht viel auszusetzen. Er war groß und stattlich, freundlich und tierliebend. Intelligent war er auch. Trotzdem! Ich *sollte* ihn heiraten, und allein schon deshalb gefiel er mir nicht.

Ich stand auf, um Großtante Aimés kleinen Toilettenkoffer zu holen. Er war aus feinstem Leder, mit rotem Samt gefüttert, und enthielt Kämme, Bürsten und Spiegel mit Aimés Monogramm auf silbernem Rücken. Ich nahm eine hübsche Feile mit Elfenbeingriff heraus und begann, meine Nägel zu bearbeiten. Ich hatte das Köfferchen zu meinem fünfzehnten Geburtstag erhalten. Nach London hatte ich es nicht mitgenommen.

Der Gedanke an Walter ließ mich nicht los. Fünf Jahre hatte ich nichts von ihm gehört. Was war aus ihm geworden?

Onkel Eduard hatte mir nichts von ihm erzählt, und fragen wollte ich auch nicht. Ob er sich ebenso verändert hatte wie ich? Ach was! Ich legte die Feile weg. Höchstwahrscheinlich war er längst verheiratet.

Die Turmuhr schlug fünf. Vier Uhr. Wo blieb Onkel Eduard? Ich ging zum Fenster und sah hinaus in den großen Burghof. Nichts. Keine Seele weit und breit. Schade um den schönen Nachmittag. Ich überlegte. Unten am Fluß, bei dem kleinen, stillgelegten Kraftwerk, das mein Urgroßvater für die Burg gebaut hatte, gab es einen herrlichen Badeplatz. Der Fluß war zwar eigentlich nur ein besserer Bach, der dort gestaut wurde, aber das Wasser war ganz sauber, und die Weiden standen dicht am Ufer. Es roch nach Honigklee und saftigem Gras. Kein Mensch kam vorbei – man war völlig ungestört.

Es lockte mich, baden zu gehen. Es war zwar ein Gewaltmarsch den Burgberg hinunter und wieder herauf, aber in England war ich kein einziges Mal schwimmen gewesen. Wenn ich mich beeilte, konnte ich bis fünf Uhr zum Tee wieder zurück sein.

In dem Moment, als ich das Fenster verlassen wollte, kam Onkel Eduard in Sicht. Er war völlig außer Atem und steuerte geradewegs auf meine Tür zu. Ich lief ihm entgegen.

»Ich habe schon auf dich gewartet. Du wolltest mich um drei Uhr abholen.«

»Entschuldige die Verspätung, mein Kind, aber der Leopold ist mir dazwischengekommen.«

»Du warst im Gutshof?«

»In der Tat.«

»Onkel Eduard«, bettelte ich, »sag mir doch, was los ist. Wenn du mich nicht einweihst, kann ich keine Nacht mehr schlafen. Was hat der Leopold mit dem Gutshof zu tun?«

»Ganz einfach. Er hat erfahren, daß der Hof zu verkaufen ist. Er weiß, daß ich ihn unbedingt haben will, und jetzt macht er mir einen Strich durch die Rechnung. Das heißt, er versucht es. Er ist bereits mehrere Male beim Besitzer gewesen, und heute nachmittag hat er sogar ein Angebot gemacht. Aber das Beste kommt noch. Weißt du, was er mit dem Hof anfangen will? Er will ihn an ein Individuum verpachten, das dort eine monströse Schweinezucht aufmachen will. Massenhaltung. Weißt du, was das heißt? Keine Milch, keine Butter, keine Eier, nur geknechtete Schweine, die kaum Platz haben, sich zu rühren, und auch noch meilenweit stinken. Und das alles direkt vor unserer Nase.«

Ich fühlte mich entsetzlich schuldig. Was für eine scheußliche Situation! Nur meiner Dummheit hatten wir das zu verdanken. Wenn ich meine Erbschaft noch hätte, würden wir jetzt den Leopold auslachen, sein Angebot überbieten und den Vertrag unterschreiben. Aber so?

»Ja, ja, mein Kind«, unterbrach der Graf meine Gedanken, »so ist die Lage. Auf die Menschen ist kein Verlaß. Der Gutsbesitzer hat mir geschworen, niemand über den Verkauf zu informieren. Jetzt stellt sich heraus, daß die ganze Nachbarschaft davon weiß. Es ist ihm ganz gleich, wer kauft. Er will nur das Geld, und zwar noch diesen Monat. Sein Bruder hat in Kanada für ihn eine Farm gefunden. Er will sie haben und hat bereits angezahlt. Jeder Käufer ist ihm recht.«

»Also hat er das Angebot aus Lockenstein akzeptiert?«

»O nein!« rief Onkel Eduard zu meiner größten Überraschung. »Das hat er nicht.«

»Er hat es nicht angenommen?«

»Nein, mein Kind.«

»Das verstehe ich nicht. Du hast doch gerade gesagt, daß er das Geld braucht.«

Onkel Eduard begann vergnügt zu lachen. »Er hat das Angebot nicht angenommen, weil ich ein besseres gemacht habe.«

Ich starrte ihn an. »Du hast ein Angebot gemacht? Aber du hast doch kein Geld!«

»Noch nicht«, erwiderte der Graf, und seine dunklen Augen

leuchteten. »Aber ein gütiges Schicksal hat mir zugeflüstert, daß ich zum gegebenen Zeitpunkt nicht mit leeren Händen dastehen werde.«

»Das verstehe ich nicht.«

Der Graf begann geheimnisvoll zu lächeln. »Wirst du schon noch zur rechten Zeit.«

»Mehr willst du darüber nicht sagen?«

»Nein, mein Kind. Und jetzt komm, wir gehen hinauf in die Eisensammlung.« Er wandte sich um und schritt so beschwingt aus, daß ich ihm kaum folgen konnte.

»Nur noch eine einzige Frage, Onkel Eduard: Bis wann mußt du bezahlen?«

»Bis zum 31. Juli.«

»Das ist Großmamas Geburtstag.«

»Ein gutes Omen. Findest du nicht? Und jetzt vergiß den Gutshof. Bis *ich* wieder davon anfange, ist das Thema tabu.«

Schweigend überquerten wir den großen Hof. Eine Biene summte kurz über unsere Köpfe, ließ sich dann aber auf den Heckenrosen nieder.

»Wo ist Bonnie?« fragte der Graf unvermittelt.

»Bei Hans in der Tischlerei.«

»War er brav?«

»Wie man's nimmt.«

Zu meiner Erleichterung folgten keine weiteren Fragen. Der Graf würde noch früh genug erfahren, was sich abgespielt hatte.

Während ich mir noch den Kopf zerbrach, woher Onkel Eduard in drei Wochen das Geld für den Gutshof nehmen wollte, waren wir oben angelangt. Die Eisensammlung befand sich im sogenannten Kaiserzimmer, einem großen, sonnigen Raum im zweiten Stock des Hauptgebäudes, benannt nach Kaiser Maximilian II., der hier angeblich einmal eine Nacht verbracht hatte.

Der Raum strömte eine eigenartige Atmosphäre aus. Er war eine Mischung zwischen Salon und Museum. Zierliche

Vitrinen standen an den Wänden, und darin befanden sich die seltsamsten Kunstwerke, die ich je gesehen hatte. Sie waren alle aus schwarzem, glänzendem Eisen, aber sie wirkten verspielt und schwerelos. Es gab Kerzenleuchter, Federhalter, Salzfässer, verschnörkelte Briefbeschwerer, zierliche Halsketten, Armbänder und Ringe. An den Wänden hingen verzierte Schlüsselkästchen und Kruzifixe. Ofenplatten mit kunstvollen Reliefs waren in die Ecken gelehnt. Auf einem runden Biedermeiertischchen prangte die Büste der jungen Kaiserin Elisabeth. Ein Sonnenstrahl fiel auf ihr Haar und ließ die schwarzen Locken glänzen.

Onkel Eduard tat einen Schritt in den Raum, und sein Gesicht hellte sich auf. »Komm her, mein Kind! Hast du schon so etwas gesehen?« Er öffnete eine Vitrine und winkte mich ganz nahe zu sich. »Sieh dir diesen prachtvollen Stier an! Er stammt aus der Gußhütte von Munkacs, einer der berühmtesten im alten Ungarn. Dieser Federhalter kommt aus der Tschechoslowakei. Siehst du diese Ofenplatten? Sie sind schon ziemlich viel Geld wert, denn eiserne Öfen werden wieder modern. Alles, was du hier siehst, ist bereits im Wert gestiegen. Vor fünf Jahren, als du uns verlassen hast, habe ich zu sammeln begonnen. Manche Stücke haben ihren Wert sicher verzehnfacht. Die Büste der Kaiserin kostet heute schon ein kleines Vermögen.«

»Onkel Eduard«, sagte ich, denn mir war ein Verdacht gekommen, »du willst doch nicht die Sammlung verkaufen?«

»Um Gottes Willen, wo denkst du hin!« Er sperrte die Vitrine ab. »Das kommt nicht in Frage. Selbst wenn ich es wollte, würde es nichts bringen. Erstens würde ich Monate brauchen, um einen Käufer zu finden, zweitens liegt der Wert dieser Sammlung in keinem Verhältnis zum Preis des Gutshofs. Diese Kunstwerke brauchen noch zwei Generationen Zeit, erst dann wird man sie schätzen, und dann werden sie auch leicht zu verkaufen sein.«

Während der Graf ein weiches Tuch hervorholte und liebevoll den Kopf der Kaiserin polierte, wanderte ich staunend von Vitrine zu Vitrine. Vor der schönsten blieb ich stehen, denn sie enthielt Dinge, die sich deutlich von den anderen unterschieden. Der Glasschrank war ganz mit grüner Seide ausgeschlagen, auf der Schmuckstücke von vollendeter Schönheit lagen. Es gab Ringe, Ketten, Broschen, einen kunstvoll beschlagenen Gürtel und ein Diadem, alles sorgfältigst gearbeitet, wenn auch nur aus Eisen.

»Onkel Eduard«, rief ich, »was ist das für Schmuck?«

Der Graf ließ das Tuch sinken und kam zu mir herüber.

»Das ist der Brautschmuck einer ungarischen Königstochter; eine genaue Nachbildung, exakt bis ins kleinste Detail. Ich besitze fast die ganze Ausstattung bis auf ein Diadem, ein paar Ketten und eine berühmte Agraffe, die sie bei großen Festlichkeiten getragen hat.«

»Und wo sind die Originale?«

Der Graf lächelte eigenartig. »Wenn ich das wüßte, wäre mir leichter. Das Ganze ist ein Teil des ungarischen Kronschatzes, der vom Erdboden verschwunden ist.«

»Wann ist der Schatz verschwunden?«

Onkel Eduard seufzte. »Bei der Revolution im Jahre 1848. Die Ungarn haben ihn versteckt, damit er den Habsburgern nicht in die Hände fällt. Seither wird er überall gesucht, aber ohne Erfolg. Nicht ein einziges Stück ist bisher aufgetaucht. Deshalb haben die Sachen, die du hier siehst, großen historischen Wert, auch wenn sie nur aus Eisen sind. Und wenn die Sammlung vollständig wäre, wäre sie noch wertvoller.«

»Wo hast du sie gekauft?«

»Du wirst lachen, ich habe sie gefunden. Auf einem unserer Dachböden, heuer im Winter. Keine Ahnung, wie sie da hingekommen ist.«

Ich wollte weiterfragen, aber Onkel Eduard schnitt mir das Wort ab. Er öffnete ein eisernes Wandschränkchen und nahm zwei kleine Bücher heraus. »Hier! Das ist zur Vervollkommnung deiner Bildung. Das erste habe ich sogar selbst verfaßt. Es ist eine Aufstellung der bekanntesten Eisenhütten Europas. Das zweite ist der Plötz. Er enthält die wichtigsten Daten der Geschichte. Beide Werke lege ich dir sehr ans Herz, am besten, du lernst sie auswendig.« Dann begann er, die Vitrinen abzuschließen. Offensichtlich war der Anschauungsunterricht beendet.

»Ist das alles?« fragte ich enttäuscht.

»Was willst du denn noch wissen?«

»Erzähl mir was von der ungarischen Prinzessin.«

Onkel Eduard sah auf die Uhr. »Keine Zeit. Ich muß in die Tischlerei. Der Hans hat ein paar Sachen für mich gerahmt, und ich will wissen, wie sie geworden sind. Komm, mein Kind, wir gehen!«

Auf dem Weg treppab war der Graf ziemlich schweigsam. Als wir den kleinen Hof überquerten, kam uns Hans entgegen. In der Hand hielt er eine kleine hölzerne Harfe. Der Graf nahm sie ihm ab und begutachtete sie lange.

»Sehr schön«, lobte er dann, »Hans, Sie sind ein Künstler. Die heilige Cäcilia wird sich freuen.« Er wandte sich zu mir. »Wer war die heilige Cäcilia, Annette?«

»Die Schutzpatronin der Musik.«

»Gut. Hans, ich begleite Sie in die Burgkapelle. Annette, du wartest hier auf mich. Ich bin gleich wieder da.«

Gehorsam setzte ich mich auf den Rand des steinernen Brunnens. Aber kaum waren die beiden Männer außer Sicht, stand ich auf und lief schnell in die Tischlerei. Ich wußte, daß Onkel Eduard anschließend Bonnie holen wollte, und ich mußte mich überzeugen, ob auch alle Spuren der Büffelbeize verschwunden waren. Wenn nicht, würde mir nichts anderes übrigbleiben, als das Malheur von heute nachmittag zu beichten.

In der Tischlerei war es dunkel und ziemlich warm. Es roch nach Leim und frischem Holz. Der Kakadu saß mit aufgeklappten Flügeln in der Mitte der Hobelbank. Um ihn herum lagen eine Menge Späne, die er liebevoll betrachtete.

»Krrrxt!« sagte er, als er mich hörte. Dann hielt er mir sein Köpfchen hin und wollte gekrault werden. Ich machte ihm die Freude und betrachtete ihn dabei genau. Zu meiner großen Erleichterung war von der roten Beize nichts mehr zu sehen. Der Vogel war vollkommen weiß, Zunge, Schnabel und Füße waren schwarz wie immer. Nichts deutete mehr darauf hin, daß Bonnie mit roter Büffelbeize in Berührung gekommen war.

»Braves Hühnchen«, lobte ich ihn, »schön hast du dich geputzt.« Dann suchte ich ein besonders verlockendes Stück Holz und steckte es ihm in den Schnabel. So. Ich wandte mich zum Gehen. Schnell weg, ehe der Graf zurückkommt! Aber dann, gerade als ich die Tischlerei verlassen wollte, bemerkte ich etwas Seltsames. Was war das, was da gegen die Hobelbank gelehnt war? Ein großes, gerahmtes Bild? Neugierig drehte ich es um.

Aha, sehr interessant. Ein Blick genügte, und ich wußte, was das war. Farbflecke, Linien, Zahlen – ein historischer Plan von Kronegg. Ich hatte schon einmal einen solchen Stich gesehen, wenn auch viel kleiner und ohne all die verwirrenden Details, die auf diesem hier eingezeichnet waren.

Ich vergaß Hans und den Grafen und beugte mich über das Bild. Die verschiedenen Farben bezeichneten die einzelnen Bauabschnitte der Burg. Der runde Turm und der innere Hof waren die ältesten Teile. Sie waren blau. Der große Hof und Teile des Wehrganges waren gelb. Der eckige Turm war rosa, genau wie der Trakt, in dem meine Zimmer lagen. Spätere An- und Aufbauten waren rot, grün oder braun. Aber was war das?

Ich nahm den Stich und legte ihn vorsichtig auf die Hobelbank. So etwas hatte ich noch nie gesehen. Ich war derart in meine Entdeckung vertieft, daß ich gar nicht merkte, wie Hans und der Graf die Tischlerei betraten.

»Fleißig, fleißig«, schreckte mich Onkel Eduards Stimme auf. »Ich sehe, der große Plan ist fertig. Gut sieht er aus. Gib her, Annette! Hans, ich möchte, daß Sie ihn gleich hinaufbringen, wenn er noch länger hier herumsteht, wird er vielleicht beschädigt. Er kommt ins Herrenzimmer, an die Wand rechts neben meinem Schreibtisch.«

Hans nahm den schweren Rahmen vorsichtig in beide Hände und ging nach oben.

»Habe ich dich nicht gebeten, im Hof auf mich zu warten?« sagte der Graf, als wir alleine waren. »Was willst du hier überhaupt?«

»Ich wollte Bonnie besuchen«, sagte ich wahrheitsgetreu, »und dabei habe ich den alten Plan entdeckt. Darf ich dich etwas fragen? Was sind das für eigenartige lila Punkte, die überall eingezeichnet waren?«

»Welche Punkte?« sagte der Graf streng.

»Die großen lila Punkte. Ziemlich auffallend. Sie waren vor allem in den neueren Bauabschnitten eingezeichnet.«

Onkel Eduard machte eine wegwerfende Handbewegung. »Ach das. Das ist nichts Besonderes. Das sind nur die zugemauerten Räume.«

Daß es auf einer alten Ritterburg zugemauerte Räume gibt, war mir nicht neu. Eine Burg ist kein Gemeindebau. Eine Burg entsteht langsam und über Jahrhunderte. Sie wächst, je nach den Bedürfnissen der Leute, die sie bewohnen, in die Höhe und Breite. Neue Flügel werden angebaut, neue Geschosse aufgesetzt, neue Treppenhäuser, neue Korridore werden notwendig. Ab und zu wird dabei ein Raum fensterlos. Aber das macht nichts. Da man genug Platz hat, mauert man ihn einfach zu und vergißt ihn. Zugemauerte Räume waren für mich nichts Besonderes. Warum aber sollte man sie in einen alten Plan einzeichnen?

»Woher stammt der Plan?« fragte ich neugierig.

»Von meinem Urgroßvater. Ich war diesen Winter ziemlich fleißig und habe die alten Bücherkisten ausgeräumt, die seit seinem Tod auf dem Dachboden gestanden haben.« Er machte eine kleine Pause, und ich merkte, daß er überlegte, ob er weitersprechen sollte oder nicht. Schließlich siegte sein gesundes Mitteilungsbedürfnis. »Dabei sind *sehr* interessante Dinge zum Vorschein gekommen.«

»Welche Dinge? Haben sie mit dem uralten Geheimnis zu tun, dem du auf der Spur bist?«

»Wieso weißt du davon?« fragte der Graf alarmiert.

Ich setzte mich auf die Hobelbank neben Bonnie und ließ die Beine baumeln. »Weil du mir selbst davon erzählt hast. Erinnerst du dich nicht mehr? Heute beim Frühstück. Als wir über die Eisensammlung gesprochen haben.«

»Du hast recht. Das war ein Fehler.«

»Warum?«

»Weil es dann kein Geheimnis mehr ist. Ein Geheimnis ist nur dann ein Geheimnis, wenn man es keinem einzigen Menschen erzählt. Verrät man auch nur *ein* Wort – und sei es unter dem Siegel höchster Verschwiegenheit –, so ist es kein Geheimnis mehr.«

»Dann kannst du ja gleich alles erzählen«, frohlockte ich, »was sind das für interessante Dinge, die zum Vorschein gekommen sind?«

Der Graf begann zu lächeln. »Zum Beispiel der Schmuck der ungarischen Königstochter. Dann gewisse Dokumente, die ich schon lange gesucht habe. Wenn das stimmt, was da behauptet wird, dann können wir uns gratulieren.«

»Bitte, spann mich nicht auf die Folter, Onkel Eduard! Was wird denn behauptet?«

»Das sage ich dir erst, wenn ich es bewiesen habe. Keine Sekunde früher. Hör auf, mich zu quälen! Du erfährst es ja doch nicht.«

Ich dachte nach.

»Warst du schon in einem zugemauerten Raum?«

Der Graf sah mich scharf an. »Natürlich nicht. Warum sollte ich? Da ist nichts zu holen.«

»Wer sagt denn das? Vielleicht hat man ungeheure Schätze eingemauert. Ich würde es versuchen.«

»Mein liebes Kind«, sagte Onkel Eduard mit Nachdruck, »jetzt geht deine Märchenphantasie mit dir durch. Wo bleibt dein Sinn fürs Praktische? Du weißt doch, daß die letzten größeren Umbauten in der Barockzeit durchgeführt wurden, und damals waren Mauern wirklich Mauern, keine Papierwände, wie man sie heute baut. Weißt du, was das heißt, so eine Mauer durchzubrechen? Die meisten sind eineinhalb Meter dick. Jawohl! Um da durchzukommen, braucht man Arbeiter und Maschinen. Das bedeutet Lärm, Staub, Schutt und fremde Leute auf der Burg. Das kommt nicht in Frage. Das ist viel zu umständlich und kostspielig.«

»Aber . . .«

»Kein Aber. Das ist zu teuer. Nur um deine romantische Ader zu befriedigen!«

Die Turmuhr schlug sechs.

»Was, schon fünf?« rief der Graf. »Kaum zu glauben! Wir haben eine ganze Stunde verplaudert. Jetzt freu' ich mich auf eine Tasse Tee. Weißt du was? Wir ändern unsere Pläne und nehmen ihn heute nicht unter den Kastanien, sondern oben im Rittersaal. Der Holzplafond ist herrlich geworden, wir müssen ihn bewundern. Sag dem Mädchen Bescheid, mein Kind, mach dich hübsch und komm mit Lotte hinauf!« Nach einer kleinen Pause setzte er geheimnisvoll hinzu: »Ich habe euch noch eine wichtige Mitteilung zu machen.«

6

Tee im großen Rittersaal war eine feierliche Angelegenheit. Der Raum wurde nur für allerhöchste Festlichkeiten benützt, und das sah man ihm auch an. Sechs hohe Fenster führten nach Süden, und die Nachmittagssonne, die sich durch die bunten Bleiglasscheiben einen Weg gebahnt hatte, spiegelte sich in dem kunstvoll eingelegten Parkettboden wider. Das Mädchen hatte den oberen Teil des langen, polierten Eichentisches für uns gedeckt, und hier saßen wir nun auf den hohen, unbequemen Stühlen zwischen den Ahnenbildern und den Ritterrüstungen und bewunderten die Decke.

»Perfekte Arbeit«, begeisterte sich der Graf. »Jeden Pfennig wert, den sie gekostet hat. Was sagt ihr zu den Schnitzereien? Das nenne ich Kunst.«

Und zufrieden blickte er in die Runde.

Ich lächelte ihn an. Ich trug mein schönstes Sommerkleid, und Lotte hatte ihre Schürze in der Küche gelassen und saß in einem eleganten Trachtenkostüm mir gegenüber. Wir sahen hübsch und frisch aus und machten dem vornehmen Saal alle Ehre.

Onkel Eduard ließ sich sogar zu einem Kompliment hinreißen. »Schönes Kleid«, meinte er wohlwollend. »Du ziehst dich gut an, mein Kind. Wo hast du das gekauft?«

»In London. In der besten Boutique von Mayfair.«

Das Kleid war aus roter Seide. Es betonte die Taille, und der Rock bestand aus vier Reihen duftiger Rüschen. Als ich nach oben gekommen war, hätte es zwar beinahe einen Krach gegeben, denn ich hatte die Haare nicht aufgesteckt. Aber ehe Onkel Eduard losdonnern konnte, rief Lotte: »Haben Sie aber schöne Locken, Fräulein Annette! Sie sollten sie immer offen tragen«, und die Situation war gerettet. Der Graf machte seinen Mund zu und konzentrierte sich auf den Teekuchen, den Lotte gebacken hatte.

»Also, alles herhören«, rief er, als er drei Stück vertilgt hatte. »Es gibt Neuigkeiten. Ich habe gerade erfahren, daß meine Mutter ihre Reise vorverlegt hat. Ich erwarte sie schon am Wochenende, und bis dahin muß alles für sie vorbereitet sein. Lotte, die blaue Suite über Annettes Appartement wird hergerichtet, das Mädchen soll heute schon lüften. Nehmen Sie die seidene Bettwäsche und die englischen Handtücher, meine Mutter ist sehr verwöhnt in diesen Dingen. Annette, du kümmerst dich um die Blumen. Zwei schöne Sträuße. Du weißt, was Mama gerne hat. Vielleicht opferst du ihr ein paar von deinen Lilien? Das gäbe ein hübsches Bukett für ihren Salon.«

Ich nickte eifrig. »Natürlich kriegt sie Lilien. Und für das Schlafzimmer mache ich einen bunten Strauß aus Rosen und Wicken, wie ich es früher immer getan habe. Erinnerst du dich noch?«

Onkel Eduard lächelte stolz. Er hatte meine Blumenarrangements immer bewundert und mich sogar als Gärtnerin gemalt, mit Strohhut, Blumenkorb und Gartenschere. Das Bild hing unten im Frühstückszimmer.

»Freust du dich auf Großmama?«

»Sehr.« Ich strahlte.

»Ja dann«, meinte Onkel Eduard verheißungsvoll und schob seinen Kuchenteller weg, »dann können wir gleich zum zweiten Programmpunkt übergehen. Also, aufgepaßt! Lotte, meine Mutter hat am 31. Juli ihren achtzigsten Geburtstag. Was meinen Sie dazu?«

»Ich meine, daß das ein großes Fest ist«, rief Lotte aufgeregt. »Achtzig wird nicht jeder. Wie wollen Sie das feiern?«

»Pompös!« verkündete Onkel Eduard. »Die Chronisten werden sich daran erinnern. Wir haben nämlich zwei Gründe zum Feiern: Annettes Rückkehr und den Geburtstag. Ich werde heuer zum erstenmal nach fünf Jahren wieder ein Sommerfest geben. Mir ist ganz danach zumute. Was meint ihr? Um elf eine kleine Messe in der Burgkapelle, mit Spezialsegen für Mama. Dann ein exklusives Essen im Familienkreis mit dem geistlichen Herrn. Anschließend Ruhepause und um vier Uhr die ersten Gäste mit Kindern. Kinderjause zuerst, und wenn sie abgefüttert sind, Geburtstagstorte mir Champagner für die Erwachsenen. Keine Angst, Lotte, die Torte bestellen wir in der Stadt, damit will ich Sie nicht belasten.«

»Was?« rief Lotte empört. »In der Stadt? Trauen Sie mir

keine Geburtstagstorte zu?« Und sie blickte gekränkt auf den Grafen.

Dieser beschwichtigte sie sofort. »Lotte, Sie sind über jeden Verdacht erhaben. Aber ist eine Torte nicht zuviel Arbeit?«

»Nein«, sagte die Köchin bestimmt, »das ist es nicht. Wenn Sie erlauben, backe *ich* die Torte. Da weiß man wenigstens, daß nur gute Sachen drin sind. Außerdem mache ich die Verzierungen, ich habe eine gute Hand dafür. Aber was servieren wir den Gästen am Abend?«

Ich konnte mich nicht mehr halten: »Lotte, nach dem Tee kommt das Schönste. Wenn es dunkel wird, werden auf dem Wehrgang und in beiden Höfen bunte Lampions angezündet. Das sieht wunderbar aus. Wie auf einem Märchenschloß. Für das folgende gibt es verschiedene Versionen. Wenn Onkel Eduard viel Geld ausgeben will, gibt's ein herrliches Büfett oder ein Souper hier im Rittersaal, dazu eine Musikkapelle und Champagner, getanzt wird natürlich auch.«

Ich sah erwartungsvoll zum Grafen.

»Du sagst es«, rief er überschwenglich. »Es gibt ein Souper und einen Ball, daß die Nachbarn vor Neid erblassen. Gespart wird nicht. Ich habe nur eine einzige Mutter, und sie soll himmelhoch gefeiert werden.«

Lotte und ich applaudierten spontan, und der Graf verneigte sich scherzend wie nach einem großen Auftritt.

»Wie viele Leute werden kommen?« fragte Lotte interessiert.

»Fünfzig oder sechzig. Warten Sie! Die von Hohenfried und Herrnstein, Rotenhaus und Kreuzenhof, die Lockensteiner und die von Friedensburg – die vermehren sich alle wie die Hasen. Ja, ich bin ziemlich sicher: Mit sechzig müssen wir rechnen.«

Ich traute meinen Ohren nicht. »Onkel Eduard, habe ich richtig gehört? Hast du Lockenstein gesagt?«

»Natürlich. Die Lockensteiner werden eingeladen. Höchste Zeit, daß du mit deinen alten Freunden wieder Kontakt aufnimmst. Der Leopold wird am 31. dringend eine Stärkung brauchen. Außerdem sind wir nach außen hin immer noch gute Nachbarn.«

»Das finde ich sehr nett, daß Sie den Herrn Baron einladen«, meinte Lotte. »Sie sind eben ein großzügiger Mensch, Herr Graf.«

»Nicht so großzügig, wie Sie denken«, lachte Onkel Eduard, »wenn die Burg voller Gäste ist, fällt er nämlich gar nicht ins Gewicht. Außerdem geht es mir mehr um seinen Sohn. Annette! Walter hat in den letzten fünf Jahren sein Studium beendet und ein Jahr Praxis im Ausland gemacht. Was sagst du dazu?«

Ich zuckte mit den Achseln. »Ist er schon verheiratet?«

»Natürlich nicht. Er wartet doch auf dich.«

Ich wurde rot. »Da kann er lange warten.«

»Mein liebes Kind«, sagte der Graf, »das steht jetzt nicht zur Debatte. Zur Debatte steht das Fest, und ich möchte wissen, ob Sie, liebe Lotte, in drei Wochen mit den Vorbereitungen fertig werden. Also, was meinen Sie? Sind drei Wochen genug?«

»Absolut«, sagte die Köchin stolz. »In Tunis habe ich einmal für hundert gekocht und nur *vier* Tage Zeit gehabt. Wann machen wir den Speiseplan? Ich habe ein paar sehr gute Rezepte, die hier sicher keiner kennt.«

Onkel Eduard dachte nach.

»Nächste Woche«, bestimmte er dann. »Wir setzen uns zusammen und halten einen ganzen Vormittag lang Kriegsrat. Aber ohne daß meine Mutter es merkt. Ich möchte sie überraschen. Also, kein Wort über das Geburtstagsfest. Ja, und was das Personal betrifft, Lotte, Sie bekommen natürlich Hilfe in der Küche. Mit dem Mädchen allein ist das nicht zu schaffen. Servierpersonal kommt aus der Stadt, und um die Getränke kümmere ich mich selbst.«

Er sah zufrieden in die Runde.

»Damit wäre die Sitzung beendet. Noch irgendwelche Fragen? Nein? Dann werde ich mich verabschieden.« Er stand auf. »Lotte, danke für den exzellenten Tee, er hätte nicht beser sein . . .« Aber mitten im Satz blieb er stecken, um angestrengt zu horchen.

Lotte und ich hatten es ebenfalls gehört. Wir sprangen wie auf Kommando auf und sahen uns erschrocken an. Da war es wieder: dumpfes Gepolter aus der Wand.

»Das kommt aus dem Ofen«, rief der Graf und zeigte auf den drei Meter hohen, weißen Kachelofen in der Ecke.

»Nein«, sagte Lotte, »aus der Mauer.«

»Ruhe!« befahl der Graf und schlich auf Zehenspitzen zur Wand. Dort beugte er sich nieder und rührte sich nicht mehr.

Wir wagten kaum zu atmen. Es war absolut still im Saal. Plötzlich legte der Graf den Finger an die Lippen.

Da war es wieder. Gepolter, dann Stille.

»Hört sich an, als würde irgend etwas gegen Holz stoßen«, flüsterte ich.

Onkel Eduard richtete sich auf.

»Ich glaube, ich weiß, woher es kommt«, sagte er leise und winkte uns, ihm zu folgen.

Auf Zehenspitzen gingen wir zur Tür, hinaus in den Korridor und diesen entlang, bis wir auf der Höhe des weißen Kachelofens angekommen waren. Dort befand sich eine kleine, rotgestrichene Tür in der Wand. Hinter der Tür war ein offener Kamin, der in einen Rauchfang mündete. Der Ofen wurde nämlich durch diesen Kamin vom Gang aus beheizt.

Onkel Eduard hob die Hand, und wir erstarrten mitten in der Bewegung. Da – einwandfrei –, jetzt hörten wir es alle: dumpfes Pochen gegen die rote Holztür.

Obwohl hellichter Tag war, begann ich mich zu fürchten. Auch Lotte schien es nicht geheuer zu sein. Wie verabredet wichen wir zwei Schritte zurück. Onkel Eduard aber zögerte nur kurz, sprang vor und riß mit kühnem Griff die Tür auf.

Gähnende, schwarze Leere. Enttäuscht sahen wir uns an.

Aber ganz hinten in der dunkelsten Ecke war doch etwas. Was konnte das sein?

»Großer Gott!« rief Onkel Eduard. »Ein junger Turmfalke! Er ist in den Kamin gefallen. Schnell, Annette, lauf und hol das Tischtuch. Ich kann ihn sonst nicht fassen, er hat zu starke Krallen.«

Wie der Blitz war ich wieder da. Der Graf wickelte das Tuch um seine Hände, bückte sich, verschwand im Kamin und kam mit einem prachtvollen Vogel wieder zum Vorschein. Der junge Falke war hellbraun mit schwarzer Zeichnung, hatte feurige, schwarze Augen und fauchte uns mit aufgerissenem Schnabel an.

»Ist der aber schön!« rief Lotte, die noch nie einen Falken aus solcher Nähe gesehen hatte. »So schöne Augen und so ein schönes Gesicht!«

»Wenn wir ihn nicht zufällig gehört hätten, wäre er jämmerlich zugrunde gegangen«, sagte der Graf besorgt. »Der Kamin wird oben ganz eng, da kommt er nicht mehr hinaus. Aber jetzt wird mir klar, warum das Falkenweibchen zwei Tage lang auf dem Schornstein gesessen hat. Ununterbrochen hat sie gerufen. Sie hat ganz genau gewußt, daß das Junge hier unten ist.«

Der Vogel hatte sich beruhigt. Er zitterte zwar am ganzen Körper, aber er hatte zu fauchen aufgehört und sah mit seinen schönen Augen um sich.

Da dieser Teil der Burg seit Jahren nicht mehr beheizt wurde, waren die Turmfalken dazu übergegangen, auf den Schornsteinen ihre Nester zu bauen. Die Jungen waren vor einer Woche flügge geworden, wurden aber noch von ihren Eltern gefüttert und kehrten abends brav ins Nest zurück. Wir hatten sie beobachtet, ehe wir zum abendlichen Sterngucken auf den Wehrgang gestiegen waren.

»So«, sagte Onkel Eduard und setzte sich vorsichtig in Bewegung. »Jetzt geben wir dir die Freiheit wieder. Deine Mutter hat sicher von oben alles mit angehört und wartet draußen schon auf dich.«

Er hatte recht. Kaum traten wir ins Freie, sahen wir schon das Falkenweibchen über unseren Köpfen kreisen. Wir stiegen hinauf auf den Wehrgang, und der Graf setzte den jungen Vogel auf die Steinmauer.

Ein paar Sekunden blieb er dort regungslos sitzen. Dann breitete er seine Flügel aus und flog in einem einzigen, prachtvollen Schwung zu einer hohen Linde am Burgberg. Kaum saß er sicher auf einem Ast, begann er kläglich zu piepsen, und schon war seine Mutter bei ihm und begann ihn zu füttern.

»Nach zwei Tagen Hungern schmeckt es besonders gut«, versuchte der Graf seine Rührung zu verbergen. »Was meinen Sie, Lotte?«

»Ich fange gleich zu weinen an«, entgegnete die und schluckte. »So etwas Rührendes habe ich schon lange nicht mehr gesehen.«

Onkel Eduard griff nach der Hand seiner Köchin, drückte sie kurz, ließ sie aber nach einem Seitenblick auf mich gleich wieder los.

»So«, sagte er zufrieden, »das war unser gutes Werk für heute. Wenn wir nicht im Rittersaal Tee getrunken hätten, wäre das arme Wesen hier verhungert. Außerdem habe ich etwas dazugelernt. Ich weiß jetzt, was es bedeutet, wenn ein Falke tagelang auf einem Schornstein sitzt und ruft. Dann wird in Zukunft sofort unten im Kamin nachgesehen. Überhaupt werde ich ab sofort die Kamintüren regelmäßig überprüfen, wenn die Jungen flügge werden. Wenn ihr nichts dagegen habt, fange ich gleich damit an.«

Er verabschiedete sich von uns und teilte uns mit, daß er ausnahmsweise bis morgen nicht gestört werden wolle.

»Sie kommen auch nicht zum Abendessen?« fragte Lotte erstaunt.

»Nein, meine Liebe. Ich habe drei Stück Küchen verzehrt, das reicht eine Weile.«

»Und der Sternkundeunterricht?« fragte ich.

»Der entfällt.«

»Schade«, meinte Lotte, ehrlich betrübt.

»Das finde ich auch. Aber ich stecke mitten in einer wichtigen Sache, die keinen Aufschub duldet. Haltet mir die Daumen, meine Lieben. Ich bin großen Dingen auf der Spur.«

Dann drehte er sich um und schritt beschwingt nach oben. Lotte und ich blieben auf dem Wehrgang. Wir beobachteten die beiden Falken und freuten uns über sie. Wir hatten beide nichts Dringendes zu erledigen, und es war zu schön hier heroben. Die Aussicht war herrlich. Das ganze südliche Tal lag vor uns, und die sanften Hügel, die bis zur ungarischen Grenze reichten, verschwammen in blauem Dunst. Die Hitze hatte sich gelegt. Die Luft war mild und duftete nach Teerosen.

»Sagen Sie, Fräulein Annette«, unterbrach die Köchin das Schweigen, »Sie verstehen sich wohl sehr gut mit Ihrer Großmutter?«

Die Frage überraschte mich. Lotte war nicht der Mensch, der sich in Familienangelegenheiten mischte. Sie war die Diskretion persönlich und verspürte offensichtlich nicht den geringsten Drang, Neuigkeiten aus der Burg im Ort herumzutratschen. In dieser Beziehung war sie ebenfalls das Gegenteil ihrer Vorgängerin. Die geizige Anna hatte ihren Mund nie halten können.

»Ich meine nur«, fuhr Lotte fort, »weil Sie sich so gefreut haben, daß sie nun früher kommt, und weil sie Ihnen extra ein Telegramm geschickt hat.«

Ich sah Lotte entgeistert an. »Großmama hat mir ein Telegramm geschickt? Davon weiß ich gar nichts.«

»Aber natürlich«, sagte Lotte ungeduldig. »Das Telegramm von heute früh. Ich habe es auf Ihr Frühstückstablett gelegt. Das Mädchen hat es sicher nicht verloren.«

»Ich habe aber kein Telegramm bekommen, wirklich nicht.«

»Was?« rief Lotte empört. »Sie haben es nicht bekommen?

Ich habe es doch selbst auf die Serviette gelegt.« Sie sprang auf. »Das werden wir gleich haben. Warten Sie nur, sofort wird das geklärt.«

»Sind Sie sicher, daß das Telegramm von meiner Großmutter war?« fragte ich schnell.

Lotte dachte nach. »Nein«, sagte sie dann, »natürlich nicht. Ich habe es doch nicht gelesen. Ich habe nur gedacht . . . Aber machen Sie sich keine Sorgen. Wenn das Mädchen das Telegramm verloren hat, dann fliegt es.«

Ich blieb bestürzt auf dem Wehrgang sitzen. Eine dunkle Ahnung war in mir aufgestiegen. Großmama hatte mir in ihrem ganzen Leben noch kein einziges Telegramm geschickt. Sie würde auch jetzt nicht damit anfangen, schon gar nicht zwei Tage vor ihrer Ankunft.

Aber ich kannte andere Leute, die mit Vorliebe Telegramme verschickten. Mir wurde flau im Magen. Daniel zum Beispiel. Daniel telegrafierte bei der kleinsten Kleinigkeit. Von jeder Reise schickte er Telegramme, und ich hatte einen ganzen Sack davon weggeworfen, als ich die Londoner Wohnung verließ. Wenn ich es genau betrachtete, hatte ich überhaupt von niemandem Telegramme erhalten außer von ihm.

Ich schluckte. Aber wo war es? Das Mädchen hatte es sicher nicht verloren, und da sich heute früh kein Lüftchen geregt hatte, konnte es auch der Wind nicht davongetragen haben.

Der Wind nicht – aber Onkel Eduard. Natürlich. Warum war mir das nicht gleich eingefallen? Der Graf hatte das Mädchen heute morgen getroffen, als es auf dem Weg zu mir war. Er hatte mir ausrichten lassen, nicht mit dem Frühstück auf ihn zu warten, und bei dieser Gelegenheit war ihm das Telegramm aufgefallen. Er hatte es genommen, gelesen und den Inhalt für sich behalten. Schlechtes Gewissen plagte ihn offensichtlich keines. Ich war für ihn immer noch das Kind, das er vor der Welt im allgemeinen, vor diesem Mann aber ganz besonders zu schützen hatte. Ich stand auf und beugte mich über die Mauer. Ich dachte an die Bemerkungen, die Onkel Eduard heute vormittag auf dem runden Turm gemacht hatte. Er war ganz sicher gewesen, daß Daniel sich nichts angetan hatte, und er war ebenso sicher, daß er mich nicht so schnell in Ruhe lassen würde. Woher hatte er diese Gewißheit? Und dann die Sache mit der Wetterfahne. »Wäre man abergläubisch«, hatte er gemeint, »so könnte man sagen, daß uns ein Besuch aus westlicher Richtung bevorsteht.«

Ich setzte mich wieder auf die Holzbank und strich mein Kleid glatt. Kein Grund, mir noch länger etwas vorzumachen. Das Telegramm war von Daniel, der darin seine Ankunft auf der Burg angekündigt hatte.

Die Wahrheit traf mich wie ein Schlag. Ich hörte nicht einmal, daß Lotte zurückgekommen war. Erst als sie neben mir stand und zu reden anfing, erwachte ich aus meinem Taumel.

»Alles klar«, sagte die Köchin. »Das Mädchen ist unschuldig. Der Graf hat das Telegramm. Er hat es ihr weggenommen.«

»Lotte«, sagte ich eindringlich, »das Postfräulein im Dorf ist doch ihre Freundin? Hat sie heute morgen Dienst gehabt?«

»Ich nehme an. Warum?«

»Sie müssen mir einen Gefallen tun, bitte! Ich muß unbedingt wissen, was in dem Telegramm steht. Wenn es Ihre Freundin aufgenommen hat, wird sie sich doch ungefähr an den Wortlaut erinnern.«

»Aber sicher. So viele Telegramme kriegt sie in diesem Nest auch wieder nicht.«

»Könnten Sie sie anrufen?«

Lotte dachte nach.

»Zu riskant«, meinte sie dann, »man weiß nie, wer zuhört. Aber wissen Sie was? Ich werde hinfahren. Ich wollte sowieso nach Kronau zur Post, um neuen Kaffee zu bestellen. Das mache ich immer schriftlich. Also, machen Sie sich keine Sorgen! In einer halben Stunde bin ich wieder da.«

Die Köchin hatte nicht zuviel versprochen. In knapp dreißig Minuten war sie zurück, und alles war genauso, wie ich es befürchtet hatte. Das Telegramm war von Daniel, und der Inhalt übetraf meine schlimmsten Erwartungen. Lotte war zwar strahlend auf mich zugeeilt und hatte mir ein Stück Papier mit einem vielsagenden Lächeln überreicht, aber als ich es auseinanderfaltete, stand da schwarz auf weiß:

ANKOMME IN KÜRZE – STOP – MIT FREUDIGER ÜBERRASCHUNG – STOP – ICH LIEBE DICH EWIG – STOP – DANIEL.

Entsetzt ließ ich das Telegramm sinken. Nur das nicht! dachte ich. Lieber Gott, nur das nicht! Nur keine freudigen Überraschungen von Daniel mehr, das ertrage ich nicht.

Lotte hatte mich teilnahmsvoll beobachtet und zweifelte nicht daran, daß es mir vor Glück die Sprache verschlagen hatte. Sie lächelte noch breiter und meinte dann: »Solche Telegramme bekommt man nicht alle Tage. Hab' ich recht?«

»Stimmt«, sagte ich bitter.

»Ist etwas nicht in Ordnung?«

»Nein, nein. Ich bin nur ziemlich überrascht.«

»Das kann ich mir denken«, meinte Lotte, und ihre Miene drückte größtes Verständnis aus. Offensichtlich ahnte sie, welche Rolle Daniel in meinem Leben spielte, und sah mich schon als glückliche Braut vor dem Altar. »In einer halben Stunde ist es Zeit zum Essen«, fuhr sie fort und wandte sich zum Gehen. »Ich werde Sie holen lassen.«

Ich sank auf die Holzbank: Ankomme in Kürze – stop – mit freudiger Überraschung – stop – Ich liebe Dich ewig – stop – Daniel.

Mir blieb wirklich nichts erspart. Daß Daniel in London die leere Wohnung vorgefunden und einen Schock erlitten hatte, konnte ich ihm nachfühlen. Aber ich hatte keine Lust, ihn zu trösten, und nicht das geringste Bedürfnis, ihn wiederzusehen.

Daniel auf Kronegg – nicht auszudenken. Noch dazu jetzt, wo Onkel Eduard die Scherereien mit dem Leopold hatte und ich das Geld, das Daniel mir herausgelockt hatte, nötiger gebraucht hätte als je zuvor. Ausgerechnet jetzt, wo der Gutshof auf dem Spiel stand, hatte er die Frechheit, sich anzukündigen.

Aber das war noch nicht das Schlimmste. Er hatte auch eine »freudige Überraschung« parat, und das trieb mir den kalten Schweiß auf die Stirn.

Seit ich Daniel kannte, hatten mir seine »freudigen Überraschungen« das Leben verbittert. Ich hörte seine Stimme ganz deutlich: »Freudige Überraschung, *darling*, wir haben Zinn gekauft.« – »Freudige Überraschung, ich bin für dich ins Goldgeschäft eingestiegen.« Die Geschäfte hatten sich alle als Pleiten entpuppt. Und die privaten »freudigen Überraschungen« standen den geschäftlichen in keiner Weise nach. Ein gutes Beispiel dafür war die Landhauseinladung nach Genf im Frühjahr gewesen.

Der Gastgeber war Christian, Daniels Geschäftspartner und Freund. Daniel hatte die Neuigkeit mit strahlender Miene angekündigt: »Freudige Überraschung, Prinzeßchen, Christian hat uns in sein Landhaus eingeladen. Er fliegt mit Lena vier Wochen nach Afrika. Wir können das Haus haben und tun, was wir wollen. Was sagst du dazu? Segeln, spazierengehen, Cocktails auf der Terrasse mit Blick über den See – wie klingt das? Sag ja, Goldstück. Die feine Welt macht immer im Frühjahr Urlaub.«

Sofort erwachte mein Mißtrauen. Ich war zu diesem Zeitpunkt fast schon bankrott, und Daniel wußte, daß wir uns heuer keinen teuren Urlaub leisten konnten.

»Wieviel will er für das Haus?«

»Gar nichts.«

»Nichts?«

»Nein.«

»Das glaube ich nicht. Christian hat sich immer für den kleinsten Handgriff bezahlen lassen.«

»Er will wirklich nichts für das Haus.«

»Bist du absolut sicher?«

»Absolut«, sagte Daniel, und wir begannen Pläne zu machen.

Fast hätte ich meine schlechte Meinung über Christian geändert. Er holte uns nämlich in seinem blauen Rolls-Royce in London ab, um, wie er uns schon am Telefon mitgeteilt hatte, die Fahrtkosten zu verringern. Während der Reise, die zwei Tage dauerte, bezahlte er seine eigenen Hotelrechnungen, und er ließ sich nur ein einziges Mal von mir zum Essen einladen. Er war die Liebenswürdigkeit in Person, erzählte mir, daß das Geld, das er für mich investiert habe, bald hundertfach zurückkommen werde. »Der Markt wird sich erholen«, rief er, »und dann wirst du im Golde schwimmen.«

Wie gesagt, die Reise verlief angenehm, obwohl mir nicht ganz wohl in meiner Haut war. Wann immer Daniel und Christian zusammen waren, fühlte ich mich verraten und verkauft. Ich konnte mich schon gegen Daniel allein nicht durchsetzen, aber Daniel *und* Christian, das war aussichtslos. Ich hoffte nur, daß sie es nicht darauf abgesehen hatten, mich gemeinsam um den letzten Rest meines Geldes zu bringen.

In Genf gab es eine große Begrüßung. Lena, Christians panamaische Frau, empfing uns in einem bodenlangen Schlangenkleid und küßte mich auf beide Wangen. Aber Daniel küßte sie auf den Mund, obwohl ich daneben stand.

Anschließend zeigte sie uns das Gästezimmer. Es war unter dem Dach und ziemlich klein. Aber das störte mich nicht. Es war nur für eine einzige Nacht gedacht. Lena und Christian würden am nächsten Abend abreisen.

Am Morgen beim Frühstück kam die erste Überraschung. Lena sagte plötzlich zu mir: »Goldstück, wir müssen für das Wochenende einkaufen gehen. Wir können erst am Montag fliegen, der Termin wurde verschoben.«

Ihr Ton duldete keinen Widerspruch. Wir setzten uns in ihren kleinen grünen Sportwagen und fuhren los.

Lena kaufte: Putzmittel für das ganze Haus, einen teuren

Ledergürtel, eine Gartenschere und zehn Geschirrtücher. Für die Reise erstand sie Kosmetika und Sonnenöl in großen Mengen, dazu ein teures Eau de Cologne für Christian und für sich selbst das neuste Parfüm von Hermès. Anschließend kauften wir die Lebensmittel: Roastbeef, Gänseleber mit Trüffeln, vier Flaschen Champagner, zwei Kilo frische Mangos und einen ganzen Hummer.

»Wir müssen doch eure Ankunft feiern«, meinte Lena großzügig. »Wer weiß, wann wir wieder einmal so gemütlich beisammen sein werden.«

Als es ans Zahlen ging, begann Lena, nervös in ihrer Handtasche zu wühlen. »Jetzt habe ich doch tatsächlich mein Scheckbuch zu Hause liegenlassen«, rief sie. »Kannst du das einstweilen für mich auslegen, Goldstück?«

Ich konnte. Ich hatte mein ganzes Monatsbudget in der Tasche, und Lena wußte das.

Am Montag verzögerte sich die Abreise aufs neue. Man würde am Freitag fliegen oder am Samstag. Diesmal schickte mich Lena alleine zum Einkaufen. Mit einer langen Liste, ohne Geld, aber mit dem Versprechen: »Am Wochenende rechnen wir ab.«

Langer Rede kurzer Sinn: Lena und Christian flogen nicht nach Afrika. Sie blieben in Genf und ließen sich von mir verköstigen. In vierzehn Tagen war ich mein Bargeld los und mußte auf Euroschecks zurückfliegen, die ich vorsichtshalber mitgenommen hatte. Die Schecks waren gedeckt, denn auf dem Londoner Konto befand sich der letzte Rest von Onkel Nestors Vermögen. Das Geld sollte noch für ein halbes Jahr reichen, vielleicht für zehn Monate, je nachdem, wie sparsam man damit umging. Wie es nun aussah, mit den frischen Austern, dem Kaviar und dem Champagner, den ich zu finanzieren hatte, würde ich Anfang Juli pleite sein.

»Daniel«, sagte ich ängstlich, »du weißt, daß ich meine letzten Reserven aufbrauche. Sollten wir nicht lieber nach London zurückfahren?«

Daniels grüne Augen strahlten Zuversicht aus. »Machst du dir schon wieder unnötige Sorgen, *darling*?«

»Nein«, sagte ich, »begründete Sorgen. Außerdem kann ich Christian nicht mehr in die Augen sehen. Wenn ich an seine Geschäfte denke, an den Schwindel mit den Erdölbohrungen im Atlantik . . .«

»Aber das ist doch nur für die anderen«, unterbrach mich Daniel und legte beruhigend seinen Arm um meine Schultern. »Das gilt doch nicht für uns. Gestehe, du willst weg, weil du eifersüchtig auf Lena bist.«

»Das stimmt nicht!« rief ich und befreite mich von seinem Arm. »Ich mache mir wirklich Sorgen um mein Geld.«

Daniel sah mir tief in die Augen. »Annette, das Geld, das du Christian anvertraut hast, wurde in ein solides Bauprojekt für Bürohäuser gesteckt. Die bringen Millionen, wenn sie einmal fertig sind.«

Auf dieses Argument hatte ich gewartet.

»*Wenn* sie einmal fertig sind«, rief ich bitter, »aber daran glaube ich nicht mehr. Gestern bin ich nämlich nach dem Einkaufen an der Baustelle vorbeigefahren. Nicht einmal die Keller sind ausgehoben. Keine einzige Maschine steht dort. Es wird überhaupt nicht gearbeitet. Wie erklärst du dir das? Ich habe jedenfalls mein Vertrauen in das Geschäft verloren.«

»Ich nicht. Der Grund ist gekauft und steigt ständig im Wert. Die kurze Wartezeit hat gar nichts zu bedeuten. Christian hat bereits einen erstklassigen Baumeister engagiert, und die Arbeiter, die er haben will, werden in einem Monat frei. Außerdem habe ich eine freudige Überraschung für dich, Prinzeßchen. Deine Goldaktien sind bereits um vier Punkte gestiegen.«

»Welche Goldaktien?« fragte ich perplex. »Seit wann besitze ich Goldaktien?«

»Seit April. Erinnerst du dich nicht an die Unterschrift, die du mir gegeben hast?«

»Natürlich. Aber die hast du doch haben wollen, weil du unter meinem Namen ein Bankkonto in New York eröffnen wolltest.«

Daniel lachte glücklich. Dann küßte er mich zärtlich und sah mir verliebt in die Augen. »*Darling*, ich wollte es dir erst beim Abendessen sagen, die Goldaktien steigen und steigen und steigen. Mach dir bitte keine Sorgen wegen der paar Flaschen Champagner und dem Kaviar. Wenn wir nach London zurückkommen, sind wir Millionäre.«

Ich wußte nicht, was ich sagen sollte. »Wo ist das Gold?« fragte ich schließlich mit zitternder Stimme.

»In der australischen Wüste. Ich habe dich an einer Firma beteiligt, die dort nach Gold sucht. Es ist alles ganz offiziell. Die Aktien werden an der Börse gehandelt, die Firma heißt Aurelius und finanziert ein Geologenteam in den Northern Territories.«

»Trotzdem möchte ich nach London zurück.«

»Aber ich nicht. Mir gefällt es hier. Du hast doch noch Geld, *darling*. Ich verlange ja nicht, daß du Schulden machst. Obwohl das auch kein Problem wäre, bei deinem reichen Onkel und der Burg, die du einmal erben wirst.«

»Damit rechne ich schon längst nicht mehr. Glaubst du, mein Onkel verzeiht mir das mit dem Gutshof?«

»Aber natürlich«, rief Daniel und umarmte mich liebevoll. »Er verzeiht dir, weil du ihm den Gutshof kaufen wirst. Spätestens dann, wenn wir wieder in London sind. Ich sage dir doch, daß die Aktien steigen, steigen und steigen. Man ist dem Gold ganz dicht auf der Spur. Warte nur, bis sie es gefunden haben! Dann klettern die Kurse in den Himmel. Wir verkaufen, und du wirst nicht wissen, was du mit dem vielen Geld anfangen sollst.« Er küßte mich verliebt. »Also, sei nicht kleinlich. Komm mit mir auf die Terrasse und gönn dir ein Glas Champagner. Außerdem verspreche ich dir, daß ich heute abend kein einziges Mal mit Lena flirten werde. Zufrieden?«

Ich sah, daß nichts zu machen war. Daniel wollte bleiben, und so blieben wir bis Ende Mai. Einen Monat lang schliefen wir in dem kleinen, ungemütlichen Gästezimmer unterm Dach und gaben mehr Geld aus, als wenn wir im teuersten Luxushotel am See abgestiegen wären.

Aber wie heißt doch das alte Sprichwort?

Wo der Himmel eine Tür zuschlägt, öffnet er zumindest ein Fenster.

Von der Richtigkeit dieses Spruches konnte ich mich in Genf überzeugen. Ich lernte nämlich beim Einkaufen eine sehr interessante Dame kennen, eine Antiquitätenhändlerin, die in der Altstadt ein großes Geschäft besaß.

Sie lud mich ein, wann immer ich Lust hätte, zu ihr zu kommen. Da Lena meist bis Mittag im Bett lag und ich ohnehin nie wußte, was ich mit ihr oder Christian reden sollte, nahm ich die Einladung an. Ich verbrachte vier Vormittage in der Woche bei ihr, am liebsten im Atelier hinter dem Geschäft, in dem meine neue Bekannte mit größtem Geschick alte Möbel restaurierte.

Anfangs sah ich ihr nur zu. Aber nach und nach überließ sie mir kleinere Arbeiten, die mir sehr viel Spaß machten. Nach einer Woche zeigte sie mir, wie man Bauernmöbel restauriert, und sie vertraute mir eine alte Truhe mit verblaßtem Muster an, die ich wirklich wieder sehr schön auf Glanz brachte. Von da an half ich ihr, wo ich konnte.

Die Zeit, die in der ersten Woche praktisch stillgestanden hatte, verging plötzlich wie im Flug. Auf einmal war der Monat zu Ende, und wir fuhren zurück nach London.

In England erwartete uns eine böse Überraschung. Aurelius hatte in der australischen Wüste kein Gold gefunden. Die Aktien sanken tiefer und tiefer und verschwanden schließlich von der Börse.

An dem Tag, als ich den Namen nicht mehr in der Zeitung fand, ging ich in die eleganteste Boutique von Mayfair und kaufte das schönste Sommerkleid, das im Geschäft zu haben war. Es war aus herrlicher roter Seide, mit betonter Taille, und der Rock bestand aus vier Reihen duftiger Rüschen. Es war dasselbe Kleid, in dem ich jetzt, einen Monat später, in Kronegg auf dem Wehrgang saß, einen Zettel in der Hand, der mir Daniels Ankunft und weitere »freudige Überraschungen« ankündigte.

Ich starrte auf das Papier und fühlte, wie der heiße Zorn in mir aufstieg. Würde er mich denn nie in Ruhe lassen? Glaubte er wirklich, daß ich ihn auf der Burg empfangen würde? Nach alldem, was er mir angetan hatte? Plagte Daniel überhaupt kein Gewissen?

Der Himmel färbte sich hellblau und rosa. Es war ein herrlicher Abend. Die Schwalben flogen hoch, und die Sonne stand schräg hinter dem eckigen Turm. Kronegg wirkte wie ein Märchenschloß, aber ich bemerkte nichts davon.

Ich sah Daniels grüne Augen vor mir und hörte seine zynische Stimme: »Machst du dir schon wieder unnötige Sorgen, *darling*?«

Ich zerriß den Zettel in winzige Stücke und warf ihn über die Mauer.

Nein! Ich war nicht mehr das romantische Burgfräulein, das er sich vor fünf Jahren geangelt hatte. Ich warf den Kopf zurück und stieg mit glühenden Wangen die steinernen Stufen hinunter in den großen Burghof.

Sollte er nur kommen, der Verräter!

Ich würde ihm einen unvergeßlichen Empfang bereiten.

7

Die nächsten Tage vergingen wie im Flug. Daniel ließ sich nicht blicken, aber das überraschte mich nicht. Er hatte einen eigenen Zeitbegriff, und »in Kürze« konnte zwei Stunden oder drei Wochen bedeuten. Trotzdem war ich nervös und zitterte jedesmal, wenn am großen Burgtor die Glocke läutete.

Auch Onkel Eduard machte sich rar. Er verbrachte den Großteil des Tages irgendwo in der Burg und war nicht aufzufinden. Wenn man ihn fragte, behauptete er zwar, in seinem Atelier gewesen zu sein, aber ich hatte ihn mehrere Male dort gesucht und keine Spur von ihm entdeckt.

Interessanterweise war auch der historische Plan verschwunden, auf dem die zugemauerten Gemächer eingezeichnet waren. Obwohl ich dabeigewesen war, wie Hans den Befehl erhalten hatte, ihn im Herrenzimmer neben dem Schreibtisch aufzuhängen, war die Wand dort leer.

Wie dem auch sei – am Samstag erschien Großmama, und das brachte mich auf andere Gedanken. Wie immer hielt sie einen triumphalen Einzug mit sechs Schweinslederkoffern, vier Hutschachteln und hübschen Geschenken für die Angestellten. Sie sah blendend aus und strahlte über das ganze Gesicht, als ich ihr entgegenlief.

»Annettchen!« rief sie und drückte mich an ihre Brust, daß es mir den Atem raubte. »Kindchen, du hast mir wirklich sehr gefehlt.« Dann küßte sie mich auf beide Wangen, und wir gingen Arm in Arm nach oben.

Hans brachte das Gepäck, und das Mädchen packte die Koffer aus. Umsichtig füllte sie die großen, leeren Schränke im Ankleidezimmer mit Großmamas Hüten, Schuhen, Seidenwäsche und eleganter Garderobe. Dann nahm sie das, was zu bügeln war, mit hinunter.

Onkel Eduard führte inzwischen seine Mutter durch ihre Räume und zeigte ihr die Bilder, die er im Winter für sie restauriert hatte. Großmama bewunderte alles gebührend, und dann waren wir endlich allein in ihrem blauen Salon. Die Blumen, die ich für sie geschnitten hatte, dufteten, und auf dem chinesischen Tischchen vor dem Sofa stand ein Champagnerkübel.

»Eigenimport«, scherzte Großmama und nahm die Flasche aus dem Eis. »War in meinem Gepäck direkt aus Frankreich.« Sie bestand darauf, selbst einzuschenken.

»Was ist das für eine seltsame Flasche?« rief ich und nahm sie ihr aus der Hand. »Von der Form her könnte Cognac drin sein.«

»Das ist etwas ganz Besonderes aus dem Hause der Witwe Clicquot-Ponsardin, Kindchen. Bester Champagner, zwanzig Jahre alt. Trink! So etwas hast du noch nie gekostet.« Sie hob ihr Glas. »Auf deine Zukunft, Annette. Auf daß sie besser werde als die Vergangenheit – und viel amüsanter!«

Großmama hatte recht. Der Champagner war überwältigend. Im Vergleich mit ihm schmeckte alles, was ich in dieser Richtung bisher gekostet hatte, wie Limonade.

»Blendend siehst du aus«, sagte ich, als ich mein Glas abgestellt hatte, »besser als vor fünf Jahren – was man von mir nicht behaupten kann.«

»Nur keine Übertreibungen!« Großmama betrachtete mich sachlich. »Du bist hübsch wie immer, außerdem hast du einen interessanten leidenden Zug im Gesicht. Du bist zwar ein bißchen dünn, aber dem ist abzuhelfen.«

Großmama war klein und zierlich; sie hatte rote Bäckchen und hübsch frisierte Locken, die, seit ich denken konnte, immer dieselbe goldblonde Farbe hatten. Sie bot jedoch nicht nur einen erfreulichen Anblick, der jede Altersangst im Keim erstickte, sie besaß auch andere Qualitäten, die sie in der ganzen Familie beliebt machten.

Nie hatte ich sie krank gesehen, und nie war sie schlecht gelaunt. Sie war temperamentvoll, ließ sich nichts gefallen, strahlte unerschütterlichen Optimismus aus und lebte gerne. Ihre einzige Schwäche war ihre Vorliebe für übergroße Hüte mit üppigem Blumenschmuck.

Großmama besaß Blumenhüte in jeder Form und Farbe. Je älter sie wurde, desto leuchtender wurden ihre Kopfbedekkungen. Solange sie verheiratet war, hatte sie sich im Zaum gehalten, aber als sie Witwe wurde, trug sie ihre Blumenhüte auch im Winter. Onkel Eduard prostestierte dagegen und legte ihr zu Weihnachten eine Nerzkappe unter den Christbaum. Was tat Großmama? Sie übersiedelte prompt nach Südfrankreich. Dort sind Blumenhüte das ganze Jahre über modern.

»Hübscher Hut«, sagte ich und zeigte auf ein Wagenrad mit rosa Band nebst fünf rosa Orchideen, das auf dem Sofa lag. »Der steht dir sicher ausgezeichnet.«

»Darauf kannst du wetten«, meinte Großmama, »wenn ich ihn trage, drehen sich alle Leute nach mir um. Ein idealer Sommerhut ist das, von meiner Modistin aus Nizza.« Und sie schenkte uns beiden Champagner nach.

»Ich sehe mit großer Freude«, fuhr sie fort, »daß du meinen Rat befolgt hast und nach Kronegg zurückgekommen bist. Es war die beste Lösung, glaube mir.«

»Wenn du mir nicht geholfen hättest, wäre sicher nichts daraus geworden. Gott sei Dank hast du mir den Brief aufgesetzt! Ich hätte nicht gewußt, was ich Onkel Eduard schreiben soll. Ich habe viel zuviel Angst gehabt.«

»Grundlos, wie du inzwischen erfahren haben wirst«, sagte sie.

Ich nickte. »Du hast recht wie immer.«

»Du fühlst dich also wohl hier. Und wie verträgst du dich mit dem weißen Hühnchen?«

Ich lachte. »Sehr gut. Er läßt sich schon anfassen.«

»Bravo! Bei mir hat das einen Monat gedauert. Kaum bin ich in seine Nähe gekommen, war er schon auf der nächsten Vorhangstange. Und was tut sich sonst?«

»Wir haben einen jungen Turmfalken gerettet, aus dem Kamin hinter dem Ofen im Rittersaal. Er ist aus dem Nest gefallen, und wir haben ihn zufällig gehört. Onkel Eduard kontrolliert jetzt regelmäßig die Kamintüren. Stell dir vor, hinter zwei Türen hat er Skelette von jungen Falken gefunden.«

»Die Armen«, meinte Großmama mitfühlend, »das mit den Kontrollen ist eine gute Idee, aber was tust du sonst den ganzen Tag?«

Ich nahm einen Schluck Champagner. »Ich mache mir Sorgen.«

»Das ist ja ganz neu. Worüber denn?«

»Über die verlorene Erbschaft natürlich. Und über den Gutshof. Weißt du, was sich da abspielt? Es ist wie im Film. Der Besitzer will nach Kanada und muß so schnell wie möglich verkaufen. Onkel Eduard hat ein Angebot gemacht, aber der Leopold hat es überboten. Daraufhin hat Onkel Eduard *noch* mehr geboten, obwohl er kein Geld hat, und ich hab' auch keins. Verstehst du das?«

»Noch nicht. Aber was nicht ist, kann noch werden. Was sagt er denn, wenn du ihn fragst, woher er das Geld nehmen will?«

»Daß er einen Plan hat und daß das gütige Schicksal auf seiner Seite ist. Mehr ist aus ihm nicht herauszukriegen.«

»Überlaß das nur mir«, meinte Großmama mit Überzeugung, »ich durchschaue die Pläne meines Sohnes, noch ehe er den Mund aufmacht. Er hat schon als Kind nichts vor mir geheimhalten können. Wir werden in Kürze wissen, was es mit dem gütigen Schicksal für eine Bewandtnis hat. Aber wie versteht ihr euch sonst? Streitet ihr?«

»Nein, gar nicht. Ich sehe ihn viel weniger als früher. Er ist ständig beschäftigt. Aber *wenn* ich ihn sehe, gibt er mir Bücher, die ich auswendig lernen muß.«

»Ganze Bücher? Wozu soll das gut sein?«

»Keine Ahnung. Er will meine Erziehung vervollständigen – sagt er zumindest. Aber was bezweckt er damit?«

»Nichts. Es amüsiert ihn eben. Er hat schon als Kind liebend gerne Professor gespielt.«

»Dann gibt es noch etwas«, ich zögerte kurz. »Er macht manchmal Andeutungen, daß ich zu spät nach Kronegg zurückgekommen bin.«

»Zu spät wofür?«

»Keine Ahnung. Einmal war ich mit ihm oben auf dem runden Turm, da hat er mir klipp und klar gesagt, daß ich zu spät zu ihm zurückgekommen bin und daß er in meiner Abwesenheit Entscheidungen getroffen hat. Welche, hat er nicht verraten. Seither habe ich Angst.«

»Angst«, sagte Großmama kämpferisch, »ist ein Luxus, den man sich nicht leisten darf. Ich habe das am eigenen Leib erfahren, und seither habe ich vor nichts mehr Angst. Ich bin zu alt, um Angst zu haben.« Sie nickte mir aufmunternd zu, aber es nützte nichts.

»Soweit bin ich noch nicht. Ich mache mir Sorgen.«

»Du sorgst dich?«

»Ja.«

»Ehrlich?«

»Ehrlich.«

»Ja dann«, sagte Großmama und seufzte tief, »dann bleibt mir nichts anderes übrig, als dir die Wahrheit zu sagen.«

Mir blieb das Herz stehen.

»Also gibt es doch etwas«, stotterte ich, »was . . . was ist es?«

Großmama stand auf, marschierte in ihr Schlafzimmer und kam mit einer hübschen Schachtel feiner Schweizer Pralinen zurück. »Es gibt etwas, aber so schrecklich ist das nun auch wieder nicht. Da, nimm dir eine Praline!«

Ich schüttelte stumm den Kopf.

»Iß!« befahl Großmama. »Schokolade beruhigt die Nerven. Also«, sagte sie dann, als ich gehorsam kaute, »fangen wir von vorne an: Du, der Augapfel meines Sohnes, der Stolz seiner Erziehungsmethoden, rennst auf und davon mit dem erstbesten Schönling, der dir unter die Nase kommt.«

»Aber ich war schon einundzwanzig«, protestierte ich, »und das war mein erster Mann. Du weißt ganz genau, daß ich vorher nie einen Freund gehabt habe. Nicht einmal in den Tanzkurs durfte ich – in der Klosterschule nicht und in der Haushaltungsschule auch nicht. Einladungen in Kronegg waren verboten, und angerufen hat mich auch keiner, weil wir kein Telefon gehabt haben. Onkel Eduard hat alle meine Briefe abgefangen und gelesen, und für das Sommerfest hat *er* meine Partner ausgesucht. Aber die wollte ich nicht.«

»Annettchen, das weiß ich doch alles. Mein Sohn hat dich bewacht wie ein Zerberus. Das konnte nicht gutgehen. Ich wäre an deiner Stelle auch mit dem Erstbesten durchgebrannt, der mir verklärt in die Augen blickt. Aber jetzt will ich dir etwas anderes sagen. Also: Du, der ganze Stolz meines Eduards, suchst von einem Tag zum anderen das Weite, meldest dich jahrelang nicht, ich wiederhole: *jahrelang*, und nachdem ich dich endlich ausfindig gemacht habe, schreibst du nur kurze Postkarten zum Geburtstag und zu Weihnachten.«

Sie blickte mich strafend an.

»Kein Wort über die Erbschaft und den Gutshof, kein Wort über deine Pläne. Das war ein starkes Stück. Aber was tut mein Sohn? Aus Freude über dein erstes Lebenszeichen hat er ein Telefon einrichten lassen und auf einen Anruf gewartet.«

Pause.

»Der nie gekommen ist!«

Ich senkte die Augen.

»Und dann, kurz bevor ich dich so weit habe, daß du dich auf deine vier Buchstaben setzt und einen Brief schreibst, erfährt er, daß der Gutshof zu haben ist, und zwar jetzt oder nie. Was das bedeutet, brauch' ich dir nicht extra zu erklären, oder? Du weißt, wie lange wir auf diesen Moment gewartet haben. Jedenfalls, Geld muß her. Du bist über alle Berge, dein Vermögen ebenfalls. Was hättest *du* getan? *Er* hat sich nach jemandem umgesehen, der ihm helfen könnte. Finanziell – und auch in anderer Weise.«

»Was heißt, in anderer Weise?«

Großmama räusperte sich wie immer, wenn sie etwas Unangenehmes zu sagen hatte. »Eine Burg ist ein schönes Vermächtnis, Annettchen!«

Ich war zu erschüttert, um auch nur zu nicken. Ich starrte auf Großmama und brachte kein Wort heraus.

»Schau nicht so entsetzt«, beruhigte sie mich, »sein Testament hat er noch nicht geändert.«

»Wer . . . wer ist . . . wer ist es denn? Kennst du die Person?«

»Natürlich. Einer aus der französischen Verwandtschaft. Dein Cousin dritten Grades, Olivier aus Paris.«

»O Gott!«

»Dein Onkel hat ihn für den Sommer eingeladen. Er will ihn unter die Lupe nehmen. In zehn Tagen ist er da.«

Ich saß wie vom Donner gerührt. Ausgerechnet Olivier. Er galt in der Familie als Finanzgenie. Er war an einem Reisebüro beteiligt, sprach fließend Deutsch und verdiente große Summen. Ich war drei Jahre jünger als er und hatte ihn nur ein einziges Mal gesehen, bei einer Familienhochzeit vor vierzehn Jahren. Damals hatte ich ihn gleich nicht ausstehen können.

»Kannst du dich noch an ihn erinnern?« fragte Großmama. »Ihr habt euch bei Emilias Hochzeit getroffen.«

»Natürlich. Er war mir von allen der Unsympathischste.«

»Mir auch. Der Charme, von dem seine Mutter so schwärmt, ist mir bis heute verborgen geblieben. Die ganze französische Verwandtschaft ist mir suspekt.«

»Weiß Olivier, warum ihn Onkel Eduard eingeladen hat?«

»Offiziell nicht. Aber seine Mutter hat mich sofort überglücklich in Antibes besucht. Für sie ist ihr Sohn bereits der neue Burgherr.«

Um ein Haar hätte ich zu weinen begonnen.

»Weinen nützt nichts«, sagte die Großmama sachlich. »Nur keine Panik! So schnell geht das auch wieder nicht, obwohl man Olivier nicht unterschätzen sollte.« Sie senkte die Stimme und neigte sich zu mir. »Wie du weißt, sammelt mein Sohn seit neuestem Gußeisen. Er ist ganz vernarrt in das Zeug. Versuche also nicht, es ihm auszureden. Denn was tut

Olivier? Kaum hat er die Einladung, beginnt er Eisen zu sammeln. Er wird die Sachen als Geschenk mitbringen, um sich beim Grafen gleich lieb Kind zu machen.«

»Das wird ja ein entsetzlicher Sommer!«

»Abwarten«, sagte Großmama und schenkte Champagner nach.

»Weiß Olivier, daß ich zurückgekommen bin?«

»Er weiß es.«

»Und er kommt trotzdem?«

»Natürlich.«

»Onkel Eduard hat ihn nicht ausgeladen?«

»Bis jetzt noch nicht.«

Ich dachte nach.

»Was glaubst du: Hat er vor, mich mit Olivier zu verkuppeln?« Olivier galt als eingefleischter Junggeselle.

»Das weiß man bei meinem Sohn nie«, lachte Großmama, »aber mach dir keine Sorgen! Diesmal kann *er* denken, aber *ich* werde lenken. Noch eine Praline? Sie sind wirklich ausgezeichnet!«

»Küß die Hand.« Ich bediente mich, aber nur, um Großmama eine Freude zu bereiten. Appetit hatte ich längst keinen mehr. »Ich glaube, ich habe keine Chance«, sagte ich, als ich geschluckt hatte. »Ich kann Olivier nicht heiraten, und konkurrieren kann ich auch nicht mit ihm. Ich hätte gar nicht herkommen sollen. Ich habe keinen Beruf, ich habe die Erbschaft verloren, und mein Cousin schwimmt im Geld.«

»Ob er tatsächlich im Geld schwimmt, wird sich erst herausstellen. Bis jetzt hat das noch keiner nachgeprüft. Das ist nur die Propaganda seiner Mutter. Aber nehmen wir an, er hat das Geld wirklich, dann ist es immer noch fraglich, ob er es in einen Gutshof an der ungarischen Grenze stecken will.«

Ich seufzte.

»Annettchen«, tröstete mich Großmama, »Geld ist nicht

alles. Wenn du meinen Eduard überzeugst, daß du dich geändert hast, dann hat Olivier nichts mehr zu melden. Verstehst du mich?«

»Wie soll ich mich geändert haben?«

»Daniel«, sagte Großmama und zwang mir noch eine Praline auf.

»Was ist mit Daniel?«

»Er ist uns allen ein Dorn im Auge.«

»Mir auch.« Es kam aus vollem Herzen.

»Hast du den Grafen davon überzeugt?«

»Ich hoffe.« Sicher war ich mir nicht.

»Annette, sieh mir in die Augen! Ist es wirklich so, wie du mir geschrieben hast? Bist du von ihm losgekommen, oder hängst du immer noch an ihm?«

»Ich hänge überhaupt nicht mehr an ihm. Er hat mir zuviel angetan. Am Schluß hat er mich auch noch betrogen, mit der Frau seines Geschäftspartners. Das verzeihe ich ihm nie.«

»Ganz sicher?«

»Hundertprozentig. Ich will ihn nie mehr wiedersehen.«

»Aber du *wirst* ihn wiedersehen«, stellte Großmama auf ihre sachliche Art fest.

»Nicht, wenn ich es verhindern kann.«

»Und wie willst du das verhindern?«

Ich zuckte mit den Achseln. »Keine Ahnung. Er läßt mich nämlich nicht in Ruhe. Stell dir vor, er hat mir sogar ein Telegramm geschickt.«

»Ich weiß«, sagte Großmama trocken.

»Du *weißt* es?«

»Natürlich. Deshalb bin ich doch früher gekommen. Ursprünglich wollte ich erst kurz vor meinem Geburtstag fahren, aber Eduard hat mich angerufen und gebeten, sofort abzureisen. Er fürchtet sich vor Daniel. Er ist überzeugt, daß du auf und davon läufst, wenn er nur seine Nasenspitze zum Tor hereinsteckt. Ich bin hier, weil er Verstärkung braucht. Aber wieso weißt *du* von dem Telegramm?«

Ich erzählte ihr die ganze Geschichte.

»Dann sind wir also beide im Bilde«, stellte Großmama zufrieden fest. »Ist mir auch lieber so. Da kann ich frei reden und muß nicht immer aufpassen, weil du irgend etwas nicht wissen darfst. Also, machen wir Pläne. Kann man Daniel nicht irgendwo erreichen? Man muß ihm verbieten, herzukommen.«

»Daran habe ich auch schon gedacht. Aber die Londoner Wohnung ist gekündigt. Daniel war auf Geschäftsreise, als ich weggefahren bin. Wo er jetzt ist, weiß ich nicht, und das Telegramm hat Onkel Eduard.«

Großmama ließ sich nicht entmutigen. »Vielleicht ist er doch noch in London. Komm, wir rufen an. Wozu haben wir ein Telefon bekommen?«

Sie stand auf und ging voran ins Schlafzimmer. Erwartungsvoll setzte sie sich auf ihr Bett.

Ich zögerte. »Wenn Onkel Eduard zuhört?«

»Der ist im Gutshof. Also die Nummer, Kindchen. Ich werde mit ihm reden, dann weiß er gleich, wieviel es geschlagen hat.«

»Laß mich wählen, Großmama!«

Ich nahm ihr den Hörer aus der Hand. Es war ein seltsames Gefühl, von der Burg aus die Londoner Wohnung anzurufen. Das elegante Appartementhaus in Hampstead schien auf einem anderen Planeten zu liegen. Die Verbindung, die ich mit klopfendem Herzen herzustellen versuchte, war wie eine Verbindung zum Mars. Ich wählte mit zitternden Fingern. Besetzt. Aber beim zweitenmal kam ich durch. Es rauschte im Hörer wie immer bei Gesprächen von einem Ende Europas zum anderen, und dann läutete es. Immer zweimal hintereinander, das typische englische Rufsignal. »Niemand zu Hause«, sagte ich nach einer Weile. »Aber ich könnte Freunde von ihm in Genf anrufen. Vielleicht wissen die, wo er ist.«

»Sehr gut«, rief Großmama, »wir kommen der Sache näher.«

In Genf wurde sofort abgehoben.

Lenas verschlafene Stimme meldete sich: »Hallo? Hier ist niemand zu Hause. Rufen Sie bitte am Nachmittag an.«

Dann erkannte sie mich, und plötzlich war sie munter.

»Hallo, Goldstück!« rief sie. »Du bist schon auf dem Märchenschloß, wie ich höre. Nein, Daniel ist nicht hier. Die beiden sind auf Geschäftsreise in Australien. Ganz tolle Sache. Nein, wann sie zurückkommen, weiß ich nicht. Aber gratuliere zur Familienversöhnung. Der Onkel ist besänftigt, höre ich, hat Daniel für den Sommer eingeladen. Nett von ihm. Vielleicht kommen wir auch vorbei. Platz werdet ihr ja haben. Gib mir schnell deine Nummer!«

»Wir haben eine Geheimnummer, ich darf sie niemandem geben.«

»Okay. Ich schicke dir ein Telegramm, wenn wir kommen. Was soll ich Daniel ausrichten? Er soll *keinesfalls* auf die Burg kommen? Was gibt's? Probleme? Okay. Ich versteh'. Ich sag' es ihm. Also, auf bald, Prinzeßchen!«

»Das war sie«, sagte ich zu Großmama und legte den Hörer auf.

»Wer?«

»Die, mit der er mich betrogen hat. Lena aus Panama. Die trägt meistens bodenlange Schlangenkleider und ist mit Daniels Freund Christian verheiratet.«

»Du hast aber recht nett mit ihr gesprochen.«

»Offiziell weiß ich von nichts.«

»Gut, daß du ihr die Nummer nicht gegeben hast.«

Ich mußte lachen. »Du weißt gar nicht, *wie* gut das war. Lena ist unmöglich. Sie schläft den ganzen Tag und ruft mitten in der Nacht an, ganz gleich, ob sie dich aufweckt oder nicht. Ihr Mann macht zwielichtige Geschäfte, und gemeinsam nützen sie dich aus, wo sie nur können.«

Ich erzählte die Geschichte vom Urlaub im Gästezimmer, und Großmama war empört.

»Du bist aber auch ein Schaf!« meinte sie dann. »Mir hätte

das nicht passieren können. Warum bist du geblieben? Ich wäre sofort abgereist.« Sie schüttelte den Kopf und stand auf. »Was machen wir jetzt mit Daniel?«

»Lena hat gesagt, daß er mit Christian in Australien ist. Wann sie zurückkommen, weiß sie nicht. Ich glaube, ich werde ihm einen Expreßbrief nach Genf schreiben und ihm verbieten herzukommen.«

»Gute Idee! Und drohe mit strafrechtlicher Verfolgung, das wird seinen Eifer am schnellsten kühlen.« Sie nahm ihr Champagnerglas und ging zum Fenster. Gedankenverloren blickte sie hinaus in den großen Burghof. Plötzlich drehte sie sich um. »Komm schnell«, rief sie, »der junge Storch sitzt auf dem Dach. Das ist eine Haltung. Davon kann man lernen. Majestätisch bis zur Schnabelspitze.«

Der junge Vogel saß auf dem Dach der Burgkapelle und blickte stolz in die Runde.

»Manchmal sitzt er zehn Minuten dort. Er hat noch einen Bruder. Heuer sind zwei Junge aufgezogen worden.«

»Sehr gut«, lachte Großmama, »Störche bringen Glück. Daß das so ist, werde ich dir gleich beweisen. Ich habe dir nämlich etwas mitgebracht. Ein Geschenk mit Hintergedanken. Du kriegst es erst, wenn die Sache mit Daniel endgültig abgeschlossen ist.« Sie streichelte meine Wange und lächelte mich an. Die Sonne schien auf ihr Haar, und ihre dunklen Augen glänzten. Sie hatte denselben lebhaften Blick wie Onkel Eduard.

»Das sollst du nicht. Ich bin ohnehin schon tief in deiner Schuld.« Großmamas Geschenke waren in der ganzen Familie berühmt.

»Willst du nicht wissen, was es ist? Es ist etwas sehr Kostbares.« Sie machte eine kurze Pause und sagte dann ganz nebenbei: »Es ist eines von Aimés Schmuckstücken. Ich habe es mit deinem Onkel besprochen, er ist einverstanden.«

Das hatte ich nicht erwartet. Ich wußte, daß Aimé den schönsten Schmuck der Familie besessen hatte, daß ihn

Großmama geerbt hatte und daß ich angeblich bei meiner Hochzeit einen Teil davon bekommen sollte. Aber von einer Heirat konnte keine Rede sein. Eher war das Gegenteil der Fall.

»Es war ihr Lieblingsring«, klärte mich Großmama auf, »der große Brillant mit den viereckigen Rubinen. Komm, probiere ihn, und dann legen wir ihn ins Safe.«

Genußvoll begann sie, in ihrer Handtasche zu kramen. Ein kleines schwarzes Lederetui kam zum Vorschein, und drinnen war ein prachtvoller Ring: ein großer, runder Solitär, fast drei Karat, von kleinen Rubinen eingefaßt.

Ich brachte kein Wort heraus. Noch nie hatte ich ein so kostbares Schmuckstück besessen. Aber es verschlug mir noch aus einem anderen Grund die Sprache.

»Was ist los? Gefällt er dir nicht?« Großmama war erstaunt über mein Schweigen.

»Er ist herrlich«, brachte ich endlich hervor, »aber stell dir vor, ich kenne den Ring! Ich habe ihn ständig vor Augen, jeden Tag. Weißt du, warum? Aimé trägt ihn auf dem großen Bild, das in meinem Salon hängt.«

»Das sagte ich doch«, meinte Großmama heiter. »Es war ihr Lieblingsring. Sie hat ihn Tag und Nacht getragen, sogar in der Badewanne. Schau dir diese schöne Fassung an! So eine Arbeit kann man heutzutage lange suchen. Komm, gib mir deine Hand. Ich bin neugierig, ob er paßt.«

Da hatte ich keine Sorgen. Ich wußte, daß die Größe genau richtig sein würde. Alle Frauen unserer Familie hatten schöne Hände, und meine waren, genau wie die von Großmama, ausgesprochen zierlich.

»Paßt«, sagte diese zufrieden. »Ich habe auch keine Sekunde daran gezweifelt. Du hast meine Hände geerbt und die zarten Finger. Sieh dir das an! Der Ring ist wie für dich gemacht.«

Ich blickte ehrfurchtsvoll auf meine Hand. Der Brillant brach das Licht, als bestünde er aus tausend kleinen Spiegeln.

»Der hat ein Feuer«, rief Großmama begeistert. »Warte! Wir

halten ihn in die Sonne. Na, was sagst du jetzt? Unglaublich, wie der funkelt.«

»Möchtest du ihn nicht lieber selbst tragen?« fragte ich vorsichtig.

»Nein, Kindchen, er gehört dir. Ich habe meine Smaragde, die trage ich am liebsten.«

»Oder vielleicht . . . vielleicht möchte ihn meine Mutter haben?«

Großmama nahm den Ring wieder in Verwahrung.

»Wie kommst du auf deine Mutter?« fragte sie interessiert.

»Weil ein Wunder geschehen ist. Du wirst es nicht glauben, aber Onkel Eduard hat mir gestanden, wo sie ist und was sie macht. Zum erstenmal in meinem Leben. Er hat sogar selbst davon angefangen. Verstehst du das?«

»Selbstverständlich«, lachte Großmama und stellte ihre Tasche auf den zierlichen französischen Damensekretär, der neben dem Fenster stand. »*Ich* habe ihm doch geraten, mit dem blöden Versteckspiel aufzuhören. Genützt hat es sowieso nichts. Und was hat er dir sonst noch mitgeteilt?«

»Nichts.«

»Dann werde ich dir ein Geheimnis verraten, Annettchen. Du wirst deine Mutter in Kürze wiedersehen. Na, was sagst du jetzt? Ich habe sie nämlich zu meinem Geburtstag eingeladen. Ich bestehe darauf, meinen Achtzigsten mit einer großen Familienversöhnung zu feiern. Ich habe nur zwei Kinder, und ich will, daß sie sich vertragen.«

Ich konnte mich nicht mehr beherrschen und umarmte Großmama stürmisch. »Endlich!« rief ich und bemühte mich, nicht in Tränen auszubrechen. »Du weißt nicht, wie lange ich mir das schon gewünscht habe. Aber was sagt Onkel Eduard dazu?«

»Keine Ahnung, Kindchen, ich habe ihn noch nicht gefragt.«

Sofort verebbte meine Begeisterung. »Er weiß nichts davon?«

»Kein Wort«, sagte Großmama, ohne sich im mindesten aufzuregen.

»Aber Kronegg ist *seine* Burg! Wenn er nicht will, kann er ihr verbieten herzukommen.«

Großmama lächelte überlegen. »Kronegg ist seine Burg, aber *ich* bin seine Mutter. Zerbrich dir nicht den Kopf, das kriege ich schon hin.«

Ich dachte kurz nach. »Sag mir bitte ehrlich: War sie wirklich so . . . unmöglich?«

Großmama setzte sich auf die Fensterbank. »Paß auf«, sagte sie und lächelte überlegen, »sie war genauso unmöglich wie ich. Alles klar?«

»Aber du bist doch gar nicht unmöglich.«

»Na, eben.«

»Aber warum . . . warum . . . Ich verstehe nicht . . .«

Großmama begutachtete ihr Spiegelbild in der Fensterscheibe. »Du kennst deinen Onkel, Kindchen. Du weißt, er hat ziemlich eigenartige Vorstellungen von Moral und Anstand, und was er von den zarteren Gefühlen hält, ist dir auch bekannt. Was glaubst du, warum ich in Südfrankreich lebe? Es waren nicht nur meine Blumenhüte, die er mir verboten hat!«

Ich setzte mich zu Großmama auf die Fensterbank. Das versprach ja *sehr* interessant zu werden. Wir hatten zwar nie Geheimnisse voreinander gehabt, aber über solche Dinge war einfach nicht gesprochen worden.

Großmama zupfte ein Locke zurecht und lächelte mich an. »Du bist jetzt erwachsen, Annette. Dehalb erzähle ich dir das. Verstanden? Wir sind eine temperamentvolle Familie. Woher dein Onkel diese Prüderie hat, ist mir schleierhaft. Von mir hat er sie nicht. Liebe gehört zum Leben, und ich lebe gern. Soll ich dir etwas sagen? Solange ich verheiratet war, war ich deinem Großvater treu ergeben. Aber dann habe ich immer drei Liebhaber gehabt. Einer war da, einer war im Gehen und einer im Kommen. Das ist der Grund, warum ich so jung geblieben bin.«

Wir sahen uns an und begannen übermütig zu lachen.

»Warum hast du mir das nie erzählt?« rief ich. »Das ist faszinierend!«

»Weil ich deinem Onkel versprochen habe, dich nicht zu verderben! Er hat verkündet, daß er dir die Burg vermacht, aber nur wenn *ich* die Finger von deiner Erziehung lasse. Das habe ich akzeptiert. Für Kronegg kann man schon ein paar Tanzstunden versäumen und ein paar Liebhaber vergrämen. Außerdem läßt sich das alles nachholen, wenn man älter ist. Dann genießt man es mehr als in der Jugend. Es ist auch alles gutgegangen – bis auf die Sache mit Daniel. Das war ein Tiefschlag.« Sie stand auf. »Aber etwas Gutes hat es doch gehabt«, sie lächelte verschmitzt. »Eduard zweifelt jetzt an seiner Unfehlbarkeit, und deshalb wird er sich mit deiner Mutter versöhnen. Du wirst sehen, es wird ein herrlicher Sommer.«

»Der schönste Sommer meines Lebens«, sagte ich, »wenn Olivier nicht wäre.«

Großmama lachte. »Olivier? Den hätte ich fast vergessen. Aber ich glaube, er wird dir nicht gefährlich.«

»Warum bist du so sicher? Das verstehe ich nicht.«

»Weil ich etwas über ihn weiß, das ihm mit Sicherheit bei deinem Onkel das Genick brechen wird, trotz der Eisensammlung, die er anschleppt.«

»Was kann das sein?« fragte ich neugierig.

»Annettchen«, Großmama lächelte siegessicher, »dein Onkel ist der größte Tierliebhaber aller Zeiten. Er kann keine Fliege ermorden, und jeder Regenwurm ist ihm lieb und wert. Olivier aber ist ein Stadtmensch und kann keinen Kakadu von einer Fledermaus unterscheiden. Er hat eine Allergie gegen Katzen und eine Abneigung gegen Hunde. Doch das Beste kommt erst: Dein Onkel hat sein Herz an einen weißen Vogel verloren, und Olivier kann Vögel *nicht ausstehen*.«

Mir fiel ein Stein vom Herzen.

Großmama begann fröhlich zu lachen. »Amüsant, nicht? In einer Familie, die den Pelikan im Wappen trägt!«

»Das ist meine Rettung«, sagte ich glücklich.

»Natürlich«, rief Großmama und ging mir voraus in den Salon. »Darauf werden wir jetzt trinken. Es ist noch viel Champagner in der Flasche.«

Sie schenkte nach und hob ihr Glas. »Also, Annettchen, auf mich, auf meine Tochter und auf meine Enkelin!«

»Auf Onkel Eduard und auf einen herrlichen Sommer!«

»Auf Kronegg! Und daß die französische Verwandtschaft hier nie Fuß fassen möge.«

Wir tranken und sahen uns dabei in die Augen.

»So«, sagte Großmama zufrieden, »und jetzt begleitest du mich hinunter in die Küche. Ich will endlich die berühmte Lotte kennenlernen.«

8

Es war dreiviertel zwölf, als wir uns auf den Weg in die Küche machten. Der Champagner hatte unseren Appetit angeregt, und wir freuten uns auf ein ausgiebiges Mittagessen. Großmama war blendend gelaunt und wollte alles über Lotte wissen. Der Graf hatte in jedem Brief von ihr geschwärmt. Kein Wunder, daß sie neugierig geworden war.

Großmama hatte zwar nie ohne Haushälterin gelebt, aber sie war selbst eine begeisterte Köchin, und die geizige Anna war ihr stets ein Dorn im Auge gewesen. Leute, die beim Essen sparten, waren ihr suspekt. Vielleicht war Lotte die Seelenfreundin, die sie so lange gesucht hatte?

Als wir durch das innere Burgtor in die Nähe der Küche kamen, strömte uns verführerischer Duft entgegen.

»Riecht vielversprechend«, meinte Großmama anerkennend. »Eduard scheint ausnahmsweise einmal die richtige Person eingestellt zu haben. Auch was du über ihr Aussehen gesagt hast, klingt gut. Magere Köche sollte man meiden. Das hat schon mein Vater gesagt, und er war ein berühmter Feinschmecker. Soll ich dir sagen, was er getan hat? Jedesmal, wenn er ein neues Restaurant ausprobierte, ist er sofort in die Küche gegangen, um den Koch unter die Lupe zu nehmen. War er rundlich, ist er geblieben, war er mager, hat er ohne ein weiteres Wort das Lokal verlassen. Ich habe mich mit ihm oft zu Tode geniert. Aber er hat recht gehabt: Dicke Leute kochen besser.«

Ich sah auf Großmama hinunter, die einen halben Kopf kleiner war als ich und beschwingt neben mir einherschritt. Sie trug hübsche weiße Sandalen, eine duftige, weiße Seidenbluse und einen grünen Rock. Auf ihren gut frisierten Locken saß nun ein großer Strohhut mit Mohnblumen.

»Aber *du* kochst hervorragend und bist klein und zierlich.«

»Ich bin eine Ausnahme, Kindchen. Keine Widerrede, ich weiß, wovon ich spreche.«

Die Küche auf Burg Kronegg befand sich zwischen dem inneren und dem äußeren Burgtor in einem einstöckigen Gebäude, das auch drei große Vorratsräume und ein gemütliches, holzgetäfeltes Eßzimmer beherbergte. Hier aßen wir, wenn wir unter uns waren. Oben im Hauptgebäude gab es zwar einen großen Speisesaal mit Stuckplafond und Kristalllüster, aber unten war es gemütlicher.

Ein lustiger, bunter Kachelofen stand hier, der die Form einer prallen Frau in bunter Tracht hatte. Auf ihrem Kopf trug sie einen Korb mit exotischen Früchten. In diesem Zimmer wurde auch gefrühstückt, und hier hing das Bild, das Onkel Eduard von mir als Gärtnerin gemalt hatte.

Das Eßzimmer war durch einen kleinen Gang von der Küche getrennt, und die war im wahrsten Sinne des Wortes herrschaftlich: ein großer, heller Raum, mit Fenstern auf beiden Seiten, rotem Steinfußboden und massivem Holztisch in der Mitte. An der einen Wand hingen drei Reihen glänzender Kupferpfannen, eine Anschaffung, auf die Lotte bestanden hatte, als sie nach Kronegg gekommen war.

Ihre eigene Mitgift bestand aus einer riesigen Gewürzsammlung, für die Hans extra eine Stellage gezimmert hatte.

»Ohne meine Gewürze kann ich nicht kochen«, sagte Lotte. Und erst als jedes einzelne der vierhundert Gläser mit den handgeschriebenen Etiketten an seinem Platz stand, hatte sie sich richtig wohl gefühlt.

Die Persönlichkeit eines Menschen erkennt man an den Dingen, mit denen er sich umgibt, und auch daran, wie er die Räume, in denen er lebt, verändert.

Zu Annas Zeiten war die Küche kahl gewesen, und man hatte nie den Wunsch verspürt, sich länger als unbedingt notwendig hier aufzuhalten. Jetzt war das anders. Es gab Lottes Gewürze, frische Kräuter, Kochbücher und an allen Fenstern blühende Geranien. Wann immer man bei der Tür hereinkam, duftete es nach irgend etwas Gutem: einem Kuchen, den Lotte gerade gebacken hatte, Marmelade, die sie einkochte, einem Braten, der im Rohr seiner Vollendung entgegenbrutzelte. Die Küche lebte. Und das beste war, daß man sich hier immer willkommen fühlte.

»Kaffee?« pflegte Lotte zu fragen, wenn man sie am Nachmittag überraschte. »Kostprobe?« wenn sie gerade mitten in den Vorbereitungen für eine Mahlzeit steckte.

Selbst in der Hektik vor einem großen Abendessen fühlte sie sich durch Besuche nicht gestört. Sie war ausgezeichnet im Organisieren, setzte das Mädchen geschickt ein und fand immer Zeit, zu erklären, was sie gerade tat. Warum es besser war, Gemüse im eigenen Saft, anstatt in Wasser zu dünsten, wie man Gewürze so abstimmt, daß keines vorschmeckt, und daß Kopfsalat nach dem Waschen von jedem Tropfen Wasser befreit werden müsse. »Nasser Salat«, sagte Lotte, »ist ein Armutszeugnis für den Koch.« Ein einziger Vormittag in Lottes Küche war lehrreicher als ein teurer Kochkurs in der Stadt.

Als wir die Küche betraten, war das Mädchen gerade dabei, Kartoffeln zu schälen. Lotte stand am Herd und würzte das Gericht, dessen Duft uns schon im Hof den Mund wäßrig gemacht hatte. Die Köchin war zu Ehren von Großmamas Besuch beim Friseur gewesen und trug wie immer eine blendendweiße Schürze. Lotte besaß einunddreißig weiße Schürzen, für jeden Tag des Monats eine. Sie empfand es als Zumutung, ein neues Gericht mit alten Flecken in Angriff zu nehmen.

Großmama begrüßte sie herzlich und überreichte ihr ein schweres Seidentuch, das sie aus Frankreich mitgebracht hatte. Das Mädchen hatte eine Flasche Parfüm erhalten und Hans eine Kiste feiner Zigarren. Lotte wurde vor Freude rot wie ein Schulmädchen und machte einen tiefen Knicks. Großmama lächelte.

»Also, Sie sind die Perle, von der der Graf so schwärmt. Gefällt es Ihnen auf der Burg?«

»Sehr!« Lotte strahlte und winkte dem Mädchen, das sofort verstand und das Radio abschaltete.

»Stimmt es, daß Sie jahrelang in Frankreich waren?«

»Zehn Jahre, bei einer Bankdirektorsfamilie. Ich habe sehr viel gelernt, aber wenig verdient, deshalb wollte ich weg.«

Großmama nickte. »Und hier sind Sie zufrieden?« Sie wußte genau, daß ihr Sohn Lotte ein großzügiges Gehalt zahlte.

»Sehr zufrieden, Frau Gräfin. Ich hätte auch nach Paris gehen können in ein großes Restaurant, aber ich bin lieber in einer Familie.«

»Recht haben Sie«, meinte Großmama und blickte wohlwollend auf die kleine, rundliche Lotte in ihrer appetitlichen, weißen Schürze. »Sagen Sie, was duftet hier so köstlich?«

»Lamm«, sagte Lotte stolz.

»Lamm?« wiederholte Großmama, anscheinend enttäuscht. »Ist das nicht ein bißchen schwer für diese Hitze?«

»*Mein* Lamm nicht«, sagte Lotte bestimmt. »Ich mache es

nämlich ganz ohne Fett. Ich brate es zwar kurz an, aber dann schütte ich das Fett sofort weg. Anschließend mache ich im Mixer ein Püree aus ganzen Zitronen – mit Schale und Kernen, wegen des Aromas –, und darin lasse ich das Fleisch auf ganz kleiner Flamme eine Stunde dünsten. Sie werden sehen, das ist ein wunderbares, leichtes Sommergericht.«

»Klingt wirklich *sehr* gut.« Großmama war sichtlich beeindruckt. »Ich habe Lamm immer nur mit weißen Rüben gemacht. Auch ganz ohne Fett, nur mit dem Saft von vier großen Tomaten. Kennen Sie das Rezept? Man kann zu den Rüben auch eine Fenchelknolle geben, das mildert den Geschmack.«

»Fenchel?« fragte Lotte aufgeregt. »Ja, das muß ich mir merken. Das ist eine sehr gute Idee. Natürlich. Das mildert das Aroma.«

Ich sah, daß sich zwei Seelen gefunden hatten. Großmama und Lotte vergaßen mich vollkommen, und so ging ich Bonnie besuchen, der neben der Glastür, die zum Obst- und Gemüsegarten führte, auf seinem Kletterbaum thronte.

Der Kakadu war beleidigt. Wir hatten nicht nur die Küche betreten, ohne ihm zuerst guten Tag zu sagen, wir hatten auch »sein« Radio abgedreht, obwohl gerade ein Opernkonzert gesendet worden war und er so schön mitgesungen hatte. Als er mich kommen sah, stellte er seinen Schopf auf, spreizte den Schwanz wie einen Fächer und wandte mir dann demonstrativ den Rücken zu.

Bonnie war ein sehr musikalischer Vogel. Opern liebte er über alles, und seine größte Seligkeit waren Arien für Koloratur. Diese begleitete er mit einer Oberstimme, die einem Sängerknaben alle Ehre gemacht hätte. Er verdrehte dabei die Augen, verrenkte den Hals und schlug in höchster Verzükkung mit den Flügeln. Er bot dabei einen Anblick, den man nicht so schnell vergaß.

»Bonnielein«, lockte ich ihn, »dreh dich um! Gleich gibt's wieder Musik, dann kannst du weitersingen.«

Aber Hühnchen war die Lust vergangen. Er wandte sich zwar um, aber nur, um mich anzufauchen. Dann duckte er sich und flog mit kühnem Schwung dem Grafen auf die Schulter, der soeben hereingekommen war.

»Aha«, meinte Onkel Eduard zufrieden und ließ Bonnie an seiner Augenbraue zupfen, »hier findet man alle beisammen. Das habe ich mir doch gedacht. Mama, das ist Lotte. Nach dem heutigen Mittagessen wirst du meine Begeisterung verstehen. Lotte, das ist meine Mutter, die beste Köchin der ganzen Familie. Sogar die französische Verwandtschaft gibt das zu. Ihr Vater, mein Großvater, war ein berühmter Feinschmecker, aber das habe ich Ihnen ja schon erzählt. Übrigens eine Frage: Wer hat Lust auf einen Aperitif?«

»Das Mädchen soll aus meinem Salon den Champagner holen«, rief Großmama. »Annette und ich haben zwar schon begonnen, aber er steht im Eis, und es ist für jeden von uns noch ein Glas drin.«

Onkel Eduard näherte sich dem Herd und hob verschiedene Deckel in die Höhe. »Lotte, das riecht köstlich. Aber das ist doch Fleisch, oder?«

»Lamm, Herr Graf. Sie haben gesagt, Ihre Mutter ißt es gerne.«

»Richtig, das habe ich vergessen. Wissen Sie was? Ich werde ausnahmsweise davon kosten. Dafür werde ich die ganze nächste Woche kein Fleisch essen. Wann können wir speisen?«

»Sofort«, sagte Lotte stolz. »Ich bin fertig.«

»Dann lassen Sie decken, meine Liebe. In einer Viertelstunde wird gegessen.«

Das Mittagessen unter den Kastanien verlief heiter und unbeschwert. Das Lamm hielt, was Lotte versprochen hatte, und anschließend gab es Salat, Käse, frische Ananas und hausgemachte Mandelbögen. Bonnie verspeiste eine Ladung weißer Sonnenblumenkerne und zum Abschluß einen großen Stengel Dill.

Großmama war voll des Lobes. »Um ganz ehrlich zu sein, Eduard Silvester, deine Köchin übertrifft meine kühnsten Erwartungen. Das Lamm war exzellent, der Salat perfekt; kein Tropfen Essig zuviel, und das will hierzulande etwas heißen. Der Käse war haargenau im richtigen Reifezustand. Das hat sie offensichtlich in Frankreich gelernt. Hier hat man nämlich keine Ahnung vom Innenleben eines Camembert.« Sie nahm einen Schluck Wein. »Ich beglückwünsche dich zu ihr, mein Sohn! Aber ich an ihrer Stelle würde ein Restaurant aufmachen und steinreich werden.«

»Rede ihr bloß das nicht ein!« erwiderte Onkel Eduard besorgt. »Es ist ohnehin schon die ganze Nachbarschaft hinter ihr her. Wir brauchen sie noch, nicht wahr, Annette? Wenigstens bis zum 31. Juli.«

»Interessant«, rief Großmama und kostete einen Mandelbogen, »ist das nicht zufällig mein Geburtstag? Ich habe gar nicht gewußt, daß du den feiern willst.«

»Weißt du, Mama«, sagte der Graf harmlos, »wir wollen ihn nicht wirklich feiern. Ich weiß, wie sehr dir große Feste verhaßt sind. Aber ich muß gestehen, ich habe zwei, drei Leute zu einem kleinen Nachmittagstee eingeladen.«

»Das ist wirklich reizend von dir«, entgegnete Großmama ernsthaft. »Zwei, drei Leute genügen. Und daß ihr mir keine Geschenke macht, hört ihr? Ich habe mir in Nizza einen neuen Hut gekauft, das genügt.«

Onkel Eduard küßte ihre Hand wie ein perfekter Schauspieler. »Keine Angst, Mama. Niemand denkt auch nur im Traum daran, dich zu beschenken. Achtzig Jahre sind in unserer Familie noch kein Alter. Aber deinen Neunzigsten, den feiern wir. Das kann ich dir heute schon versprechen.«

Ich begann zu kichern und nahm schnell einen Schluck Wein, um mich nicht zu verraten.

»Was hast du vor?« fragte Großmama ihren Sohn.

»Annette soll dir das erklären.«

»Also, was habt ihr zwei da ausgeheckt?« rief Großmama in

meine Richtung. »Annette, du bist schon puterrot im Gesicht. Heraus mit der Sprache! Was gibt's?«

Ich begann zu lachen. »Nichts, Großmama, gar nichts. Nur ein rauschendes Fest, du weißt schon. Segen vom Bischof, Lampions auf dem Wehrgang, die Burg voller Gäste, Champagner, Musikanten und Ochsen am Spieß.«

»Aha«, meinte Großmama zufrieden, »genau das habe ich vermutet. Aber daraus wird nichts, hört ihr? Erstens habe ich Ochsen lieber lebendig auf der Weide, zweitens könnt ihr euch das Ganze aus dem Kopf schlagen. *Ich* mache bei diesem Rummel nicht mit.«

»Das erwarten wir auch gar nicht von dir«, der Graf lächelte, »*wir* feiern, und du erscheinst um Mitternacht oben an deinem Fenster und winkst einmal gnädig mit der Hand. Du hast doch ein Abendkleid im Gepäck?«

»*Ein* Abendkleid?« rief Großmama, als hätte sie nicht richtig gehört. »*Ein* Abendkleid, sagst du? Für wen hältst du mich, Eduard Silvester? Ich fliege doch nicht von der Côte d'Azur hierher, um meinen achtzigsten Geburtstag zu feiern, und bringe *ein* Abendkleid mit. Ich habe mir *drei* Abendkleider machen lassen: ein hellblaues, ein rotes und ein weißes mit kleiner Schleppe.«

»Bravo!« riefen der Graf und ich gleichzeitig.

Großmama strahlte. »Das weiße, meine Lieben, paßt hervorragend zu meinen Smaragden. Ich werde mein Collier dazu tragen und die Ohrringe, natürlich erst am Abend. Für den Tee reicht das hellblaue, dazu ein entzückendes Hütchen und die Kette mit meinem Brillantanhänger. Vielleicht auch ein kleines Brillantarmband. Was meint ihr?«

Onkel Eduard beugte sich vor und schenkte ihr Wein nach. »Blendende Idee, Mama. Du wirst sämtliche Gäste überstrahlen.«

»Genau das habe ich vor«, bestätigte Großmama. »Schließlich wird man nicht alle Tage achtzig.«

Onkel Eduard erhob sich. »Mama«, sagte er etwas unsicher, »es war mir ein Vergnügen. Ich freue mich, daß du wieder auf Kronegg bist. Wir sehen uns am Abend. Ich habe etwas Dringendes zu erledigen. Bitte, entschuldige mich!«

Großmama blickte mißbilligend auf ihren Sohn. »Was soll das heißen? Der Kaffee ist noch gar nicht serviert, Eduard. Du wirst doch nicht vor dem Kaffee den Tisch verlassen?«

»Leider doch. Die Pflicht ruft.«

»Welche Pflicht?« rief Großmama temperamentvoll. »Deine Pflicht ist es, deine Mutter zu unterhalten.«

»Das würde ich mit Vergnügen tun, liebste Mama, aber ich habe Probleme mit dem Gutshof.«

»Das weiß ich. Aber du warst den ganzen Vormittag drüben, und das reicht. Ich will, daß du noch bleibst. Hörst du? Komm, setz dich! Wir haben wichtige Dinge zu besprechen.«

Der Graf setzte sich gehorsam und seufzte.

Großmama ignorierte das. »Also, meine Lieben, ich will dabeisein, wenn das Geburtstagsmenü besprochen wird. Ist das klar? Wie wollt ihr denn so viele Leute verköstigen? Ein Büfett? Ein Souper? Was bieten wir an?«

»Das laß bitte unsere Sorge sein«, sagte der Graf irritiert. »Du bist das Geburtstagskind, und du wirst dich überraschen lassen.«

»Fällt mir nicht im Traum ein!« konterte Großmama und nahm sich noch einen Mandelbogen. »Ich will dabeisein. Heißt es nicht in der Bibel, daß Kinder ihren Eltern gehorchen sollen?«

»Soweit kommt es noch, daß meine Mutter zu ihrem achtzigsten Geburtstag ihr eigenes Essen kocht«, entrüstete sich der Graf. »Ehe es dazu kommt, lasse ich mir einen Vollbart wachsen und werde Holzfäller.«

»Du kannst gleich zu sägen beginnen«, rief Großmama. »Ich will mithelfen, es macht mir Spaß. Ich soll es ja auch essen, oder?«

Die temperamentvolle Debatte wurde von Lotte unterbrochen. Sie brachte den Kaffee, und das Mädchen räumte den Tisch ab.

»Trinkst du noch immer dieses Nachkriegsgebräu?« fragte Großmama, als sie die beiden Kannen bemerkte. »Hat es dich schon besänftigt? Weißt du was? Laß mich kosten!« Sie hielt ihre Tasse hin, und der Graf schenkte höchstpersönlich aus seiner Silberkanne ein. Lotte hatte zu Großmamas Ehren die kostbaren, alten Tassen genommen, die seit Ewigkeiten der Familie gehörten und nur ganz selten benützt wurden. Es waren alles Einzelstücke, aus Böhmen, Ungarn, Frankreich, England und der Tschechoslowakei. Sie waren handbemalt, vergoldet und aus feinstem Porzellan. Wir besaßen dreißig Stück davon, und eines war schöner als das andere.

Auf meiner Tasse war ein Pfau, der seine prachtvollen Federn spreizte, auf der von Großmama sah man Sonne, Mond und Sterne in Gold auf dunkelblauem Grund. Onkel Eduard hatte eine grüne Tasse, auf der eine Dame im Reifrock einen gehörnten Teufel in einen Kochtopf steckte.

Großmama kostete den Ersatzkaffee.

»Schmeckt besser als erwartet. Aber die Seele fehlt. Ich bleibe lieber beim echten. Ihr Kaffee ist übrigens hervorragend, Lotte. Was ist das für eine Mischung?«

»Haiti«, sagte Lotte. »Ich lasse ihn aus Frankreich kommen – durch Beziehungen.«

Großmama nickte anerkennend. »Ja, die besten Sachen, die muß man sich suchen, die werden einem nicht vor die Füße geworfen. Das lernt man im Laufe eines langen Lebens – wie sonst noch allerhand.«

»Was zum Beispiel?« wollte Onkel Eduard wissen. »Was hast du sonst noch gelernt?«

»Das werde ich dir gleich sagen. Aber zuerst etwas anderes. Eduard, ich vernehme mit Freuden, daß du meine Enkelin unterrichtest. Sternkunde und Kunstgeschichte, stimmt's? Nichts dagegen einzuwenden. Nur eine Frage dazu: Warum gibst du ihr nicht auch etwas Praktisches zu tun?«

Der Graf schaute seine Mutter erstaunt an. »Hat sich Annette bei dir beschwert?«

Großmama beruhigte ihn. »Das hat sie nicht. Aber wie die Geschichte immer wieder zeigt, nützt Theorie ohne Praxis gar nichts. Reden allein ist verlorene Zeit.«

Großmutter zwinkerte mir zu, aber ich hatte nicht die geringste Ahnung, worauf sie hinauswollte.

»Könntest du dich bitte deutlicher ausdrücken?« fragte der Graf. »Was soll ich ihr denn zu tun geben? Sie hat ja nichts gelernt.«

»Da irrst du dich aber gewaltig«, rief Großmama und stieß mich unter dem Tisch leicht mit dem Fuß an. »Annette hat künstlerische Talente. Und heuer im Frühling ist sie extra einen Monat nach Genf gefahren, um das Restaurieren alter Möbel zu lernen. Hast du das nicht gewußt?«

Sie warf mir einen schnellen Blick zu. Ich hätte sie am liebsten umarmt.

»Was?« rief der Graf. »Davon weiß ich überhaupt nichts. Stimmt das, Annette?«

Ich nickte.

»Und davon erzählst du mir kein Wort?«

»Das ist ihre angeborene Bescheidenheit, Eduard Silvester. Ich habe es auch nur durch Zufall aus ihr herausbekommen. Weißt du was? Laß sie eine von den alten Truhen restaurieren, von denen du mir geschrieben hast.«

»Aber mit Freuden. Möchtest du das, Annette? Ich habe nämlich, bevor du gekommen bist, bei einer Auktion einen alten Schrank und vier bemalte Bauerntruhen ersteigert. Den Schrank habe ich selbst restauriert, aber dann ist mir etwas dazwischengekommen, und ich habe keine Zeit mehr gehabt. Die Truhen sind ziemlich blaß, aber die Muster sind gerade noch zu erkennen. Also, wenn du dir das zutraust, mein Kind, dann kannst du dir eine aussuchen und dich oben in meinem Atelier häuslich niederlassen.« Er lächelte mich an, und ich sah, daß ich in seiner Achtung gestiegen war.

»Natürlich traue ich mir das zu!« rief ich eifrig. »Soll ich dich hinaufbegleiten? Dann könnten wir jetzt gleich eine aussuchen.«

»Nein, jetzt gleich nicht«, befahl Großmama, »jetzt bleibt ihr hier sitzen und leistet mir Gesellschaft!«

»Der Hans soll am Nachmittag mit dir hinaufgehen, und du sagst ihm dann, welche er dir ins Atelier stellen soll. Terpentin, Farben und Pinsel sind oben, du wirst schon alles finden. Mama«, sagte er dann, Dringlichkeit in der Stimme, »du *mußt* mich jetzt entschuldigen. Ich stecke gerade in komplizierten Verhandlungen, und jede Minute ist kostbar. Ich würde mit Freuden länger bleiben, aber es geht einfach nicht.«

»Bitte, wie du willst«, Großmama klang gekränkt. »Aber vorher beantwortest du mir noch eine Frage. Weißt du vielleicht, wer während meiner Abwesenheit in meinem Schreibtisch herumgeschnüffelt hat?«

»Wie kommst du darauf?« fragte der Graf vorsichtig.

»Weil etwas fehlt. Ein alter Plan von Kronegg. Einer von den historischen Plänen, du weißt, mit den diversen Bauabschnitten der Burg in verschiedenen Farben. Mein Großvater hat ihn selbst angefertigt. Sehr hübsche Arbeit. Eigentlich mehr eine Spielerei, denn die Maße sind alle falsch. Aber es ist ein Erbstück, und ich will nicht, daß der Plan verlorengeht.«

»Vielleicht hast du ihn verlegt.«

»Nein, das habe ich nicht. Ich war ja gar nicht da. Und ich habe *dir* wie immer vor meiner Abreise den Schlüssel gegeben, für den Fall, daß mir etwas zustoßen sollte.«

Der Graf stand auf und lächelte. »Der Plan wird sich schon finden, Mama. Auf Kronegg geht nichts verloren.«

»So, meinst du?« Großmama machte schmale Augen. »Dann sag mir bitte, wovon deine Hände so zerschunden sind.«

Die Frage war dem Grafen sichtlich unangenehm. Aber leugnen war zwecklos. Mir war es auch schon aufgefallen, aber ich hatte nichts gesagt. An der rechten Hand des Grafen war die Haut an mehreren Stellen abgeschabt, und vom Mittelfinger zog sich ein langer, blutiger Kratzer bis zum Handgelenk. An beiden Händen waren die Nägel abgebrochen, und der rechte Daumen war blauschwarz.

»Deine schönen Hände«, sagte Großmama kopfschüttelnd, »deine Malerhände! Was tust du mit ihnen? Machst du Maurerarbeiten? Oder betreibst du heimlich irgendwelche Grabungen?«

Onkel Eduard war empört. »Ich bitte dich, Mama! Was sind das für Verdächtigungen? Ich habe mich verletzt.«

»Und wo?«

»Auf dem runden Turm. Die Wetterfahne klemmt, und als ich nachgesehen habe, bin ich über einen losen Ziegel gestolpert. Aber ein Unglück kommt selten allein. Als ich die Kamintüren kontrollierte – Annette wird dir erzählt haben, daß die jungen Falken manchmal in die Kamine fallen –, bekam ich Schwierigkeiten mit einer der Türen. Sie war absolut nicht aufzukriegen. Dabei habe ich mir den Kratzer zugezogen.«

Großmama hörte sich das alles kommentarlos an. Dann lehnte sie sich in ihrem Korbsessel zurück. »Eduard, du hast mich vorhin gefragt, was ich im Laufe meines langen Lebens noch alles gelernt habe. Du sollst es wissen: Ich habe entdeckt, daß bei vielen Männern die Abenteuerlust stärker ist als der Verstand. Zufrieden?«

Onkel Eduard verzog keine Miene. »Du sprichst in Rätseln, Mama.«

»Wirklich?« lachte Großmama. »Um so besser. Dann verstehen wir uns ohne ein weiteres Wort. Also, bis zum Abend, mein Sohn. Und falls du am Nachmittag den Drang verspüren solltest, dich wieder an einer Kamintüre zu vergreifen, dann denk bitte an deine gräfliche Würde und zieh dir feste Handschuhe an.«

9

Draußen regnete es in Strömen. Es regnete so stark, daß der große Hof praktisch unter Wasser stand. Es war unmöglich, ihn ohne Gummistiefel zu überqueren. Von den Kastanien tropfte die Nässe, und Sturzbäche schossen aus den Dachrinnen. Die Spitzen der beiden Türme waren in graue Regenwolken gehüllt. Nach Großmamas Ankunft war es nur zwei Tage schön geblieben, dann aber hatte es nicht mehr aufgehört zu gießen.

Trotzdem waren wir guter Dinge. Großmama erwies sich als blendende Erzählerin und unterhielt uns während der Mahlzeiten mit ihren Eskapaden in Frankreich. Auch die Nachmittage, die wir beide alleine verbrachten, vergingen wie im Flug, denn ich erfuhr alles über ihren neuesten Verehrer, einen pensionierten französischen Admiral, der südlich von Bordeaux ein großes Weingut mit dazugehörigem kleinen Schlößchen besaß.

Onkel Eduard sahen wir selten. Er kam zwar pünktlich zu den Mahlzeiten, aber sonst war er unauffindbar. Dafür stellten wir mit Erstaunen fest, daß seine Hände immer zerkratzter und seine Laune immer besser wurde. Gestern abend war er zum Essen sogar mit einer blutigen Schramme im Gesicht erschienen und hatte sich so übermütig gegeben, daß uns beinahe die Luft wegblieb. Es war aber nicht herauszukriegen, was er die ganze Zeit tat.

Auf sämtliche Fragen, die ihm Großmama stellte, antwortete er nur geheimnisvoll: »Es handelt sich um eine große Überraschung für deinen Geburtstag.«

Ich sah hinaus in den Regen. Es war halb elf Uhr vormittags, und kein Mensch ließ sich blicken. Der Graf war um diese Zeit ohnehin immer unsichtbar, und Großmama hatte sich nach dem Frühstück mit einem französischen Kochbuch, das sie von Lotte ausgeliehen hatte, in ihre blaue Suite zurückgezogen. Sie ließ verlauten, daß sie bis zum Mittagessen nicht gestört werden wolle.

Ich war um diese Stunde meist schon fleißig bei der Arbeit. In den letzten Tagen stand ich immer früh auf, um sofort nach dem Kaffee hinauf ins Atelier zu steigen und zu malen.

Natürlich hatte ich mir die schönste Truhe mit dem kompliziertesten Muster ausgesucht. Es war eine sogenannte Brauttruhe mit zwei Figuren darauf: Braut und Bräutigam im Festgewand; sie rechts, er links und über den beiden in weißer Schrift das Hochzeitsdatum und der Name der Braut.

Anna Luger stand da, man konnte es gerade noch entziffern, *Im Jahre Unseres Herrn 1781*.

Das Restaurieren der anderen Truhen wäre weniger mühevoll gewesen, aber ich *wollte* mich anstrengen. Ich hatte Freude an der Arbeit, außerdem konnte ich dem Grafen beweisen, daß die letzten fünf Jahre doch nicht ganz verloren gewesen waren. Ich hatte zwar meine Erbschaft verloren, aber *etwas* Nützliches hatte ich doch gelernt.

Es ging mir aber noch um einen anderen Grund: Ich wollte Onkel Eduard zeigen, daß es etwas gab, das ich besser konnte als er. Der Graf war ein sehr talentierter Maler, aber zum Restaurieren fehlte ihm die Geduld. Er fand es langweilig, Linien nachzupinseln, die sich ein anderer ausgedacht hatte, und so malte er lieber eigene Bilder.

Der Schrank, den er restauriert hatte, sah auch entsprechend aus. Onkel Eduard hatte viel zu lebhafte Farben verwendet und das Blau mit Deckweiß vermischt, das es zur Zeit, als der Schrank gezimmert worden war, noch gar nicht gegeben hatte. Wenn man den Schrank jetzt betrachtete, glaubte man, vor einem nagelneuen Möbelstück zu stehen, das »auf alt« hergerichtet worden war.

Der Graf gab das natürlich nicht zu.

»Ist das nicht ein bißchen grell?« hatte ich zu fragen gewagt, als er mir sein Werk vorführte.

»Ganz und gar nicht«, verteidigte er sich gekonnt: »Ich habe nur den Urzustand wiederhergestellt. Als der Schrank neu war, wurde er mit leuchtenden Farben bemalt. Erst die Jahre haben das Muster nachdunkeln lassen. Ich weiß, was ich tue, mein Kind. Du wirst schon sehen. Die Zeit wird die Farben mildern, und in hundert Jahren haben wir dann ein schönes altes Stück.«

So lange aber wollte *ich nicht* warten. Ich wollte sofort mit meiner Arbeit zufrieden sein. Mir machte es nichts aus, die schönen Muster aus der Vergangenheit aufzufrischen, und ich probierte mit Leidenschaft stundenlang herum, bis ich den richtigen Farbton für die Wangen der Braut gefunden hatte.

Außerdem konnte ich beim Restaurieren ungestört nachdenken, zum Beispiel über die Szene gestern nachmittag im Kaiserzimmer. Onkel Eduard hatte eine Ausnahme gemacht und war nicht sofort nach dem Kaffee verschwunden. Er zeigte Großmama die Gußeisensammlung und war sichtlich enttäuscht, als sie ohne ein einziges Wort an der Vitrine mit dem Brautschmuck der ungarischen Prinzessin vorbeiging. Sie bewunderte den Stier aus Munkacs und den Kopf der jungen Kaiserin Elisabeth, aber sonst äußerte sie sich nicht.

»Und *dazu* sagst du nichts?« fragte der Graf enttäuscht und zeigte auf die mit grüner Seide ausgeschlagene Vitrine. »Das kennst du doch noch gar nicht, Mama. Letzten Sommer habe ich das noch nicht gehabt.«

»Ach, das alte Spielzeug«, sagte Großmama zu meiner Überraschung. »Wo hast du denn das gefunden?«

»*Spielzeug*?« rief Onkel Eduard ungläubig. »Also, das ist die Untertreibung des Jahrhunderts! Das ist die Ausstattung einer ungarischen Königstochter und ein Teil des verschwundenen ungarischen Kronschatzes. Das heißt, eine genaue Nachbildung natürlich. In Wirklichkeit sind diese Stücke hier aus edelsten Metallen und kostbarsten Steinen. Dieses Diadem da ist aus Gold, Email, Brillanten und Perlen. Ist es nicht herrlich? Das ist in der Tat königlicher Schmuck!«

»Wer sagt denn das?« meinte Großmama unbeeindruckt. »*Wir* haben jedenfalls als Kinder damit gespielt. Mein Großpapa hat uns das Zeug geschenkt. Es ist jahrelang in irgendwelchen Schachteln herumgelegen, keiner hat gewußt, woher es gekommen ist. Aber es sieht gut aus auf der grünen Seide, das muß ich dir lassen.«

Ich war erstaunt, daß der Graf den Schmuck nicht verteidigte. Er schloß die Vitrine ab und sagte kein Wort mehr. Ich mußte an die Begeisterung denken, mit der er *mir* von dem geheimnisvollen Kronschatz erzählt hatte. Irgend etwas an Großmamas Bemerkung hatte ihm offenbar die Lust geraubt.

Draußen regnete es unermüdlich weiter. Ich saß noch immer in meinem Salon und blickte hinaus in das Geplätscher. Ich konnte mich nicht entschließen, mein gemütliches Sofa zu verlassen. Es war so schön hier herinnen, während draußen die Pfützen immer tiefer wurden.

Die sogenannte Haydngalerie, in der sich das Atelier befand, lag im dritten Stock eines uralten Traktes neben dem runden Turm. Vom kleinen Hof führte eine direkte Treppe hinauf, aber um in den kleinen Hof zu gelangen, mußte man zuerst den großen überqueren, und dazu gehörte bei diesem Wasserstand eindeutig Heldenmut.

Sollte ich einen Tag Pause machen? Ein Bad nehmen, die Haare waschen, lesen? Verlockend war es schon. Ich überlegte. Nein. Unmöglich. Olivier würde in einer Woche hier sein, und ich wollte die Truhe noch vor seiner Ankunft fertig haben. Wer will sich schon von einer mitgebrachten Eisensammlung übertrumpfen lassen? Außerdem gab es noch einen anderen Weg hinauf ins Atelier.

Ich seufzte und blickte auf die nassen Kastanien. Der zweite Weg, der eigentlich nie benutzt wurde, führte durch den runden Turm, und ich ging ihn äußerst ungern. Man mußte nämlich durch einen langen, kalten Gang, der kein einziges Fenster besaß und deshalb stockfinster war. Der Gang führte quer durch die elf Meter dicke Nordwand des Turmes und mündete in ein altes Wachzimmer. Von dort gelangte man durch eine niedrige, eisenbeschlagene Tür direkt in die Haydngalerie.

Ich sah auf die Uhr. Schon dreiviertel elf! Keine Zeit zu verlieren. Ich sprang auf und zog einen dicken blauen Wollpullover über meinen Kopf. Ich trug bereits alte, bequeme Samthosen, dicke Socken und Tennisschuhe. Dann nahm ich das Buch mit Vorlagen von alten Mustern, das ich nach längerem Suchen in der Bibliothek gefunden hatte, unter den Arm und machte mich auf den Weg.

Entschlossen stieg ich hinauf in den dritten Stock, vorbei an Großmamas Tür. Ich horchte kurz, vernahm aber kein Geräusch. Dieser Teil der Burg bestand aus nur drei Geschossen. Unten war mein Appartement, darüber Großmamas blaue Suite, oben aber gab es noch vier Gästezimmer mit schönen alten Kachelöfen und venezianischen Lüstern.

Der Gang vor diesen Räumen war ebenfalls elegant. Er war mit roten Teppichen ausgelegt, und zwischen den hohen Fenstern prangten mächtige Hirschgeweihe. An der gegenüberliegenden Wand standen geschnitzte Stühle mit steilen Lehnen. Darüber hingen Ahnenbilder in schweren Goldrahmen.

Diesen Korridor mußte ich entlanggehen. Sein Ende bildete eine rote Holztür mit kunstvoll verziertem Eisenschloß. Ein großer, schwarzer Schlüssel steckte dort. Hier begann der dunkle Gang, der in das Innere des runden Turmes führte.

Vor der Tür angelangt, zögerte ich kurz. Es wäre besser gewesen, eine Taschenlampe mitzunehmen. Sollte ich zurückgehen und eine holen? Ich überlegte kurz, entschied mich aber dann anders. Ich würde die Tür weit offenstehen lassen, um der Finsternis nicht völlig ausgeliefert zu sein.

Ich griff nach dem Schlüssel und drehte ihn zweimal um. Dabei wunderte ich mich, wie leicht das ging. Seltsam. Soweit ich mich erinnern konnte, wurde die Tür nie benützt, und das Schloß mußte eingerostet sein. Aber die rote Holztür ließ sich mühelos öffnen, ohne das leiseste Geräusch von sich zu geben.

Dunkle, kalte Luft schlug mir entgegen. Vorsichtig wagte ich die ersten Schritte, langsam, tastend, denn der Boden war aus rohem Stein, und ich hatte keine Lust, zu stolpern und mir den Hals zu brechen. Gut, daß ich die Tennisschuhe anhatte. Ich war vielleicht vier Meter vorwärtsgedrungen, als ich wie angewurzelt stehenblieb.

Was war das?

Totenstille!

Aber ich hatte doch eben etwas gehört. Auf Zehenspitzen schlich ich weiter und horchte angestrengt. Hatte ich mich getäuscht?

Nein. Da war es wieder.

Dumpfe Hammerschläge, die von gar nicht weit her zu kommen schienen.

Eigenartig. Vielleicht reparierte Hans etwas im alten Wachzimmer. Ich eilte lautlos den Gang entlang und öffnete erleichtert die Tür. Im Wachzimmer war niemand. Ich horchte zurück in die Dunkelheit. Kein Zweifel, da war es wieder. Dumpfe Schläge aus dem Inneren des Turmes.

»Ist jemand da?« rief ich auf gut Glück. »Hallooo! Wer klopft denn da?«

Die Schläge verstummten von einem Augenblick zum anderen. Ich wartete, aber ich hörte nichts mehr. Langsam wurde mir kalt. Ich blieb noch ein paar Sekunden an der Tür stehen und ging dann schnell ins Atelier. Nachdenklich setzte ich mich vor die halbfertige Truhe und begann, die Farben zu mischen. Verschiedenes ging mir dabei durch den Kopf.

Von Gespenstern hatte ich nie viel gehalten, und schon gar nicht von klopfenden Poltergeistern. Auf Kronegg hatte es nie gespukt, und auch als Kind hatte ich mich auf der Burg nie gefürchtet. Im Unterschied zu unseren Nachbarn hatten wir keine Horrorgeschichten parat mit Folterkammern und

Burgverliesen. Wir besaßen auch keinen »roten Ritter« wie auf Lockenstein und keine »weiße Frau« wie auf Hohenfried. Wenn auf Kronegg etwas unsichtbar umherschwebte, dann war es höchstens das sprichwörtliche gütige Schicksal. Das gütige Schicksal aber machte sich nicht mit dumpfen Schlägen bemerkbar, dachte ich und sah plötzlich Onkel Eduards großen Holzhammer vor mir. Leise begann ich zu kichern. Der Holzhammer! Das war schon etwas anderes. Ein Holzhammer, gegen eine Steinwand geschlagen, würde genauso klingen wie das, was ich eben im finsteren Gang gehört hatte.

Ich lachte laut und sprang auf die Beine. Onkel Eduard und sein Geheimnis. Der historische Plan, die zerschundenen Hände – alles paßte plötzlich zusammen. Meine Neugierde ließ mir keine Ruhe mehr. Ich wollte den Grafen auf frischer Tat ertappen, oder noch besser, ich wollte ihn heimlich beobachten. Ich konnte einfach nicht mehr ruhig sitzen bleiben und malen. Das Ganze war zu aufregend.

Diesmal hörte ich die Hammerschläge bereits im Wachzimmer. Aber kaum öffnete ich die Tür, verstummten sie. Das wunderte mich. Ich hatte mit Sicherheit kein Geräusch gemacht. Wer immer es auch war, der da klopfte, diesmal konnte er mich nicht gehört haben.

Was mich aber noch mehr verblüffte, war die Sturmlampe, die mitten im Gang auf dem Boden stand und die rohen Steinwände gespenstisch beleuchtete. Ich überlegte noch, woher die Lampe gekommen sein mochte, als ich plötzlich ein eigenartiges Rieseln vernahm, als würden Sand oder Felsbrokken auf die Erde fallen. Krach!

Das war ein größerer Stein gewesen.

Da! Ein dumpfer Schlag und dann ein leises Fluchen.

Gewonnen! Das war Onkel Eduards Stimme.

Aber wo war der Graf? Der Gang war nicht sehr breit. Gab es irgendwo eine verborgene Tür? Ich schlich ein paar Schritte auf das Licht zu. Das ging doch nicht mit rechten Dingen zu! Ich konnte seine Anwesenheit geradezu fühlen, aber wo war er wirklich? Er konnte doch nicht in der Mauer stecken! Ein weiterer Schritt – und ich wäre fast in schallendes Gelächter ausgebrochen. Guter Gott! Das war zu komisch. Aber es gab keinen Zweifel. Aus der Steinmauer, von der Sturmlampe dramatisch beleuchtet, ragte Onkel Eduards gräfliches Hinterteil.

Es war ein unvergeßliches Bild. Den Grafen sah man nur bis zur Mitte, und jetzt, ganz langsam, unter Stöhnen, Keuchen und Niesen, kam auch sein Oberkörper zum Vorschein, seine Arme, sein Hals, sein Kopf, seine kräftige Nase – das Ganze mit einer dicken, grauen Staubschicht bedeckt. So hatte ich den eleganten Burgherrn noch nie gesehen. Ein wahrhaft denkwürdiger Anblick.

Ich konnte mich nicht mehr beherrschen. »Onkel Eduard«, rief ich, »was machst du da?«

Der Graf zuckte zusammen und starrte mich an, als wäre ihm ein Geist erschienen.

»Wie kommst *du* denn hier herein?« fragte er dann und wischte sich Mauerbrocken von der Nase.

»Durch die Tür bei den Gästezimmern. Aber was tust *du* hier?«

»Ich suche«, antwortete der Graf, »und dabei will ich nicht gestört werden.« Er begann zu niesen, und es klang wie eine Explosion. »Gib mir dein Taschentuch, Annette! Meine ganze Nase ist voll Staub.«

Ich gehorchte. »Aber *was* suchst du denn?« fragte ich, als er sich die Nase geputzt hatte.

Onkel Eduard steckte mein Taschentuch ein und griff nach der Sturmlampe. »Den ungarischen Kronschatz«, sagte er, als wäre es das Natürlichste auf der Welt. »Den ungarischen Kronschatz, was sonst?« Er lächelte. »Aber sag es um Gottes willen nicht meiner Mutter!«

»Den ungarischen Kronschatz?« fragte ich eine halbe Stunde später, als wir im gemütlichen Herrenzimmer des Grafen auf seinem bequemen alten Ledersofa saßen und eingehend den historischen Plan von Kronegg betrachteten. »Das ist ja eine wilde Geschichte!«

»Ist es auch«, bestätigte Onkel Eduard, der sich inzwischen geduscht und umgezogen hatte, »die wildeste, die ich kenne. Und ich werde sie dir sofort erzählen.«

Er griff nach einer Flasche mit altem Cognac, seiner Hausmarke, und schenkte zwei Gläser voll.

»Wenn du den ›Plötz‹, den ich dir gegeben habe, ordentlich studiert hast, dann wirst du auch wissen, daß im Jahre 1848 in Wien eine Revolution stattgefunden hat. Man wollte den strengen Metternich nicht mehr haben, und Ferdinand der Gütige mußte zugunsten seines Neffen Franz Josef abdanken. So weit, so gut. In Österreich geht alles drunter und drüber, und was tun die Ungarn? Sie versuchen einen Aufstand, um sich von Österreich zu befreien. Natürlich ist das danebengegangen. Der Führer, ein ungarischer Graf, ist prompt gefangen und im Jahr 1849 in Budapest hingerichtet worden. Aber vorher, mein Kind, vorher hat er den ungarischen Kronschatz versteckt; angeblich in einer seiner Burgen. Er hat ihn in Sicherheit gebracht, damit er den verhaßten Habsburgern nicht in die Hände fällt.«

Er machte eine Pause, um die Spannung zu erhöhen.

»Aber, mein Kind«, fuhr er fort, als ich vor Ungeduld kaum mehr still sitzen konnte, »man hat alle seine Burgen durchsucht und *nichts* gefunden. Warum, kann ich dir sagen. Der Schatz war längst auf Kronegg, so wahr ich hier sitze. Dein Ururgroßvater hat eine französische Jugendliebe gehabt, und die Franzosen haben immer zu den Ungarn gehalten. Jedenfalls hat er ihr zuliebe eingewilligt, den Schatz hier verstecken zu lassen, bis die größte Hetzjagd vorbei sei.«

»Warum hast du mir das nie erzählt?« fragte ich aufgeregt.

»Weil ich es selber erst vor kurzem erfahren habe. Also, wo waren wir? Der Schatz ist hier vergraben worden, und dein Ururgroßvater hat die Delegation beherbergt und bewirtet, aber *leider* hat er den Leuten nicht nachspioniert. Er war der perfekte Gentleman, und es wäre ihm auch nicht im Traum eingefallen, die Ungarn beobachten zu lassen, während sie die Truhen versteckten.«

»Und dann?«

»Dann ist die Delegation abgereist, und er hat keinen je wiedergesehen.«

»Und was ist dann passiert?«

»Vier Jahre später, im Jahre 1853, hat man die berühmte Stephanskrone gefunden; in einem Sumpf bei Orsova, in einer eisernen Truhe. Die Krone ist aber, wie man nachgewiesen hat, nie hier auf Kronegg gewesen.«

»Und was ist hier passiert?«

»Nichts«, sagte der Graf und nahm einen Schluck Cognac.

»Und der Schatz?«

»Der ist nie wieder aufgetaucht.«

»Das verstehe ich nicht, Onkel Eduard. Hat ihn denn niemand abgeholt?«

»Nein. Das ist ja das Seltsame an der Geschichte. Der Schatz ist hierhergebracht worden und war wie vom Erdboden verschwunden.«

Ich war nicht überzeugt.

»Vielleicht hat man ihn doch geholt. Weißt du was? Vielleicht hat man ihn nicht *in* der Burg vergraben, sondern draußen, am Burgberg. Oder unter der Zugbrücke, oder unter dem Wehrgang. Dann konnte man ihn abholen, ohne daß irgend jemand auf der Burg etwas davon bemerkte.«

Onkel Eduard lächelte überlegen. »Das ist eine gute Theorie, mein Kind, aber sie ist falsch. Ich werde dir auch gleich erklären, warum. Der Schmuck und die Goldmünzen sind zu kostbar. Wenn also der Schatz gefunden worden wäre, so wären Teile daraus nach ein paar Jahren irgendwo aufgetaucht, und sofort wäre jeder Experte unter der Sonne darauf aufmerksam geworden. Irgend jemand hätte bei einer Versteigerung ein Diadem verkauft oder ein paar Münzen, und schon wären alle Händler hinterhergewesen wie Bluthunde auf der Fährte. Weißt du, mein Kind, wenn man mit kostbarem altem Schmuck und alten Münzen handelt, dann weiß man genau, was auf der Welt vorhanden ist. Man ist im Bilde darüber, wer was besitzt, welche Familie verkauft und welche Leute oder welche Museen kaufen. Der Kunsthandel ist eine kleine Welt. Man kennt einander, und man kennt die Ware. Man liest dieselben Kataloge und fährt zu denselben Auktionen. Wenn nun plötzlich Teile aus dem ungarischen Kronschatz angeboten worden wären, so hätte das eingeschlagen wie eine Bombe, und ich hätte mit Sicherheit davon erfahren.« Er sah mich verschmitzt an. »Genau das ist aber nicht geschehen.«

»Woraus du schließt, daß der Schatz noch hier ist.«

»In der Tat.« Onkel Eduard lächelte zufrieden in sich hinein.

Ich überlegte.

»Eines verstehe ich nicht«, sagte ich dann, »wenn *ich* dein Urgroßvater gewesen wäre, hätte ich keine Nacht mehr schlafen können. War er wirklich nicht neugierig, wo der Schatz ist?«

Der Graf begann schallend zu lachen. »Nicht neugierig, sagst du? Das ist gut. Er war so neugierig, daß er sein Leben lang an nichts anderes mehr gedacht hat. Er war so besessen von der Idee, daß er diesen historischen Plan gezeichnet hat. Außerdem hat er sich die Mühe gemacht, jeden einzelnen Raum, der hier eingezeichnet ist, aufzubrechen und zu durchsuchen. Man muß ihm schon hoch anrechnen, daß er zuvor zehn Jahre gewartet hat, ob der Schatz nicht doch noch abgeholt würde.«

»Und er hat nichts gefunden?« fragte ich mitleidig und kostete den Cognac. »Nach soviel Arbeit? Das ist irgendwie ungerecht.«

Onkel Eduard setzte seine Professorenmiene auf. »Arbeit, mein Kind, macht sich immer bezahlt. Natürlich hat er etwas gefunden.« Er zeigte auf den Plan. »Hier, unter dem alten

Stiegenaufgang hinter der Burgkapelle, hat er einen Krug ausgegraben mit prachtvollen alten Goldmünzen. Sie stammen aus dem 14. Jahrhundert, aus der Zeit Ludwigs I. Damals war Ungarn riesengroß und hat eigene Goldbergwerke in Szepes besessen.«

»Waren die Münzen ein Teil des ungarischen Kronschatzes?«

»Höchstwahrscheinlich nicht. Meiner Meinung nach hat das Gold schon viel länger hier gelegen. Wahrscheinlich wurde es vor der letzten Türkenbelagerung eingemauert.«

»Sonst hat er nichts gefunden?«

»Nein, mein Kind.«

»Nur einen einzigen Krug«, sagte ich enttäuscht und stellte das Glas weg. Cognac am Vormittag war mir zu stark. Onkel Eduard war empört: »Nur einen einzigen Krug, sagst du? Ich verstehe dich nicht. Mit diesem Gold könnten wir sofort den Gutshof zurückkaufen. Weißt du, wieviel das wert war? Ein Vermögen. Glaube mir! Mein Urgroßvater hat mit dem Geld das Kraftwerk unten am Fluß finanziert. Kronegg war die erste Burg im ganzen Land, auf der es elektrischen Strom gegeben hat. Das war ein Aufsehen damals. Alle Zeitungen waren voll davon.«

»Aber *jetzt* nützt uns das nichts mehr«, sagte ich. »Wir sind an das allgemeine Stromnetz angeschlossen.«

»Mein liebes Kind«, sagte der Graf mißbilligend, »du machst den Fehler aller jungen Leute und denkst nur an das Heute. Unser Kraftwerk ist zwar stillgelegt, aber es ist noch vollkommen intakt. Wenn eine Krise kommt und die Stromversorgung zusammenbricht, werden wir auf Kronegg immer noch Licht haben. Für mich ist das ein beruhigender Gedanke.«

»Für mich auch«, sagte ich, um Onkel Eduard eine Freude zu bereiten. »Aber wie willst du den Kronschatz finden? Hast du einen Plan?«

Der Graf schenkte Cognac nach und lächelte wohlgefällig. »Mein Urgroßvater war ein fleißiger Mann. Ich stehe tief in seiner Schuld. Er hat die wichtigsten Vorarbeiten geleistet, indem er diese gewaltigen Wände durchbrechen hat lassen. Ich könnte mir das heute nicht mehr leisten. Er hat sie zwar später wieder zumauern lassen, aber nur provisorisch. Mit dem Holzhammer findet man sofort die schwachen Stellen.«

»Onkel Eduard«, sagte ich und fixierte den alten Plan, »im runden Turm, wo du gerade suchst, ist überhaupt nichts eingezeichnet.«

»Richtig, mein Kind. Gut beobachtet. Aber wie du weißt, verlasse ich mich nur ungern auf das Urteil anderer Leute, und deshalb habe ich meine eigenen Recherchen angestellt. Mama hat ganz recht. Nicht einmal die Maße auf dem Plan sind korrekt. Ich habe jedenfalls auf eigene Faust weitergesucht, und das gütige Schicksal war auf meiner Seite. Annette, als ich vor zehn Tagen die Gangmauern im runden Turm abgeklopft habe, habe ich eine schwache Stelle entdeckt.« Er machte eine Pause und sah mich verheißungsvoll an. »Hinter der Mauer«, fuhr er fort, und seine dunklen Augen leuchteten, »ist ein schmaler, langer Raum, fünf mal zwei Meter. Den hat mein Urgroßvater übersehen.«

»Ein Raum im runden Turm, in der Nordwand? Davon habe ich *nie* etwas gehört.«

»Ich auch nicht. Das weiß keiner in der Familie. Offensichtlich ist der Raum ein Teil des alten Fluchtsystems aus jener Zeit, als der runde Turm noch Bergfried war. Ich glaube, es handelt sich um eine Verbindung zum unterirdischen Gang, der nach Lockenstein führt. Wie du siehst, lernt man nie aus. Ich habe keine Ahnung gehabt, daß er existiert. Ich kenne nur einen einzigen Eingang zum Fluchtweg, nämlich den, den wir alle kennen: vom untersten Wachzimmer aus.«

»Aber wieso haben fremde Leute von dem Raum wissen können?«

»Gute Frage. Meiner Meinung nach haben sie auch gar nichts gewußt. Meine Theorie ist folgende: Die Leute, die den Schatz versteckt haben, bohrten auf gut Glück die Wand an und stießen dabei zufällig auf den Raum. Sie haben die Öffnung gerade groß genug gemacht für sich und die Truhen und . . .«

»Du hast die Truhen gesehen?« unterbrach ich ihn. »Das ist ja toll! Wie viele sind es denn?«

»Ich habe die Truhen *nicht* gesehen.«

»Du hast doch gerade gesagt . . .«

»Ich habe sie nicht gesehen. Der Raum ist leer.«

»Leer?« wiederholte ich zutiefst enttäuscht.

»Vollkommen leer«, sagte der Graf und sah zufrieden in sein Glas.

»Dann verstehe ich deinen Optimismus nicht. Für mich ist das der Beweis, daß der Schatz eben doch irgendwann abgeholt worden ist.«

Onkel Eduard lächelte weise. »Hättest du mich nicht unterbrochen, mein Kind, würdest du keine unüberlegten Schlüsse ziehen. Ich wollte nämlich folgendes hinzufügen: Der Raum ist schmal und lang. Drei Wände sind aus festem Stein, und man sieht sofort, daß jahrhundertelang niemand daran gerührt hat. Aber die vierte Wand, die ist aus Steinplatten und *Ziegeln*. Sagt dir das etwas? Ziegel in einem alten, romanischen Turm? Was bedeutet das, mein Kind? Antworte!«

»Daß sie später hineingekommen sind«, antwortete ich aufgeregt.

»Stimmt! Sie sind später hineingekommen, und zwar im Jahre 1849. Wenn du meine Meinung hören willst – ohne mich zu unterbrechen –, dann hat man die Truhen an die Schmalseite des Raumes gestellt und davor eine Schutzwand aus Steinen und Ziegeln aufgerichtet. Na, wie klingt das?«

»Logisch«, sagte ich.

Onkel Eduard nickte erfreut. »Das *ist* auch logisch. Ich habe heute die Wand abgeklopft, sie fällt dir praktisch entgegen. Leider hat das auch seine Nachteile. Ein ziemlich großer Stein ist losgebrochen und wäre mir um ein Haar auf den Fuß gefallen.«

»Warst du heute vormittag zum erstenmal in dem Raum?« fragte ich gespannt.

Der Graf nickte. »Du wirst es nicht glauben, aber ich habe zehn Tage gebraucht, um das Eingangsloch freizukriegen. *Das* haben sie ordentlich vermauert, glaube mir.« Er betrachtete seine zerschundenen Hände. »Heute nachmittag werde ich mit dem Stemmen beginnen«, setzte er dann heiter hinzu. »Und wenn ich Glück habe, bin ich morgen oder spätestens übermorgen durch. Dann brauchen wir uns um den Gutshof keine Sorgen mehr zu machen.«

»Bitte, Onkel Eduard, *bitte* laß mich helfen!« bettelte ich. »Ich bin stärker, als du glaubst, und stemmen kann ich auch.«

»Hast du es schon probiert?« fragte der Graf interessiert.

»Nein. Aber das kann doch nicht so schwer sein. Du bist auch nicht zum Maurer geboren und traust es dir ebenfalls zu.«

»Das ist etwas anderes«, rief Onkel Eduard stolz. »Männer haben zu Mauern ein anderes Verhältnis als Frauen.«

»Unsinn«, lachte ich, »das glaubst du doch selbst nicht!«

»Annette«, unterbrach mich der Graf, »es geht nicht, daß du mir hilfst. Es würde viel zu sehr auffallen, wenn wir plötzlich *beide* ständig verschwunden wären. Denk an deine Großmutter, sie ist ohnehin schon neugierig geworden.« Er sah forschend zu mir herüber. »Deine Großmutter darf *nichts* erfahren. Verstehst du, was ich sage? Sie darf nichts erfahren, das ist von äußerster Wichtigkeit.«

»Aber warum, Onkel Eduard?«

»Weil sie sich zu sehr aufregen würde.«

»Großmama? Nie im Leben! Sie hat bessere Nerven als wir alle zusammen. Das weißt du doch auch.«

»Vielleicht«, gab der Graf zu, »aber in diesem Falle *darf* sie nichts wissen. Offiziell bist auch du nicht eingeweiht, verstanden? Schau mir in die Augen, Annette! Kann ich mich auf dich verlassen?«

»Natürlich.«

»Schwörst du einen heiligen Eid, daß du keinem Menschen etwas vom ungarischen Kronschatz erzählst?«

»Ich schwöre es.«

»Einen heiligen Eid?«

»Einen heiligen Eid.«

»Bei allem, was dir lieb und teuer ist?«

»Bei allem, was mir lieb und teuer ist.«

»Wunderbar«, sagte Onkel Eduard und prostete mir zu.

»Aber ich verstehe immer noch nicht, warum ausgerechnet Großmama nichts davon erfahren darf.«

Der Graf verschluckte sich und begann zu husten. Ich sprang auf und klopfte ihm auf den Rücken.

»Danke«, keuchte er, als er sich wieder gefangen hatte, »es geht schon wieder. Setz dich! Also, zu deiner Frage: Großmama darf nichts erfahren, weil ich ihr den Kronschatz zum Geburtstag schenken will. Es soll eine Überraschung sein, verstehst du?« Er stand auf und sah auf die Uhr. »Zeit zum Mittagessen. Wir gehen jetzt hinunter und benehmen uns ganz normal. Keine Andeutungen, keine Blicke, keine verräterischen Bemerkungen. Verstanden, mein Kind? Wir tun so, als ob gar nichts wäre. Ich habe zwar überhaupt keinen Hunger, aber man muß den Schein wahren.«

»Ich habe auch keinen Hunger«, sagte ich und merkte, daß ich innerlich bebte. »Aber ich bin ganz ruhig. Du kannst dich auf mich verlassen.«

»Fabelhaft!« rief Onkel Eduard. »Da, nimm dein Glas! Weißt du was? Wir trinken jetzt auf die Schatzsuche, auf den Leopold und auf das Gesicht, das er am 31. Juli machen wird. Das wird uns, wenn mich nicht alles täuscht, zeitlebens in freudiger Erinnerung bleiben.«

10

Das Essen wollte und wollte kein Ende nehmen. Wir saßen zu dritt in dem kleinen, holzgetäfelten Eßzimmer, und Großmama bemühte sich, ein Gespräch in Gang zu bringen. Sie hatte in dem französischen Kochbuch interessante Rezepte gefunden und wollte unsere Meinung darüber hören. Besonders am Herzen lagen ihr zwei Gemüsespezialitäten, die sie den Gästen zu ihrem Geburtstag vorsetzen wollte.

Der Graf gab einsilbige Antworten, und ich konnte mich überhaupt nicht auf das, was gesprochen wurde, konzentrieren. Ich dachte nur an den ungarischen Kronschatz und merkte nicht einmal, was ich aß. Heute nachmittag oder morgen früh würden wir die Wahrheit erfahren. Nur eine brüchige Mauer trennte uns noch von den Schatztruhen, den Goldmünzen, den Ringen, Ketten und Diademen, die uns von allen finanziellen Sorgen befreien würden. Der Gedanke daran versetzte mein Blut in Wallung. Ich war so aufgeregt, daß ich kaum einen Bissen hinunterbrachte.

Großmama war das natürlich nicht entgangen – um so mehr, als es gefüllte Paprikaschoten gab und vorher eine herrliche Gemüsesuppe mit Rahm und Kresse, beides Lieblingsspeisen von mir und Onkel Eduard.

»Schmeckt es dir denn nicht?« fragte sie und musterte mich besorgt. »Hast du Fieber, Annette? Deine Wangen sind so rot.«

Sie legte die Hand auf meine Stirn, um die Temperatur zu prüfen. Beruhigt ließ sie sie wieder sinken.

»Alles normal. Also, iß! Das Menü ist ideal für einen kalten Regentag wie heute.«

Onkel Eduard war ebenfalls nicht ganz bei der Sache. Kaum hörte Großmama zu reden auf, blickte er verklärt ins Leere, versuchte, die Suppe mit der Gabel zu essen, und schneuzte sich, als das mißlang, geräuschvoll in seine Damastserviette.

»Um Gottes willen, Eduard!« rief seine Mutter entsetzt, »hast du kein Taschentuch?«

Der Graf blickte bestürzt auf die Serviette in seiner Hand. »Pardon, Mama, das war eine Verwechslung.«

Dann nahm er sein Taschentuch und band es sich um den Hals. Großmama verschlug es die Sprache, aber sie faßte sich schnell.

»Also, *was ist los* mit euch beiden?« rief sie und blickte forschend von einem zum anderen. »Habt ihr heimlich getrunken? Oder ist euch ein Geist erschienen? Eduard, du benimmst dich wie ein Kleinkind. Steck das Taschentuch ein, hörst du? Das Taschentuch! Um deinen Hals!«

Onkel Eduard zog seine buschigen Augenbrauen zusammen. »Ich habe keine Ahnung, wovon du sprichst, Mama.« Er sah hilflos zu mir herüber.

Großmama wurde ungeduldig, beugte sich vor und entfernte mit spitzen Fingern das Taschentuch aus seinem Hemdkragen.

»Da! Steck es bitte dorthin, wo es hingehört. Und erkläre mir endlich, was dich so beschäftigt. Du hörst mir nämlich überhaupt nicht zu.«

»Doch, doch«, rief Onkel Eduard, dem das Ganze sichtlich peinlich war. »Ich höre jedes Wort. Aber ich muß sofort nach Tisch hinüber in den Gutshof und bin in Gedanken schon ganz bei den Verhandlungen. Entschuldige, Mama, es kommt nicht wieder vor.« Dann stopfte er Serviette und Taschentuch in die Hosentasche.

Großmama sagte gar nichts mehr, und der Rest der Mahlzeit verlief in Schweigen. Sie ließ uns aber keine Sekunde aus den Augen und zog ihre eigenen Schlüsse. Nach dem Kaffee bestand sie darauf, mit mir hinauf ins Atelier zu gehen.

In langen Regenmänteln mit Kapuze, hohe Gummistiefel an den Füßen, überquerten wir heldenhaft den großen Burghof. Das Wasser reichte uns an manchen Stellen fast bis zu den Waden, aber im kleinen Hof wurde es besser.

»Endlich«, seufzte Großmama erleichtert, als wir ohne größere Schäden im Atelier angekommen waren. »Das hätten wir geschafft.«

Dann hängte sie unsere tropfenden Regenmäntel auf eine leere Staffelei, zog ihre Gummistiefel aus und setzte sich bequem in Onkel Eduards Lieblingsfauteuil. Er stand neben dem Kamin, war mit rotem Samt überzogen und hatte Löwenpranken als Füße.

»Komm her!« Sie zeigte auf einen geschnitzten Hocker zu ihrer Rechten. »Setz dich! Du wirst jetzt brav auf meine Fragen antworten.«

»Darf ich dabei malen?« fragte ich vorsichtig. Ich hatte Angst, daß mich mein Gesicht verraten würde.

»Wie du willst. Aber hör mir zuerst einmal zu. Also: Ich fliege von Südfrankreich hierher und habe meinen Sohn ein halbes Jahr nicht gesehen. Ich freue mich auf seine Gesellschaft und nehme an, daß er sich auch auf meine freut. Aber was passiert? Er meidet mich, wo er kann. Tagelang ist er verschwunden, redet wirres Zeug, erfindet Ausreden. Wie er sich heute mittag benommen hat, hast du selbst gesehen. Findest du das normal?«

Ich zuckte mit den Achseln und versuchte, Großmamas forschendem Auge auszuweichen.

»Wie *du* dich benommen hast, ist mir auch nicht entgangen. Ihr kommt mir vor wie zwei Verschwörer. Irgend etwas ist im Gange, und ich habe eine gute Nase für diese Dinge. Du wirst mir jetzt gestehen, was es ist. Aber spare dir die Bemerkung, daß es sich um Vorbereitungen für meinen Geburtstag handelt.«

»Es geht aber wirklich um deinen Geburtstag.«

Großmama dachte nach. »Seit wann weißt du, was mein Sohn den ganzen Tag über aufführt?«

»Seit heute vormittag.«

»Hat er dich eingeweiht, Annette?«

»Nicht direkt. Ich bin durch Zufall von allein draufgekommen. Aber ich habe ihm einen heiligen Eid geschworen, daß ich keinem Menschen sage, was er tut, insbesondere *dir* nicht.«

»Warum nicht?«

»Du sollst überrascht werden.«

»Aha«, sagte Großmama und begann, eigenartig zu lächeln. »So ist das also. Genau, wie ich befürchtet habe. Du brauchst deinen heiligen Eid nicht zu brechen, Kindchen. Ich bin im Bilde.« Sie seufzte und fuhr fort: »Wie du weißt, bin ich ein unverbesserlicher Optimist. Ich habe mir gesagt, daß das alles nichts zu bedeuten hat. Es wird mit der Eisensammlung zu tun haben, Eduard wird irgend etwas für mich zusammenbasteln, einen hübschen gußeisernen Ofen oder dergleichen. Dabei kann man sich auch die Hände zerkratzen. Aber gestern die Schramme im Gesicht und dazu das Geklopfe, das ich in meinem Schlafzimmer höre – nein, wirklich, das kommt mir zu bekannt vor. *Dieses* Geräusch kenne ich.« Sie seufzte noch einmal, aber bedeutend tiefer. »Dabei habe ich mich *so* bemüht, ihm das zu ersparen«, sagte sie dann mit Märtyrerblick. »Aber offensichtlich ist es mir nicht gelungen.«

Ihr Ton machte mir Sorgen. »Was meinst du damit, Großmama? Was wolltest du ihm ersparen?«

»Die Familienseuche, Kindchen! Die Epidemie! Die Erbkrankheit!«

»Die Erbkrankheit? Aber wir sind doch alle kerngesund. In unserer Familie hat es nie eine Erbkrankheit gegeben.«

»O doch, es hat. Und weißt du, seit wann? Seit dem vorigen Jahrhundert, genau gesprochen seit dem Jahre 1849. Meine Generation hat sie übersprungen, aber mein Sohn ist ohne Zweifel angesteckt. Wenn du mich fragst, dann ist er sogar ein besonders schwerer Fall. Er dürfte zur Zeit einen Anfall haben, sein Gehirn ist außer Gefecht gesetzt, und da schnappt er über und sucht den ungarischen Kronschatz.«

Um ein Haar wäre ich vom Hocken gefallen.

»Was? Du weißt etwas vom ungarischen Kronschatz? Das

ist doch das größte Geheimnis aller Zeiten. Ich habe einen heiligen Eid . . .«

»Kindchen«, unterbrach mich Großmama mitfühlend, »ich bin auf der Burg aufgewachsen und kenne die alten Familiengeschichten besser als ihr beide zusammen. Der ungarische Kronschatz hat mir meine Jugend verdorben. Sämtliche Männer der Familie hat er um den Verstand gebracht. Wenn sie einmal zu suchen anfingen, haben sie nie wieder aufgehört. Mein Großvater hat die halbe Burg auseinandergenommen, um ihn zu finden. Er war vollkommen süchtig. Im eckigen Turm hätte er sich um ein Haar den Hals gebrochen. Was glaubst du, warum wir Lockenstein verloren haben? Mein Großvater hat einen Krug mit Goldmünzen ausgegraben und in der Vorfreude auf den Rest des Schatzes so viel Geld ausgegeben und so viele Schulden gemacht, daß Lokkenstein verkauft werden mußte. Mein Vater war auch nicht viel besser. Er hat geschworen, daß er den Schatz finden wird, hat sich um nichts mehr gekümmert, hat alle Geschäfte vernachlässigt und so hohe Kredite aufgenommen, daß wir den Gutshof verkaufen mußten, um Kronegg zu retten. Du kannst dir nicht vorstellen, was ich als junges Mädchen gelitten habe. Wenn ich nur einen Holzhammer *sehe*, vergeht mir schon der Appetit.«

Ich war eine Zeitlang sprachlos. »Stimmt das, Großmama?« fragte ich dann vorsichtig. »Das ist ja furchtbar.«

»Natürlich stimmt das, Annette. Als ich heiratete, habe ich mir geschworen, den Kronschatz ein für allemal unter die Erde zu bringen. Ich habe den Kindern kein Wort erzählt und sämtliche Dokumente, in denen der Schatz erwähnt wird, versteckt oder verbrannt. Mein Mann war ein guter Geschäftsmann, und gemeinsam haben wir die Finanzen wieder hingekriegt. Aber der Teufel schläft nicht. Ich hätte auch die alten Pläne zerstören müssen. Aber das habe ich nicht übers Herz gebracht.«

»Es war nicht nur der historische Plan«, sagte ich, »es waren auch alte Briefe. Onkel Eduard hat auf dem Dachboden eine Menge Korrespondenz von deinem Großvater gefunden. Das hat ihn überzeugt.«

»Sehr interessant. Und wo sucht er den Schatz?«

»Im runden Turm! Hinter der Gangmauer hat er einen schmalen, langen Raum entdeckt, den dein Großvater übersehen hat. Er ist ganz sicher, daß der Schatz dort eingemauert ist.«

»Aber wenn er *nicht* dort sein sollte«, sagte Großmama mit Galgenhumor, »dann läßt er den runden Turm *abtragen.* Du wirst schon sehen, wozu er fähig ist. Wehe, wenn sie losgelassen. Sie schrecken vor nichts zurück.«

Ich mußte lachen. »Sei nicht so pessimistisch, Großmama!«

»Sei nicht so sorglos, Kindchen! Ich höre an deinem Tonfall, daß du das Ganze ziemlich amüsant findest. Steigere dich bitte nicht hinein. Das ist ein guter Rat. Bis jetzt hat die Erbkrankheit zwar nur Männer erwischt, aber der Virus scheint sich gut zu halten, und vielleicht bist du das nächste Opfer.«

Ich griff nach Großmamas zierlicher Hand und küßte sie. »Mach dir keine Sorgen, bitte! Und zu deiner Beruhigung: Onkel Eduard hat den Schatz praktisch gefunden.« Ich setzte mich bequem hin und erzählte von dem Einstiegsloch und der brüchigen Mauer mit den Ziegeln. »Heute nachmittag beginnt er mit dem Stemmen, und morgen ist der große Tag. Ich bin so aufgeregt«, schloß ich. »Ich glaube, ich kann heute nicht mehr malen.«

Großmama erhob ausnahmsweise ihre Stimme: »Der ungarische Kronschatz ist *nicht auf Kronegg! Er ist nicht hier,* das ist meine innerste Überzeugung. Ich fühle es einfach. Glaube mir, man hat ihn damals nicht hierhergebracht. Das war nur ein Täuschungsmanöver den Habsburgern gegenüber. Ich bin ganz sicher, daß er auf einer ungarischen Burg versteckt worden ist und immer noch dort ist. Und ich bin heute mit dir hier heraufgestiegen, weil du mir helfen mußt, deinen Onkel davon zu überzeugen.«

»Das wird schwer sein«, protestierte ich. »Onkel Eduard ist hundertprozentig überzeugt, daß er den Schatz finden wird.«

»Sicher waren sie alle«, kommentierte Großmama. »So sicher, daß sie schon Kredite aufgenommen haben, ehe sie ihn ausgegraben hatten. Annettchen, nimm Vernunft an! Selbst wenn der Schatz hier versteckt worden wäre, ist die Burg viel zu groß, um ihn jemals wiederzufinden. Denk an die Mauern! Sie sind an manchen Stellen elf Meter dick; von den Grundfesten ganz zu schweigen. Denk an die unterirdischen Gewölbe! Sie reichen durch den ganzen Burgberg hinunter bis zum Fluß. Wenn man wirklich gewissenhaft suchen würde, müßte man die Burg in einen Steinbruch verwandeln. Und das wäre Wahnsinn. Siehst du das ein? Genausogut könnte man die Pyramiden abtragen.«

Draußen auf dem Gang wurden Schritte hörbar. Die Tür ging auf, und Onkel Eduard kam herein. Er trug einen eleganten grauen Anzug, darüber einen Lodenmantel und einen lustigen Hut mit Gamsbart. Er rieb sich die Hände und schien außerordentlich gut gelaunt zu sein.

»Ich muß zwar gleich zum Gutshof«, verkündete er, »aber ich möchte vorher noch schnell Annette beim Malen zusehen. Du hast recht, Mama, sie hat Talent zum Restaurieren.« Er zog einen Stuhl heran und ließ sich darauf nieder. Großmama sagte kein Wort.

Onkel Eduard betrachtete die Truhe. Die Braut war am Vortag fertig geworden, und auch der Bräutigam war bis auf seine gestickte, festliche Lederhose wiederhergestellt. »Die Figuren sind nicht schlecht«, lobte mich der Graf. »Das Hochzeitskleid ist wirklich hübsch geworden. Gut machst du das, mein Kind. Was meinst du, Mama?«

»Ich meine gar nichts mehr«, sagte diese mit ungewohnter Schärfe und sah gezielt an ihrem Sohn vorbei.

Der Graf blickte erstaunt auf seine Mutter. »Was ist los? Hast du dich mit Annette gestritten?«

»Nicht im geringsten. Ich habe nur soeben einen Schlag erhalten, der den Rest meines Lebens gewaltig verkürzen wird.«

»Um Gottes willen«, rief Onkel Eduard besorgt, »wer hat dir einen Schlag versetzt?«

»Du.«

»Ich?«

»Natürlich. Wer sonst?«

Onkel Eduard suchte nach Worten. »Also, das ist doch die Höhe!« entrüstete er sich. »Wie kannst du so etwas behaupten? Womit, bitte sehr, soll ich dir einen Schlag versetzt haben?«

»Mit einem *Holzhammer*.«

»Was?«

Großmama schaute ihren Sohn an. »Ich sage nur ein einziges Wort: ungarischer Kronschatz.«

Empört wandte sich der Graf an mich: »Annette . . .«

Aber weiter kam er nicht. Großmama war voll in Fahrt. »Eduard Silvester, Annette hat geschwiegen wie das Grab. Ich habe ihre Hilfe nicht nötig, um deine unterirdischen Geschäfte zu durchschauen. Ich besitze nämlich ein tadelloses Hirn, und es gibt gewisse Anzeichen, die ich mein Leben lang nicht vergessen werde. Also, mein Sohn: Wenn ein Mann unserer Familie plötzlich mit diesem Hallelujablick herumläuft, wenn er stundenlang vom Erdboden verschwindet, mit zerschundenen Händen wieder auftaucht, seine Suppe mit der Gabel ißt und auch noch auf Schritt und Tritt einen Holzhammer mitschleppt, dann weiß ich sogar unter Hypnose, wieviel es geschlagen hat.«

Onkel Eduard blickte bestürzt zu Boden. »Also wirklich, Mama, das ist mir äußerst unangenehm. Ich möchte dich auf keinen Fall beunruhigen. Ich weiß, wie das damals gewesen ist, und dein Vater ist – wie soll ich sagen – über das Ziel hinausgeschossen.«

»Ich habe nie an den Kronschatz geglaubt«, warf Großmama ein, »und ich glaube auch jetzt nicht daran.«

»Das weiß ich. Darum habe ich es auch geheimhalten wollen. Verstehst du?« Er richtete sich auf, und seine dunklen Augen begannen zu strahlen. »Aber, Mama, das Schicksal hat mich auserkoren, alles wiedergutzumachen. Der Kronschatz ist da, und du kannst dich bereits freuen. Mit dem Gold, das ich heute oder morgen zutage fördern werde, können wir den Gutshof *und* Lockenstein zurückkaufen.«

»So, können wir das?«

»Natürlich. Der Schatz ist so gut wie gefunden.«

Großmama blickte milde auf ihren Sohn. »Ich will dir die Freude nicht verderben, aber soll ich dir sagen, wie oft ich das schon gehört habe?«

»Ich habe ihn praktisch gefunden«, wiederholte der Graf halsstarrig.

»Und du hast auch schon im Gold gewühlt.«

»Noch nicht. Aber das Gold ist greifbar nahe. Hinter einer halbverfallenen Mauer. Ich werde es dir zum Geburtstag zu Füßen legen.«

Großmama stand auf. »Eduard Silvester, das wird kaum möglich sein. Ich glaube, ich werde abreisen. Annette nehme ich mit, damit sie von diesem Blödsinn nicht angesteckt wird.«

Der Graf erhob sich ebenfalls. »Das kommt nicht in Frage«, rief er entrüstet und stellte sich beschützend vor mich. »Du bleibst hier und Annette ebenfalls. Ich tue es doch für *euch*, versteht ihr das nicht?«

»Ich werde abreisen«, wiederholte Großmama, »denn ich will nicht jeden Morgen in Angst und Schrecken aufwachen und mich fragen, ob mein einziger Sohn die Nacht überlebt hat.«

»Aber ich suche nicht in der Nacht, Mama. Du bist überängstlich. Du machst ein Theater, als würde ich den Himalaja besteigen.«

»Den Himalaja? Daß ich nicht lache! Ich habe überhaupt keine Angst vor Bergen oder sonst irgendwelchen *Höhen*.

Ich fürchte mich vor *tiefen Löchern*, wie sie in alten Burgen zu existieren pflegen. Erinnerst du dich an meinen Großvater? Er hätte sich bei der Schatzsuche beinahe den Hals gebrochen. Er ist im eckigen Turm in das alte Verlies gestürzt, und es hat zwei Tage gedauert, bis ihn sein Kammerdiener gefunden hat.«

Onkel Eduard hörte ihr zu, ohne eine Miene zu verziehen. »Wo *ich* suche, ist der Boden sicher, Mama. Ich habe ihn abgeklopft, Zentimeter für Zentimeter. Er besteht aus festen Steinplatten. Nirgends ist ein Loch. Und die Wand, von der ich dir erzählt habe, die Wand, die man vor den Schatztruhen aufgerichtet hat, diese Wand klingt völlig hohl. Glaube mir, es kann sich nur um Stunden handeln. Die Wand fällt einem richtig entgegen, wenn man sie nur anrührt.«

»Gut zu wissen«, sagte Großmama aufgeräumt, »wenigstens sind wir im Bilde, wo wir dich ausgraben müssen, wenn du heute nicht zum Abendessen erscheinst.«

»Die Wand . . .«

»Aber vorher mach bitte dein Testament! Ich habe *nicht* gedacht, daß ich dich überleben werde, aber die Welt ist voller Überraschungen.«

»Mama, du bist morbide.«

»Bin ich nicht. Nur allergisch – gegen den ungarischen Kronschatz. Es tut mir leid, Eduard Silvester, daß ich deine Abenteuerlust frustrieren muß, aber ich sage dir jetzt allen Ernstes: Wenn du nicht sofort aufhörst, die Burg zu zerlegen, dann reise ich ab.«

»Du verbietest mir, weiter zu suchen?«

Großmama nickte freundlich.

»Bist du dir im klaren darüber, daß wir dabei den Gutshof aufs Spiel setzen?«

Großmama begann, wie die Sphinx zu lächeln. »Du hast doch noch andere Eisen im Feuer, oder?« Sie sah schnell zu mir herüber. »Französische, wenn ich nicht irre.«

Der Graf schien das nicht gehört zu haben. »Das mit dem

Gutshof ist ernst«, wiederholte er. »Durch den Leopold artet das Ganze zu einer Auktion aus. Jedesmal, wenn ich einen Preis vorschlage, überbietet er mich. Heute vormittag hat er mein Angebot um zehn Prozent erhöht, und ich gehe jetzt hinüber und biete noch fünf Prozent mehr.«

Großmama schüttelte den Kopf. »Was habe ich dir vorhin gesagt?« sagte sie zu mir. »Der Virus erweicht das Gehirn. Dieselben Symptome wie bei meinem Großvater. Bei dir kommen sie zwar erst mit achtundfünfzig zum Vorschein, Eduard, aber das ist auch noch zu früh. Wohin das führt, wissen wir. Ich möchte dir etwas sagen: Ich werde jetzt . . .« In dem Moment läutete das Telefon.

Onkel Eduard griff gereizt nach dem Hörer. »Was gibt's?« rief er unwillig. »Wir haben gerade eine wichtige Besprechung. Waaas?« rief er plötzlich. »Jetzt? Das muß ein Irrtum sein. In einer Woche, hat es geheißen, keinen Tag früher. Also, das ist doch die Höhe. Natürlich! Ich komme sofort ans Tor.«

»Unglaublich«, murmelte er, als er den Hörer aufgelegt hatte. »Mama, du bist eine Hellseherin. Ich muß hinunter, wir haben unerwarteten Besuch bekommen. Aus Frankreich. Das Eisen im Feuer ist eingetroffen.«

Großmama begann zu lachen und griff nach Gummistiefeln und Regenmantel. »Warte, Eduard!« rief sie fröhlich. »Wir kommen mit. Annette, nimm deinen Mantel, beeil dich! Ich will, daß du uns begleitest. Dieser Besuch geht uns alle an.«

11

In ziemlicher Eile verließen wir das Atelier: Großmama voran, der Graf in der Mitte und ich am Schluß. Keiner sprach ein Wort, und den ganzen Weg hinunter hatte ich nur einen einzigen Gedanken:

Ausgerechnet jetzt, ausgerechnet jetzt muß er kommen!

Eine Woche später, und niemand wäre auf Olivier und sein Geld neugierig gewesen. Der Schatz wäre geborgen und der Gutshof zurückgekauft. Aber so? Angesichts Großmamas unerwartetem Widerstand gegen die Suche und Leopolds neuem Angebot für den Gutshof würde er mit offenen Armen aufgenommen werden. Der Graf würde ihn mir vorziehen, er würde sich auf der Burg einnisten und mir das Leben verleiden. Schöne Aussichten!

Aber sofort regte sich mein gesunder Widerstand. Ich faßte einen Entschluß. Ich wollte die Schatzsuche auf eigene Faust fortsetzen. Ich kannte die Stelle im runden Turm, und *mir* hatte Großmama nichts verboten. Ich wollte dafür sorgen, daß das Gold rechtzeitig ans Tageslicht kam. Eine brüchige Mauer umzulegen konnte doch nicht so schwer sein! Kaum hatte ich diesen Entschluß gefaßt, war mir leichter. Ich atmete tief durch, hob den Kopf und versuchte ein überlegenes Lächeln. Ich war bereit. Ich würde meinem Widersacher aus Paris furchtlos entgegentreten.

Als wir unten im kleinen Hof ankamen, stellten wir mit Freuden fest, daß es zu regnen aufgehört hatte. In erstaunlich kurzer Zeit waren die dunkelgrauen Wolken einem silbrigen Hochnebel gewichen, hinter dem die Sonne bereits deutlich zu spüren war.

»Schaut, wie die Erde dampft«, rief Großmama, die durch die Pfützen vor uns herstiefelte, »wie ein Kind nach dem Bade. Aber was ist das?« Sie zeigte auf das große Burgtor und auf das, was sich dort abspielte. »Eduard Silvester, das sieht aus wie eine Übersiedlung. Hast du uns etwas verheimlicht?«

Unter dem gewaltigen steinernen Tor, geschützt gegen die Nässe, standen fünf elegante Koffer und daneben eine Art Reiseschrank, der offensichtlich Kleidung enthielt. Aus den Dunstschwaden, die dem Burggraben entstiegen und die Zugbrücke einhüllten, tauchte Hans auf, schwer beladen mit einer großen Holzkiste. Dahinter wurden Lotte und das Mädchen sichtbar, die offensichtlich mit letzter Kraft eine schwere Seemannstruhe schleppten. Aber das war nicht alles.

Aus dem Nebel löste sich nun ein enormer, gelb-blau gestreifter Regenschirm, wie man ihn sonst nur auf Golfplätzen findet. Darunter spazierte ein schmächtiger junger Mann im langen Reisemantel. Unter dem Torbogen angelangt, machte er sorgfältig seinen Schirm zu, strich sich über den blonden Schnauzbart und blickte forschend in die Runde. Die Sonne war inzwischen hervorgekommen, und die beiden Türme spiegelten sich in den Pfützen, die vom Tor aus wie ein mittelgroßer See wirkten.

»*Mon Dieu!*« rief der junge Mann konsterniert. »Ist das übergeschwemmt – oder ist das ein Wasserschloß?«

Das Mädchen begann zu kichern, und Lotte verschwand schnell in der Küche. Hans öffnete den Mund zu einer Erklärung, aber der Graf kam ihm zuvor. Er eilte uns mit ein paar schnellen Schritten voraus und begrüßte den Neuankömmling mit einem freundschaftlichen Schlag auf die Schulter.

»Keine Angst vor dem Wasser«, rief er so laut, daß es über den ganzen Hof hallte, »das ist in zwei Stunden wieder verschwunden. Was du hier siehst, ist das Resultat von ein paar ordentlichen Wolkenbrüchen. Gut für die Landwirtschaft. Mama, Annette, kommt her, ihr kennt euch ja! Annette, ich habe ganz vergessen, dir zu erzählen, daß ich Olivier für den Sommer eingeladen habe. Jetzt hast du Gesellschaft, mein Kind. Olivier, was sagst du zu deiner hübschen Cousine? Gut geraten, was?«

Olivier zog es vor, nicht zu antworten. Er begann jedoch sofort, strahlend zu lächeln, küßte Großmama ehrfurchtsvoll die Hand und mich auf beide Wangen. Dabei mußte er sich auf die Zehenspitzen stellen, denn er war drei Zentimeter kleiner als ich. Sein spärlicher Bart streifte mein Kinn. Er war noch genauso unsympathisch wie bei Emilias Hochzeit.

»Um ganz ehrlich zu sein«, meinte Onkel Eduard, der Überraschungsbesuche absolut nicht schätzte, »wir haben dich erst in einer Woche erwartet. Gibt es einen Grund, warum du jetzt schon gekommen bist?«

Olivier lächelte gewinnend und breitete die Arme aus. »Eine Hitze, lieber Onkel, zum Sterben!« sagte er in ziemlich gutem Deutsch. »Keine Sekunde habe ich es länger ertragen. Und dann hat mich meine Neugierde gestoßen, das ist die Wahrheit. Ihr schönes Schloß, ich habe es endlich kennenlernen wollen.«

Wie viele adelige Franzosen sagte Olivier zu jedem Verwandten »Sie«, um seine vornehme Herkunft zu betonen. Bei Emilias Hochzeit hatte er sogar seine eigenen Eltern mit »Sie« angesprochen, und er ließ keinen Zweifel daran, daß auch seiner zukünftigen Frau diese Ehre zuteil werden würde.

»Du bist uns sehr willkommen«, sagte Großmama, »aber wenn du angerufen hättest, wäre Hans zum Flugplatz gefahren und hätte dich abgeholt. Wie bist du denn hergekommen? War das nicht umständlich mit dem vielen Gepäck?«

»Aber nein«, rief Olivier und knöpfte seinen Mantel auf, »im Flugzeug habe ich das Übergewicht gehabt und ein *supplément* bezahlt, sonst war kein Problem. Dann habe ich ein Taxi genommen, und vor diesem schönen Tor bin ich ausgestiegen.«

»Ein Taxi?« fragte Onkel Eduard überrascht. »Aber vom Flughafen bis hierher sind es mehr als zweihundertfünfzig Kilometer!«

»*Pardon*, zwei Taxis«, verbesserte sich Olivier, »ich habe zwei Taxi genommen, weil ich die vielen Koffer habe.«

»Zwei Wagen?« rief der Graf, dem unnötige Ausgaben ein Greuel waren. »Das hat wohl ein Vermögen gekostet.«

Olivier war überrascht. »Vielleicht. Ich habe es noch nicht in französische Francs umgezählt, aber ich versichere Sie, lieber Onkel, in Frankreich kostet das noch viel teurer.«

»Ja, wenn du dir das leisten kannst«, meinte der Graf, ohne eine Spur von Heiterkeit über Oliviers sehr persönliche Ausdrucksweise. »Es ist immerhin dein selbstverdientes Geld. Aber *mir* wäre leid darum.«

Olivier lächelte gewinnend als Antwort, lehnte vorsichtig seinen Riesenschirm an die Mauer und wagte ein paar kleine Schritte hinaus in den großen Burghof. Er trug teure Schuhe und tat sein Bestes, sie vor Wasserflecken zu schützen. Es gelang ihm auch wirklich, in keine Pfütze zu steigen. Mit Kennermiene sah er sich um.

»Sehr schön!« lobte er dann. »Genau wie auf den Fotos, die meine Mama gezeigt hat. Aber es ist kein richtiges Schloß, lieber Onkel, es ist kein château, wenn Sie verzeihen, denn für uns Französische ist nur Versailles ein Schloß, sonst gar nichts. Kronegg ist eine *château fort*. Was heißt das auf deutsch? Starkschloß?«

»Burg«, antwortete Onkel Eduard, dem jede Kritik an Kronegg zuwider war. »Burg heißt das hierzulande.«

»Merci«, sagte Olivier und fuhr ungehindert in seiner Betrachtung fort, *»merci beaucoup.«* Er wagte einen weiteren Schritt und beugte den Kopf zurück.

»Zwei Türme!« rief er anerkennend. »Einer rund, einer ekkig, sehr besonders. Beide mittelalterlich. Interessant.«

»Du irrst«, die Stimme des Grafen klang leicht gereizt. »Wir haben keinen mittelalterlichen Turm auf Kronegg. Der runde Turm ist uralt, er ist romanisch, der eckige wurde im Mittelalter zerstört und in der Renaissance wiederaufgebaut. Der Unterschied zwischen den beiden Türmen ist unverkennbar. Ein Experte sieht das sofort am Baumaterial. Was fällt dir auf, wenn du die beiden Türme betrachtest?«

Olivier gab keine Antwort. Er hatte die Turmuhr entdeckt und blickte erstaunt nach oben. Dann verglich er das, was er sah, mit dem, was seine kostbare Armbanduhr zeigte. Er zögerte einen Moment, konnte sich aber nicht beherrschen. Strafend zeigte er gen Himmel.

»Ihre Uhr geht falsch. Sie geht eine Stunde davon!«

Eine leichte Röte würde an Onkel Eudards Hals bemerkbar. »Die Uhr geht nicht falsch, lieber Neffe, sondern anders. Den Grund dafür soll dir Annette erklären. Mich mußt du jetzt entschuldigen, ich war auf dem Weg zu einer dringenden Besprechung, als du so unverhofft erschienen bist. Hans, bringen Sie das Gepäck hinauf in den dritten Stock, in das Zimmer über Mamas Salon. Sie wissen schon, das mit dem schönen josephinischen Ofen! Annette, du kümmerst dich um unseren Gast! Zeig ihm die Burg und erklär ihm das mit den Türmen. Wir treffen uns dann alle um fünf im kleinen Eßzimmer zum Tee.«

»Danke, lieber Onkel«, rief Olivier mit strahlendem Lächeln, »danke für Ihre Fürsorge. Aber meine schöne Cousine werde ich nicht gebrauchen. Meine Mama, die vor drei Jahren Ihr lieber Gast war, hat mir alles erklärt, und ich kenne Ihre schöne Burg so gut, als wenn ich hier geboren werden wollte.« Er machte eine kleine Verbeugung, griff nach seinem Regenschirm und folgte Hans ohne ein weiteres Wort nach oben.

Die Fenster des kleinen Eßzimmers gingen in den Obst- und Gemüsegarten. Dieser bot einen äußerst erfreulichen Anblick, seit Lotte hier das Regiment führte. Links, neben der Glastür zur Küche, standen die Kräuter. Die Auswahl war beachtlich. Außer Petersilie, Schnittlauch und Dill gab es noch Eisenkraut, Kerbel, Basilikum, Estragon und Minze in großen, saftigen Büscheln.

An der Wand dem Eßzimmer gegenüber wuchs Spalierobst, sorgsam gezogen und gepflegt. Aprikosen reiften hier, Pfirsiche, Äpfel und Birnen. Im Frühjahr war die Wand ein

Blütenmeer. Jetzt war deutlich zu erkennen, daß die Ernte heuer hervorragend ausfallen würde.

Der Regen hatte den Bäumen gutgetan. Die Stämme waren sauber gewaschen, und die Blätter glänzten, als wären sie soeben frisch lackiert worden. Punkt fünf Uhr hatten wir uns im Eßzimmer getroffen, Großmama, Olivier und ich. Mein Cousin hatte sich umgezogen, trug einen hervorragend geschnittenen braunen Anzug und sündteure Schuhe aus Schlangenleder. Sie fielen mir sofort ins Auge, denn die Absätze waren so hoch, daß Olivier jetzt zwei Zentimeter größer war als ich. Erfreut blickte mein Cousin auf mich herunter und schenkte mir sogar zum erstenmal ein flüchtiges Lächeln. Es verging eine Viertelstunde, und Onkel Eduard war noch immer nicht vom Gutshof zurück. Großmama schlug vor, mit dem Tee auf ihn zu warten und in der Zwischenzeit die Küche zu besichtigen, um Olivier mit Lotte bekannt zu machen. Lotte hatte zwar Oliviers Koffer geschleppt, aber vorgestellt hatte er sich nicht.

»Sie ist eine Perle«, erklärte Großmama, »und hat in Frankreich Kochen gelernt. Man muß sie gernhaben. Du willst sie doch sicher kennenlernen?« Ihr Ton duldete keinen Widerspruch.

»Wie Sie wünschen, liebe Großtante«, fügte sich Olivier, aber auf seinem Gesicht stand geschrieben, daß er nicht gewohnt war, mit Hausangestellten Freundschaft zu schließen.

Frohen Herzens war ich mit in die Küche gegangen, wo sich Olivier dazu herabließ, Lotte ein paar Fragen auf französisch zu stellen, ihr ein Kompliment über ihre Sprachkenntnisse zu machen und anschließend ihre Hand zu schütteln. Frohen Herzens deshalb, weil ich auf einen Zusammenstoß mit Bonnie hoffte oder zumindest die Auswirkungen von Hühnchens Charme auf unseren Gast aus nächster Nähe beobachten wollte.

Aber ich wurde enttäuscht. Der Kakadu saß nicht auf seinem Kletterbaum, sondern hoch oben auf der Vorhangstange. Als er Olivier erblickte, machte er sich ganz dünn und rührte sich nicht mehr. Vor Fremden hatte er immer Angst, und jetzt legte er nicht den geringsten Wert darauf, entdeckt zu werden. Wer weiß, vielleicht hatte es der Unbekannte auf sein Leben abgesehen.

Da der Graf noch immer nicht auftauchte, ließ sich Olivier die Küche zeigen. Er bewunderte die neuen Kupferpfannen, die Gewürze, die Zierteller und die Krüge, die Lotte aus Frankreich mitgebracht hatte. Er sah nach links und rechts, nach oben und unten, aber Bonnie bemerkte er zu meiner großen Enttäuschung nicht. Kein Wunder. Der Kakadu hatte weiße Federn, und die Küche war weiß gestrichen. Eine bessere Tarnfarbe gab es nicht.

Ich überlegte. Sollte ich etwas nachhelfen? Mit Bonnie laut zu reden beginnen? Ratsuchend blickte ich Großmama an, die neben Lotte stand und einen frisch gebackenen Marmorkuchen bewunderte. Sie erriet meine Gedanken sofort, schüttelte aber verneinend den Kopf.

Warte, sagten ihre lebhaften Augen, wir werden noch früh genug unseren Spaß haben.

Großmama hatte recht. Gerade als wir ins Eßzimmer zurückkehren wollten, um mit dem Tee zu beginnen, kam Onkel Eduard schwungvoll bei der Tür herein.

»Ich bitte vielmals um Entschuldigung«, rief er und nahm den Hut vom Kopf. »Die Verhandlungen haben einfach kein Ende genommen. Nett von euch, daß ihr auf mich gewartet habt. Lotte, ich brauche dringend eine Tasse Tee.«

Das Mädchen knickste, nahm dem Grafen den Hut aus der Hand und half ihm aus dem Mantel. Onkel Eduard hakte sich bei Olivier unter und wollte mit ihm die Küche verlassen. Aber so einfach war das nicht. Olivier entdeckte nämlich plötzlich den Spiegel, der hinter Bonnies Kletterbaum hing, und da er ein neugieriger Mensch war, blieb er abrupt stehen.

Bonnie liebte diesen Spiegel über alles. Der Vogel war ja den ganzen Tag von zweibeinigen, federlosen Riesen umgeben und schätzte vor dem Schlafengehen ein ausgiebiges Zwiegespräch mit seinem Ebenbild. Um möglichst nahe an dieses heranzukommen, hatte er den ehemals herrschaftlichen prächtigen Rahmen auf ein Minimum reduziert, und was übriggeblieben war, bot einen kläglichen Anblick.

»Sehr interessant«, rief Olivier und deutete auf die Holzreste. »Es gibt wohl Termiten auf Ihrer Burg? Das hätte ich nicht verdächtigt. In Südfrankreich haben wir viele Termiten, aber die Hitze paßt sehr gut dazu. Was tun Sie gegen die Tiere, lieber Onkel?«

»Nichts«, der Graf lächelte. »Was du hier siehst, ist nämlich nicht das Werk von Termiten. Das hat mein Kakadu angestellt.«

»Sie haben einen Vogel?« rief Olivier entsetzt und wich zwei Schritte zurück. Dann sah er sich vorsichtig um. »Aber er ist nicht da«, stellte er erleichtert fest. »Wie heißt er?« – »Popo!« sagte Hühnchen von seiner Vorhangstange herunter.

Olivier wandte sich erstaunt an den Grafen. »Entschuldigen Sie, lieber Onkel, wie meinen Sie das? Der Vogel heißt Popo? Ich habe gedacht, Popo heißt auf deutsch, Sie wissen schon, der Mensch von seiner hintersten Seite.« Er überlegte einen Augenblick. »Warum nicht«, meinte er dann, »das ist sehr originell. Und wo befindet er sich, der Popo?«

Der Graf sah verdutzt auf sein Gegenüber und brach dann in schallendes Gelächter aus. Sofort war das Eis gebrochen.

Das Mädchen kicherte in den höchsten Tönen, Lotte wandte sich zum Herd, und ihre Schultern zuckten verdächtig, sogar Großmama hatte Tränen in den Augen. Olivier blickte beleidigt in die Runde und verstand die Welt nicht mehr.

Dafür war Bonnie in seinem Element. Im Beisein so vieler Bekannter konnte ihm der Eindringling nicht gefährlich werden. Er marschierte im Stechschritt die Vorhangstange entlang, schlug dabei wild mit den Flügeln und kreischte so laut und entsetzlich, daß es durch Mark und Bein drang.

»Nom de Dieu!« rief Olivier, als er den Kakadu erblickte, der

wegen der ausgebreiteten Schwingen dreimal so groß wirkte. *»Quel horreur!«*

Er wurde bleich wie die Wand und ergriff die Flucht ins Eßzimmer. Dort sank er zitternd auf einen Stuhl und rührte sich nicht mehr.

Sofort regte sich allgemein Mitleid. Wir stürzten ihm nach, um ihn zu beruhigen.

»Hat er dich erschreckt?« rief Onkel Eduard bedauernd. »Das tut mir leid. So ein Geschrei macht er nur äußerst selten, glaube mir! Ich weiß nicht, warum er sich so aufgeregt hat. Aber er hat sich schon beruhigt. Hörst du?«

Olivier nickte schwach, brachte aber kein Wort heraus. Er starrte auf die silbernen Kuchenteller, auf das blaue böhmische Service mit den hohen Kannen und versuchte krampfhaft, das Zittern seiner Hände zu verbergen.

»Wenn ihr euch erst einmal angefreundet habt«, tröstete ihn der Graf, »werdet ihr euch blendend verstehen. Er ist ein edler Vogel, glaub mir! Entschuldige, daß wir vorhin so gelacht haben, aber er heißt Bonnie, nicht Popo. Bonnie oder Hühnchen, du kannst ihn nennen, wie du willst. So, da ist Lotte mit dem Tee. Der Kuchen sieht wieder verlockend aus. Er ist frisch gebacken und wird dir schmecken. Laß dir ein großes Stück geben, Olivier, das beruhigt die Nerven.«

Der Tee schien Olivier wiederzubeleben. Er war aber auch ausgezeichnet, eine Mischung von Earl Grey und Lapsang Suchong. Sogar Onkel Eduard trank ihn ohne Zucker, um das Aroma voll zu genießen. Bei der ersten Tasse hörten Oliviers Hände zu zittern auf, bei der zweiten hatte sein Gesicht wieder Farbe angenommen.

»Also, erzähle«, forderte ihn der Graf auf, als er seinen Kuchen bewältigt hatte, »wie bringst du dich durchs Leben?«

Olivier hatte auf diese Frage gewartet. »Nicht schlecht, lieber Onkel«, strahlte er, »wirklich nicht schlecht. Ich habe sehr viel Verdienst, fast soviel wie der Direktorgeneral. Dabei bin ich erst zwei Jahre in der Firma.«

»Gut zu hören. Deine Mama schrieb, daß du dich an einem Reisebüro beteiligt hast. Wieviel Kapital hast du investiert, wenn man fragen darf?«

»Kapital?« fragte Olivier, als hätte er das Wort noch nie gehört.

Onkel Eduard wiederholte die Frage. Olivier legte seine Kuchengabel weg. »Das ist ein Irrtum, liebster Onkel. Ich habe kein Kapital investiert. Ich bin der Kontaktmann in Afrika. Den ganzen Winter liege ich in einem Luxushotel in Kenia und sorge mich um die Gäste, die die Firma herein kommandiert.«

»Du hast keinerlei Kapital in der Firma?« Onkel Eduard wollte es nicht glauben.

»Nein.«

»Auch in keiner anderen Firma?«

»Nein, lieber Onkel.«

»Was machst du dann mit deinem Geld?« Onkel Eduard klang sichtlich betroffen.

»Ich lebe«, erklärte Olivier, ohne die Bestürzung des Grafen zur Kenntnis zu nehmen. »Aber ich habe schon oft daran spekuliert, selbständig eine Firma zu eröffnen. Interessant, daß Sie davon erwähnen. In Paris, bevor ich abgereist bin, habe ich *express* für Sie, lieber Onkel, Pläne aufgemacht und genaue Kalkulationen gebildet und Rechnungen untergelegt. Ich habe alles mitgenommen. Wenn Sie außergewöhnliches Geld besitzen, können Sie es mir anvertrauen. Ich kenne die Reisebranche im Herzen, es gibt kein Risiko, ganz ohne Hemd, und wir arbeiten zusammen. Ich denke an eine neue Reisefirma. Wir kommandieren nur die beste Gesellschaft und nur nach Afrika. Ich bin Direktor, lieber Onkel, und ich öffne ein Ohr für Sie. Sie sagen, was Sie wollen. Den Gewinn teilen wir in die Hälfte. Ist das eine gute Idee?«

Onkel Eduard verschlug es die Sprache. Er senkte seine kräftige Nase auf seinen Kuchenteller und versuchte, seinen Gefühlen Herr zu werden. Großmama rettete die Situation.

»Was du da erzählt hast, ist wirklich faszinierend, Olivier.« Sie lächelte. »Wir werden uns das gut überlegen. Aber weißt du, du bist gerade erst angekommen, und wir haben den ganzen Sommer Zeit, über Geschäfte zu reden. Erzähle lieber von dir. Was macht das Privatleben? Irgendwelche erfreulichen Neuigkeiten?«

Olivier hatte vom langen Reden in der deutschen Sprache gerötete Wangen bekommen. Jetzt begannen auch seine Augen zu glänzen. Siegessicher blickte er in die Runde.

»Es gibt exzellente Neuigkeiten, liebe Gräfin. Gratulieren Sie mir! Ich habe mich verbunden.«

»Du hast dich was?« Onkel Eduard hatte seine Fassung wiedergefunden.

»Verbunden, lieber Onkel.«

»Hast du dich verletzt?«

»Nein, gar nicht. Ich habe mich verbunden, mit einer sehr hübschen Dame, vor genau drei Wochen. Oder heißt das nicht so auf deutsch?«

»Meinst du *fiancé?*« sprang Großmutter ein.

Olivier nickte dankbar.

»Er hat sich verlobt. Also, Olivier, das ist eine wunderbare Neuigkeit. Wir gratulieren von ganzem Herzen!« Sie stand auf und gab ihm einen Kuß.

»Von einer Verlobung hab' ich kein Wort gehört!« rief der Graf empört. »Warum habt ihr uns das nicht mitgeteilt?«

»Niemand weiß es jetzt gerade, lieber Onkel, nur meine Mama, Rose und ich. Wir haben keine einzige Karte verschickt, denn meine Rose scheidet sich erst in einem Monat.«

»Du meinst, sie läßt sich scheiden?« Onkel Eduard blickte schockiert auf seinen Gast. »Ist sie denn verheiratet?«

»Nur auf dem Papier, Onkel. Sie hat sich von diesem Monster blitzschnell getrennt, gleich in der ersten Nacht. Sie springt aus dem Bett und gleich in den Badesaal, das arme Lamm. Aber er hat sie nicht angerührt. Er hat sie vielleicht zweimal geküßt, sonst nichts.«

»Wer war der Mann?« wollte ich wissen.

»Ein Petrolmillionär. Viel Geld, aber keine *finesse*. Meine Rose ist sehr sensibel. Sie hat ein Jahr gebraucht, um sich von ihm auszuruhen.«

»Wenn die Ehe nicht vollzogen wurde, Olivier, könnte man sie annullieren lassen«, mischte sich Onkel Eduard ein. »Hast du schon daran gedacht? Dann hast du keine geschiedene Frau zur Frau.«

»Ich habe daran gedacht und Rose auch, aber es ist sehr kompliziert und teuer. Scheiden geht schneller.«

»Das meine ich auch«, sagte Großmama, die offensichtlich kein Wort von der mißglückten Hochzeitsnacht glaubte. »Deine Rose ist ein vernünftiges Mädchen. Was hat sie für einen Beruf?«

»Sie ist Fotomodell«, sagte Olivier stolz. »Sie ist groß, sie hat die Haare rot, sie ist wunderbar, eine Göttin!«

»Französin?« fragte ich.

»Nein, Cousine, Amerikanerin.«

»Was sagt deine Mutter dazu?«

»Zuerst wollte sie nur eine Französin, aber sie hat sich beschwichtigt. Meine Rose gefällt ihr sehr gut. Meine Mama ist glücklich, daß wir heiraten. Sie sagt, ich habe schon viel zu lange gewartet.« Er lächelte selbstgefällig.

Onkel Eduard, der wortlos zugehört hatte, setzte sich in Positur. »Wie alt bist du, Olivier?«

»Dreißig Jahre.«

»Und bist du zufrieden mit deinem Leben?«

»Sehr.«

»Dann gebe ich dir einen guten Rat. Heirate nicht!«

»Eduard«, rief Großmama, »was soll das?«

Olivier errötete leicht.

»In Frankreich, lieber Onkel, heiratet man gerne. Alle meine Freunde sind geheiratet und haben Kinder.«

»Na und?« rief der Graf kämpferisch. »Alle heiraten, alle kriegen Kinder, alle ziehen in häßliche Neubauten, kaufen entsetzliche Möbel und gräßliche Bilder – was gehen dich alle an? Wenn sich alle aus dem Fenster stürzen, springst du wahrscheinlich auch nach.«

Olivier saß stumm vor seinem Kuchenteller.

»Der Herdentrieb ist das größte Übel unserer Zeit«, predigte Onkel Eduard weiter. »Er zerstört unsere Kultur und unsere Moral. Die Massen ergeben sich der Fleischeslust. Aber *du* kommst aus einer guten Familie, Olivier. Das hast du doch nicht nötig, oder?«

Olivier schüttelte verwirrt den Kopf.

»Na, siehst du«, meinte der Graf zufrieden und legte noch ein Stück Kuchen auf seinen Teller. »Ich habe gewußt, du bist ein verständiger Bursche. Ich gebe dir jetzt einen Rat fürs Leben, Neffe. Willst du etwas erreichen, dann tue immer das Gegenteil von dem, was *alle* tun. Du mußt anders sein als die anderen. Wenn alle heiraten, dann bleibst du ledig. Ist das klar?«

»Halt!« rief Großmama und wandte sich an den Grafen. »Eduard, das geht zu weit. Der Arme kennt sich überhaupt nicht mehr aus. Seine Mutter quält ihn seit Jahren, er soll endlich heiraten, und du hast nichts Besseres zu tun, als es ihm wieder auszureden. Laß ihn doch heiraten. Es ist einzig und allein *seine* Privatangelegenheit.«

Onkel Eduard schob seine Teetasse weg.

»Das ist es nicht. Er heiratet nämlich nicht, weil er will, sondern weil alle heiraten. Damit ist die Sache öffentlich.«

»Unsinn«, rief Großmama hitzig, »er heiratet, weil es ihm ein Bedürfnis ist. Du bist gerne allein, aber andere, ich inbegriffen, sind lieber zu zweit. Sprich, Olivier, warum hast du dich verlobt?«

Olivier dachte nach. Er runzelte die Stirn, und seine Schnurrbartspitzen begannen zu zittern. »Weil ich verliebt bin«, sagte er dann bestimmt.

Großmama triumphierte. »Na, siehst du! Er liebt. Und wenn man liebt, ist das eine höchstpersönliche Angelegenheit.«

»Gegen die Liebe habe ich absolut nichts einzuwenden«, erklärte der Graf, »nur gegen die Konsequenzen.«

»Welche Konsequenzen? Was soll das, Eduard Silvester? Wenn keiner mehr heiratet, wie soll sich die Menschheit vermehren?«

»Die Menschheit vermehrt sich in rasendem Tempo. Weltweit zerbricht man sich den Kopf, wie man diese Massen füttern soll. Die *Vermehrung* ist das Problem, nicht die Abstinenz.«

»Ach was«, sagte Großmama ungeduldig, »die Menschheit steht hier nicht zur Debatte. Hier geht es um die Familie und um eine große Hochzeit in Frankreich. Im Frühling hoffe ich, oder? Sag, Olivier: Ist der Termin schon fix?«

»Warte!« unterbrach sie der Graf. »Olivier, überlege dir das gut! Fotomodelle sind keine guten Ehefrauen. Deine Rose wird ein Vermögen für Kleider ausgeben – und mit dem Butler flirten. Behalte sie als Freundin, aber unterschreibe nichts. Heiraten ist Unsinn.«

Das war zuviel für Großmama. »So. Heiraten ist Unsinn? Und wie ist das mit Annette? Soll sie ihr Leben lang ledig bleiben?«

»Annette ist etwas anderes«, sagte lächelnd der Graf. »Sie hat die Pflicht und Schuldigkeit, die Familienburg mit kleinen, süßen Kindern zu füllen.« Er sah liebevoll zu mir herüber. »Außerdem wird sie kein Fotomodell heiraten, das niemand kennt, sondern einen ordentlichen Mann mit Kinderstube und allem, was dazugehört. Da liegt meiner Meinung nach ein himmelhoher Unterschied.«

Jetzt war Olivier beleidigt.

»Lieber Onkel«, sagte er gekränkt, »meine Rose ist nicht himmelhoch, wirklich gar nicht. Sie ist eine exzellente Frau des Inneren und Schülerin bei der Baronin Seymour. Das ist die beste Kochschule in Paris. Sie hat die Kurse absolviert, alles, was Sie wollen: für die Fische, die Fleische, die Weine, die Desserts, die Diners und Soupers. Sie kocht, das ist ein Mirakel.«

»So?« fragte der Graf wenig überzeugt.

»Wenn sie kocht, ist sie mir schon sympathisch«, ergriff Großmama für Olivier Partei. »Eduard, du siehst wieder einmal zu schwarz. Amerikanerinnen sind viel besser als ihr Ruf. In Amerika ist es sogar Mode, sein eigenes Brot zu backen. Das liest man immer wieder. Die Sandwichzeit ist vorbei. Jeder kultivierte Amerikaner interessiert sich jetzt für gute Küche.«

»*Merci*, liebe Großtante«, rief Olivier und küßte dankbar Großmamas zierliche Hand. »Das ist exakt, wie es ist! Und Rose ist sehr *fidel*, sehr *fidel*, was heißt das auf deutsch? Treu. *Merci.* Sie ist sehr treu, viel mehr als die französische.«

»Das glaube ich dir gern. Deine Rose gefällt mir. Wann lernen wir sie kennen?«

Olivier begann zu strahlen und verkündete dann zur allgemeinen Überraschung:

»Nächste Woche.«

»Nächste Woche?« wiederholte Onkel Eduard entgeistert. »Wieso nächste Woche? Und wo, wenn ich bitten darf?«

»Hier, liebster Onkel.«

»Sie kommt hierher? Und *wer* hat sie eingeladen?«

Olivier sah glücklich auf seine gepflegten Hände, die er wie ein braves Schulkind auf den Tisch gelegt hatte. »Ich. Das war meine gute Idee. Rose hat in Italien ein Fotorendezvous, ein paar Tage in Milan mit der neuen Wintergarderobe. Wenn alles gutgeht, kommt sie retour hier vorbei. Liebster Onkel, liebste Großtante, ich *muß* sie Ihnen präsentieren!«

»Und wie lange bleibt sie?« fragte ich vorsichtig.

Olivier zuckte mit den Achseln. »Ein paar Tage?« Er sah forschend den Grafen an.

»Das ist alles *sehr* interessant«, stellte Onkel Eduard fest und erhob sich. »Das sind ja Neuigkeiten über Neuigkeiten. Ich gehe jetzt.«

Sofort sprang Olivier auf. »Ich *accompagniere* Sie, lieber Onkel. Ich habe Ihnen etwas mitgebracht für Ihre besondere Sammlung. Das Eisen ist außerordentlich. Schon im Kleinkind habe ich es sehr geliebt. Es kostet immer teurer, fast wie Gold. In Paris habe ich die Antiquitäten besucht und zwei, drei Stücke für Sie gewählt als kleines Geschenk. Ich bitte Sie, es zu akzeptieren.«

»Aha«, sagte Onkel Eduard etwas sanfter, »das Geheimnis der Holzkiste. Also gut, komm mit hinauf. Ich bin wirklich sehr neugierig. Aber sag, Olivier, wo hast du Deutsch gelernt?«

»In der Sprachschule, Onkel, aber nur vier Wochen für die Grammatik. Dann habe ich allein mit dem Wörterbuch studiert.«

»Stimmt«, sagte der Graf, ohne eine Miene zu verziehen. »Du kennst viele Wörter.«

Olivier bedankte sich für das Kompliment, machte aber keine Anstalten, dem Grafen zu folgen. Er stand starr neben seinem Stuhl und sah ängstlich in Richtung Küchentür. »Keine Angst«, beruhigte ich ihn, »es gibt noch einen anderen Weg hinaus. Durch den kleinen Gang direkt in den Hof.«

»Den werden wir nehmen«, bestätigte der Graf. »Außerdem ist Bonnie um diese Zeit schon müde und kommt nicht mehr von der Vorhangstange herunter. Mama, Annette, darf ich euch bitten, in einer halben Stunde zu mir ins Herrenzimmer zu kommen?«

»Freilich«, rief Großmama. »Aber bevor ihr verschwindet, möchte ich wissen, wie das mit der Hochzeit ist, Olivier, ist der Termin schon fix?«

Olivier wandte sich um, Verheißung im Blick. »Er ist gefixt, liebe Gräfin. Wir warten alle auf Sie im Februar an der Riviera, wenn die ersten Mimosen geblühten.«

12

Na, was sagst du?« lachte Großmama, als wir auf dem Weg ins Herrenzimmer den großen Burghof überquerten. »Läuft das nicht alles programmgemäß? Glaubst du immer noch, daß dir dein eleganter Cousin gefährlich wird?« Ich blieb stehen. »Er tut mir jetzt schon leid.«

Großmama wich einer Pfütze aus. »Mir auch. Er macht alles falsch. Er hat kein Geld, er kommt eine Woche zu früh, er bekrittelt die Turmuhr, und er spricht dieses gräßliche Deutsch, das mir die Schuhe auszieht. Aber das ist nicht alles. Er hat auch ungebeten seine Verlobte eingeladen, und wie du weißt, kann dein Onkel Überraschungsbesuche nicht ausstehen. Ausgerechnet ein Fotomodell! Sie wird auch noch im großen Hof im Bikini Sonnenbäder nehmen. Was dann geschieht, überlasse ich deiner Phantasie.«

Im großen Hof war das Wasser abgelaufen. Die Luft war warm, und die Sonne stand rot hinter dem eckigen Turm. Die Erde duftete. Der Regen hatte den Blumen gutgetan. Die Heckenrosen am steinernen Tor zum kleinen Hof hatten zwar ihre Blüten eingebüßt, aber die Ranken waren voll mit neuen Knospen, die sich bald öffnen würden. Hans stand mit einem großen Rechen unter den Kastanien und entfernte abgebrochene Zweige und Blätter.

Als wir durch die Tür des Herrenzimmers traten, sah ich sofort, daß der historische Plan an der Wand neben dem Schreibtisch hing. Ich machte Großmama darauf aufmerksam, und sie nickte vielsagend mit dem Kopf. Das Herrenzimmer war das Heiligtum des Burgherrn. Es war vollgestopft, ja geradezu zugewachsen mit Büchern, Bildern, Statuen, Büsten, kostbaren Möbeln und interessantem Krimskrams.

Ein mannshoher Globus stand neben der alten Ledergarnitur, und auf einem kleinen Tischchen vor einem der vier Fenster prangte ein hübsches, verziertes Messingfernrohr. Ein riesiger Perserteppich aus Täbris bedeckte das Parkett. Onkel Eduard kam uns entgegen. Er hatte einen roten Kopf und stand offensichtlich kurz vor einem Temperamentsausbruch.

»Endlich«, rief er und zeigte auf das Ledersofa, »ich habe schon auf euch gewartet.« Dann sank er uns gegenüber in einen Fauteuil und kam sofort zur Sache. »Zwei wichtige Dinge sind zu besprechen. Eines ist moralischer, das andere geschäftlicher Natur. Wißt ihr, was mir unser sprachbegabter Verwandter aus Paris soeben mitgeteilt hat? Daß er mit seinem Fotomodell in *einem Zimmer* zu schlafen gedenkt. Diese Rose ist zwar ihrem Ehemann unberührt entkommen, aber Olivier besteht darauf, das Lager mit ihr zu teilen.«

»Na und?« Großmama spielte gelangweilt mit ihrem Smaragdring. »Was regt dich daran so auf?«

Onkel Eduards Wangen wurden noch röter. »Was mich daran so aufregt?« donnerte er. »Alles regt mich daran auf. Dieser Bursche kommt an und vergleicht Kronegg mit Versailles. Eine Frechheit! Dann will er eine unbekannte Verlobte mitbringen, von der kein Mensch je gehört hat. Er will sie nicht nur heiraten, er will sie hier bei mir, unter meinem Dach, um ihre Unschuld bringen.«

»Glaubst du?« sagte Großmama trocken.

»Natürlich. Dabei ist mir nichts so verhaßt, als wenn sich fremde Menschen in meinen Betten paaren.«

»Eduard Silvester, Tiere paaren sich. Bei Menschen nennt man das Liebe.«

»Nenne es, wie du willst«, tobte der Graf, »das, was die beiden vorhaben, ist eine unappetitliche Angelegenheit.«

»Wie wär's mit einem kleinen Schluck von deinem alten Cognac?« unterbrach ihn Großmama und sah liebevoll auf ihren Sohn, der brav aufstand und das Gewünschte holte. »Einen besseren Cognac habe ich in ganz Frankreich nicht gefunden.«

»Also, Mama, ich brauche deinen Rat.« Onkel Eduard

schenkte ein und setzte sich wieder. »Was soll ich deiner Meinung nach tun?«

»Du hast Olivier eingeladen, und du kannst nicht verlangen, daß er seine Verlobte einen ganzen Sommer lang nicht sieht.«

»Warum denn nicht?« fragte der Graf hoffnungsvoll.

»Weil das nicht geht. Wenn man sich liebt, will man beisammen sein.«

»Aber nicht in meinen Betten!«

Großmama hob die Schultern. »Wenn dir das Gasthaus in Kronau lieber ist – und das Getratsche der Nachbarn –, bitte. Tu, was du nicht lassen kannst.«

»Ich soll ihr also nicht die Burg verbieten?«

»Auf keinen Fall.«

Onkel Eduard stand auf und begann grimmig auf und ab zu marschieren. »Ich hab's!« rief er plötzlich. »Ich weiß, wo ich die Dame unterbringe. Im Turmzimmer natürlich.«

»Das ist doch nicht dein Ernst!«

»Aber selbstverständlich. Das ist die beste Lösung. *Er* bleibt, wo er ist, da kannst *du* ein Auge auf ihn haben. *Sie* kommt in den eckigen Turm, da wagt sie sich so schnell nicht wieder herunter.« Vergnügt setzte er sich wieder zu uns und rieb sich die Hände. »Genau das ist es. Warum ist mir das nicht gleich eingefallen?«

Großmama begann zu lachen. »Eduard, das ist unmöglich. Wann ist denn dort das letzte Mal geputzt worden? Vor zwanzig Jahren, nehme ich an. Oder? Du weißt so gut wie ich, daß das Zimmer unbewohnbar ist. Es ist voll mit Spinnweben, und die Möbel sind am Zerfallen.«

Der Graf ließ sich nicht überzeugen. »Das ist das geringste Problem. Das Mädchen soll den Boden schrubben und die Fenster putzen. Außerdem ist die Aussicht unbezahlbar.«

Großmama hatte Mühe, ernst zu bleiben. »Die Aussicht, sagst du? Oliviers Verlobte kommt sicher nicht hierher, um die Aussicht zu bewundern, das weißt du so gut wie ich. Das

Zimmer war nie zum Wohnen gedacht. *Wir* haben es als Spielzimmer benützt, aber das ist schon siebzig Jahre her. Wenn ich nur an die Holztreppe denke, die da hinaufführt. Halsbrecherisch! Und sicher schon ganz vermorscht. Willst du diese Rose unter die Erde bringen?«

»Das nicht, aber ich hasse Orgien der Fleischeslust.«

»Im eckigen Turm ist kein Wasser und kein Strom.«

»Na und? Wir geben ihr eine Petroleumlampe mit hinauf.«

»Und wo wäscht sie sich? Und wo, pardon, erledigt sie gewisse menschliche Angelegenheiten?«

»Sie wird sich eben herunterbequemen müssen.«

»Morgens? Halbnackt? Im Nachthemd?«

Das saß. Onkel Eduard seufzte. »Also, du hast gewonnen. Was schlägst du vor?«

»Du gibst ihr das zweite Gästezimmer neben Olivier. Alles andere ist lächerlich. Die zwei sind erwachsen. Du rettest keine Unschuld.«

»Nein?« Das klang betroffen.

»Natürlich nicht.«

»Sie ist nicht mehr unberührt?«

Großmama lächelte nachsichtig. »Das würde mich sehr wundern.«

Onkel Eduard sah verdrossen vor sich hin. »Also gut, sie soll das Zimmer haben. Aber ich werde ein schmales, hartes Bett hineinstellen lassen, und das Bett von Olivier wird auch ausgewechselt. Was meinst du? Kleine, schmale, harte Matratzen, das dürfte die Glut empfindlich dämpfen!«

»Aber sicher«, beruhigte ihn Großmama. »Das ist eine gute Idee.«

»Man tut, was man kann.« Onkel Eduards Züge hellten sich auf. »Schießlich habe ich moralische Verpflichtungen. Wozu rette ich Annette aus dem Sündenpfuhl, wenn sie sofort wieder mit schlechten Vorbildern konfrontiert wird? Übrigens, wißt ihr, was mir Olivier für die Eisensammlung mitgebracht hat? Ihr werdet es nie erraten. Eine Feuerzange, ganz hübsch, einen Aschenbecher, unter jeder Kritik, und *vier* Christbaumständer! Hat man Worte? Christbaumständer, wie man sie hier in jeder besseren Eisenhandlung findet. Diesen Massenartikel schleppt er von Paris hierher, zahlt im Flugzeug Übergewicht und verlangt, daß man ihm aus Dankbarkeit die Füße küßt. Ich glaube, es war ein Fehler, daß ich ihn eingeladen habe. Der Mann hat kein Niveau!«

»Wo ist er denn?« wollte ich wissen.

»In seinem Zimmer. Irgend etwas stimmt nicht mit ihm. Ich habe ihm von seinem Fenster aus den Hof gezeigt, und da ist der junge Storch vorbeigeflogen. Das hat ihn so aus der Fassung gebracht, daß er sich sofort aufs Bett gelegt hat. Versteht ihr das?«

»Angst«, sagte Großmama.

»Vor einem bildschönen Storch?«

»Vor allem, was fliegt. Erinnere dich bitte an die Szene mit Bonnie in der Küche.«

»Armer Vogel«, meinte der Graf. »Ich kann das Hühnchen unmöglich einen Sommer lang in die Küche sperren.«

»Mach dir keine Sorgen Eduard, vielleicht gefällt es dem Vogel, daß plötzlich ein Mensch Angst vor ihm hat. Normalerweise fürchtet *er* sich vor jedem neuen Gesicht, jetzt endlich hat ein Fremder Angst vor *ihm*. Wer weiß, vielleicht amüsiert ihn das.«

Onkel Eduard stand auf. »Hoffentlich. Ich werde nicht zulassen, daß mein Hühnchen verschreckt wird. Es hat lange genug gedauert, bis er zahm war.« Er ging zum Schreibtisch, nahm eine dicke, rote Ledermappe heraus und kam langsam zu uns zurück. Demonstrativ zog er zwei große, eng beschriebene Blätter aus der Mappe, überflog sie kurz und gab sie Großmama. »Und jetzt zum Geschäftlichen.« Er setzte sich und schlug die Beine übereinander. »Mama, das hier ist eine Aufstellung, die ich selbst überprüft habe. Hier hast du den Gutshof und alles, was dazugehört. Der ganze Besitz. Das Haus, die Wirtschaftsgebäude, die Gärtnerei, die Glashäuser, die Maschinen, den Grund, genau aufgegliedert in Wald und Ackerland. Und das hier, diese astronomisch hohe Zahl hier am Ende, ist keine Nummer aus der Klassenlotterie, sondern der Preis, den der Besitzer dafür verlangt.«

Großmama stellte das Cognacglas weg und setzte ihre Brille auf. Eingehend studierte sie die Aufstellung. Es dauerte ziemlich lange. Endlich hob sie den Kopf. »Eduard«, rief sie empört, »das ist reinster Wucher. Der Mann ist größenwahnsinnig. Weißt du, wieviel dein Großvater für das Ganze bekommen hat? Ein Fünftel. Ein Fünftel von dem, was hier steht.«

»Wem sagst du das.« Onkel Eduard zog sein Taschentuch heraus und blies kräftig hinein. »Und das ist noch nicht alles. Ich habe nämlich das Angebot überbieten müssen, um den Leopold auszustechen. Daraufhin hat er mich überboten, und ich habe wiederum höhergehen müssen. Zu dem Preis hier unten kommen also noch dreißig Prozent dazu.«

»Das ist purer Wahnsinn!«

»Zahlbar bis zum 31. Juli. Der Besitzer hat gestern das Visum für Kanada bekommen. Er will so schnell wie möglich weg. Wenn ich am 31. Juli nicht zahle, kriegt der Leopold den Hof, vermietet ihn an diesen Schweineschinder, und uns wird die Lust vergehen, hier noch weiter wohnen zu wollen. Wir *müssen* zahlen. Siehst du das ein?« Großmama dachte nach. »Eduard«, meinte sie nach einer Weile, »hier stimmt etwas nicht. Woher will der Leopold soviel Geld nehmen? Er hat es nicht. Weißt du was? Ich bin überzeugt, er blufft.«

»Schön wär's. Aber den Eindruck macht er nicht.«

Großmama ließ sich nicht beirren. »Ich kenne die Lockensteiner seit dem Tag meiner Geburt. Der einzige, der auch nur halbwegs imstande war, Geld zusammenzuhalten, war Leopolds Erbonkel. Alle anderen haben immer nur Unsinn gemacht. Der Leopold ist das genaue Gegenteil von einem Finanzgenie. Soweit ich weiß, ist auf Lockenstein schon eine Hypothek. Außerdem – erinnerst du dich? – hat er im Vorjahr einen großen Wald verkauft. Meiner Meinung nach hat das ganze Getue um den Gutshof nur den einen Zweck, dich zu zermürben, damit du ihm den Berg gibst, den Aimé geerbt hat.«

Onkel Eduard griff nach seinem Cognacglas und wärmte es in der Hand. »Vielleicht hat er eine Erbschaft gemacht?«

»Glaube ich nicht. Das hätten wir sicher erfahren. Die Lokkensteiner leben ewig, und in letzter Zeit ist kein einziger dahingegangen. Aber war nicht die Rede davon, daß die Tochter einen steinreichen amerikanischen Farmer heiratet? Vielleicht leiht ihm der Schwiegersohn das Geld?«

»Die Verlobung ist nie zustande gekommen. Nein, es muß etwas anderes sein. Der Leopold benimmt sich ganz eigenartig. Weißt du, wie er mir vorkommt? Wie einer, der gerade das Große Los gezogen hat. Aber was könnte das sein? Ich habe nicht die geringste Ahnung.«

Großmama nahm die Brille ab, lehnte sich zurück und verschränkte die Arme hinter dem Kopf. Dann schlug sie ihre schlanken Beine übereinander und betrachtete ihre rechte Schuhspitze.

»Finde es heraus«, befahl sie, »finde es heraus, mein Sohn! Besser heute als morgen. Wann siehst du ihn das nächste Mal?«

»Morgen vormittag. Wir besichtigen die Maschinen.«

»Ausgezeichnet! Du bist freundlich, betonst die gute Nachbarschaft und die Freundschaft zwischen Annette und Walter – immerhin waren sie als Kinder Spielgefährten –, und wenn du nichts herauskriegst, dann lädst du ihn hierher auf einen Aperitif ein, wenn's sein muß auch zum Essen. Verstanden? Von mir kriegt er dann eine Einladung zu meinem Geburtstagsfest, und irgendwie werden wir das Gespräch schon aufs Geld bringen. Du wirst sehen, er blufft.«

Onkel Eduard setzte seine Geschäftsmiene auf.

»Mama, vielleicht ist es dir unangenehm, aber wir müssen die Dinge sehen, wie sie sind. *Vielleicht* geschieht ein Wunder, und der Leopold blufft. *Vielleicht* hat er kein Geld. Wie steht die Sache dann? Auch nicht viel besser. Wir haben nämlich *sicher* kein Geld, abgesehen vom ungarischen Kronschatz, den du mir zu bergen verbietest.«

Großmama lächelte weise. »Vergiß den Kronschatz! Du brauchst ihn nicht. Die Sache ist einfacher, als du denkst. Wenn sich herausstellt, daß der Leopold kein Geld hat, dann handelst du den Preis herunter und machst eine Anzahlung.«

»Und womit mache ich die Anzahlung?«

»Um Himmels willen, Eduard, soviel Geld wirst du doch noch haben?«

Der Graf stand auf und ging wieder zu seinem Schreibtisch. Diesmal kam er mit einer schwarzen Ledermappe zurück. »Hier«, sagte er gewichtig, »das sind die Ausgaben der letzten zwölf Monate. Alles Rechnungen: für die Renovierung der Kassettendecke im Rittersaal, für das Aufmauern des Wehrganges, der wäre nämlich auf der Südseite fast zusammengebrochen, für den neuen Dachstuhl im Nordflügel, für die dreiundvierzig Fensterstöcke auf der Wetterseite, die alle vermorscht waren. Und das hier sind Überweisungen auf das Konto von Annettes Mutter. Ich habe meine Schwester völlig ausbezahlt und schulde ihr keinen Pfennig.«

Großmama überprüfte die Belege. »Du hast recht«, seufzte sie dann. »Eine Burg kostet viel Geld. Unglaublich, was da zusammenkommt.« Sie gab die Rechnungen zurück und sah zu, wie sie der Graf in der schwarzen Mappe verstaute. »Ich kann dir leider auch nicht helfen. Das Haus in Südfrankreich ist nur gemietet, und was ich an Kapital besitze, ist langfristig angelegt, denn ich lebe von den Zinsen. Andere Einkünfte habe ich nicht.«

»Annette«, wandte sich der Graf an mich, »ich habe dir zwar versprochen, daß ich dich nicht mit finanziellen Dingen quälen will, aber die Umstände haben sich geändert.« Er klopfte auf die rote Ledermappe auf seinen Knien. »Bei *den* Preisen kriegen wir für deine Pfandbriefe und Korallen höchstens eine Kuh, eventuell mit Kalb, wenn wir Glück haben. Denk scharf nach, mein Kind, kann man den Mitgiftjäger nicht irgendwie belangen? Hat er nicht einen wohlhabenden Vater oder eine steinreiche Taufpatin?«

Ich seufzte tief. »Der wohlhabende Vater ist in Wirklichkeit ein kleiner Beamter, den Daniel um seine Ersparnisse gebracht hat. Die reiche Taufpatin ist gestorben und hat das ganze Geld ihrer Schwester in Cornwall vermacht.«

»Daniel hat nichts bekommen?«

»Nein. Ursprünglich war er zwar als Erbe eingesetzt, aber als sie herausgefunden hatte, daß er krumme Geschäfte macht, hat sie das Testament geändert.«

»Mich würde interessieren, *wie* sie das herausgefunden hat«, warf Großmama ein. »Unter die Nase hat er es ihr sicher nicht gerieben.«

Ich mußte lachen. »In gewissem Sinne schon. Er hätte es nicht dümmer anstellen können. Ein einziges Mal hat sie ihm Geld anvertraut, und er hat es prompt in eine befreundete Firma investiert, die im Atlantik nach Erdöl suchte.«

»Verstehe ich nicht«, sagte Onkel Eduard. »Was ist daran so dumm? Erdöl ist eine sichere Sache.«

Ich überlegte. Ich hatte zuviel gesagt, und jetzt gab's kein Zurück. Ich dachte an das, was ich dem Grafen verschwiegen hatte, und mir wurde angst und bange. In ein paar Minuten konnte ich mich auf etwas gefaßt machen.

»Also, was ist?« rief Onkel Eduard ungeduldig. »Was hast du gegen Erdöl?«

Ich entschloß mich zur Flucht nach vorne. Außerdem fiel mir keine Ausrede ein. »Gegen Erdöl habe ich gar nichts. Aber gegen die Firma. In Wirklichkeit hat sie nämlich gar nicht existiert. Sie bestand aus einem einzigen Mann namens Sam – ob das sein richtiger Name war, bezweifle ich –, und dieser Sam führte ein tolles Leben auf Santa Cruz. Ab und zu hat er Berichte nach London geschickt, daß sie dem Erdöl schon ganz dicht auf der Spur sind.«

»Kindchen«, sagte Großmama unglücklicherweise, »mir wird bang um deine Goldaktien.«

Das war das Stichwort, vor dem ich gezittert hatte. Es wirkte auch sofort. Onkel Eduard bekam einen roten Kopf. *Goldaktien?«* donnerte er. »Was für Goldaktien? Das höre ich zum erstenmal. Mir hat sie kein Wort von Goldaktien erzählt.«

»Hat sie nicht?« fragte Großmama harmlos.

»Kein Wort!« schäumte der Graf. »Kein Wort hat sie gesagt. Was ist das für eine Verschwörung? Annette, was erzählst du Mama hinter meinem Rücken? Warum hast du mir nichts von dem Gold gesagt?«

»Ich habe nichts gesagt, weil mir die Sache von Anfang an nicht geheuer war. Ich habe dich nicht beunruhigen wollen. Die Aktien sind sicher wertlos.«

Jetzt wurde Großmama zornig. »*Mir* hast du das nicht so erzählt. *So* sicher warst du nicht, als *wir* darüber gesprochen haben.«

Kaum erhob Großmama die Stimme, beruhigte sich der Graf. »Ruhe!« befahl er. »Keine Streitereien! Annette, hier gibt es allerhand zu klären. Beginnen wir der Reihe nach. Also, was sind das für Aktien? Um welche Firma handelt es sich?«

Ich seufzte. »Auch um eine befreundete Firma von Daniel, aber angeblich um ehrliche Leute. Angeblich finanzieren sie ein paar Geologen, die in der australischen Wüste, in den Northern Territories, nach Gold suchen. Vielleicht besteht die ganze Firma aber nur aus einem einzigen Mann, der in Sydney sitzt und ab und zu erfundene Berichte nach London schickt.«

Großmama klopfte nervös auf die Sofalehne.

»Sicher weißt du das nicht?« fragte der Graf.

»Nein.«

»Aber bei den Erdölbohrungen warst du sicher, daß es Betrug ist?«

»Ganz sicher. Daniel hat es mir selbst erzählt.«

»Für wieviel Geld hast du gekauft?«

Das war die schwierigste Frage. Ich holte tief Luft. »Für mein halbes Vermögen.«

»Aha«, sagte Onkel Eduard erstaunlich ruhig, »für das halbe Vermögen. Dafür kann man schon ordentlich in der Wüste graben. Also, wie heißt die Firma? Hat sie wenigstens einen Namen?«

»Natürlich hat sie einen. Er steht auf den Aktien. Sie heißt Aurelius.«

»Werden die Aktien an der Börse gehandelt?«

»Früher schon. Aber im letzten halben Jahr ist der Kurs immer tiefer gesunken. Ein paar Tage vor meiner Abreise aus London habe ich dann den Namen nicht mehr in der Zeitung gefunden.«

»Hast du dich, seit du hier bist, darüber informiert, ob er wieder aufgetaucht ist?«

Ich schüttelte den Kopf.

Onkel Eduard stand auf. »Gut. Ich werde Erkundigungen einziehen.« Er ging zum Schreibtisch und verstaute die rote und die schwarze Mappe in einer Lade, die er sorgfältig abschloß. Den Schlüssel steckte er in die Westentasche. »Mama«, sagte er dann, »du siehst, wie die Sache steht. Gestatte, daß ich zusammenfasse. Von deiner Seite ist nichts zu erwarten, dito von Olivier und Annette. Der Leopold hat *vielleicht* kein Geld, *vielleicht* aber doch. Auf jeden Fall wird der Gutshof verkauft, spätestens Ende des Monats. Kriegt ihn der Leopold nicht, so kriegt ihn ein anderer. Sicher ist, *wir* schauen durch die Finger. Außer ...«, er machte eine wirkungsvolle Pause und klopfte an die Wand, »... außer ich ergreife die Initiative und entlocke diesen Mauern ihr Geheimnis. Mama, sei vernünftig! Der langgesuchte ungarische Kronschatz ist auf unserer Burg, im runden Turm, hinter einer halbverfallenen Mauer. Die Gelegenheit ist einmalig. Ich weiß genau, *wo* er ist, und, stell dir vor, ich weiß auch, *was* hier versteckt wurde.« Er nahm einen Schluck Cognac und zwinkerte mir zu.

»Woher willst du denn das wissen?« fragte Großmama trokken. »Hast du Radaraugen?«

»Etwas Besseres als das, Mama. Ich habe eine genaue Liste der Schätze, die hierhergebracht wurden. Darunter sind auch die Originale von sämtlichen Eisenschmuckstücken, die ihr in der Vitrine mit der grünen Seide gesehen habt. Meine Lieben, sagt euch der Name Laky von Alistál etwas? Adolf Laky von Alistál?«

Großmama schaute nachsichtig ihren Sohn an. »Nicht das geringste.«

»In diesem Fall werde ich dich aufklären. Laky von Alistál war der Sohn des berühmtesten ungarischen Goldschmiedes vor der Revolution von 1848. Er wurde 1829 in Pest geboren, war also zur Zeit des Aufstandes ganze neunzehn Jahre alt. Im Sturm und Drang seiner Jugend hat er sich am Aufstand gegen die Österreicher beteiligt und ist dann im letzten Moment nach Frankreich geflüchtet. Dort hat er an der Kunstakademie studiert und sämtliche großen Juweliere kennengelernt. Als sich in Ungarn die Lage beruhigt hat, ist er nach Hause zurückgekehrt, um die Werkstatt seines Vaters zu übernehmen.«

»Sehr interessant«, unterbrach Großmama den Grafen, »aber warum gehst du so ins Detail?«

»Damit du endlich verstehst, warum ich meiner Sache so sicher bin. Also, Laky von Alistál kehrt zurück und wird der beste Goldschmied im ganzen Land. Kaiser Franz Joseph hat ihn zum Hofjuwelier ernannt und sich von ihm die Krone umarbeiten lassen, mit der er 1867 zum ungarischen König gekrönt wurde. Was ist?«

»Nichts«, sagte Großmama. »Erzähle weiter!«

»Alistál hat nämlich in Paris sehr viel gelernt. Er hat auch ungewöhnliches Material verwendet, ungewöhnlich für die damalige Zeit. Er hat zum Beispiel Schmuckstücke aus Gold und Edelsteinen mit Schildpatt oder Elfenbein kombiniert. Er hat Bernstein verwendet und Perlmutt. Es gibt unglaubliche Sachen von ihm, Armbänder aus Gold, Rubinen, Email und Perlen. Einmal hat er für eine österreichische Fürstin eine Brosche in Form eines Blumenkorbes angefertigt. Die Blüten waren alle aus verschiedenfarbigen Edelsteinen, der Korb bestand aus einem riesigen gelben Brillanten.« Er machte eine Pause. »Das Stück allein ist soviel wert wie der halbe Gutshof.«

»Du glaubst doch nicht im Ernst, daß diese Sachen alle im runden Turm sind«, meinte Großmama zweifelnd.

Der Graf lachte glücklich. »Diese Sachen nicht, denn Alistál war zur Zeit der Revolution erst neunzehn. Aber im Turm sind die berühmtesten Schmuckstücke, die sein Vater angefertigt hat. Ein Diadem aus weißen und rosa Diamanten, eine Kette aus Rubinen und weißen Brillanten, eine berühmte Uhr aus Gold und Edelsteinen, in einem Gehäuse, das nichts anderes ist als ein riesiger, ausgehöhlter Smaragd.«

»Das ist wirklich alles im Turm?« rief ich aufgeregt.

»Und noch viel mehr«, lachte der Graf. »Goldmünzen aus dem Mittelalter. Damals war Ungarn riesengroß und besaß etliche große Goldbergwerke. Gold war sogar der Hauptexportartikel des Landes. Man hat es nach Frankreich verkauft und nach Venedig. Das, was im Land blieb, hat man zu Münzen verarbeitet. Heute sind sie ein Vermögen wert und ein wichtiger Teil des ungarischen Kronschatzes.«

»Eduard, du machst mir den Mund wäßrig«, rief Großmama. Es klang aber nicht mehr ganz so abweisend wie früher.

»Das habe ich auch vor, denn das Beste kommt erst. Weißt du, wer Elisabeth von Thüringen war?«

»Natürlich. Die Tochter Andreas II. von Ungarn. Vier Jahre nach ihrem Tod ist sie heiliggesprochen worden. Ist sie etwa auch im runden Turm?«

»Sie nicht«, sagte der Graf, nicht im geringsten beleidigt,

»aber ihre Brautausstattung. Münzen, Becher, Gürtel, Geschmeide – und wißt ihr, was noch? Ihr werdet es nie erraten. Eine silberne *Badewanne!*«

»Eine silberne Badewanne? Eduard, du phantasierst!«

»Eine Badewanne aus *Silber*«, wiederholte der Graf begeistert. »Eine silberne Badewanne. Ich weiß es ganz genau, denn vor Elisabeths Hochzeit ist jedes einzelne Stück der Ausstattung ganz genau festgehalten worden. Es gibt alte Dokumente, da kannst du das nachlesen – wenn du Ungarisch verstehst.«

»Die eisernen Schmuckstücke in der Vitrine, sind das Nachbildungen von *ihrem* Brautschmuck?« fragte Großmama.

»Erraten«, rief Onkel Eduard. »Ich besitze fast ihre ganze Ausstattung. Es fehlen mir nur ein Diadem, einige Ketten und die berühmte Agraffe, von der ihr Biograph so schwärmt. Wie es jetzt aussieht, werde ich aber bald die Originale in Händen halten. Das ist natürlich unvergleichlich besser.« Er lachte und fuhr sich mit der Hand durch seinen dichten weißen Haarschopf.

»Das klingt ja alles recht verlockend«, meinte Großmama, »aber ich verstehe eines nicht: Warum bist du so sicher, daß diese Sachen im runden Turm sind?«

Onkel Eduard ließ sich Zeit mit seiner Antwort. Dann sagte er langsam und genüßlich: »Adolf Laky von Alistál.«

»Spann uns nicht auf die Folter, Eduard Silvester! Was hat der damit zu tun?«

»Er hat Briefe geschrieben, an deinen Großvater. Zwei davon habe ich heuer im Winter auf dem Dachboden unter der alten Korrespondenz gefunden. Alistál ist nämlich auf der Flucht von Ungarn nach Paris auf Kronegg gewesen. Genauer gesagt, er war die Vorhut der Schatzträger. Er hat deinen Großvater um Erlaubnis gebeten, den Kronschatz eine Zeitlang hier verstecken zu dürfen. Er hat eine Nacht hier auf der Burg verbracht. Am nächsten Tag ist er weiter nach Paris.«

»Er war nicht dabei, als der Schatz eingemauert worden ist?«

»Nein. Aber es war ausgemacht, daß er die Delegation anschließend in Frankreich trifft.«

»Hat er sie getroffen?« wollte Großmama wissen.

»Das geht aus den Briefen nicht hervor. Ich glaube fast, sie sind sich nie begegnet.«

»Interessant.« Großmama nahm einen Schluck Cognac.

»Warum? Für *uns* ist das gar nicht wichtig. Wichtig ist nur, daß er sagt, was hier alles versteckt worden ist. Er erwähnt die Schmuckstücke, die sein Vater hergestellt hat, die Goldmünzen und die Ausstattung der Elisabeth. Mir genügt das. Dir nicht?«

»Du redest genau wie dein Großvater. Dieselbe Überzeugungskraft, dieselbe Begeisterung.«

Der Graf hob theatralisch die Hand. »Mama, die Arbeit meiner Vorfahren war nicht umsonst. Laß mich das beweisen, ich bitte dich!«

»Und wenn ich nein sage?«

»Dann suche ich den Schatz trotzdem.«

»Dann werde ich dich enterben, lieber Sohn, und an deiner Stelle würde ich mir das gut überlegen. Ich besitze immerhin genug, um von den Zinsen in Frankreich ein großes Haus zu führen und äußerst angenehm zu leben.«

»Mama, ich bitte dich inständig um Erlaubnis.«

Großmama sah auf den schönen Perserteppich zu ihren Füßen und gab keine Antwort.

Der Graf wurde ungeduldig. »Was willst du noch? Soll ich dir die Füße küssen?«

»Gut«, sagte sie plötzlich, »fang an zu graben. Aber nur unter einer Bedingung.«

»Und die wäre?« Es klang mißtrauisch.

»Du versöhnst dich mit deiner Schwester und bittest sie, meinen achtzigsten Geburtstag mit uns zu feiern.«

Dem Grafen verschlug es die Sprache. Das hatte er nicht erwartet. »Ist das dein Ernst?« fragte er schießlich.

»Natürlich. Ich bin achtzig Jahre alt, und ich möchte, daß

sich meine beiden einzigen Kinder vertragen. Ist das zuviel verlangt?«

Onkel Eduard antwortete nicht. Dann trank er mit einem einzigen Schluck seinen Cognac aus und legte los: »Sie wird sicher nicht alleine kommen. Sie wird irgendeinen Kerl mitschleppen, den keiner kennt und der so jung ist, daß er ihr Sohn sein könnte. Sie wird sich *unmöglich* benehmen. Der Kerl wird seine Hände nicht von ihr lassen, und beide werden auf Annette den schlechtesten Einfluß ausüben.«

»Unsinn, Eduard! Du hast Anna Louisa jahrelang nicht gesehen. Sie hat sich sehr zu ihrem Vorteil verändert.«

»Aber Männer hat sie immer noch.«

»Natürlich«, rief Großmama. »Sie ist auch eine temperamentvolle, schöne, geistreiche Frau.«

»Also, das muß ich mir noch sehr überlegen . . .«

»Bitte. Wie du willst. *Ich* habe Zeit.«

Onkel Eduard stand auf und ging zu seinem Fernrohr. Er streichelte das Metall, bückte sich und prüfte den Ständer. Dann rückte er die Büste Keplers einen Zentimeter weiter nach links und kam zu uns zurück.

»Gut«, sagte er und blieb neben seiner Mutter stehen. »Ich habe es mir überlegt. Sie kann kommen.«

»Du wirst ihr schreiben und sie herzlich einladen?«

»Ich werde ihr schreiben, aber die Südsee ist weit. Ich zweifle, ob sie zur rechten Zeit hier sein wird.«

»Die Südsee ist weit, aber deine Schwester ist bei mir in Frankreich. Sie ist vorige Woche zu Besuch gekommen.«

»Also gut.« Der Graf seufzte tief. »Ich werde ihr an deine Adresse schreiben und sie herzlich einladen. Zufrieden?«

Großmama stand auf und gab ihm einen Kuß. »Danke«, sagte der Graf, »und jetzt stellen wir für morgen einen Schlachtplan auf. Am Vormittag bin ich im Gutshof und versuche, die Finanzen meines lieben Nachbarn auszuforschen. Im Notfall bringe ich ihn mit zum Essen, und dann brauche ich von euch geistige Hilfe. Am Nachmittag hätte ich gerne tatkräftige Unterstützung, denn Olivier muß vom runden Turm ferngehalten werden. Annette, vielleicht machst du mit ihm einen Ausflug? Oder besser noch: Gib ihm Deutschunterricht, dann haben wir alle was davon.«

»Wißt ihr was?« rief Großmama dazwischen, »*ich* kümmere mich um Olivier, und Annette hilft dir im Turm. Zu zweit arbeitet ihr besser, und ich brauche mich nicht um dich zu sorgen, Eduard. Außerdem könntet ihr den Hans mitnehmen, was meinst du? Wenn der Schatz wirklich da ist, erfährt es sowieso die ganze Gegend.«

Der Graf stand auf. »Das sind alles nur Details, die besprechen wir morgen beim Frühstück, einverstanden? Ich begleite euch jetzt hinunter, und dann werde ich mich ein bißchen hinlegen. Aus irgendeinem Grund bin ich ziemlich erschöpft.«

»Die Aufregung«, meinte Großmama und erhob sich ebenfalls, »die Aufregung des Schatzgräbers. Aber Hinlegen ist eine gute Idee. Vielleicht halte ich auch einen kleinen Schönheitsschlaf vor dem Essen.«

Gemeinsam verließen wir das Herrenzimmer.

Onkel Eduard begleitete uns bis zum Fuß der Treppe, verbeugte sich leicht und verließ uns.

Ich sah ihm nach. Wie erwartet, ging er *nicht* nach links, wo sein Schlafzimmer lag, sondern nach rechts. Dort befand sich die Burgkapelle. Was er dort tat, wußte ich.

Er würde niederknien, die gräfliche Nase auf seine Hände senken und mit ein paar kräftigen Stoßgebeten versuchen, das gütige Schicksal für den morgigen Tag in Schwung zu bringen.

13

Der nächste Morgen war strahlend schön. Ich wachte auf mit dem Gefühl, daß in Kürze etwas ganz Wunderbares passieren würde. Mein Herz begann aufgeregt zu klopfen. Natürlich! Heute war der große Tag. Heute würden wir den sagenumwobenen, langgesuchten, verlorengeglaubten, berühmten, überwältigenden ungarischen Kronschatz finden.

Ich setzte mich auf und fing an, die Sonnenstrahlen zu zählen, die sich durch die schweren Samtvorhänge in mein Zimmer gestohlen hatten.

Es waren neun.

Neun war meine Glückszahl!

Erfreut richtete ich die Kissen hinter meinem Rücken und ließ mich bequem zurückfallen. Zufrieden sah ich um mich. Mein Schlafzimmer war ein hoher, freundlicher Raum, und das Himmelbett thronte wie eine sichere Insel in der Mitte. Die Bettpfosten waren aus dunklem, geschnitztem Holz und die Bespannung aus rotgoldenem Brokat. Die Tapeten waren goldgelb, die gleiche Farbe wie die hübsche Chaiselongue, die in der Ecke neben der Tür zum Salon stand.

Ich gähnte und streckte mich wohlig. Wie immer genoß ich das Gefühl, auf Burg Kronegg aufzuwachen, beschützt von Mauern, wie man sie sonst in der Welt kaum findet. Selbst mit geschlossenen Augen konnte ich die Gegenwart der beiden mächtigen Türme fühlen, den Frieden und die Sicherheit, die sie ausstrahlten.

Die Welt ist vergänglich, dachte ich, aber das hier hat Bestand.

Von draußen drang eifriges Vogelgezwitscher herein. Nirgends gab es so viele Meisen, Rotkehlchen, Buchfinken und Schwalben, nirgends sangen die Nachtigallen so schön wie auf Kronegg. In der Tierwelt hatte sich offenbar herumgesprochen, daß hier keinem Lebewesen etwas zuleide getan wurde. Auf der Burg gab es keine Katzen, kein Streugift, keine Fallen. Auf unserem Grund wurde nicht gejagt, und im Herbst, wenn die Jäger der Nachbarschaft mit ihren todbringenden Flinten über die Felder streiften, flüchtete alles, was Flügel hatte, nach Kronegg.

Ich hatte einmal während der Jagdsaison auf dem Burgberg fünfundvierzig Fasane gezählt. Wie große, bunte Federkugeln saßen sie auf Bäumen und Sträuchern. Sie ließen mich ganz nahe herankommen. Die Schüsse, die aus der Ferne herüberhallten, störten sie nicht. Auch sie fühlten sich auf Kronegg vollkommen geborgen.

Die Turmuhr schlug zehn. Also war es neun, und ich hatte eine Stunde Zeit, um mich anzuziehen. Um zehn wollte ich Großmama unter den Kastanien treffen.

Großmama war Frühaufsteherin. Sie bekam jeden Morgen Punkt sieben Uhr eine Tasse Tee ans Bett serviert, morning tea, wie man ihn auch in England bekommt. Mit dem Frühstück aber wartete sie meist auf mich. Schön würde das sein, wieder draußen im großen Burghof unter den Kastanien sitzen zu können! Ich freute mich auf den Tag und sprang aus dem Bett.

Pünktlich um zehn Uhr erschien Großmama. Sie trug ein frisches, weißes Sommerkleid, einen duftigen, roten Schal und einen roten Panamahut mit weißen Margeriten.

»Guten Morgen, schönes Kind«, begrüßte sie mich und nahm wohlwollend mein blaues Leinenkleid zur Kenntnis. »Hübsch siehst du aus; wie das blühende Leben.« Dann setzte sie sich neben mich in einen weißen Korbstuhl und begutachtete den Stapel Kochbücher, den Lotte für sie ausgesucht hatte. Ich schenkte uns beiden Kaffee ein, und wir genossen die erste Tasse in vollstem Einklang mit uns und der Welt.

Onkel Eduard hatte sich entschuldigen lassen. Er habe einen dringenden Anruf bekommen und sei sofort nach einer schnellen Tasse Tee in den Gutshof geeilt, ließ er uns ausrichten. Er würde wohl kaum vor dem Mittagessen zurücksein.

Olivier glänzte ebenfalls durch Abwesenheit. Er hatte uns schon am Abend mitgeteilt, daß er ausschlafen wolle. Wir sollten keinesfalls mit dem Frühstück auf ihn warten.

Also saßen wir zu dritt unter den Bäumen: Großmama, Bonnie und ich. Der Kakadu war wie immer am Morgen voll Energie. Er wollte spielen, unter den Flügeln oder am Kopf gekrault werden und widmete sich anschließend der Arbeit. Das heißt, er schälte die Rinde von seinem Kletterbaum, legte aber ab und zu eine Pause ein, um sich von uns bewundern zu lassen. Einen kleinen Seitenast hatte er schon zu seiner offensichtlichen Zufriedenheit gesäubert. Jetzt nahm er unternehmungslustig den Stamm in Angriff. Er hing mit dem Kopf nach unten und war so fleißig, daß die Späne flogen.

Großmama bestrich genußvoll ein Stück Brot mit Pfirsichmarmelade. »Also, heute ist der große Tag«, meinte sie dann ohne besondere Erregung. »Wir werden sehen, was er bringt. Kronschatz oder nicht, Gutshof oder kein Gutshof, weißt du, Annette, im Grunde ist mir das egal. Wir sind jahrzehntelang ohne den Gutshof ausgekommen, wir werden auch weiterhin ohne ihn überleben.«

»Bist du überhaupt nicht neugierig auf den Schatz?«

»Ich bin ein gebranntes Kind, vergiß das nicht! Aber ich bin froh, daß sich dein Onkel mit deiner Mutter versöhnt, und ich bin *sehr* neugierig, was er uns zu Mittag über den Leopold berichtet. Reich mir die Marmelade, Kindchen! Sie ist ausgezeichnet.«

Bonnie legte eine Arbeitspause ein. Mit einem großen Stück Rinde im Schnabel kletterte er geschickt den Stamm hinauf und ließ sich auf dem bereits abgeschälten Ast häuslich nieder. Dann zerlegte er seine Beute in mikroskopisch kleine Teile. Ab und zu stellte er seinen Schopf auf und sich vor uns.

Ich schenkte Kaffee nach. »Ich überlege gerade, Großmama, wie wir Olivier heute nachmittag beschäftigen könnten. Vielleicht sollten wir ihn Schwimmen schicken? Wenn du nicht mitgehen willst, könnte ihn das Mädchen begleiten.

Anschließend könntest du ihm die Eisensammlung zeigen. Oder hast du Lust, ihm eine Deutschstunde zu geben?«

»Schwimmen ist weniger anstrengend, würde ich sagen. Aber das Mädchen muß vorher zum Fluß hinunter, um mir ein Büschel *oseilles* zu pflücken. *Oseille,* du verstehst schon. Sauerampfer. Häßlich, das deutsche Wort im Vergleich mit dem französischen. Jedenfalls brauche ich *oseille,* weil ich ihn unter unseren Blattspinat mischen möchte. Heute mittag gibt's nämlich Blattspinat mit Pilzen, das Ganze mit einer herrlichen Käsesauce überbacken.«

Während Großmama noch sprach, ließ Bonnie plötzlich die Rinde fallen und begann, gefährlich zu fauchen. Im nächsten Moment trat Olivier unter die Bäume. Er trug einen hellen, eleganten Anzug und lächelte siegessicher, aber das Lächeln erstarb ihm auf den Lippen, als er Bonnie entdeckte.

»Der Popo!« rief er und wagte keine weitere Bewegung.

Bonnie fauchte noch lauter und stellte den Schopf auf.

»Er liebt mich nicht.«

»Er wird sich schon beruhigen«, meinte Großmama heiter. »Komm, setz dich zu uns! Wie hast du geschlafen?«

Olivier setzte sich auf die weiße Bank uns gegenüber und rückte sofort ans äußerste Ende, um möglichst viel Distanz zwischen sich und den Vogel zu bringen. »Danke, ich habe geschlafen«, sagte er, ohne den Kakadu aus den Augen zu lassen. »Ich habe geschlafen, aber die Uhr des Turmes hat mich gestört. Sie schlägt alle Zeit.«

»Eigentlich nur jede Viertelstunde«, berichtigte Großmama, »und äußerst behutsam. Du hättest sie vor dem Krieg hören sollen, da hat sie ordentlich gedröhnt.«

Olivier hatte noch nicht gefrühstückt. Er war sichtlich hungrig, aber es schmeckte ihm nicht. Bonnies Gegenwart irritierte ihn über alle Maßen. Außerdem vermißte er das weiße, weiche französische Brot, das er gewohnt war. Auf Kronegg gab es frisches Landbrot. Olivier fand es barbarisch.

Großmama war nicht entgangen, daß er sich das kleinste

Stück ausgesucht hatte und lustlos daran herumkaute. »Hättest du lieber ein Stück Kuchen?« fragte sie freundlich. »Soll ich dir welchen bringen lassen? Übrigens, Olivier, hast du heute etwas vor? Wenn nicht, könntest du die Gegend erkunden und anschließend schwimmen gehen.«

Oliviers Gesicht hellte sich auf. »Gibt es hier einen Pool?«

»Das nicht. Aber einen kleinen Fluß mit ganz sauberem Wasser, gleich da unten, wo der Burgberg aufhört.«

»Wie kommt man da unten an?« fragte Olivier mißtrauisch.

»Zu Fuß«, erklärte ich, »aber es gibt einen guten Weg. Man geht höchstens zehn Minuten.«

Olivier schlug die Beine übereinander und betrachtete seine teuren Schuhe. »Vielleicht morgen. Heute sind die Berge so schwierig für mich. Aber man *muß* den Sport machen. Liebe Gräfin, kann man hier Tennis gespielen?«

»In Kronau gibt's einen Tennisplatz«, antwortete Großmama eifrig. »Wenn du willst, können wir heute nachmittag hinfahren, und du kannst ihn dir ansehen. Vielleicht findest du jemanden, der mit dir spielt. Hier haben wir leider keinen Tennisplatz, der Burgberg ist zu steil.«

Olivier war plötzlich ganz bei der Sache. »Der Burgberg ist zu steil? Ich finde ihn nicht. Zwischen der starken Mauer außen und der Mauer innen, wo jetzt der Obstgarten steht, ist die Weite ausgedehnt. Sie eliminieren den Obstgarten, liebe Großtante, und legen den Tennisplatz ein.«

»Sehr interessant«, erwiderte Großmama, und ihre Mundwinkel zuckten verdächtig. »Aber unser Obst bleibt, wo es ist. Hier, koste diese Marmelade! Das sind *unsere* Pfirsiche!« Sie häufte zwei Löffel auf Oliviers Teller und wartete, bis er gekostet hatte. »Na, was sagst du?«

»Sehr köstlich, vielen Dank! Wirklich, sehr appetitlich! Aber der Tennisplatz erhöht den Wert, liebe Gräfin, von jedem Besitz. In Afrika haben wir das immer wieder erspäht. Ein Hotel mit Tennisplatz verkaufen Sie ohne Probleme.

Kronegg *mit* Tennisplatz und vielleicht auch mit Swimmingpool verkaufen Sie so rasend wie die Blitze.«

Großmama sah strafend auf Olivier. »Was ist das für ein Argument? Kronegg wird nicht verkauft, weder mit Tennisplatz noch ohne. Die Burg bleibt in der Familie. Wie kommst du auf solche Ideen?«

Olivier merkte, daß er einen Fehler gemacht hatte, und errötete bis über beide Ohren. Die Sache war ihm sichtlich peinlich. Er strich nervös über seinen spärlichen blonden Schnauzbart und versuchte zu retten, was zu retten war.

»Ich habe nur ganz allgemein diskutiert, liebste Großtante, glauben Sie mir, nur allgemein. Die Sünde, Kronegg zu verkaufen, ist *zu* überheblich, das sieht man ohne Augen. Verzeihen Sie, aber ist es möglich, die Köchin um eine Tasse Tee zu bitten? Tee am Morgen ist mir begehrlicher als Kaffee.«

»Natürlich«, sagte ich und stand auf. Olivier begann mir leid zu tun. Kaum machte er seinen Mund auf, sagte er etwas Falsches. Er machte sich unbeliebt, wo er nur konnte. Da er außerdem kein Geld besaß und mir in keiner Weise gefährlich werden konnte, beschloß ich, ab sofort nett zu ihm zu sein. »Ich bring' dir den Tee, Olivier. Ich muß ohnehin in die Küche, für Bonnie eine Rispe holen.« Als ich zurückkam, saß Olivier noch immer am äußersten Ende der weißen Bank und machte höflich Konversation mit Großmama, diesmal aber auf französisch. Ich stellte einen Teller mit Marmorkuchen vor ihn hin und erntete ein verlegenes Lächeln. »Lotte kommt gleich, sie bringt dir den Tee.«

Großmama nahm mir die Hirserispe aus der Hand. »Olivier, wenn du den Sommer auf der Burg wirklich genießen willst, solltest du dich mit Hühnchen anfreunden. Er ißt immer mit uns zu Mittag, und mein Sohn liebt ihn über alles. Weißt du was? Gib ihm diese Rispe, die mag er besonders gern. Vielleicht schließt er dich dann endlich ins Herz.«

Olivier saß da wie ein begossener Pudel.

»Nur Mut, er beißt nicht.«

Olivier ergriff gehorsam die Rispe am äußersten Ende des Stengels. Seine Gefühle standen deutlich auf seinem Gesicht geschrieben. Die Spitzen seines Schnurrbarts zitterten, und die Lippen darunter waren zusammengepreßt. Offensichtlich hätte er sich am liebsten in die Erde verkrochen. Aber stärker als seine Angst war die Eitelkeit. Er wollte sich nicht blamieren, schon gar nicht vor mir.

Mit ausgestrecktem Arm beugte er sich über den Tisch in Richtung Kakadu. *»Alors,* du weiße Termite«, rief er tapfer und machte Anstalten, sein elegantes Hinterteil von der Bank zu heben.

Aber weiter kam er nicht.

Bonnie hatte bereits am Tag zuvor in der Küche zu verstehen gegeben, daß er von diesem Eindringling überhaupt nichts hielt. Jetzt auch noch »weiße Termite« genannt zu werden war eindeutig zuviel.

Der Kakadu duckte sich, flog blitzschnell auf Olivier zu, zog haarscharf vor seinem Gesicht eine Schleife in die Höhe und verschwand mit viel Geflatter in den Kastanien. Olivier fiel vor Schreck von der Bank und saß regungslos auf dem Boden, die Hände schützend über seinem Kopf. Er war im wahresten Sinne des Wortes starr vor Entsetzen. »Um Gottes willen!« rief Großmama bestürzt. »Das war eine Schnapsidee von mir. Annette, hilf ihm auf! Olivier, hast du dir etwas gebrochen? Bonnie, komm *sofort* herunter! In den Kastanien hast du nichts zu suchen!«

»Wraaa, wraaa«, kreischte Bonnie aus sicherer Höhe und flatterte weiter hinauf ins Geäst, während ein Hagel von kleinen, stacheligen Kastanien aufs Tischtuch prasselte. »Wraaa! Krrrxt!« Und er verschwand in den Blättern.

Inzwischen hatte ich Olivier hochgezogen, mit bleichen Lippen und am ganzen Körper bebend.

Großmama warf einen Blick auf ihn und befahl: »Sofort nach oben! Lege ihn aufs Bett und versorge ihn mit Cognac!«

Ich gehorchte. Mit Hilfe des Mädchens schleppte ich meinen Cousin in sein Zimmer. Er ließ sich alles gefallen und war hilflos wie ein neugeborenes Kind. Widerspruchslos ließ er sich die Schuhe ausziehen und den Gürtel lockern. Das Mädchen rieb Oliviers Schläfen mit einem nassen Tuch und fragte ihn nach seinen Wünschen. Wollte er Whisky? Oder Cognac? Oder Baldrian? Oder Kamillentee? Olivier entschied sich für Whisky, und ich ließ die beiden allein. Sterben würde er bestimmt nicht.

Aber *ich* würde sterben – aus Angst vor Onkel Eduard, wenn Bonnie bei seiner Rückkehr noch immer in den Kastanien saß. Der Vogel mußte heruntergelockt werden, koste es, was es wolle! Also schnell hinunter, jede Sekunde war kostbar. Bonnie in den Kastanien bedeutete ein gräfliches Donnerwetter allererster Güte.

Hühnchen war ein artiger Vogel. In die Bäume rettete er sich vielleicht einmal im Jahr und auch nur dann, wenn ihm irgend etwas aus tiefster Seele zuwider war. Saß er aber einmal oben, dann saß er fest. Nur mit äußerster Not war er wieder herunterzubringen. Das letzte Mal hatte er einen halben Tag im obersten Wipfel gehockt, und Onkel Eduard hatte Höllenqualen ausgestanden, daß sein Liebling vielleicht über die Burgmauern auf Nimmerwiedersehen davonfliegen könnte.

Bonnie mußte herunter. In halsbrecherischem Tempo bewältigte ich die drei Treppen bis zum großen Burghof. Ich stürzte durch das Tor – und hätte beinahe den Grafen umgerissen, der soeben vom Gutshof zurückkam. Zu spät! Jetzt war nichts mehr zu retten.

»Annette, was ist passiert?«

»Hühnchen ist in den Kastanien.«

»Großer Gott!« Graf Eduard Silvester setzte sich in Trab, und wir liefen um die Wette über den knirschenden Kies. Unter den Kastanien hatte sich die Lage geändert. Großmama hatte inzwischen Hans zu Hilfe geholt, und die beiden standen laut rufend und gestikulierend unter den Bäumen.

»Die Leiter«, keuchte Onkel Eduard in höchster Aufregung, »schnell, Hans, die Leiter! Bonnie, mein Schönster, Bonnie, mein Hühnchen, komm sofort herunter! Hörst du?«

Er hob die Hirserispe auf, die Olivier fallen gelassen hatte, und hielt sie flehend in die Höhe.

Aber Bonnie war der Appetit vergangen. Es hatte ihn erschreckt, daß wir in wilder Hast über den Hof gerannt waren, und je näher wir gekommen waren, desto höher flog er hinauf. Die allgemeine Aufregung war zuviel für sein kleines Hirn. Jetzt kam auch noch Hans mit der Leiter. Das ging eindeutig zu weit! Bonnie duckte sich und setzte an zum Flug in den Wipfel.

»Vorsicht!« brüllte Onkel Eduard in Panik. »Keine Bewegung! Hans, halten Sie um Gottes willen die Leiter still! Annette, schnell, den Schlauch, den Schlauch! Das ist die einzige Rettung.«

Ich verstand sofort und rannte los. Den Trick hatten wir von der Feuerwehr. Man mußte den Vogel so voll spritzen, daß er zu schwer zum Fliegen wurde. War er einmal ordentlich naß, konnte man ihn widerstandslos vom Baum pflücken.

Glücklicherweise hatte Hans heute früh den Gartenschlauch angeschlossen. Der Wasserhahn befand sich an der Mauer neben dem großen Torbogen, und der grüne Schlauch lag zusammengerollt daneben. In höchster Eile drehte ich das Wasser auf.

»Vorsicht!« Das war Hans.

Aber es war bereits zu spät. Der Schlauch begann sich wild zu drehen und schleuderte Fontänen in alle Richtungen.

Gerade in diesem Moment erschien Lotte ahnungslos auf der Bildfläche. Sie kam von der Küche und trug ein Silbertablett mit dem Tee für Olivier. Der Strahl traf sie mitten auf die Stirn. Die Köchin stieß einen spitzen Schrei aus und ließ entsetzt das Tablett fallen. Dann stand sie steif wie eine Statue und rang nach Atem.

Der Schlauch drehte sich immer schneller, und Wasser spritzte über den Frühstückstisch. Das nächste Opfer war

Großmama. Der rote Panamahut mit den Margeriten wurde ihr glatt vom Kopf gespült. »Hilfe!« rief sie und verschwand hinter einem Korbstuhl.

Innerhalb von Sekunden waren auch Hans und ich bis auf die Haut durchnäßt und außer Gefecht gesetzt.

Nur Onkel Eduard erwies sich als Mann der Tat. Während wir noch nach Luft schnappten, stürzte er sich mit Todesverachtung auf das wasserspeiende Ungetüm und bändigte es gekonnt wie ein Dompteur die Riesenschlange. Dann zerrte er den Schlauch unter die Kastanien, um Hühnchens Ausflug in die weite Welt zu verhindern.

Zum Glück saß der Kakadu noch immer auf demselben Platz. Die Wasserspiele, die wir seiner Meinung nach zu seiner höchstpersönlichen Belustigung aufführten, hatten ihn so fasziniert, daß er darüber vergaß, in den Wipfel zu fliegen. Er hing starr vor Bewunderung mit dem Kopf nach unten von einem Ast, um nur ja keine Bewegung zu versäumen. Als er endlich begriff, daß das Schauspiel zu Ende war, traf ihn der Strahl aus dem Gartenschlauch.

»Gott sei gepriesen!« rief Onkel Eduard außer sich vor Freude und half Großmama aus ihrer Deckung. »Hans, nichts wie hinauf! Aber vorsichtig, beleidigen Sie ihn nicht! Tun Sie so, als ob Sie nur zufällig vorbeikämen!«

Hans legte die Leiter an und kletterte geschickt in die Kastanie. Der Kakadu ließ sich ohne Gegenwehr einfangen. Er begriff zwar nicht ganz, was da geschehen war, aber er fügte sich in sein Schicksal.

»Popo!« sagte er, als ihn Onkel Eduard unten in Empfang nahm. Dann schüttelte er sich, daß der Kopf des Grafen hinter einem Tropfenschleier verschwand.

»Mein armes Tier«, rief Onkel Eduard und setzte sich den klatschnassen Vogel auf die Schulter. »Jetzt geht's gleich in die Küche zum Trocknen. Annette, lauf und hol deinen Haarfön! Bonnie erkältet sich sonst.«

In der Küche wurde Bonnie auf seinen Kletterbaum gesetzt

und vom Grafen trockengefönt. Sofort vergaß er seine Niederlage. Die warme Luft animierte ihn zu begeisterten Quietschtönen. Er schlug mit den Flügeln, spreizte den Schwanz, hüpfte von einem Ast zum andern, aber kaum war er trocken, versank er sofort in Tiefschlaf. Die Aufregung war doch zu groß gewesen.

»So«, seufzte der Graf und setzte sich erleichtert, »das ist gerade noch einmal gutgegangen. Könnt ihr mir erklären, wie das passiert ist?« Und als wir ihm alles erzählt hatten, meinte er: »Das wird ja heiter werden. Was tun wir jetzt mit Olivier? Irgendwie müssen wir ihn wieder auf die Beine bringen. Ihr wißt, warum. Mama, du kriegst einen neuen Hut. Lotte, Sie fahren in die Stadt und gehen auf meine Rechnung zum Friseur!« Er stand auf und musterte seinen nassen Rock. »Ich schlage vor, daß wir uns jetzt alle umziehen. Wißt ihr was? Wir machen uns für das Mittagessen besonders fein. Heute ist ein großer Tag, vergeßt das nicht!«

Lotte machte neugierige Augen, aber sie war viel zu taktvoll, um zu fragen, was außer Bonnies Ausflug an diesem Tag so besonders sein sollte.

Der Graf begann zu lachen. »Lotte, ich bewundere Ihre Haltung. Sie sind die Diskretion in Person. Aber ich werde Sie auf die Folter spannen. Wenn alles nach Plan geht, dann können Sie heute abend vielleicht in einer silbernen Badewanne baden.«

Die Köchin, die soeben ihre nasse Schürze zusammenfalten wollte, erstarrte mitten in der Bewegung.

»In einer silbernen *Badewanne?*«

Der Graf zwinkerte ihr zu.

»Also, Lotte, lassen Sie sich überraschen, mehr wird nicht verraten.«

»Eduard«, rief Großmama, »wie war die Unterredung mit dem Leopold?«

Der Graf schlug sich an die Stirn. »Das habe ich in der Aufregung völlig vergessen. Er kommt nicht zum Aperitif, er muß zu Hause essen, weil er einen Gast erwartet. Aber es freut mich, euch mitteilen zu dürfen, daß er uns zum Kaffee die Ehre erweist. Außerdem bringt er Walter mit.«

Ich fühlte, wie mir das Blut in die Wangen stieg.

Onkel Eduard war das nicht entgangen. »Ist dir das recht, mein Kind?«

»Natürlich«, sagte ich und wandte mich ab, um meine Röte zu verbergen.

»Dann wird es sicher ein frohes Wiedersehen, aber du sagst ja gar nichts.«

»Was soll ich sagen?« Ich betrachtete die Wasserflecken auf meinem Kleid.

»Weißt du was?« rief Onkel Eduard. »Du machst mit Walter und Olivier einen Ausflug. Aber *nicht* in diesem verrückten Sportwagen, den Walter aus Amerika mitgebracht hat. Ihr nehmt den Daimler. Nach dem Mittagessen fahrt ihr los, und am Abend seid ihr wieder da. Einverstanden?«

Das wollte mir gar nicht gefallen. »Ich habe gedacht, Großmama kümmert sich um Olivier, und ich darf dir beim . . .«

Der Graf legte den Finger an die Lippen. »Pssst! Lotte, was gibt's zum Essen?«

Die kleine, rundliche Köchin hatte sich inzwischen eine frische Schürze umgebunden.

»Gefüllte Eier, Radieschen und frische rote Paprikaschoten als Vorspeise«, berichtete sie eifrig, »dann Blattspinat mit Pilzen und *oseille,* überbacken mit einer Käsesauce nach dem Rezept der Frau Gräfin. Anschließend einen sehr guten Schafkäse, den ich auf dem Markt in Kronau gekauft habe. Zum Nachtisch gibt's meine gute Pfirsichcreme.«

»Ausgezeichnet!« Onkel Eduard legte seinen Arm um mich und dirigierte mich zur Tür. »Kein Wort mehr«, flüsterte er mir ins Ohr. An der Tür drehte er sich um. »Daß ich nicht vergesse, Lotte: Stellen Sie zwei Flaschen Champagner kalt, den für besondere Gelegenheiten. Wissen Sie, wo der ist? Nein? Dann warten Sie einen Moment. Ich begleite die beiden Damen hinaus, und dann gehen *wir zwei* in den Keller.«

14

Olivier erschien nicht zum Mittagessen.

Auch nicht, als ihm mitgeteilt wurde, daß Bonnie ausnahmsweise in der Küche bleiben würde. Er ließ sich aber auf seinem Zimmer mit Whisky versorgen, und als das Mädchen nach der vierten Lieferung mit roten Wangen und leicht zerzauster Frisur wieder herunterkam, wurde uns klar, daß wir ihn so schnell nicht wieder zu Gesicht kriegen würden.

Onkel Eduard wollte es genau wissen. »Wieviel hat er bis jetzt getrunken?«

»Vier große Whisky mit Soda, glaube ich«, sagte das Mädchen, verlegen lächelnd, »und er sagt, er will noch einen haben.«

Der Graf überlegte nicht lange. »Bringen Sie die ganze Flasche hinauf, dazu einen Kübel mit Eis.«

»Ich weiß nicht, ob das eine gute Idee ist«, meinte Großmama, als das Mädchen gegangen war.

»Das ist sogar eine hervorragende Idee. Jetzt brauchen wir uns nicht mehr den Kopf zu zerbrechen, wie wir ihn heute nachmittag loswerden. Wenn er nichts ißt und weiterhin soviel trinkt, können wir neben ihm den runden Turm in die Luft sprengen, und er wird nichts bemerken. Wirklich *sehr* taktvoll von ihm, das mit dem Whisky. Hätte ich nicht von ihm erwartet.«

»Darf ich dir dann bei der Schatzsuche helfen?« rief ich aufgeregt. »Wenn ich nicht auf Olivier aufpassen muß, habe ich Zeit. Bitte, Onkel Eduard, laß mich wenigstens Wache stehen!«

»Freilich. Ich wollte nur nicht, daß du vor Lotte in der Küche davon anfängst. Ich habe schon heute morgen beschlossen, dich einzusetzen, und der Hans hilft uns ebenfalls. Ich habe ihm heute vor dem Essen erklärt, daß ich das alte Fluchtsystem erforschen will, und er war gleich Feuer und Flamme. Den Schatz finden wir dann ganz nebenbei. Um drei Uhr treffen wir uns im runden Turm, im mittleren Wachzimmer vor dem steinernen Gang. Zieh dich bitte sehr warm an, Annette! Im Turm ist es eiskalt. Wir wissen nicht, wie lange wir brauchen werden.«

»Ich komme auch!« entschloß sich Großmama plötzlich. »Ich werde Wache stehen und Hilfe holen, falls es nötig ist.«

Onkel Eduard lächelte vergnügt vor sich hin und ließ sich eine zweite Portion Spinat mit *oseille* reichen. »Ich denke, du glaubst nicht an den Schatz, Mama?«

»Tu ich auch nicht«, meinte Großmama ohne die geringste Spur von Verlegenheit, »aber die silberne Badewanne hat mich neugierig gemacht.«

»Also, dann wird das Ganze ein Familienunternehmen. Um so besser, dann *kann* nichts schiefgehen.« Er sah auf die Uhr. »Der Leopold wird um Punkt eins dasein. Das gibt uns zwei Stunden Zeit, um seine finanziellen Hintergründe zu erforschen. Glaubt ihr, daß das genügt?«

Großmama lächelte siegessicher. »Zwei *Minuten* genügen. Du unterschätzt unseren Scharfsinn.« Sie trug, dem Anlaß entsprechend, ein elegantes Seidenkleid und dazu ein unglaubliches Hutgebilde aus Rosen und Jasminblüten, mit kleinem, weißem Schleier, der Stirn und Nasenansatz kokett verbarg.

Dein Wort in Gottes Ohr!« rief der Graf und nahm einen Schluck Champagner.

Großmama nippte ebenfalls an ihrem Glas. »Nicht schlecht, dein Champagner. Aber der, den ich mitgebracht habe, war um Häuser besser.«

Onkel Eduard sagte nichts, und wir beendeten unser Mittagessen in Rekordzeit.

Wir hätten uns aber gar nicht so zu beeilen brauchen. Es läutete nämlich nicht um Punkt eins am äußeren Burgtor, sondern erst um halb zwei. Wir hatten gerade Lottes Pfirsichcreme gelobt und wunderten uns schon, wo der Leopold so lange blieb. Kaum hörten wir die Glocke, machte sich eine gewisse Nervosität bemerkbar, obwohl das keiner von uns zugegeben hätte. Onkel Eduard setzte sich in Positur und richtete seine Krawatte. Großmama tupfte Parfum auf ihre rechte Hand, weil sie wußte, daß die geküßt werden würde. Ich biß mir ein paarmal kräftig auf die Lippen, um sie röter zu machen. Kaum waren wir mit diesen Vorbereitungen fertig, erschien auch schon das Mädchen, um den Besuch zu melden.

Ich wandte neugierig den Kopf und sah durch die herabhängenden Zweige der Kastanien die beiden Männer näher kommen. Es waren vertraute Gestalten, obwohl ich sie fünf Jahre nicht gesehen hatte. Aber auch nach zehn oder zwanzig Jahren hätte ich den Leopold problemlos wiedererkannt.

Unser Nachbar hieß nämlich in der ganzen Gegend nur »der Riese von Lockenstein«. Er war gute zwei Meter groß und besaß Hände und Füße von erstaunlichen Dimensionen. Seine Stimme war noch lauter als die Onkel Eduards, und das wollte etwas heißen. Walter, sein einziger Sohn, war zwar etwas zierlicher geraten, aber auch er überragte mich um einen ganzen Kopf und zog in einer Gesellschaft sofort alle Blicke auf sich. Er war noch dazu meist braun gebrannt, hatte hellblondes Haar und sehr schöne braune Augen. Vater und Sohn waren ein Paar, das man nicht so schnell vergaß. Leopolds große Füße knirschten über den Kies. Er unterhielt sich lautstark mit Walter und gestikulierte dabei wild mit den Händen. Dann brach er in schallendes Gelächter aus. Offensichtlich erzählte er gerade einen seiner gefürchteten Witze, die keiner außer ihm selbst je lustig fand. Auch Walter lächelte nur gequält und schien gar nicht richtig zuzuhören. Onkel Eduard stand auf und ging den beiden entgegen.

»Willkommen auf Kronegg!« rief er munter. »Wir haben lange nicht mehr die Ehre gehabt. Walter, wann bist du das letzte Mal hiergewesen? Vor zwei Jahren? Höchste Zeit, daß du das gutmachst. Ich bestehe darauf, daß du jetzt öfter kommst. Annette ist wieder da und braucht Gesellschaft.«

»Ah, der Herr Baron!« rief Großmama und reichte dem Leopold ihr duftendes Händchen.

»Liebste Gräfin, ich bin entzückt.«

Die Hand verschwand in Leopolds Pranke, wurde geküßt und kam erstaunlicherweise unversehrt wieder zum Vorschein.

Dann war ich an der Reihe. Das große, gutmütige, etwas gerötete Gesicht unseres Nachbarn, das mich stark an einen Bernhardiner erinnerte, wandte sich mir zu. Ich wußte, daß ich dem Leopold immer gefallen hatte, aber jetzt beeindruckte ich ihn offensichtlich noch mehr als früher. Seine braunen Augen waren voll Bewunderung, und es dauerte ein paar Sekunden, bis er das erste Wort herausbrachte.

»Also . . . Annette«, stammelte er schließlich, »das ist nicht zu fassen. Ganz die schöne Mama. Walter, was sagst du?«

»Annette war immer schön«, sagte Walter, beugte sich zu mir herunter und küßte mich schnell auf die Stirn. Dann trat er einen Schritt zurück und lächelte mich an.

Ich stellte zu meinem größten Erstaunen fest, daß ich nichts dagegen gehabt hätte, wenn er mich etwas länger an sich gedrückt hätte.

»Geht's dir gut?« fragte Walter.

»Jetzt schon«, sagte ich und wunderte mich darüber.

Wir musterten einander neugierig. Fünf Jahre hatten wir uns nicht gesehen. Eine lange Zeit. Aber offensichtlich hatte sie uns beiden nicht geschadet. Walter war mir vertraut wie früher, und doch aufregend fremd. Nach Daniel, der klein und zart war, beeindruckten mich nun seine Größe, seine langen Beine, seine breiten Schultern. Früher hatte ich das gar nicht bemerkt. Walter war Walter gewesen. Aber jetzt stand mir ein großer, stattlicher Mann gegenüber, und er gefiel mir.

Leopold wandte sich an den Grafen. »Edi, gratuliere zu deiner schönen Nichte! Ganz die schöne Schwester.« Er nahm neben Großmama in einem Korbstuhl Platz. Walter setzte sich zu mir.

»Ja, die betörende Anna Louisa«, sinnierte der Leopold, »sie hat viele Herzen gebrochen, meines inbegriffen. Warum soll man das verschweigen? Wie geht's ihr? Wann sieht man sie denn wieder?«

»Am 31. Juli«, verkündete Großmama, »sie kommt zu meinem achtzigsten Geburtstag. Es gibt eine kleine Feier, und du bist natürlich dazu eingeladen, samt Familie, versteht sich. Genaueres hört ihr noch. Ihr habt doch Zeit?« Der Leopold geriet durch diese Ankündigung ziemlich aus der Fassung. Er hatte nicht im Traum daran gedacht, seine Jugendliebe je wiederzusehen, und er bombardierte Großmama mit Fragen. Anschließend erzählte er Anekdoten über sich und meine Mutter.

»Um ein Haar wärt ihr beide Geschwister geworden«, drohte er Walter und mir. »Was hättest *du* dazu gesagt, Edi?«

»So ist es mir lieber«, entgegnete der Graf trocken. »Außerdem sieht Annette nicht ihrer Mutter ähnlich, sondern ihrer Großtante Aimé.«

Leopolds Miene verdüsterte sich unmerklich. »*Mußt* du immer diese Anspielungen machen? Was meinst du, liebe Gräfin, die schwarzen Haare und die blauen Augen sind doch von Anna Louisa.«

Der Graf ließ Großmama keine Zeit zum Antworten. »Hör auf mit den Komplimenten, Poldl! Das Kind wird sonst zu eingebildet. Die fünf Jahre im Ausland haben ihr den Kopf zurechtgesetzt, und ich will nicht, daß sie gleich wieder verdorben wird. Übrigens nicht zu verachten, so ein Auslandsaufenthalt. Annette hat sehr viel gelernt. Sie restauriert, hilft mir bei meinen Sammlungen und spricht perfekt Englisch.«

»Genau wie mein Walter«, rief Leopold stolz. »Er war ein Jahr in Amerika und spricht wie ein Einheimischer. Walter, sag was auf englisch zu Annette!«

Walter warf mir einen Blick zu, der verriet, was er von dieser Aufforderung hielt.

»Also, was ist, Walter? Sag was!«

»Vater, wir sind hier nicht im Kindergarten.«

»Natürlich nicht. Im Kindergarten lernt man keine Sprachen.«

Lotte kam und brachte Kaffee, Cognac und Likör. Leopold ließ sich zu einem Glas Cognac überreden und bot anschließend allen Zigarren an.

»Danke, *wir* rauchen nicht«, rief Onkel Eduard. »Aber wenn *du* qualmen willst wie ein Schlot, so liegt dem nichts im Wege.«

»Wie freundlich«, sagte der Leopold unbeeindruckt und blies fünf Rauchringe hintereinander in die Luft. Dann lehnte er sich bequem in seinen Korbstuhl zurück und lächelte mich an. Ich lächelte zurück. Onkel Eduard hatte recht. Der Leopold machte *nicht* den Eindruck, als würde er von Geldsorgen aufgefressen. Im Gegenteil, ich hatte unseren Nachbarn selten so gelöst und freundlich erlebt. Er machte wirklich den Eindruck, als habe er das Große Los gezogen.

»Übrigens, Edi«, sagte er, als Lotte gegangen war, »wo ist dein Papagei? Walter möchte ihn gerne sehen. Er hat eine Schwäche für das blöde Vieh.«

Der Graf wandte sich zu uns. »Möchtest du das wirklich, Walter? Annette wird dir Bonnie zeigen. Annette, nach dem Kaffee führst du Walter in die Küche . . .«

»In die Küche?« frohlockte der Leopold. »Was sagst du da, in die Küche? Habt ihr ihn gerade verspeist? Gesteh, Edi, ihr habt das Vieh zu Mittag gegessen, mit Maronen gefüllt, auf Jägerart. Hahaha, das ist wieder typisch. Ein teurer Braten! Wieviel hat er gekostet? Tausend Mark? Mehr? Hahaha! Ihr Kronegger wart schon immer feine Leute.«

Onkel Eduard trommelte mit den Fingern auf das Tischtuch. »Wie oft soll ich dir noch sagen, Poldl, wir haben keinen Papagei . . .«

»Sag' ich doch gerade.«

». . . sondern einen Kakadu! Das ist ein Unterschied, verstehst du? Ein Kakadu hat einen Schopf, den er aufstellen kann, und somit ist er dem Papagei überlegen. Normalerweise lernt man das in der Schule.«

»Wie lange hast du ihn jetzt?« fragte der Leopold, ohne das Gesagte zur Kenntnis zu nehmen.

»Zwei Jahre.«

»Spricht er?«

»Noch nicht.«

»Kein Wort?«

»Kein Wort. Aber Buchstaben hat er schon gelernt. Er spricht zum Beispiel ein wunderschönes, klares O.«

Der Leopold nahm seine Zigarre aus dem Mund und grinste gewaltig. »Ein schönes, klares O? Eine großartige Leistung. Bis er das Alphabet durch hat, ist Annette Großmutter, hahaha! Aber keine Angst, Edi, wenn dir die Geduld reißt, kannst du dich an mich wenden. Ich kenne in der Stadt einen verläßlichen Präparator, ganz billig noch dazu, der verlangt fürs Ausstopfen, Glasaugen inbegriffen, nur zweihundert Mark. Soll ich dir seine Adresse geben?«

»Du machst immer dieselben blöden Witze«, rief Onkel Eduard, an der Grenze seiner Geduld. »Warum läßt du deinen Dackel nicht ausstopfen?«

»Hahaha«, röhrte der Leopold und schlug mit der flachen Hand auf den Tisch. »Das ist gut. Das schlage ich meiner Frau vor, wenn ich heimkomme. Der Dackel wird ausgestopft, aber erst *nach* deinem Papagei.«

»Hättest du etwas dagegen, wenn wir das Thema wechseln?« fragte Onkel Eduard gequält.

»Noch einen Cognac, lieber Baron?« unterbrach ihn Großmama und gab mir ein Zeichen nachzuschenken. »Übrigens«, fuhr sie fort und lächelte charmant, »höre ich von meinem Sohn, daß du dich vor unserem Tor einzukaufen gedenkst. Dürfte man den Grund dafür erfahren?«

»Man dürfte!« rief der Leopold, und sein Bernhardinergesicht wurde rot vor Stolz. Er zog an seiner Zigarre, deutete auf Walter und verkündete: »Mein Sohn braucht ein Betätigungsfeld. Er hat in Amerika ein Jahr auf einem Mustergut verbracht, und jetzt will er sehen, wie weit er hier damit kommt. Walter ist Rasenexperte.«

»Er ist *was?«* fragten Großmama und Onkel Eduard gleichzeitig.

»Rasenexperte! Ein Experte für Fertigrasen, *turf* heißt das drüben. Schon davon gehört?«

»Nein«, sagte Großmama bestimmt.

»In diesem Falle«, meinte der Leopold und legte seine Zigarre auf die Tischkante, »werde ich euch in die Sache einweihen. Walter, du gestattest, daß *ich* das erkläre. Also, es handelt sich um ein sehr widerstandsfähiges Gras mit kurzen Wurzeln. Man baut es an und löst es in Platten vom Boden. Dann rollt man es auf und verkauft es an Leute, die gerade Häuser gebaut haben, oder an die Stadtverwaltung, die einen Park anlegt. Die Leute haben genug vom Beton. Sie wollen wieder Grün. Wir rechnen mit Riesenaufträgen. Sämtliche kahlen Flächen in den Großstädten werden wir *vergrasen,* nicht wahr, Walter?« Er sah stolz in die Runde.

»Der Ausdruck stammt auch von mir. Gut, nicht? Vergrasen ist das perfekte Wort, denn das Gras wächst sofort an und ist in ein paar Tagen schon verwurzelt. Der Rasen schaut aus, als ob er schon immer dort gewesen wäre.«

»Klingt sehr interessant«, pflichtete Großmama bei, »aber wenn ihr mit derart großen Aufträgen rechnet – wo wollt ihr denn das viele Gras anbauen?«

»Auf dem ganzen Grund«, sagte der Leopold und zog genußvoll an seiner Zigarre. »Auf dem ganzen Grund, der zum Gutshof gehört.«

Großmama zuckte merklich zusammen. »Was? Auf dem *ganzen Grund?* Und der schöne Wald? Und die Felder? Und die Weinberge? Was wird damit?«

»Alles *Gras*«, sagte der Leopold versonnen. »*Grünes Gras*, so weit das Auge reicht.«

»Das kann doch nicht dein Ernst sein!«

»Doch«, sagte der Leopold und machte eine weit ausholende Handbewegung. »Ich plane die Vergrasung der ganzen Gegend von hier bis dort hinüber, so wahr ich hier sitze.«

Großmama war stumm vor Entsetzen. Aber sofort erwachte ihr Kampfgeist. »Das wird ja heiter werden! Kein Wald, keine Weinberge, und Kronegg mitten in der Pampa! Ich werde euch etwas sagen. Dieses unsinnige Grasgeschäft wird *nicht* funktionieren. Ihr werdet auf eurem Grünzeug sitzenbleiben. Nicht einmal als Futter werdet ihr es verkaufen können. Welche Kuh frißt schon Steppengras mit kurzen Wurzeln?«

»Liebe Gräfin«, entgegnete der Leopold im Gouvernantenton, »das Geschäft *wird* laufen. Wir haben uns alles bis ins kleinste überlegt. Im ersten Jahr werden wir das Wohnhaus und die Stallgebäude an einen Ferkelzüchter vermieten. Der zahlt eine gute Pacht, bis das Grasgeschäft funktioniert. Risiko gehen wir keines ein, nicht wahr, Walter? Übrigens, Eduard, ich muß dir leider mitteilen, daß ich heute früh im Gutshof war und dein Angebot um weitere fünf Prozent überboten habe. Wenn du nicht bis zum 31. Juli das Vorkaufsrecht hättest, würdest du schon jetzt den neuen Gutsherrn an deinem gastlichen Tisch bewirten.«

Er blies eine lange Kette von Rauchringen über den Tisch und starrte den Grafen herausfordernd an.

Onkel Eduard starrte zurück. »Den Gutshof kriegst du nicht. Wie oft soll ich dir das noch sagen?«

»So, meinst du? Und wie willst du das verhindern?« Der Leopold beugte sich vor und hielt mir seine leere Kaffeetasse entgegen. »Darf ich bitten, schönes Kind?«

Onkel Eduard kam in Fahrt. »Du wirst schon sehen, wie ich das verhindere, mein Lieber. Soll ich dir etwas sagen? Ich werde es auf eine Art und Weise verhindern, die in die Geschichte eingehen wird. Ich werde . . .«

»Eduard!« rief Großmama dazwischen. »Reg dich nicht auf, das ist schlecht für deinen Blutdruck.«

»Da bin ich aber *sehr* neugierig«, rief der Leopold kämpferisch. »In die Geschichte geht höchstens ein, daß du einen Wahnsinnspreis für einen Gutshof zahlst, der euch früher schon einmal gehört hat.«

»Apropos Wahnsinnspreis«, ereiferte sich Großmama, »wie willst denn *du* das finanzieren, lieber Baron? Du wirst doch keinen Kredit aufnehmen? Du weißt genauso gut wie wir, wie die Zinsen in letzter Zeit gestiegen sind.«

Der Leopold ließ sich mit seiner Antwort Zeit. Er trank seinen Kaffee aus, ließ sich Cognac nachschenken und streifte sorgfältig die Asche von seiner Zigarre. »Von einem Kredit kann keine Rede sein«, sagte er dann.

Um den Tisch wurde es plötzlich gefährlich still. Keiner sprach ein Wort. Großmama, Onkel Eduard und ich wagten kaum zu atmen. Walter studierte intensiv seine Fingernägel, nur der Leopold qualmte zufrieden vor sich hin.

Der Graf brach schließlich das Schweigen. »Du wirst doch nicht behaupten, daß du den Kaufpreis für den Gutshof komplett bis zum letzten Pfennig auf einem Bankkonto liegen hast!«

»Nicht auf einem Bankkonto, lieber Edi, sondern in gewinnbringenden Aktien. *Ich* bin nämlich kein Sammler. *Mir* fällt es nicht im Traum ein, gutes Geld in tote Dinge zu stekken. Sammlungen sind totes Kapital. Hat dir das noch niemand gesagt? Was *du* mit deinem Geld aufführst, ist reinstes Provinzdenken. Geld muß man für sich arbeiten lassen. Man muß flexibel sein und in Dinge investieren, die im Preis steigen. Man muß ständig kaufen und verkaufen, nur so wird man reich.«

Bei diesen Worten lief es mir kalt über den Rücken. Genauso hatte Daniel gesprochen, damals, nach unserem ersten Kuß vor fünf Jahren, hier unter den Kastanien. Was der Leopold gesagt hatte, hätte Wort für Wort aus Daniels Mund kommen können. Ich sah zu Großmama und zum Grafen, ob es ihnen ebenfalls aufgefallen war. Aber die beiden schienen nichts bemerkt zu haben.

»Du hast also Aktien gekauft?« fragte Onkel Eduard, aber in einem Ton, als interessiere ihn das Ganze nicht sonderlich. »Und wie, bitte, hast du die Aktien finanziert?«

»Das geht dich gar nichts an«, antwortete der Leopold vergnügt.

»Wir haben einen Wald verkauft im letzten Sommer«, sagte Walter.

Onkel Eduard lockerte seine Krawatte, was er nur äußerst selten tat. »Haltet mich bitte nicht für blöd. Der Preis für einen Wald steht in keinem Verhältnis zu einem großen Gutshof, das wißt ihr genauso gut wie ich.«

»Was habe ich gesagt?« rief der Leopold heiter. »Reinstes Provinzdenken! Was dir fehlt, Edi, ist der Mut zum Risiko. *Ich* bin mutig. *Ich* habe dieses Geld riskiert, jeden Pfennig davon. Ich habe Aktien gekauft, die entweder gar nichts bringen oder gleich himmelhoch steigen, *wenn* sie steigen. Vielleicht solltest du ab und zu die Bibel lesen. Da steht es drinnen, schwarz auf weiß: Du sollst mit deinen Pfunden wuchern.«

»Deine Aktien steigen also?«

»Sie steigen.«

»Und wer garantiert dir, daß sie nicht wieder fallen?«

»Diese Aktie fällt nicht. Entweder sie bleibt am Boden, oder sie steigt und steigt und steigt.«

Eine Weile war es still.

»Mich würde interessieren, was du gekauft hast«, sagte Onkel Eduard in das allgemeine Schweigen hinein.

»Das glaub' ich dir gern. Aber ich sag's dir erst, wenn ich den Vertrag für den Gutshof in der Tasche habe. Walter, halt den Mund! Das ist ein Befehl. Noch ein Wort, und du bist enterbt. Aber zu deiner Beruhigung, lieber Edi, möchte ich dir mitteilen, daß ich bis zum 31. Juli jeden Tag reicher werde. Ich kann es mir also leisten, deine Angebote zu überbieten, sobald du sie ausgesprochen hast.«

Großmama konnte sich nicht mehr halten. »So etwas Dummes habe ich in meinem ganzen Leben noch nicht gehört. Wer wird denn freiwillig die Preise so in die Höhe treiben? Leopold, weißt du, wieviel mein Vater für den Gutshof bekommen hat? Ein Fünftel von dem, was der heutige Besitzer ursprünglich verlangt hat. *Du* hast nicht nur diesen Wucherpreis akzeptiert, nein, du gehst auch noch freiwillig um fünfunddreißig Prozent darüber!«

Leopold legte seine Zigarre ab und sah zufrieden in die Runde. »Wer hat, der hat.«

»Poldl«, begann Onkel Eduard mit gezwungener Freundlichkeit, »ich weiß genau, wieviel du für den Wald bekommen hast. Deine Wunderaktien müßten mindestens um das Vierzigfache gestiegen sein, damit du auch nur annähernd an den Gutshof herankommst. Sag mir bitte eine Aktie, die in einem Jahr um das Vierzigfache steigt!«

»Also gut. Wenn du es genau wissen willst, meine Aktien sind in zwölf Monaten um das *Zweiundfünfzigfache* gestiegen.«

Der Graf stieß einen tiefen Seufzer aus. »Das glaubt dir ein anderer.«

»Bitte sehr, du wirst ja sehen, ob ich am 31. Juli zahlen kann oder nicht.«

»Schau mir in die Augen!«

»Mit Vergnügen!«

Die beiden Burgherren fixierten sich eine Minute lang in verbissenem Schweigen. Großmama wurde ungeduldig. »Hört mit diesem Blödsinn auf, ihr kriegt noch einen Krampf! Können wir das Ganze nicht vernünftig regeln?«

»Nein«, rief der Leopold aufgebracht, »denn der Edi will den

Gutshof, und ich will ihn auch. Die Sache ist viel komplizierter, Gräfin, als du glaubst. Ich weiß nämlich genau, wieviel der Edi zahlen kann. Was Annette vom alten Nestor geerbt hat, ist nämlich kein Geheimnis. Er aber weiß nicht, wieviel ich zahlen kann. Deshalb treibt er den Preis so hoch, bis er glaubt, ich komme nicht mehr mit. Der Eduard ist schuld, Gräfin. Ich bin das Opfer.«

»Nein!« donnerte der Graf. »Du bist schuld, denn *du* hast sofort den Preis akzeptiert.«

Der Leopold schlug mit der Faust auf den Tisch, daß die Gläser wackelten. »Na und? Ich habe den Preis akzeptiert, aber *du* hast sofort zehn Prozent mehr geboten.«

»Schrei nicht so, Vater!« rief Walter dazwischen. »Ich möchte Annette etwas fragen. Annette, hast du morgen nachmittag Zeit?«

»Natürlich hat sie Zeit!« brüllte der Leopold. »Was soll die blöde Frage?«

Onkel Eduard begann rot anzulaufen. »Seit wann bestimmst *du* über *meine* Nichte? Annette hat *keine* Zeit. Sie wird überhaupt keine Zeit mehr haben, verstehst du? Für einen Lockensteiner hat sie nicht eine *Sekunde* Zeit, ist das klar?«

»Ob das klar ist?« tobte der Leopold. »Klarer, als du glaubst. Walter, komm, wir gehen!«

Er sprang auf, Onkel Eduard ebenfalls. Die beiden starrten sich über den Tisch hinweg an wie zwei Kampfhähne. »Vater, einen Moment noch«, Walter beugte sich zu mir. »Morgen um drei am Fluß«, flüsterte er und drückte schnell meine Hand. Dann wandte er sich an Großmama. »Gräfin, vielen herzlichen Dank für deine Gastfreundschaft.« Er wollte sich auch von Onkel Eduard verabschieden, dieser aber drehte sich um und zeigte ihm demonstrativ den Rücken. Großmama stand auf. »Eduard«, rief sie streng, »Ich bringe *unsere* Gäste zum Tor.«

Der Graf rührte sich nicht. Großmama zuckte mit den Achseln. »Kommt, ihr beiden. Wir wollen noch ein paar Kleinigkeiten besprechen, was meinen Geburtstag angeht. Walter, wir zwei gehen anschließend schnell in die Küche, ich werde dir den Vogel zeigen.«

Onkel Eduard wurde plötzlich wieder lebendig. »Annette, du bleibst hier!« Gebieterisch zeigte er auf meinen Korbstuhl. Er stellte sich neben mich, um mich, falls notwendig, gegen die Eindringlinge zu verteidigen. »So wahr ich Herr auf Kronegg bin«, schimpfte er vor sich hin, »mir kommt kein Lockensteiner mehr über die Zugbrücke. Auch der junge nicht, verstehst du?« Und dann, ziemlich laut: »Auch der Walter nicht! Das ist aus und vorbei.«

»Aber, Onkel Eduard, es hat doch noch gar nicht angefangen!«

»Auf jeden Fall ist es aus und vorbei, merk dir das!« Er setzte sich auf die weiße Bank und zog seine buschigen schwarzen Augenbrauen so gefährlich zusammen, daß sie einen geraden Strich über seine Nase bildeten. Dann trommelte er nervös auf das Tischtuch, bis Großmama zurückkam.

»Gras, so weit das Auge reicht«, sagte diese und sank neben ihn auf die Bank. »Hast du das gewußt, Eduard?«

Der Graf schüttelte den Kopf. »Diese Überraschung hat er sich für heute mittag aufgehoben. *Mir* hat er nur von den Schweinen erzählt.«

Großmama seufzte. »Trotzdem hättest du nicht gleich so in die Höhe fahren müssen!«

»Wieso ich? *Er* hat angefangen.«

»Egal, wer angefangen hat. Der Sinn der Übung war, ihm sein Geheimnis zu entlocken und nicht auf Mord und Brand mit ihm zu streiten.« Sie nahm ihr kleines weißes Hütchen vom Kopf und legte es auf den freien Korbstuhl neben sich.

»Mama«, sagte Onkel Eduard düster, »der Leopold ist wahnsinnig. Nur ein Wahnsinniger kann solche Ideen ausbrüten. Was meinst du, sollen wir eine psychiatrische Klinik einschalten? Der Mensch ist gemeingefährlich. Diese Vergrasungswut ist der Beweis. Ich werde meinen Hausarzt anrufen und verlangen, daß man ihn abholt.«

»Warte lieber bis morgen! Falls wir den Schatz *nicht* finden, kannst du den Leopold immer noch abholen lassen.«

»Auf jeden Fall habe ich Annette den Verkehr mit Walter verboten. *Diese* Erbanlagen will *ich nicht* in der Familie haben.« Er blickte indigniert auf seine Mutter. »Jetzt wird mir erst klar, was du gesagt hast. Ich soll ihn erst morgen abholen lassen, falls wir den Schatz nicht finden? Wirst du wankend? Zweifelst du an *meinem* Verstand? In diesem Fall werden wir keine Minute verlieren. Wißt ihr was? Wir ziehen uns jetzt gleich um und treffen uns in einer Viertelstunde im mittleren Wachzimmer. Annette, zieh feste Handschuhe an! Mama, in diesem Seidenkleid wirst du dir den Tod holen. Wenn du nichts Warmes mitgebracht hast, mußt du zwei von meinen Pullovern tragen. Außerdem wirst du festere Schuhe anziehen.«

Großmama griff nach ihrem Hütchen und seufzte wieder. »Heute früh habe ich noch zu Annette gesagt, daß mir ganz gleich ist, was der Tag bringt. Kronschatz oder nicht, Gutshof oder nicht – erinnerst du dich, Kindchen? Ich muß gestehen, daß ich meine Meinung in der letzten Stunde gründlich geändert habe. Mit dem Gutshof in unseren Händen würde ich mich bedeutend leichter fühlen.«

»Ich auch«, pflichtete ihr der Graf bei. »Deshalb werde ich dir gleich sagen, wie du uns helfen kannst. Du hältst an der Tür zum Gästetrakt Wache, für den Fall, daß Olivier dem Alkohol widerstanden hat.«

Seine Mutter lächelte. »Franzosen vertragen sehr viel Wein, aber beim Whisky wird's kritisch.«

»Trotzdem. Wir riskieren nichts. Wenn er sich rührt, sperrst du sofort die Verbindungstür ab. Wir geben dir dann ein Klopfzeichen, wenn wir fertig sind.«

Großmama setzte ihren Hut auf und war plötzlich nicht mehr zu halten. »Also, an die Arbeit, Kinder! Ich bin zwar immer noch skeptisch, was den goldenen Hort betrifft, aber man soll mir nicht nachsagen, daß ich euch in einem kritischen Moment meine Unterstützung versagt habe.«

»Bravo, Mama, das werde ich in die Familienchronik eintragen.«

»Und was die Wunderaktien unseres lieben Nachbarn betrifft«, fuhr sie fort, »das ist der größte Unsinn, den ich in meinem ganzen langen Leben je gehört habe.«

Onkel Eduard küßte ihre kleine Hand. Dann richtete er sich auf, Feuer im Blick. »Und jetzt, meine Lieben«, rief er mit königlicher Gebärde, »jetzt ist die Stunde der Wahrheit gekommen. Was wir jetzt erleben werden, ist ein historischer Moment von universeller Bedeutung. Generationen von Gelehrten haben sich den Kopf über den verschwundenen ungarischen Kronschatz zerbrochen. *Wir* werden ihn zutage fördern. Denkt an das Gold, an die Juwelen, an die Perlen! Glaubt mir, das ist ein Tag, den man nicht so schnell vergißt.«

Onkel Eduard hatte recht.

Ich habe diesen Tag bis *heute* nicht vergessen.

15

Als Treffpunkt war zwar das mittlere Wachzimmer ausgemacht, aber unabhängig voneinander kamen wir alle zusammen um zehn vor drei im kleinen Burghof an. Die heiße Julisonne brannte auf uns herunter und trieb uns den Schweiß aus allen Poren. Wir waren nämlich so vermummt, daß wir kaum aus den Augen sehen konnten.

Onkel Eduard hatte uns vor dem Auseinandergehen noch einen langen Vortrag über die Staubentwicklung bei Abbrucharbeiten gehalten. Am Schluß hatte er die schädliche Wirkung des Staubes auf die menschliche Lunge in ergreifenden Details geschildert und war dann von seiner eigenen Rede so hingerissen gewesen, daß er genaue Kleidungsvorschriften erließ. Das Resultat war überwältigend: Das Staubkorn, das in *unsere* Lungen eindringen wollte, mußte erst vom lieben Gott erschaffen werden. Großmama hatte den Vogel abgeschossen. Sie war so drollig ausstaffiert, daß wir sofort in großes Gelächter ausbrachen. Zwei dicke Herrenpullover aus ungebleichter irischer Wolle reichten ihr über die Knie. Ihre schlanken Waden steckten in grünen Strickstrümpfen, und an den Füßen trug sie alte Galoschen, die sie zufällig in ihrem Ankleidezimmer gefunden hatte. Es sah höchst seltsam aus, um so mehr, als sie vom Hals aufwärts elegant wie immer war. Auf ihren hübsch frisierten Locken saß ein keckes gelbes Hütchen mit lila Primeln, und ein lila Seidentuch war um ihren Hals geschlungen.

»Wilde Kombination«, meinte Onkel Eduard und betrachtete seine Mutter andächtig durch eine Skibrille. »Aber man sieht auf den ersten Blick, du hast Charakter.«

»Danke«, Großmama musterte ihren Sohn, der in Trainingsanzug, Bergschuhen und Lammfellmantel vor ihr stand. »Du bist auch nicht ohne.« Dann begann sie wie ein Schulmädchen zu kichern.

»Alles herhören!« rief der Graf und zog seine rote Wollmütze tief in die Stirn. »Ich sehe mit Freuden, daß ihr meine Anweisungen befolgt habt. Mützen über die Ohren, Skibrillen über die Augen, nasse Tücher über Mund und Nase. Die Tücher könnt ihr wieder abnehmen, die binden wir erst im runden Turm um. Die Handschuhe laßt gleich an. Hör auf zu kichern, Mama! Ich weiß, ich habe schon eleganter ausgesehen; du übrigens auch. Trotzdem darfst du uns nach oben führen. Schreite voran, wir folgen dir!«

Im Gänsemarsch setzten wir uns in Bewegung. Der Graf ging hinter Großmama, ich hinter dem Grafen, und Hans, beladen mit Stemmeisen, Hammer und Schaufel, kam hinter mir.

Schweigend überquerten wir den kleinen Burghof mit dem steinernen Brunnen und stiegen dann die enge Wendeltreppe hinauf, die in den uralten Trakt neben dem runden Turm führte. Dieser Teil der Burg wurde so selten benützt, daß niemand daran gedacht hatte, hier elektrischen Strom einzurichten. Der einzige schöne Raum war das Atelier. Alle anderen Zimmer waren eng, niedrig, mit kleinen Fenstern und meterdicken Wänden aus Stein. Der Name Haydngalerie paßte hierher wie die Faust aufs Auge. Aber angeblich hatte der berühmte Komponist einmal eine Nacht in einem dieser Zimmerchen verbracht, und da niemand daran interessiert war, das Gegenteil zu beweisen, blieb es bei dem stolzen Namen.

Im kleinen Wachzimmer standen drei Sturmlampen, die Hans nach dem Essen vorsorglich heraufgebracht hatte. Onkel Eduard zündete sie an, teilte sie aus und öffnete dann die niedrige, eisenbeschlagene Tür, die in den steinernen Gang führte. Im Wachzimmer war es bereits kalt gewesen, aber hier, tief in der massiven Nordwand des runden Turmes, herrschten Temperaturen zum Fürchten. Großmama fröstelte hörbar trotz ihrer zwei dicken Pullover, und die nassen Tücher in meiner Hand waren kalt wie Eis.

»Mama, die Tür zum Gästetrakt ist offen«, flüsterte Onkel Eduard. »Am besten, du gehst gleich hinaus und beziehst deinen Posten. Hier verkühlst du dich sonst.«

Großmama zitterte zwar vor Kälte, aber sie hatte anderes im Sinn. »Ich gehe gleich«, verkündete sie, »aber vorher muß ich sehen, wie ihr alle durch das Loch in der Mauer kriecht. Bitte, vergönnt mir diesen Anblick!«

»Aber gerne!« Der Graf stellte seine Sturmlampe auf den Boden und verschwand mit erstaunlicher Behendigkeit in der Wand. Dann steckte er seinen Kopf heraus und lachte.

»Zufrieden?«

Großmama war schwer beeindruckt. »Eduard, das hätte ich dir nicht zugetraut. Alle Achtung!« Sie hob die Sturmlampe auf und reichte sie ihm. »So, und jetzt leuchte einmal herum. Ich möchte wissen, wie es da drinnen aussieht.«

Onkel Eduard hob die Lampe hoch. Seine Mutter beugte sich durch die Öffnung.

»Sieht aus wie ein Gang«, meinte sie. »Läuft parallel zu diesem hier und dürfte mit dem alten Fluchtweg nach Lockenstein zusammenhängen. Irgendwo müßte eine Treppe sein, die hinunterführt. Hast du eine Treppe gefunden?«

»Noch nicht, aber vielleicht ist sie hinter dieser Mauer versteckt. Annette, Hans, bemüht euch herein und leuchtet hierher. Die Mauer ist relativ neu. Seht ihr?«

Ich war nach Hans durch das Loch gekrochen und hatte mir dummerweise den rechten Ärmel meiner Skibluse zerrissen. Es war eine hübsche neue Skibluse, mit Daunen gefüttert. Normalerweise hätte mir das den Tag verdorben, aber jetzt, in der Aufregung der Schatzsuche, nahm ich den Schaden zur Kenntnis und vergaß ihn sofort wieder.

Mit drei Lampen leuchteten wir die Mauer ab.

»Was meinen Sie, Hans?« Onkel Eduard zeigte auf den Stein, den er vor ein paar Tagen aus der Wand gebrochen hatte, und auf den Schuttberg daneben. »Schaffen wir das heute noch?«

Hans zuckte die Achseln und schlug mit dem Hammer gegen die Mauer. Ein paar Mörtelbrocken fielen zu Boden, gefolgt von einigen kleineren Steinen und zerbrochenen Ziegeln. »Sehr fest ist sie nicht, und dick scheint sie auch nicht zu sein.«

»Bindet die nassen Tücher um«, befahl der Graf. »Hans, gehen Sie ans Werk!«

Während Hans vorsichtig die Mauer abklopfte, um herauszufinden, wo er zu stemmen beginnen sollte, sah ich mich um. Wir standen in einem langen, schmalen Raum, der etwas breiter als der steinerne Gang, aber sonst nicht allzusehr von diesem verschieden war. Wände und Decke waren aus Stein, der Boden aus groben Steinplatten. Der Raum war leer und völlig uninteressant – bis auf das hintere Ende. Dieses weitete sich zu einer halbrunden Nische aus, die von einer steinernen Bank gesäumt wurde. Davor war eine niedrige Mauer. Offensichtlich befanden wir uns in einem blinden Gang, einem letzten Versteck, das in uralten Zeiten Zuflucht geboten hatte, falls der Feind schon in das geheime Fluchtsystem eingedrungen war.

Hans, der noch immer die Mauer abklopfte, sprang plötzlich zurück. »Vorsicht!« schrie er und riß den Grafen und mich zur Seite. Es war keine Sekunde zu früh. Ringsum prasselten Steine und Ziegel nieder, und die Luft füllte sich mit Staub und einem Geruch nach Moder. Als es wieder still geworden war, standen wir bis zu den Knöcheln im Schutt. Eine Sturmlampe war zerstört, aber die andern zwei funktionierten noch und beleuchteten die Stelle, an der eben noch die Wand gewesen war.

Dort jedoch war nichts als ein großes, schwarzes Loch.

»Lebt ihr noch?« rief Großmama besorgt aus dem Gang.

»Hurra!« brüllte Onkel Eduard und riß sich das nasse Tuch vom Mund. »Ein biblisches Wunder! Die Mauern des alten Jericho! Ein einziger Stoß, und sie fallen darnieder! Bravo, Hans, das war meisterhaft!«

»Ich will wissen, ob ihr verletzt seid. Seid ihr noch ganz? Das hat *gefährlich* geklungen.«

»Alles okay«, rief ich, »mach dir keine Sorgen!«

Wir warteten, bis sich der ärgste Staub gelegt hatte, dann nahmen wir Brillen und Tücher ab.

Hans leuchtete in das schwarze Loch. Onkel Eduard bekam einen langen Hals. »Mama«, rief er aufgeregt, »hier ist deine Treppe!«

Pause.

Gemurmel, und dann, noch aufgeregter: »Sie führt aber nicht nach unten, sondern nach oben! Das ist ja unerhört! Wartet hier!«

Er kletterte gewandt über den Schuttberg und leuchtete mit seiner Sturmlampe in die Dunkelheit. Eine enge, steinerne

Treppe wurde sichtbar. Die Stufen waren unregelmäßig und sehr hoch. Sie führten steil nach oben, und ihr Ende war nicht abzusehen.

»Man folge mir nach!« rief der Graf und wandte sich zu uns. »Annette, du gehst in der Mitte! Hans, Sie sorgen dafür, daß sie nicht fällt. Mama, wir sind gleich zurück.«

»Hoffentlich!« rief diese besorgt. »Ich weiche nicht von der Stelle, bis ihr wieder da seid.«

Klopfenden Herzens stieg ich hinter Onkel Eduard her. Ich war froh, daß ich keine Lampe zu tragen hatte. Die Stufen waren so unbequem und hoch, daß ich mich mit beiden Händen an der Wand stützen mußte, um sie zu bewältigen. Meine enge Skihose machte die Sache auch nicht besser. Ich beneidete die beiden Männer. Sie taten sich leichter, hatten aber auch bedeutend längere Beine als ich.

Wir stiegen und stiegen, und die Treppe schien kein Ende zu nehmen. Der Graf zählte laut die Stufen und war bereits bei fünfzig angelangt, ehe er sich umwandte, um eine Pause einzulegen.

»Fünfzig Stufen«, rief er ziemlich außer Atem. »Hans, was meinen Sie? Ich würde sagen, wir befinden uns auf der Höhe des obersten Wachzimmers.«

»Noch nicht ganz«, keuchte Hans, »ein paar Meter fehlen noch.«

Onkel Eduard hielt seine Lampe hoch. »Halt!« rief er plötzlich vergnügt. »Ich sehe das Ende. Noch zehn Stufen, und wir haben es geschafft.« Er drehte sich um und wollte weitersteigen.

In diesem Moment ging seine Lampe aus.

Vor mir war es plötzlich stockfinster, und Onkel Eduard sah ebenfalls nur schwarze Nacht.

»Soll ich zurückgehen?« rief Hans.

»Nein. Geben Sie mir Ihre Lampe! Ich gehe voraus, ihr bleibt stehen und rührt euch nicht vom Fleck. Wenn alles sicher scheint, hole ich euch.«

Zwei Minuten später war er wieder da.

»Alles klar, folgt mir nach!«

Die Treppe mündete in einen schmalen, steinernen Gang. Er bog nach links ab und dann nach rechts, und dann war Schluß.

»Was ist denn das?« rief Onkel Eduard empört und beleuchtete eine hohe Steinmauer, die uns den Weg versperrte. »Das kann doch nicht alles sein! Hans, da, nehmen Sie die Lampe! Wir gehen noch einmal zurück.«

Im Gänsemarsch ging es wieder zur Treppe, diesmal etwas langsamer, weil Hans die Seitenwände ableuchtete. Ich hoffte inbrünstig, daß er irgend etwas entdecken würde. Wenn nicht, war's aus mit der Hoffnung auf den ungarischen Kronschatz. Dann hatten wir einen alten Gang gefunden, sonst nichts. Plötzlich stieß Hans einen langen Pfiff aus, bückte sich und verschwand rechts in der Wand. Ich blieb wie angewurzelt stehen, denn es war auf einmal so finster vor meinen Füßen, daß ich keinen Schritt weiter wagte. Onkel Eduard wäre fast auf mich gefallen.

»Was ist los?« rief er alarmiert. »Haben wir überhaupt kein Licht mehr?«

»Hans ist verschwunden!« rief ich aufgeregt.

»Ist er in ein Loch gefallen? Um Gottes willen, das wäre . . .«

»Hier bin ich!« Das war Hans.

»Sind Sie heil und ganz?«

»Freilich.« Kurzes Gelächter. »Na, *Sie* werden staunen!«

Jetzt tauchte auch das Licht wieder auf, und wir sahen, daß Hans durch einen niedrigen, runden Torbogen zu uns sprach, den wir auf dem Hinweg übersehen hatten.

»Was ist denn das?« rief der Graf erfreut. »So gehört es sich jedenfalls. Annette, bück dich! Ich will sehen, was das gütige Schicksal für uns auf Lager hat. Nichts wie hinein, mein Kind!«

Und dann verschlug es ihm die Sprache. Wir standen in

einem riesigen Raum, der nach der Enge des Ganges ziemlich unheimlich wirkte. Er war kreisrund, und die Decke war gewölbt. Ich kam mir vor wie in einer überdimensionalen steinernen Käseglocke.

»Also so was!« rief der Graf verblüfft. »Hättet ihr das für möglich gehalten? Unglaublich, was man auf seiner eigenen Burg alles entdeckt!« Er bat Hans um die Lampe und leuchtete umher. »Leer«, meinte er dann enttäuscht, »aber die Architektur ist umwerfend. Außerdem war dort drüben einmal eine Tür. Seht ihr? Genau gegenüber. Kommt, wir werden sie inspizieren!«

Drüben angekommen, bemerkten wir einen zweiten runden Torbogen, genauso hoch und genauso breit wie der, durch den wir gekommen waren, aber er war mit Steinplatten fest vermauert.

»Zweimal dürft ihr raten, was auf der anderen Seite ist.«

»Das oberste Wachzimmer«, sagte Hans.

»Richtig!« Der Graf stellte die Lampe auf den Boden und tastete die Steine ab. »Gute Arbeit«, meinte er anerkennend, »solide gemacht. Ich habe immer vermutet, daß früher einmal sämtliche Wachzimmer eine Verbindung zum geheimen Fluchtweg gehabt haben, nicht nur das unterste. Das ist der Beweis. Ich würde sagen, daß der Torbogen nach der letzten Türkenbelagerung zugemauert worden ist und seither nicht mehr angerührt wurde. Was meint ihr?«

»Warum hat man ihn zugemauert, Onkel Eduard?«

»Weil wir die Türken besiegt haben, mein Kind. Wir haben sie aus Mitteleuropa hinausgeworfen, und das Land war sicher wie das Paradies! *Ein* Eingang zum Fluchtweg genügte, und man hat den untersten offengelassen, weil das die kürzeste Verbindung war. Verstehst du?«

»Aber von hier gibt es doch nur eine einzige Verbindung hinunter, und die führt nicht in den Fluchtweg, sondern in den blinden Gang, aus dem wir soeben heraufgekommen sind.«

Der Graf lachte. »Das glaubst *du*, aber ich weiß es besser. Ich wette mit dir, daß irgendwo in diesem Raum noch eine zweite Treppe verborgen ist, und so wahr ich hier stehe, ich werde sie finden!« Er bückte sich, um die Lampe aufzuheben, hielt aber mitten in der Bewegung inne.

»Was ist?« rief ich besorgt. »Onkel Eduard, hast du einen Hexenschuß? Soll ich dir helfen?«

Der Graf rührte sich nicht. Er verharrte in gebückter Stellung und gab keinen Laut von sich.

Ich griff unter seinen rechten Arm. »Hans, bitte, helfen Sie mir!«

»Laß mich los!« befahl Onkel Eduard und sank zu Boden. Erst jetzt sah ich, was er in dem Moment bemerkt haben mußte, als er die Lampe aufheben wollte: In den steinernen Boden war ein Viereck aus braunen Ziegeln eingelassen. Onkel Eduard sprang plötzlich auf die Beine, Triumph in den Augen. »Annette«, rief er so laut, daß es durch den Raum hallte. »Ziegel in einem Steinboden! Was bedeutet das?«

»Daß sie später dorthin gekommen sind«, rief ich aufgeregt.

»Stimmt!« donnerte der Graf überglücklich. »Sie sind später dorthin gekommen, und wenn mich nicht alles täuscht, werden sie nicht mehr lange dort sein. Hans, nehmen Sie die Sache in die Hand!«

Er trat erwartungsvoll einen Schritt zurück.

Hans kniete nieder, betastete den Boden, klopfte auf die Ziegel und strich mit den Fingern über die Fugen. Sein Urteil war kurz und bündig: »Ziegel bröckelig, Mörtel dazwischen zerbröselt.« Er griff nach Stemmeisen und Hammer und machte sich an die Arbeit.

Im Nu hatte er einen Ziegel gelockert. Ein zweiter ließ sich mit der bloßen Hand entfernen, ein dritter nach einem einzigen Hammerschlag. Hans begann wie besessen zu arbeiten. Die Schläge hallten von der Decke wider, und wir starrten gebannt auf das Loch, das immer größer wurde. »Jetzt müßte die Treppe gleich zum Vorschein kommen«, flüsterte Onkel Eduard aufgeregt. »Hans, greifen Sie einmal nach unten. Spüren Sie die Steinstufen?«

Hans steckte eine Hand ins Loch. »Au!« schrie er auf und zog sie sofort wieder heraus.

»Um Gottes willen, was war das?« rief der Graf besorgt.

»Etwas hat mich gestochen.« Hans betrachtete seine Hand. »Nein, nicht gestochen, nur zerkratzt.« Und er arbeitete weiter, bis er auch den letzten Ziegel entfernt hatte. »Fertig!« rief er, sprang auf und rückte erwartungsvoll zur Seite.

»Danke, Hans!« Onkel Eduard kniete nieder und hielt die Sturmlampe in die Tiefe.

»Großer Gott!« Seine Hand begann so zu zittern, daß der Lichtschein gespenstisch an den Wänden auf und ab tanzte. Was konnte ihn so erschreckt haben? Sofort knieten Hans und ich neben ihm und starrten in das Loch. Eine enge, steinerne Treppe war zu sehen, ähnlich der, über die wir gekommen waren. Aber der Grund für die Aufregung des Grafen stand auf der vierten Stufe und verschlug uns den Atem.

Es war fast zu schön, um wahr zu sein.

Das zittrige Licht der Sturmlampe schien auf eine schwarze Truhe, die kunstvoll mit Eisennägeln beschlagen war. Mehrere Schlösser waren zu erkennen, und vier eiserne Bänder verstärkten das Holz. Eines dieser Bänder war geborsten, und das Ende stand spitz in die Höhe. Daran hatte sich Hans verletzt.

Ich blickte Onkel Eduard an, und er blickte mich an.

Kein Zweifel! Wir hatten den ungarischen Kronschatz gefunden!

Hans brach das Schweigen als erster. Er stieß einen Pfiff aus, der uns durch Mark und Bein ging. Dann räusperte er sich kräftig und fragte anschließend mit versagender Stimme: »Was ist das?«

Der Graf räusperte sich ebenfalls. »Keine Ahnung«,

meinte er dann betont harmlos. »Aber vom Aussehen her würde ich vermuten, daß es sich um eine Schatztruhe handelt.«

Hans pfiff wieder, diesmal aber kaum hörbar. Dann lehnte er sich an die Wand, und ich sah, daß seine Knie schlotterten. Mir wurde plötzlich so heiß, daß ich meine Skibluse öffnen mußte. Onkel Eduard sah mir zu und riß sich daraufhin den Lammfellmantel vom Leib. Hans zog seinen dicken Pullover über den Kopf und seufzte herzerweichend. »Mir ist ganz schlecht«, meinte er dann. »Was tun wir jetzt?«

Onkel Eduard hatte sich wieder gefangen. »Jetzt, meine Lieben, werden wir den Schatz heben. Hurra!« Er umarmte mich so stürmisch, daß ich Sterne vor den Augen sah. »Hurra! Wir haben einen Schatz gefunden, wir haben einen Schatz gefunden! Nichts wie hinunter, jetzt geht's los!«

Die beiden Männer verschwanden in dem Loch und versuchten, die Truhe zu heben. Leicht war sie nicht. Sie keuchten und schimpften und stöhnten, aber erst nach etlichen Versuchen gelang es ihnen, eine Ecke vom Boden zu lösen. Das Haupthindernis war die Treppe, die so schmal war, daß immer nur ein Mann zum Zuge kam.

»So geht das nicht!« rief Onkel Eduard schließlich. »Hans, was schlagen Sie vor?«

»Seile«, meinte der und wischte sich den Schweiß von der Stirn.

»Gut! Gehen Sie hinunter und holen Sie, was Sie brauchen! Annette nehmen Sie mit! Annette, du wartest mit Großmama im Atelier auf uns!« Er ließ sich von mir seinen Lammfellmantel reichen, zog ihn an und setzte sich auf die Schatztruhe. »So. Ich rühre mich nicht vom Fleck. Aber beeilen Sie sich, Hans, ich sitze nicht gern im Finstern.«

Hans nickte, und wir machten uns auf den Weg. Es war mir zwar unangenehm, Onkel Eduard in der Dunkelheit allein zurückzulassen, aber da wir nur eine Lampe hatten, blieb uns nichts anderes übrig. Dafür eilten wir, so schnell wir konnten, über die Treppe. Unten wunderten wir uns, wie rasch wir angekommen waren. Der Gedanke an den Schatz hatte uns offenbar Flügel verliehen. Ich bewältigte die sechzig hohen Stufen spielend, und auch den Schuttberg und das Loch in der Mauer schaffte ich ohne Probleme. Im steinernen Gang angekommen, stellten wir fest, daß Großmama verschwunden war.

»Großmama!« rief ich frohlockend. »Wo bist du? Wir sind da!« Keine Antwort.

Hans wurde nervös. »Wenn Sie wollen, helfe ich Ihnen suchen«, sagte er höflich, aber er zitterte vor Ungeduld, so schnell wie möglich zur Schatztruhe zurückzukehren.

»Nein, nein, Hans. Danke! Ich finde sie schon. Holen Sie lieber die Seile! Und viel, viel Glück bei der Bergung!«

Hans leuchtete mir noch bis zum mittleren Wachzimmer, dann trennten sich unsere Wege. Ich lief sofort ins Atelier, und prompt fand ich Großmama, die gedankenverloren in dem großen, samtüberzogenen Lehnstuhl mit den Löwenpranken saß.

Als sie mich kommen hörte, drehte sie sich um. »Endlich!« rief sie. »Ich habe schon die Sekunden gezählt. Wo wart ihr so lange? Ich habe *eine* Stunde im steinernen Gang gewartet. Dann habe ich die Tür zum Gästetrakt zugesperrt und bin hierhergegangen.« Großmama trug immer noch die Galoschen, aber die grünen Strümpfe und die beiden Pullover hatte sie ausgezogen. Sie lagen ordentlich zusammengefaltet auf einem Hocker neben der Staffelei.

»Eine Stunde?« rief ich ungläubig. »Wir waren doch höchstens zwanzig Minuten im runden Turm.«

»Du machst Witze. Es ist fünf Uhr. Ihr wart *zwei* Stunden weg.« Wie zur Bekräftigung begann die Turmuhr sechs zu schlagen. Ich riß mir die warme Skibluse vom Leib, denn im Atelier herrschten, verglichen zum Turm, wüstenhafte Temperaturen. Dann zog ich die Handschuhe aus und die Schuhe.

»Großmama«, rief ich überschwenglich und sank auf den nächsten Stuhl. »Rate, was wir gefunden haben!«

»Den ungarischen Kronschatz!« Es klang nicht sehr freudig.

»Wäre dir das nicht recht?« fragte ich erstaunt.

»Kindchen, ich befinde mich in einem furchtbaren Gewissenskonflikt. Drei Viertel meines Lebens verbringe ich damit, den ungarischen Kronschatz zu schmähen. Und was tut ihr? *Ihr grabt ihn aus!*«

Ich lachte übermütig und küßte ihre kleine Hand. »Natürlich. Aber denk an den Gutshof! Und an den Schweinezüchter und an den Leopold. Großmama, wir *haben* ihn!« Ich begann, wild im Zimmer herumzutanzen, und versuchte gleichzeitig zu erzählen.

»Setz dich! Ich verstehe kein Wort.«

Ich gehorchte, war aber so aufgeregt, daß ich zu stottern begann.

Großmama verstand wieder nichts. Sie lachte und streichelte mein Haar. »Wasch dir zuerst das Gesicht. Du siehst aus wie eine Räuberbraut.«

Ich sprang auf und lief zum kleinen Waschtisch, der in der Ecke neben der Tür stand. Aus dem Spiegel sah mir ein Gesicht entgegen, das mit meinem nicht die geringste Ähnlichkeit aufwies. Eine graubraune Schicht bedeckte Mund, Kinn und Wangen. Dort war zuvor das nasse Tuch gewesen, und der Staub hatte sich besonders gut halten können. Die Augenbrauen waren weiß und die Haare grau bestäubt. Die Augen waren von großen Schmutzringen eingefaßt. Man konnte genau erkennen, wo die Brille gewesen war. Ich lachte hemmungslos. »Ein Wunder, daß du mich wiedererkannt hast.«

»Die Stimme ist noch die alte.«

Während ich mich säuberte, begann ich zu erzählen. Diesmal ging es glatt, und Großmama horchte aufmerksam zu. »Und die silberne Badewanne?« fragte sie schließlich interessiert.

»Haben wir nicht gesehen.«

»Und der Raum hinter dem obersten Wachzimmer ist tatsächlich so groß?«

»Größer als das Atelier hier. Und kreisrund!«

»Also hat mein Vater recht gehabt. Er hat immer behauptet, daß es im runden Turm ein ganzes Labyrinth von Gängen und Treppen gebe. Ich habe ihm natürlich nicht geglaubt, weil ich ihm überhaupt nichts mehr geglaubt habe. Aber er hat Stein und Bein geschworen, daß sämtliche Wachzimmer einmal mit dem geheimen Fluchtweg verbunden waren.«

»Genau das glaubt Onkel Eduard auch.«

»Außerdem«, fuhr sie fort, »hat er darauf bestanden, daß es irgendwo in der Nordwand einen runden Raum gibt, der groß genug ist, um mehrere Familien mit Dienstpersonal zu verstecken. Angeblich sind bei der ersten Türkenbelagerung zweihundert Leute von diesem Raum aus sicher in den Fluchtweg und von dort nach Lockenstein gelangt. Damals hat Lockenstein noch zu uns gehört. Jedenfalls waren alle Frauen und Kinder in Sicherheit, und die Männer haben Kronegg verteidigt.«

Ich kam nicht zum Antworten. Schwere Schritte waren auf dem Gang zu hören. Etwas krachte zu Boden, dann war Stille. Nach zwei spannungsgeladenen Sekunden, die uns wie eine Ewigkeit erschienen, ging die Tür auf. Onkel Eduard und Hans tauchten auf, Ekstase im Blick. Auf zwei Stangen, mit starken Seilen befestigt, trugen sie die Schatzkiste herein und stellten sie Großmama mit Bravour vor die Füße. Onkel Eduard machte eine ausladende Handbewegung. »Mama«, rief er begeistert. »Der Schatz der ungarischen Könige! Gestatte, daß ich ihn dir zu Füßen lege.« Ehe Großmama antworten konnte, rief Hans überrascht:

»Wie, Sie wissen, was da drinnen ist?«

»In der Tat. Aber damit wir nicht allzulange auf die Folter gespannt werden, möchte ich Sie ersuchen, in mein Arbeitszimmer zu eilen und folgendes mitzubringen: meine Lupen, meinen Magnet und meinen alten Cognac. Ferner werden

Sie ein paar Werkzeuge holen, damit wir diesen Schlössern zu Leibe rücken können. Und ziehen Sie sich ruhig um, so viel Zeit haben wir.«

Hans verschwand, und der Graf riß sich den Mantel herunter. »Mama«, rief er triumphierend, »was sagst du nun? Haben wir den Kronschatz, oder haben wir ihn nicht?«

Großmama schwieg.

Onkel Eduard lächelte allwissend und wusch sich Gesicht und Hände. Dann drehte er sich um. »Na? Ich warte auf deine Antwort. Erinnerst du dich, was du hier, an dieser Stelle, vor ein paar Tagen Frevelhaftes von dir gegeben hast? Möchtest du nicht Abbitte leisten?«

»Hübsche Kiste«, versuchte Großmama abzulenken.

»Keine Ausreden! Gib zu, daß du dich geirrt hast! Der Kronschatz ist *doch* auf Kronegg.«

Großmama lachte ebenfalls. »Ich nehme alles zurück, aber erst, wenn ich weiß, was da drinnen ist.«

»Du wirst es in Kürze erfahren. In ein paar Stunden, vielleicht auch schon früher, wirst du im Golde schweben.«

Er beugte sich über die Truhe und betrachtete sie aufmerksam. Dann zeigte er auf die Nägel, die ich für Eisen gehalten hatte. »Seht her! Ein Muster aus Silbernägeln. Wunderbare Arbeit! Wißt ihr, was das ist? Nein? Das ist das ungarische Reichswappen. Wozu, frage ich euch, würde man das ungarische Wappen in Silber auf eine Truhe aus Ebenholz schlagen und diese im ältesten Turm einer uralten Ritterburg verstecken? Hinter Mauern und geheimen Treppen? Wozu der viele Aufwand? Ich erspare euch die Antwort, vor allem dir, Mama, denn du willst dich ja mit eigenen Augen überzeugen, daß der Kronschatz da drinnen ist. Aber was, bitte, könnte deiner Meinung nach sonst drinnen sein?«

»Stroh.«

»Dazu ist die Kiste viel zu schwer.«

»Steine.«

»Ich bitte dich, hör auf! Da ist Gold drinnen; Gold und Edelsteine und . . . ah, da ist Hans. Er muß ja geflogen sein.«

Hans trat ein, so außer Atem, daß er kaum sprechen konnte. Er hatte sich umgezogen, trug ein kurzärmliges, kariertes Hemd, doch der Schweiß lief ihm noch immer über die Stirn. Er hatte sich zwar gewaschen, aber so flüchtig, daß am Haaransatz noch braune Ränder zu sehen waren. »Also, meine Lieben«, rief der Graf und nahm ihm Werkzeug, Cognac, Magnet und Lupen ab, »dies ist ein historischer Augenblick. Setzt euch zu uns, wir wollen das Werk vollenden.«

Wir saßen jetzt alle am Boden rund um die Truhe. Es war vollkommen still im Atelier. Die Fenster standen weit offen, ab und zu kam eine neugierige Fliege herein und summte über unsere Köpfe. Sonst hörte man nur das leise Klirren des Werkzeugs.

»Französische Schlösser«, hatte der Graf am Anfang erfreut festgestellt. »Etwas komplizierter als deutsche, aber im Grunde ein durchaus einfacher Mechanismus. In zwanzig Minuten müßten wir das schaffen.«

Es ging aber doch nicht so schnell. Die Turmuhr schlug eine Viertelstunde nach der anderen, und die Truhe war immer noch zu. Hans, der sonst Punkt fünf Uhr nach Hause ging, begann unruhig zu werden. Onkel Eduard blieb dies nicht verborgen.

»Sorgen Sie sich wegen Ihrer Frau?«

Hans nickte. »Aber ich bleibe gern länger, wenn Sie wollen.«

Onkel Eduard legte sein Werkzeug weg. »Nein, nein! Wenn Sie ein Telefon zu Hause hätten, würde ich das annehmen, aber so nicht. Wir werden bis morgen eine Pause einlegen.« Er stand auf. »Sagen Sie, waren Sie schon bei der Anna im ›Gekränkten Auerhahn‹? Nein? Dann gehen Sie heute abend mit Ihrer Frau dorthin, lassen sich ein erstklassiges Abendessen servieren, und anschließend trinken Sie einen guten Schluck auf den ungarischen Kronschatz.« Er drückte Hans ein paar Geldscheine in die Hand.

»Danke!« Hans war verlegen und steckte umständlich das Geld ein. »Vielen Dank!«

»Und morgen kommen Sie eine Stunde später zur Arbeit!«

Hand bedankte sich noch einmal und ging zur Tür. Die Klinke in der Hand, drehte er sich wieder um und zeigte auf die Schatztruhe. »Sagen Sie, Herr Graf, ist das ein großes Geheimnis?«

»Absolut nicht!« rief Onkel Eduard überschwenglich. »Jeder soll davon erfahren. Verbreiten *Sie* die freudige Botschaft! Erzählen Sie es Ihrer Frau, den Leuten am Stammtisch, der geizigen Anna. Erzählen Sie allen, die es wissen wollen, was wir heute nachmittag geleistet haben. Das ist ein Befehl.« Als Hans gegangen war, machte sich Onkel Eduard sofort wieder an die Arbeit. Vorher aber zog er das Oberteil seines Trainingsanzugs aus.

»Warum soll er die Kunde von deinem Kronschatz in die Welt hinausposaunen?« wollte Großmama wissen. »Hast du ernstere Gründe dafür?«

»Natürlich! Weiß es erst einmal die geizige Anna, dann weiß es bald die ganze Gegend, inklusive der Herr von Lokkenstein. Und auf *den* kommt es mir an.«

»Aha!« sagte Großmama und sah dem Grafen zu, der an den Schlössern bastelte. »Wie lange wird es noch dauern?«

»Nicht mehr lange. Höchstens ein paar Minuten.«

Diesmal sollte Onkel Eduard recht behalten. Der große Moment kam um Punkt sieben, gerade als Lotte anrief, um zu fragen, wann sie das Abendessen servieren solle.

»Wir essen um acht«, rief der Graf freudig in den Hörer, »und zwar noch einmal mit Champagner. Stellen Sie *drei* Flaschen kalt, wir haben allerhand zu feiern.«

Dann stand er bewegungslos vor der Truhe und starrte sie an.

»Was ist? Willst du sie nicht öffnen?«

Onkel Eduard stieß einen tiefen Seufzer aus. Ich sprang auf und stellte mich neben ihn.

»Angst in letzter Minute«, sagte Großmama verständnisvoll, »aber du hast nichts zu verlieren. Wenn Steine drinnen sein sollten, dann hast du wenigstens eine schöne, silberbeschlagene alte Schatzkiste.«

Onkel Eduard gab mir ein Zeichen. Gemeinsam faßten wir den schweren Deckel und schlugen ihn vorsichtig zurück. Großmama sprang wie eine Katze aus ihrem Lehnstuhl und beugte sich mit uns über die offene Truhe. Im Raum war es totenstill.

Die Innenseite des Deckels war mit grünem Samt ausgeschlagen, und ein Tuch in derselben Farbe verdeckte den Inhalt. Der Graf faßte es an einem Ende und zog es langsam in die Höhe. Gebannt starrten wir auf das, was darunter zum Vorschein kam. »Hurra!« brüllte Onkel Eduard. »Was habe ich euch gesagt? Gold in Hülle und Fülle. Gold, so weit das Auge reicht! Mama, du bist besiegt. Schau dir das an, du Frevlerin!«

Was unter dem grünen Tuch zum Vorschein kam, war in der Tat Gold. Keine Juwelen, Brillanten, Perlen oder Rubine, wie wir eigentlich erwartet hatten, sondern Gold in großen Mengen. Ein Durcheinander von Ketten, Armbändern, Diademen, Broschen und Münzen lag vor uns und wartete darauf, geordnet und bewundert zu werden.

»Hm!« sagte Großmama und rückte ihr Hütchen zurecht.

»Wieviel Gold ist das?« fragte ich vorsichtig.

»Mindestens zwanzig Kilo. Jedenfalls genug für den Gutshof.« Onkel Eduard griff in den Goldberg und ließ die Ketten durch seine Finger gleiten.

»Gute Farbe«, stellte er anerkennend fest, »alte Legierung, wahrscheinlich zweiundzwanzig Karat.«

Großmama fischte ein kleines Diadem heraus und betrachtete es aufmerksam. Dann gab sie es weiter an den Grafen. »Hübsch«, meinte sie, »aber sollten da nicht Steine drin sein? Glaubst du, jemand hat sie herausgebrochen?«

Onkel Eduard legte das Diadem flach auf die Hand. »Du hast recht. Ein seltsames Stück. Ich werde es gleich mit der Lupe untersuchen. Aber zuerst vergönn dir bitte das, Mama!« Er zog eine lange, nicht enden wollende Kette aus der Truhe. Sie bestand aus großen Goldkugeln von fünf Zentimeter Durchmesser. »Hast du je eine so schwere Goldkette besessen?«

Großmama nahm die Kette und wog sie in der Hand, zuerst in der rechten, dann in der linken. Sie warf einen eigenartigen Blick auf den Grafen, roch dann an dem Gold und gab es ihm zurück.

»Eduard«, sagte sie bedeutungsvoll. »Ich habe noch nie in meinem Leben eine so schwere Goldkette besessen.«

»Das glaube ich dir gern«, sagte der Graf und wollte die Kette in die Truhe zurücklegen.

»Wenn ich sie nicht selbst in der Hand gehalten hätte«, fuhr Großmama eindringlich fort, »würde ich bezweifeln, daß es eine so schwere Goldkette *überhaupt gibt.«*

Ihr Ton ließ mich aufhorchen. »Was meinst du damit?« rief ich und bat den Grafen um die Kette. Er gab sie mir, und ich stellte mit Erstaunen fest, daß das Gold meine Hände gewaltig nach unten zog.

»Das ist unglaublich«, rief ich, »die ist ja bleischwer!«

»*Was* hast du gesagt?« rief der Graf aufgeregt. *»Bleischwer?* Gib her!« Er riß mir die Kette aus der Hand und schaute sie genau an.

»Lupe!« befahl er.

Ich brachte ihm die Lupe und sah zu, wie er Zentimeter für Zentimeter eingehend examinierte. Dann legte er die Lupe weg und begann, die Kette zu biegen. Er schüttelte mehrmals den Kopf, brummte Unverständliches vor sich hin und griff wieder nach der Lupe.

Großmama, die mehrere Armbänder in der Hand wog, unterbrach die Untersuchung. »Was willst du mit der Lupe, Eduard? Versuch es doch zuerst mit dem Magnet.« Der Graf wurde blaß. »Meinst du das ernst?« Es klang flehend.

»Leider. Bei *dem* Gewicht ist alles drin. Annette, bring deinem Onkel den Magnet! Er liegt auf dem Fenstersims.«

Ich gehorchte.

Onkel Eduard seufzte herzerweichend. Dann legte er die Kette auf den offenen Deckel der Truhe und fuhr ihr langsam mit dem Magnet entgegen.

Zuerst geschah nichts. Dann aber, mit einem Schlag, wurde die Kette lebendig und schnellte auf den Magnet zu wie eine hungrige Schlange auf eine Maus. Onkel Ferdinand hielt den Magnet in die Höhe. Die Kette blieb an ihm haften. Der Graf ließ die Hand sinken und fiel auf den nächsten Stuhl. »Eisen vergoldet«, murmelte er mit ersterbender Stimme und rührte sich nicht mehr.

Ich sah verzweifelt zu Großmama.

Die zuckte mit den Achseln und warf die Armbänder zurück in die Kiste. Dann setzte sie sich wieder in ihren Lehnstuhl, rückte ihr Hütchen zurecht und wippte mit den Füßen.

»Also, wer hat recht gehabt?« fragte sie nach einer angemessenen Erholungspause. »Ich natürlich. Der Kronschatz ist *nicht* auf Kronegg. Was du gefunden hast, ist zwar auch alt, aber es hat nur dazu gedient, die echte Spur zu verwischen. Der echte Schatz ist nach wie vor in Ungarn.«

Onkel Eduard wurde wütend. Er sprang auf und warf den Magnet zu Boden. »Das glaube ich nicht«, brüllte er, »das ist nicht wahr!« Dann packte er seinen Stuhl mit beiden Händen, hob ihn hoch und warf ihn aus dem Fenster. Wir hörten Wasser spritzen – also war er im steinernen Brunnen gelandet.

»Eduard«, sagte Großmama streng, »du mußt den Tatsachen ins Auge sehen!«

»Nein!« schrie der Graf, rot vor Zorn. »Das muß ich *nicht*. Das kann doch nicht alles Eisen sein!«

Er griff mit beiden Händen in die Truhe und schüttete einen glitzernden Haufen auf den Boden. Dann setzte er sich davor und prüfte Stück für Stück mit dem Magnet. Es war jedesmal dasselbe. Das Gold war hauchdünn, darunter war massives Eisen. Verächtlich warf er das letzte Armband zur Seite, stand auf und ging zum Fenster.

»Alles Tand!« rief er empört und beugte sich hinaus. »Wieso schwimmt da ein Sessel im Brunnen?«

»Weil *du* ihn hinuntergeworfen hast. Eduard, sei vernünftig! Setz dich zu uns, und laß mit dir reden!«

Der Graf drehte sich um. »Mama«, sagte er kläglich, »was machen wir jetzt?«

»Jetzt gehen wir hinunter, trinken den eisgekühlten Champagner und feiern den wiedergefundenen ungarischen Kronschatz.«

Onkel Eduard schüttelte den Kopf. »Mama, deine Logik übersteigt meine Geisteskräfte. Entschuldige, daß ich es so brüsk formuliere, aber manchmal zweifle ich an deinem Verstand.«

»Und ich an deinem! Eduard Silvester, es gibt kein Zurück mehr. Der Hans ist längst im ›Gekränkten Auerhahn‹, und die geizige Anna ist ebenfalls schon in Aktion. Willst du dich lächerlich machen?«

Der Graf verneinte.

»Na, siehst du! Der Leopold wird es spätestens morgen früh erfahren, und das wolltest du doch. Um den Leopold einzuschüchtern, ist dieses ›Gold‹ hier gut genug.«

Onkel Eduard sagte nichts. Sein Auge wanderte von der hübschen silberbeschlagenen Truhe zu den glitzernden Münzen und Ketten am Boden. »Sieht vollkommen echt aus, nicht?« meinte er dann versonnen. »Vielleicht sollte ich versuchen, von meiner Bank einen Kredit darauf aufzunehmen?«

Großmama setzte sich kerzengerade auf. »Nein, das solltest du nicht! Auf diese Art wird man Burgen und Gutshöfe *los*! Denk an deinen Vater und Großvater. Bist du denn von allen guten Geistern verlassen?«

»Aber mit dem Kredit könnte ich den Gutshof kaufen und den Leopold ärgern.«

»Und wenn sich dann herausstellt, daß das Gold falsch ist?«

»Dann gehört der Gutshof der Bank. Immer noch besser als dem Lockensteiner mit seinem Vergrasungswahn.«

»Der Gutshof gehört der Bank, aber nicht lange. Die Bank wird ihn nämlich versteigern, und wenn du Pech hast, kriegt ihn der Leopold für den Aufrufpreis. Ist dir das lieber?«

»Natürlich nicht. Entschuldige, Mama, unter normalen Umständen wäre mir das gar nicht in den Sinn gekommen. Ich bin vollkommen durcheinander, verstehst du?« Er setzte sich zu ihr auf die Sessellehne, ergriff ihre Hand und küßte sie. »Also, was sollen wir tun?«

»Zuerst machen wir hier Ordnung. Das Gold wird schön in die Truhe arrangiert, denn Lotte und das Mädchen werden es sehen wollen, und Olivier ebenfalls. Olivier ist schon wieder auf den Beinen. Er hat vor zirka einer Stunde den Hof überquert.«

Sie stand auf.

»Wollt ihr mir helfen?«

Gemeinsam machten wir uns an die Arbeit. Wir entwirrten die Ketten, sortierten die Armbänder und Ringe, stapelten die Münzen und steckten die Broschen in den grünen Samt der Innenseite des Deckels. Als wir fertig waren, sah die Schatztruhe aus wie eine kostbare Requisite aus dem Film »Tausendundeine Nacht«.

»Hervorragend!« sagte Großmama zufrieden und betrachtete unser Werk. »Da wird ihnen das Wasser im Mund zusammenlaufen. Warte nur, bis der Leopold das sieht!« Dann sammelte sie die herumliegenden Pullover, Jacken und Strümpfe ein und reichte sie dem Grafen. »Nimm das mit hinunter und schließ die Tür zum Atelier ab!«

»So«, sagte sie auf dem Gang, »jetzt bin ich froh, wenn ich aus diesen alten Galoschen komme. Also, noch einmal: Wir haben den ungarischen Kronschatz gefunden, und wir wissen vor Glück nicht ein noch aus. Verstanden? Wir ziehen uns jetzt um, genießen dann ein gutes Essen, trinken den Champagner, lachen und sind fröhlich.« Sie sah uns herausfordernd an. »Soviel Schauspielkunst wird doch in euch stekken?«

»Natürlich«, sagte Onkel Eduard, »aber wie kriegen wir den Gutshof?«

Großmama rückte ihr gelbes Hütchen mit den lila Primeln zurecht. »Alles zu seiner Zeit«, meinte sie und begann, beschwingt die Treppe hinabzusteigen.

16

Der nächste Tag verlief ziemlich hektisch. Hans hatte im »Gekränkten Auerhahn« gute Arbeit geleistet, und die Nachricht, daß wir den ungarischen Kronschatz gefunden hatten, war in rasender Eile über die ganze Gegend verbreitet worden. Vom frühen Morgen an hörte das Telefon nicht mehr auf zu läuten.

Kaum saßen wir beim Frühstück und hatten den ersten Schluck Kaffee getrunken, rief die geizige Anna an, um uns zu gratulieren – und zu einem festlichen Mittagessen einzuladen. Sie sei gar nicht überrascht, teilte sie uns mit, daß wir einen Schatz gefunden hätten, sie habe während der ganzen Zeit, die sie auf der Burg Köchin gewesen sei, immer das Gefühl gehabt, daß die Mauern voll Gold steckten. Außerdem habe sie mindestens zweimal von offenen Schatztruhen geträumt.

Kaum hatte sie aufgelegt, rief ihr Mann an, um uns mitzuteilen, daß das Festessen natürlich gratis sei. Er hoffe, seine Anna habe das klargemacht. Aber er habe eine Bitte. Könnten die beiden Damen vielleicht ein paar Stücke aus dem ungarischen Kronschatz tragen? Ein Collier vielleicht? Oder ein Diadem? Nur zum Ansehen für die anderen Gäste. Außerdem würde er gerne Fotos machen zum Andenken an diesen historischen Moment, der Ruhm über die ganze Gegend bringen würde. Die Fotos würde er mit unserer Erlaubnis rahmen lassen und in die Gaststube hängen.

Der Hörer lag kaum auf der Gabel, da rief der Gutsbesitzer

an und sprach kurz mit dem Grafen. Anschließend meldete sich auch der Leopold und ließ ausrichten, daß er im Laufe des Vormittags vorbeikommen würde. Ob es dem Grafen angenehm sei?

Onkel Eduard ließ zurückrufen, daß von angenehm keine Rede sein könnte. Er würde ihn nicht empfangen und sei für niemanden zu sprechen. Dann setzte er sich mit einem Lächeln der Genugtuung wieder zu uns und trank gleich zwei Tassen Ersatzkaffee hintereinander.

Es war das erste gräfliche Lächeln an diesem schönen Morgen. Onkel Eduard hatte eine anstrengende Nacht hinter sich. Er hatte es sich nicht nehmen lassen, nach dem Abendessen, das gezwungenermaßen ziemlich heiter verlief, noch einmal in den runden Turm zu steigen, um herauszufinden, wohin die zweite Geheimtreppe führte. Als er entdeckte, daß sie tief in der Erde, weit außerhalb der Burgmauern, in den geheimen Fluchtweg nach Lockenstein mündete, hatte er die Suche aufgegeben, und zwar um so leichter, als nirgends silberne Badewannen zum Vorschein gekommen waren. Was wir gefunden hatten, war wahrscheinlich wirklich im Jahre 1849 nach Kronegg gebracht worden, aber es diente nur dazu, die Habsburger von der echten Fährte abzulenken. Empört hatte er bei Tagesanbruch sämtliche Zugänge zum runden Turm abgesperrt und die Schlüssel an einem sicheren Ort versteckt. Beim Frühstück hatte er dann Großmama mit entsagender Miene seinen Holzhammer überreicht.

»Nimm ihn in Verwahrung, Mama, mir ist die Lust vergangen.«

Anschließend hatte er seine Post durchgesehen und kein Wort mehr gesprochen.

»Eduard«, sagte Großmama warnend und betrachtete ihr Frühstücksei. »Olivier kommt. Nimm dich bitte zusammen und lächle! Du bist ein frischgebackener Multimillionär, vergiß das nicht!«

»Olivier kommt?« rief Onkel Eduarf mit einemmal munter

und ließ den Brief sinken, den er gerade las. »Das ist eine gute Nachricht. Ich bin gespannt, was er uns zu sagen hat.«

»Was soll er uns zu sagen haben?« fragte Großmama überrascht. »Dasselbe wie gestern abend, nehme ich an. Daß der Kronschatz zu schade für den Gutshof ist und daß du damit ein Reisebüro finanzieren sollst, in dem er Direktor wird.«

»Abwarten«, schmunzelte der Graf und sah meinem Cousin liebevoll entgegen.

Olivier kam schleppenden Schrittes über den Kies. Er war zwar elegant wie immer, diesmal in einem sandfarbenen Sommeranzug mit weißer Krawatte, aber er ging gebeugt und wirkte geschlagen. Wie sich herausstellte, gab es einen handfesten Grund dafür: Man hatte ihm sein Bett ausgewechselt.

»Liebster Onkel«, begann er gekränkt, nachdem er uns schnell guten Morgen gewünscht hatte, »es ist etwas Schreckliches erschienen. Mein Bett! Stellen Sie sich vor, es ist ganz verändert. Gestern abend will ich zur Ruhe gehen, und ein ganz kleines Bettlein steht dort. Ihre Dienerin hat gesagt, das ist Ihr Befehl. Ich habe das akzeptiert und mich eingelegt, aber wirklich wahr, es ist zu hart. Mein Rücken ist geschunden, liebster Onkel, alle hinteren Teile gefleckt, ganz blau, *ich bitte Sie*!« Er sah empört in die Runde. »Ich bin französisch, und ich habe mein ganzes Leben lang *nur* in *sanften Betten* gesiedelt!«

Der Graf zeigte sich von seiner besten Seite. »Olivier«, meinte er fürsorglich, »harte Betten sind viel gesünder. Hat dir das niemand gesagt? Gleich wie du gekommen bist, ist mir deine Haltung aufgefallen. Sie läßt zu wünschen übrig. Dein Rückgrat ist geschwächt, ich habe ein Auge für diese Dinge. Nur dir zuliebe habe ich das Bett wechseln lassen. Glaube mir, mein Lieber, zwei Monate auf diesem harten Lager werden Wunder wirken. Wenn du nach Frankreich zurückkehrst, wirst du schreiten wie ein Prinz.«

Olivier war nicht überzeugt. »Entschuldigen Sie vielmals,

teuerster Onkel, aber ich muß Ihnen protestieren. Mein Rückgrat hat keinen Tadel, das haben mir die Ärzte immer wieder gepriesen.«

»Wer glaubt denn heute noch an Ärzte«, entrüstete sich der Graf. »Olivier, deine Haltung hat ein hartes Bett nötig. Ich habe dir extra das härteste Bett von Kronegg ins Zimmer stellen lassen, und das ist eine große Ehre. Darauf hat schon der Kaiser Franz Josef geschlafen. Na, was sagst du jetzt?«

»Wahrscheinlich ist er nie wiedergekommen«, rief Olivier nd sah hilfesuchend zu Großmama, die gerade ihr Frühstücksei löffelte. »Liebste Großtante, erklären Sie bitte dem Grafen, daß mein Schlaf *kein steinhartes Bett* siedelt!«

Er war den Tränen nahe, und Großmama war sofort gerührt. »Eduard«, sagte sie streng und legte den Löffel weg. Aber der Graf wollte nichts hören. »Keine Widerrede«, befahl er. »Du wirst dich damit abfinden und es eine Woche lang versuchen. Dann reden wir weiter.« Er wandte sich an mich. »Annette, hat das Mädchen bei dir schon aufgeräumt? Ja? Dann werden wir beide kurz verschwinden, wir haben etwas Wichtiges zu besprechen. Olivier, du wirst inzwischen frühstücken. Wenn dein Magen voll ist, wirst du sehen, wie herrlich du dich fühlst.« Er stand auf. »Küß die Hand, Mama!« Dann reichte er mir seinen Arm, und wir schritten davon.

Das Mädchen hatte bereits meine Zimmer aufgeräumt und die Seidenkissen auf meinem Sofa frisch überzogen. Onkel Eduard aber setzte sich nicht zu mir, wo es gemütlich war, sondern auf die harte Bank, die vor meinem Cembalo stand. Er verschränkte die Arme, zog seine buschigen schwarzen Augenbrauen zusammen und fixierte mich stumm, bis ich nicht mehr wußte, wo ich hinsehen sollte. Ich erforschte mein Gewissen. Hatte ich etwas ausgefressen, etwas angestellt? Nicht daß ich wüßte. Was wollte er dann von mir?

»Mein liebes Kind«, brach der Graf endlich das Schweigen, »was gestern passiert ist, ist eine Tragödie. Die ganze Nacht habe ich mir den Kopf zerbrochen, wie wir zu Geld kommen könnten.« Pause. »Eine einzige, spärliche Hoffnung gibt es noch: Das ist die australische Wüste. Wenn die uns auch im Stich läßt, dann gibt es nur noch eines.« Er begann mich wieder zu fixieren, diesmal aber nicht so lange.

»*Du* mußt uns retten.«

»Aber gerne«, rief ich erleichtert. »Was soll ich tun?«

»Mein Kind, inwieweit kann ich auf dich bauen?«

»Sehr weit.«

»Um so besser. Das ist der Esprit, den du von Aimé geerbt hast. Sie war dir immer ein Vorbild, oder?«

»Natürlich«, sagte ich und dachte an den schönen Ring, den ich fast schon besaß. Dann hob ich den Kopf und sah auf das große Bild im schweren Goldrahmen, das mir gegenüber an der Wand hing: meine Großtante Aimé. Da war sie! Blond, schlank, elegant, mit roten Lippen, einen Fächer in der Hand. Sie trug ein großes Abendkleid, und ihr Lächeln sagte eindeutig: Ich kann alles.

»Den Ring kennst du ja«, fuhr Onkel Eduard fort und zeigte auf die gemalte Hand, an welcher der Brillant mit den Rubinen funkelte. »Du wirst ihn in Kürze erhalten. Gefällt er dir?«

Ich nickte vorsichtig.

Worauf wollte er hinaus? Eine dunkle Ahnung stieg in mir auf. Ich rückte unruhig auf meinem Sofa hin und her. Nein! Das war zu absurd. Schnell an etwas anderes denken!

»Wirst du ihn tragen?«

»Natürlich. Sobald du es erlaubst.«

Der Graf räusperte sich. »Wenn du ihn trägst, wirst du ihn hoffentlich in *ihrem* Sinne tragen«, er zeigte auf das Bild, »und ich setze voraus, daß du einverstanden bist, zur Rettung des Gutshofes und unserer Familienehre so zu handeln, wie Aimé hier handeln würde.«

»Wie meinst du das?« fragte ich ernsthaft beunruhigt. »Könntest du mir das bitte genauer erklären?«

»Natürlich«, sagte der Graf und bestätigte meine schlimmsten Befürchtungen, »du wirst eine *gute Partie* machen.«

Das saß! Ich starrte auf meinen Onkel und wagte mich nicht zu rühren.

»Na und?« rief dieser erwartungsvoll. »Was sagst du dazu?«

Ich sagte gar nichts.

Der Graf zog drohend seine schwarzen Augenbrauen zusammen. »Soll ich deinem Schweigen entnehmen, daß dieser Herr Grünauge immer noch in deinem Hirn herumspukt?«

»Nein, nein, gar nicht!« rief ich schnell.

»Warum redest du dann nicht?« donnerte Onkel Eduard so laut, daß man es sicher auch noch im großen Hof hören konnte. »Warum fragst du nicht, *wer* die gute Partie ist?«

Ich seufzte. »Also, wen soll ich heiraten?«

Onkel Eduard erhob sich von der harten Bank und breitete theatralisch die Arme aus. »Einen Prinzen natürlich«, rief er begeistert und kam zu mir herüber, »einen Prinzen, mein Kind. Für jeden anderen bist du mir zu schade.« Er setzte sich zu mir aufs Sofa und betrachtete mich erwartungsvoll. »Wirst du ihn heiraten?«

»Wie soll ich wissen, ob ich ihn heirate, wenn ich keine Ahnung habe, um wen es sich handelt«, sagte ich verwirrt. »Ich kenne keinen einzigen Prinzen aus deinem Bekanntenkreis, der ledig ist.«

»So? Kennst du nicht? Ich schon.«

»Aber ich nicht!«

Der Graf begann verheißungsvoll zu lächeln. »Ich sage nur ein Wort: Rotenhaus.«

Wieder ein Volltreffer.

»Du meinst den Engelbert?« fragte ich entsetzt. »Das kann doch nicht dein Ernst sein!«

»O doch, das ist mein voller Ernst.«

»Aber der Engelbert war schon *viermal* verheiratet und ist erst dreiunddreißig. Er hat *sieben* Kinder von *vier* verschiedenen Frauen!«

Der Graf setzte sich in Positur. »Der Engelbert war *nie* verheiratet, zumindest nicht vor Gott und der Welt.«

»Mir genügt die Welt«, rief ich schnell. »Sieben Kinder sind eine Tatsache, die man nicht wegleugnen kann.«

»Er war nie kirchlich verheiratet«, fuhr Onkel Eduard fort, als habe er mich nicht gehört. »Mit der *richtigen* Ehe läßt er sich Zeit, bis er die wahre Liebe gefunden hat.«

»Und das soll *ich* sein?«

»Absolut!«

Ich sah durch das offene Fenster auf die Kastanien. Da draußen, nur ein paar Meter von uns entfernt, saß Großmama gemütlich mit Olivier beisammen. Sollte ich sie rufen? Das Ganze war zu absurd. Aber dann fiel mir etwas ein. »Onkel Eduard, der Engelbert ist höchstwahrscheinlich gar kein Prinz. Der Stammbaum ist falsch.«

»Der Stammbaum ist in Ordnung. Die Gerüchte sind Blödsinn. Denk an die vier Sägewerke, die ihm gehören! Vier riesige Sägewerke! Weißt du, wieviel die einbringen?«

»Aber im Dorf wird behauptet, daß er das ledige Kind vom Briefträger ist.«

»Unsinn! Laß das Volk behaupten, was es will. Das ist nur der Neid. *Ich* habe Nachforschungen angestellt. Erstens ist seine Mutter eine Gräfin. Zweitens ist er von der väterlichen Seite her ein Prinz. Er hat sogar den ältesten Stammbaum von ganz Europa. Weißt du, wie weit der zurückgeht? Rate!«

»Keine Ahnung.«

»Rate!«

»Bis zu den Raubrittern«, sagte ich sarkastisch.

Onkel Eduard lächelte überlegen. »Viel weiter. Versuch es noch einmal!«

Ich zuckte hilflos mit den Achseln.

»Bis zu den Hunnen!« rief Onkel Eduard temperamentvoll. »Na, was sagst du jetzt?«

»Was? Bis zu den Hunnen? Du machst Witze!«

»O nein, bis zu den Hunnen, so wahr ich hier sitze. Gestatte, daß ich deine Geschichtskenntnisse auffrische. Die Hunnen haben im 5. Jahrhundert Oberitalien überrannt, aber erst, nachdem der Bischof samt Kirchenschatz und Gemeinde auf die Insel Grado geflüchtet ist. Jedenfalls ist eine arme Prinzessin nicht schnell genug weggekommen, irgendwie hat sie kein Boot mehr erwischt, und der Attila hat sie – wie soll man sagen –, er hat sie zur Frau genommen. Sie ist ihm aber entwischt, und das Kind ist in Grado zur Welt gekommen.« Er machte eine wirkungsvolle Pause. »Der Vater vom Engelbert ist sein direkter Nachkomme.«

»Und das soll ich glauben?«

»Warum denn nicht? Das ist alles wahr.«

»Na, und?«

Der Graf war enttäuscht. »Was heißt: Na, und?«

»Was ist an den Hunnen so großartig, daß du ihre Erbanlagen unbedingt in der Familie haben willst?«

»Es geht mir nicht um die Erbanlagen«, meinte der Graf mit entwaffnender Offenheit, »sondern um die vier Sägewerke. Aber die Hunnen sind eine angenehme Dreingabe.«

Ich sagte nichts.

»Also, kommen wir zur Sache! Gefällt dir der Engelbert?«

»Nein, gar nicht.«

»Und warum nicht?«

»Erstens ist er zu grob, zweitens zu dick, drittens trinkt er zu viel, viertens geht er auf die Jagd, und fünftens ist er überhaupt nicht mein Typ.«

»Und warum ist er nicht dein Typ, wenn ich fragen darf? Weil er keine grünen Augen hat?«

Ich seufzte.

»Warum soll ein großer, fescher Mann mit vier Sägewerken nicht dein Typ sein? Kannst du mir das erklären?«

»Offensichtlich nicht.«

»Also, ich muß jetzt zum Gutshof. Der Besitzer fliegt morgen nach Kanada, und ich muß vorher noch ein letztes Angebot machen. Er bleibt zwar nicht lange, er besichtigt nur die Farm, die sein Bruder für ihn gefunden hat, aber ich will, daß er *mein* Angebot im Schädel hat, wenn er drüben ist.«

»Onkel Eduard«, rief ich flehend, »wann können wir weiterreden?«

»Worüber?« fragte der Graf, der schon wieder ganz bei seinen Geschäften war.

»Über die Hunnen.«

»Was? Du meinst die Sägewerke – pardon – den Engelbert? Ja . . . also . . . am Abend nehme ich an. Mittags fahren wir in den ›Gekränkten Auerhahn‹, anschließend bin ich in der Stadt auf der Bank, um mich über deine Goldgeschäfte zu erkundigen. Vielleicht ist *dein* Gold *echt*, mein Kind. Dann brauchen wir über den Herrn von Rotenhaus kein Wort mehr zu verlieren.« Er stand auf. »So, und jetzt geht's los mit dem Theater, jetzt schmücken wir uns bis an die Zähne. Wir gehen jetzt alle hinauf zu unserer Schatztruhe und wühlen ein bißchen im Gold. Dann suchen wir den Schmuck aus, den ihr heute mittag tragen werdet. Olivier nehmen wir mit, er kann zwar nicht Deutsch, aber er hat einen guten Geschmack. Also, komm!«

Ich erhob mich schweren Herzens.

»Was ziehst du an?«

»Wahrscheinlich das rote Seidenkleid aus London, das dir so gut gefallen hat.«

»Ausgezeichnet! Rot verträgt sich gut mit Gold. Du wirst aussehen wie eine ungarische Prinzessin. Wir werden dir ein Diadem verpassen, und ausnahmsweise darfst du die Haare offen tragen. Zufrieden?« Ich nickte. Der Graf rieb sich die Hände. »Mein Kind, wir werden sie alle im Gold ersticken. Die Augen werden ihnen aus dem Kopf fallen. Und wenn der Leopold das hört, platzt ihm vor Neid der Kragen. Dann sind wir ihn los. Amen!«

17

Der »Gekränkte Auerhahn« gehörte zu den besten Gasthäusern der Umgebung. Er lag an der kleinen Straße von Lokkenstein nach Kronegg und war ursprünglich eine Poststation gewesen. Hier hatte man vor hundert Jahren die Pferde gewechselt, hier waren die Reisenden mit einem Seufzer der Erleichterung aus ihren unbequemen Kutschen gestiegen und hatten sich eine Nacht lang ausgeruht. In den letzten fünfzig Jahren war das Haus mehrere Male vergrößert worden, aber so geschickt, daß sich der historische Charakter erhalten hatte. Zur Straße hin, rechts und links neben der Eingangstür, gab es eine gemütliche überdachte Veranda, davor einen großen Wirtsgarten mit alten Nußbäumen. Unter dem hölzernen Giebel prangte ein großer gemalter Auerhahn, und darunter stand in roten Buchstaben: *Josef und Anna Seidel.*

Drinnen in der Gaststube, auf einem besonderen geschnitzten Podest neben der Tür zum Festsaal, thronte der »echte« Auerhahn. Er war über einen Meter groß und so hervorragend präpariert, daß man meinen konnte, er sei lebendig. Sein Rücken schillerte schwarz, die Brust grün, die Bartfedern hatte er ekstatisch gesträubt und den Kopf hoch erhoben; er schien mit aller Kraft zu balzen – und sah dabei unglaublich beleidigt drein.

Wie alt der Auerhahn war, wußte keiner, aber er war das Prunkstück des Hauses. Ein Besitzer hatte ihn an den nächsten Besitzer weitervererbt. »Man hat uns schon sehr viel Geld für ihn geboten«, erklärte uns die geizige Anna stolz, »aber verkaufen kommt nicht in Frage!«

Heute war der »Gekränkte Auerhahn« gedrängt voll. Der Bürgermeister von Kronau war da, samt Frau, und hatte auf der Veranda Platz genommen. Neben ihm saß der Tierarzt samt Mutter und Gemahlin, gegenüber der Postmeister mit

Familie und daneben der Tennisplatzbesitzer mit Freundin. Der Chefredakteur der Lokalzeitung war anwesend, in seinem Gefolge nicht weniger als vier Fotografen. Wir wurden mit großem Hurra und viel Geblitze empfangen und anschließend zwei Stunden lang mit Essen vollgestopft.

Es gab eine klare Suppe, dann Spargel mit Sauce Hollandaise. Als nächstes wurde Schweinebraten aufgetragen mit vier Gemüsen und gemischtem Salat. Käse gab es keinen, dafür aber ein exzellentes Pflaumenkompott und eine herrliche Torte mit Marzipanfüllung und Schokoladencreme. Zum Kaffee wurden hausgemachte Bonbons gereicht, und am Schluß erhielten Großmama, Onkel Eduard, Olivier und ich je eine kleine Schatztruhe aus Marzipan.

Dieses Mittagessen war die anstrengendste Mahlzeit meines Lebens. Wir waren in großem Staat erschienen, Großmama mit ausladendem weißen Blumenhut und elegantem weißen Piquékleid, Olivier in einem weißen Anzug und ich im roten Seidenkleid aus London. Gegen das Essen wäre nichts einzuwenden gewesen, wohl aber gegen die schweren Eisenketten, mit denen uns Olivier und der Graf behängt hatten.

Die beiden waren unerbittlich und kannten kein Pardon. Großmama atmete schwer unter einem monströsen Collier, das ihre ganze Brust bedeckte und Anhänger hatte, die bis zum Nabel reichten. Mir hatte man ein zentnerschweres Diadem aufgesetzt, das schon vor dem Spargel mein Weltbild verdüsterte. Außerdem hatte mein Cousin auf zwei dicken Armreifen bestanden, mit dem Resultat, daß ich kaum die Gabel zum Mund führen konnte. Der schwere Schmuck zog meine Hand beharrlich nach unten und schien Tonnen zu wiegen.

»Hör auf zu jammern!« befahl Onkel Eduard, ehe wir in den Daimler stiegen. »Es nützt ja doch nichts. Und merkt euch: Was immer auch geschieht, der Schmuck wird *nicht* abgenommen! Wenn ihn jemand bewundern will, dann laßt ihn das Zeug von der Nähe betrachten, eventuell auch berühren, aber herunternehmen kommt *nicht* in Frage! Hörst du, Annette? Auch die Armbänder nicht. Ihr wißt, warum.«

Olivier, der keine Ahnung hatte, daß das Gold falsch war, horchte auf. »Warum?« fragte er interessiert.

»Weil das Unglück bringt«, erwiderte Onkel Eduard schlagfertig und half seiner Mutter in den Wagen.

Olivier warf noch einen letzten Blick auf mich. »*Sehr* elegant, Cousine!« rief er bewundernd. »Das schwere Gold und die rote Seide, wirklich *sehr* elegant. Glauben Sie mir, alle anwesenden Damen werden vor Neid erschüttern.«

Dann stiegen wir ein und fuhren mit Grandezza davon.

Olivier sollte recht behalten. Die Augen der anwesenden Damen *und* Herren wurden von dem Schmuck magisch angezogen. Alle schienen von dem vielen »Gold« geblendet und wollten immer wieder hören, wie wir den Schatz gefunden hatten. Die Stimmung wurde immer ausgelassener, es wurde sehr viel gegessen und noch mehr getrunken, nur Großmama und ich litten stumm vor uns hin. Nach dem Pflaumenkompott hielt es Großmama nicht länger aus.

»Schweres Essen«, flüsterte sie ihrem Sohn zu und zwinkerte bedeutungsvoll mit den Augen.

»Wieso«, fragte der Graf erstaunt, »es ist doch ganz köstlich und leicht.«

»Für *dich* schon«, meinte sie bitter und blickte gequält auf das Collier, das auf ihre Lunge drückte. »Aber *ich* kann kaum atmen. Was meinst du, soll ich das Zeug abnehmen?«

»Unmöglich!« zischte der Graf zurück. »Willst du uns tödlich blamieren?«

Großmama seufzte und riß sich zusammen.

Dafür kam ich nun unter Beschuß. Die Freundin des Tennisplatzbesitzers, die bereits ziemlich viel Wein getrunken hatte, wollte unbedingt mein Diadem probieren und konnte nur mit Mühe davon abgehalten werden, es mir vom Kopf zu reißen. Einmal wäre es ihr fast gelungen. Sie saß mir nämlich genau gegenüber, und als ich gerade mit Onkel Eduard die

Marzipantorte lobte und nicht aufpaßte, griff sie blitzschnell über den Tisch. Sie hätte es beinahe erwischt. Gott sei Dank reagierte der Graf sofort, fing ihre Hand ab und hielt sie wie in einem Schraubstock. »Das bringt Unglück, meine Dame!« rief er laut. »Das ist besonderer Schmuck. Er ist auf Kronegg angelegt worden, und er darf *nur* auf der Burg wieder abgenommen werden. Haben Sie das nicht gewußt?«

Die Gute begann daraufhin zu schluchzen und hörte erst auf, als ihr der Graf gestattete, meine beiden Armreifen genauer zu betrachten. Sie schob sie selig hin und her und merkte trotz ihres angeheiterten Zustandes, daß das Gewicht außergewöhnlich war.

»Du liebes bißchen, sind *die* schwer!« rief sie alarmiert. »So was Schweres habe ich in meinem Leben noch nie besessen.«

»Kein Wunder«, rief der Graf und sorgte dafür, daß meine Hand auf schnellstem Wege wieder neben meinen Teller kam. »Das sind nämlich massive Reifen, kein billiges Goldblech, wie man es heutzutage verwendet. Das ist ja das Herrliche am ungarischen Kronschatz, es ist *alles* massiv.«

»Wieviel Kilo Gold haben Sie denn gefunden?« fragte der Tennisplatzbesitzer und versuchte seine Freundin zu beruhigen, die lautstark auch so einen Armreifen verlangte. »Haben Sie es schon gewogen?«

»Noch nicht«, meinte Onkel Eduard freundlich, »aber um die vierzig Kilo dürften es schon sein.«

»Vierzig Kilo Gold! Du liebes bißchen«, rief die Freundin, »da könnten Sie mir die beiden Dinger da gleich schenken! Was ist, Herr Graf? Ich gebe Ihnen dafür Tennisstunden.«

Und schon entwickelte sich eine heiße Debatte über den Goldpreis und die Anzahl der Tennisstunden, die Onkel Eduard für eines meiner Armbänder verlangen könnte. Nach langem Hin und Her kamen sie auf zweitausend Stunden, was den Chefredakteur der Lokalzeitung sichtlich beeindruckte. Er wandte sich an mich.

»Liebes Fräulein«, rief er, »halten Sie Ihren zarten Arm

noch einmal vor die Kamera, die Armreifen müssen verewigt werden! Zweitausend Tennisstunden! Das interessiert meine Leser.«

Die geizige Anna war in ihrem Element. Sie servierte den Fotografen noch einen Extraschnaps und strahlte übers ganze Gesicht. Ihr »Gekränkter Auerhahn« würde in der Zeitung stehen, die Gräfin hatte ihre Küche gelobt, und außerdem hatte sie Komplimente über Komplimente hinsichtlich ihres Aussehens bekommen. Anna hatte sich wirklich zu ihrem Vorteil verändert. Sie war zwar noch immer groß und dürr, aber ihr Gesicht war weicher und hübscher geworden. Das rote Dirndlkleid mit der weißen Bluse stand ihr ausgezeichnet, und ihr Mann, ein großer Bär mit Baßstimme, schien sie heiß zu lieben. Die beiden paßten gut zusammen.

Das Essen hätte sicher den ganzen Nachmittag gedauert, wenn wir nicht darauf bestanden hätten, sofort nach dem Kaffee aufzubrechen.

Onkel Eduard war schon früher gegangen, gleich nach der Torte, denn der Tierarzt hatte ebenfalls in die Stadt gemußt und ihn mitgenommen. Wir wollten mit Hans nach Hause fahren, sobald es der Anstand erlaubte.

Punkt zwei standen wir auf. Es war höchste Zeit.

Ich konnte meinen Kopf kaum noch aufrecht halten, und der rechte Arm schien bereits einen halben Meter länger zu sein als der linke.

Großmama atmete nur mehr mit Mühe und wurde von ihrem goldglänzenden Brustschmuck sichtbar nach vorne gezogen. Mit letzter Kraft hielt sie eine kleine Dankesrede. Dann verabschiedete sie sich von den Gastgebern.

»Also, Anna, das war hervorragend. Nur weiter so, junge Unternehmerin! Wenn Sie erlauben, werden wir bei Ihnen noch Stammkunden.«

Anschließend hängte sie sich bei Olivier und mir ein und ließ sich von uns zum Auto schleppen, wo Hans bereits wartete. Die ganze Gästeschar war mit zum Wagen gekommen, die Fotografen blitzten, wir winkten zum Abschied, und erst als wir außer Sichtweite waren, ließen wir uns stöhnend in die Sitzpolster zurückfallen.

Ich riß mir das Diadem vom Kopf. Welche Erleichterung! »Annette, hilf mir mit dem Verschluß«, rief Großmama verzweifelt, »allein kriege ich ihn nicht auf. Ich kann dieses Monstrum keine Sekunde länger ertragen. Gott sei Dank!« Sie atmete tief durch und streckte sich wohlig. »*Jetzt* bin ich wieder froh, ein Mensch zu sein.«

Ich reichte Olivier das Diadem, die Armreifen und das Collier. Er legte die Schmuckstücke auf seinen Schoß und blickte andächtig auf sie hinunter.

Großmama sah mich mitfühlend an. »Hast du Kopfweh?«

Ich nickte.

»Habe ich vermutet. Nie wieder geben wir uns zu so einem Unsinn her! Gott sei Dank waren die Lockensteiner nicht da, die hätten sofort vermutet, daß irgend etwas nicht stimmt.« Sie seufzte. »Jedenfalls weiß ich jetzt, wie unseren armen Vorfahren in ihren Panzerhemden zumute war. Wirklich *nicht* zu beneiden!«

»O nein, Gräfin, das wissen Sie nicht«, rief Olivier empört, »das Gefühl war verschieden. Das Eisen ist nicht das Gold, und das ist so prunkvoll.«

»Meinst du?« fragte Großmama zerstreut und kramte in ihrer Handtasche.

»In der Tat! Das Gold ist sehr gebührlich.«

»Aha«, sagte Großmama, ohne weiter auf ihn einzugehen. Sie hatte gefunden, was sie suchte, zog es heraus und reichte es mir. »Da«, meinte sie unheilverkündend, »das ist heute für dich gekommen. Ich habe es abgefangen.«

Ich sah auf das Papier, und das Gewicht, das ich soeben von Kopf und Armen abgestreift hatte, schien plötzlich mit doppelter Wucht auf meine Brust zu drücken. Was mir da in die Hand gedrückt wurde, war ein Telegramm.

Was das bedeutete, wußte ich.

Schwer atmend faltete ich das Blatt auseinander: *Freudige Überraschung stop soeben angekommen stop ewig Dein Daniel*. Ich ließ das Telegramm sinken. Was sollte das heißen? Hatte Daniel wieder eine freudige Überraschung inszeniert, die mir jetzt auf den Kopf fallen würde? Oder war er selbst die Überraschung?

Ich sah auf und merkte, daß mich Olivier interessiert betrachtete. »Großmama«, sagte ich, »heißt das, daß mir Daniel ein Geschenk geschickt hat?« Ich gab ihr das Telegramm.

Sie las es und schüttelte bedauernd den Kopf. »Schön wär's.« Sie faltete das Formular und hielt es mir hin. »Schau, hier, auf diesem Postamt ist es aufgegeben worden! Und was steht da?«

»Kronau«, las ich.

»Und die Uhrzeit?«

»Heute früh um halb acht.«

»Eben«, sagte Großmama mit Nachdruck, zerriß das Telegramm in winzige Stücke und warf sie aus dem Fenster.

»Das heißt also«, begann ich mit zitternder Stimme, »daß er gestern schon da war. Was meinst du, wohnt er im Gasthaus in Kronau?«

»Das werden wir zu Hause gleich feststellen. Anruf genügt. Wenn er dort ist, lassen wir ihn gleich verhaften.«

Olivier machte große Augen, sagte aber nichts. Er hielt die Goldkette in der Hand und spielte mit den Anhängern. Er tat so, als würde er überhaupt nicht zuhören.

Ich wußte nicht mehr, was ich sagen sollte. Ich war ziemlich verwirrt. Eigentlich hatte ich über die Sache mit den Hunnen sprechen wollen, aber Daniels Ankunft war wie ein Blitz aus heiterem Himmel.

»Großmama«, sagte ich, »ich schwöre, daß ich ihn nicht eingeladen habe.«

»Das glaube ich dir doch. *Mir* brauchst du nichts zu beweisen. Aber deinen Onkel müssen wir davon überzeugen, verstehst du?«

Ich nickte.

»Annettchen, wir schaffen es schon. Wir haben den ganzen Nachmittag Zeit zum Nachdenken. Da wird uns sicher etwas einfallen.«

Hoffentlich, dachte ich und sah aus dem Fenster. Wir fuhren eine schmale Straße entlang. Rechts war prachtvoller Tannenwald, links kam gerade der Burgberg in Sicht. Jetzt eine kleine Kurve, und da war Kronegg, hoch über dem Tal, ein unvergeßlicher Anblick.

»Weißt du«, sagte ich laut, »eigentlich wollte ich heute nachmittag zum Fluß hinunter.«

»So! Und was willst du dort tun, außer schwimmen?«

»Den Walter treffen. Onkel Eduard hat es zwar verboten, aber ich habe dem Walter versprochen, um drei Uhr unten beim Badeplatz zu sein.«

Großmama war sofort Feuer und Flamme. »Dann geh nur hin, Kindchen. Herzensangelegenheiten unterstütze ich immer. Wenn du bis zum Tee um fünf zurück bist, wird kein Mensch etwas merken. Weißt du was? Du holst dir gleich deine Badesachen, und der Hans wird dich hinunterfahren. Dann kannst du vor deinem Rendezvous noch eine halbe Stunde schwimmen.«

»Und wenn Daniel kommt und nach mir fragt?«

»Dann nehme ich ihn gleich in Verwahrung.« Großmama lachte und nahm ihren großen weißen Blumenhut ab.

Wir fuhren den Burgberg hinauf und rollten langsam über die Zugbrücke. Das Mädchen öffnete sofort das große eiserne Tor, offensichtlich hatte sie bereits nach uns Ausschau gehalten.

»Für das Fräulein Annette war Besuch da«, rief sie aufgeregt, »ein junger Herr.«

»Klein, blond, grüne Augen?« fragte ich mit zitternder Stimme.

Das Mädchen nickte. »Er hat gesagt, er kommt am Nachmittag noch einmal vorbei.«

»Ausgezeichnet«, rief Großmama und stieg aus dem Wagen, »wenn er auftaucht, bringen Sie ihn sofort zu mir! Annette, lauf und hol dein Badezeug! Verschwinde so schnell wie möglich! Ich will nicht, daß du auf der Burg bist, wenn er kommt.« Sie hängte sich bei Olivier ein und gab mir einen herzhaften Kuß.

»So, jetzt wird der Schmuck verstaut, und dann kann der Bursche kommen.« Sie lachte vergnügt in sich hinein. »Ich bin zu *jeder* Schandtat bereit.«

18

Der Badeplatz unten am Fluß war etwas Besonderes: Die alten Weiden dicht am Ufer, das Wasser klar, sauber und duftend. Aber das Wasser war nicht nur einladend, es besaß auch heilende Kräfte, da es eisenhaltig war. Wurde man von einer Biene gestochen, brauchte man nur fünf Minuten zu schwimmen, und schon waren Schwellung und Schmerzen verschwunden.

Mein Ururgroßvater hatte den Fluß gestaut und ein kleines Kraftwerk im Stil einer chinesischen Pagode errichtet. Das Dach war geschwungen und mit dunkelblauen, glänzenden Ziegeln gedeckt. Tür- und Fensterstöcke waren ebenfalls im chinesischen Stil. Oberhalb des Wehres befand sich der Badeplatz. Dort war das Wasser ideal zum Schwimmen. Unterhalb der kleinen Staumauer war es seicht und plätscherte friedlich über flache, runde Steine, die dunkelrot, goldgelb, moosgrün oder braun schimmerten.

Um zum Badeplatz zu gelangen, mußte man zuerst den Burgberg hinunter und dann über eine Wiese, die den Gutshofkühen gehörte. Hier lagen sie im Schatten der Weiden: große, friedliche, braun-weiß gefleckte Tiere, die den ganzen

Tag brav vor sich hinkauten und die herrliche Milch für den Abend produzierten. Sahen sie mich kommen, standen sie auf: endlich eine Abwechslung.

Kühe sind intelligent, das soll man nicht unterschätzen. Die unseren sahen sofort, ob ich Zeit hatte oder nicht. Ging ich schnell über die Wiese, so trotteten sie friedlich hinter mir her bis zum Wasser. Blieb ich stehen, wußten sie: Aha, jetzt wird gespielt. Sie senkten ihre großen Köpfe, und ich mußte die Ringellöckchen zwischen ihren Hörnern kraulen. Dabei wurde ich an Armen und Beinen von rauhen Zungen liebevoll abgeschleckt. Nach und nach gingen die Zungen auf meine Kleidung über: Aha, Baumwolle. Die schmeckt besonders lecker. Dicke Lippen beginnen an Rock und Bluse zu ziehen. Paßt man nicht auf, wird einem das Gewand buchstäblich vom Leib gefressen. Aber nicht aus Bosheit, im Gegenteil! Die Tiere meinen es gut. Was sollen die vielen Fetzen auf der Haut? Kühe sind auch nackt, wie Gott sie schuf. Außerdem ist es im Sommer viel bequemer so.

Als ich ein Kind war, hatten die Gutshofkühe mit Freuden beim Baden mein Gewand verspeist. Am gefräßigsten war eine braune Dreijährige namens Lorinda. Einmal ging ich mit einem neuen Kinderfräulein schwimmen, das Lorinda noch nicht kannte. Als wir aus dem Wasser stiegen, hing nur mehr der Ärmel meines weißen Dirndlkleides aus dem großen Maul der Kuh. Ich erinnere mich genau.

Das Kinderfräulein stieß einen Schrei aus, ergriff den Ärmel und zog. Lorinda zog empört in die andere Richtung, und so ging das eine Weile hin und her, bis die Kuh beleidigt das Kleid ausspuckte – oder das, was davon übrig war. Wir hielten es erstaunt in die Höhe; es war nicht wiederzuerkennen. Lorinda hatte den leichten Baumwollstoff mit einem komplizierten Lochmuster versehen, und das Ganze sah aus wie ein Stück Spitzenvorhang. Da es zum Anziehen nicht mehr zu gebrauchen war, gaben wir es der Kuh zurück. Sollte sie damit selig werden!

Als ich im Badeanzug zur Burg zurückkam, wußte man dort gleich Bescheid. Onkel Eduard schüttelte nur mehr milde den Kopf. »Schon wieder kahlgefressen«, stellte er fest und bat das Kinderfräulein, in Zukunft besser aufzupassen.

Heute lagen keine Kühe auf der Wiese beim Fluß. Sie waren weiter oben, am Rande eines kleinen Eichenwäldchens, und ich gelangte ungestört zum Badeplatz oberhalb der alten Staumauer. Eine riesige Trauerweide stand dort, deren Wurzeln bis zum Fluß reichten. Ein armdicker Wurzelstrang wand sich über die Böschung ins Wasser, und auf diesem konnte man bequem in den Fluß klettern – und wieder heraus.

Schön ist das, wenn man alles noch genauso vorfindet, wie man es sich fünf Jahre lang aus zweitausend Kilometer Entfernung bei akutem Heimweh ausgemalt hat. Keine einzige der alten Weiden war gefällt worden, und der Blick hinauf zur Burg war so überwältigend, daß ich mich ein paar Sekunden lang vor Glück nicht rühren konnte. Dann zog ich schnell meine Kleider aus, legte sie unter die Trauerweide und stieg in den Fluß.

Stilles, kühles, sauberes, duftendes Wasser. Ein unglaubliches Wohlgefühl überkam mich. Was bedeutete es schon, daß wir den falschen Kronschatz gefunden hatten, daß ich den Engelbert heiraten sollte und daß Daniel aufgetaucht war? In diesem Moment konnte mich nichts erschüttern. Ich schwamm hinaus aus dem Schatten der Bäume in die warme Sonne und dann genußvoll flußaufwärts, ohne mich sonderlich anzustrengen. Anschließend legte ich mich auf den Rücken, schloß die Augen und ließ mich zum Badeplatz zurücktreiben. Ich dachte an Walter. Als Kinder waren wir oft hier gewesen. Wir hatten beide keine Angst vor dem Wasser und konnten stundenlang schwimmen.

Plötzlich hörte ich Motorengeräusch. Ich machte die Augen wieder auf. Aha! Das mußte der amerikanische

Sportwagen sein, der dem Grafen so mißfallen hatte. Ziemlich aufsehenerregend. Rot, mit viel Chrom und weißem Verdeck. Eigentlich recht hübsch!

Ich schwamm schnell ans Ufer und kletterte aus dem Wasser. Ich wollte Walter nicht halbnackt gegenübertreten. Schnell in den Bademantel. So. Ich drehte mich um und hob die Hand. Das Auto war stehengeblieben, und der Fahrer winkte zurück. Mein Blut erstarrte zu Eis. Du lieber Gott, das kann nicht wahr sein! Es war nicht Walter, der ausstieg. Es war Daniel.

Meine erste Überlegung war: Wie kommt Daniel in Walters Auto? Meine zweite: Schnell weg, nichts wie weg, weg von diesem Mann!

Aber dann blieb ich stehen und zog meinen Bademantel enger. *Ich* war hier zu Hause. Wenn jemand verschwinden würde, dann war *er* es!

»Hi, *darling*!« rief mein Fastbräutigam und schlenderte heran. »Wie geht's?«

Er trug einen Tropenanzug, offensichtlich vom besten Schneider in London, dazu schwere goldene Manschettenknöpfe, die ich nicht kannte. Seine braunen Krokodillederschuhe, die ich ebenfalls noch nie gesehen hatte, glänzten so, daß ich annahm, er habe sie vor dem Aussteigen poliert. »Hallo, Prinzeßchen«, sagte er, als er vor mir stand. Er wollte mich küssen. »Hat es dir die Sprache verschlagen?«

Ich wandte meinen Kopf weg, und sein Kuß streifte mein Ohr.

Daniel lächelte nachsichtig und nahm seine Sonnenbrille ab. Seine Augen waren so grün wie die Wiese. Sie waren grasgrün, ohne die geringste Ausstrahlung. Was für eine langweilige Farbe, dieses Grün! Warum war mir das früher nie aufgefallen?

Daniel schien meine Gedanken zu erraten. »Wie siehst denn *du* aus«, rief er verächtlich und zeigte auf meine nassen Haare, »in London warst du eleganter.«

Das wirkte. Sofort fühlte ich mich wie eine häßliche, schäbige, unscheinbare kleine Maus. Dieselbe Taktik wie in England, dachte ich. Ein einziger Satz wie dieser, noch dazu in diesem speziellen Tonfall, und aus ist's mit deinem gesunden Selbstbewußtsein. Aber seltsam: Die Wirkung hielt nicht mehr so lange an wie früher. Kaum fühlte ich mich wie eine Maus, stellte ich fest, daß Daniel wie eine Heuschrecke aussah. Diese dünne Gestalt, behängt mit teuren Stoffen, war alles andere als männlich.

»Du hast abgenommen«, sagte ich und fragte mich, wer ihm die Schuhe bezahlt hatte.

»Natürlich«, rief Daniel, und ein flehender Ton kam in seine Stimme. »Glaubst du, das ist angenehm, verlassen zu werden?«

»Wer hat dir die Manschettenknöpfe bezahlt?«

»Annette, ich bitte dich!«

»Lena?«

»Was für eine dumme Frage! Darauf verdienst du keine Antwort.« Er drehte sich abrupt um, marschierte zum Auto zurück, und ich dachte schon, er würde einsteigen und davonfahren. Aber dann kam er mit einer Decke wieder und setzte sich unter die Trauerweide.

Ich blieb stehen.

»Willst du dich nicht zu mir setzen?«

»Nein. Hast du meinen Brief nicht bekommen? Ich habe ihn expreß nach Genf geschickt. Außerdem habe ich Lena gesagt, daß du unter keinen Umständen herkommen sollst.«

»Aber ich liebe dich!« rief Daniel und streckte mir seine gepflegten Hände entgegen. Dieser Geste hatte ich nie widerstehen können. Schon saß ich neben ihm und ärgerte mich darüber.

»Komm näher, *darling*!«

»Nein!« Ich rückte ans äußerste Ende der Decke.

»*Darling*!« Daniel richtete seine Katzenaugen auf mich, »*darling*, du kommst doch zu mir zurück?«

Ich dachte an die letzte Nacht in Genf. Bis sechs Uhr früh hatte ich in dem kleinen Gästezimmer auf ihn gewartet, während er mit Lena verschwunden war.

»Nie im Leben!« sagte ich laut.

Daniel versuchte, meine Hand zu ergreifen.

»Hör auf!« Ich versteckte sie hinter meinem Rücken.

»*Darling*, ich habe dir etwas mitgebracht. Schau her!« Er zog ein kleines Etui aus der Jackentasche und hielt es mir ungeöffnet vor die Nase. »Ich weiß, daß ich dir nie Geschenke gemacht habe. Aber das, was da drinnen ist, ist so viel wert wie alles, was du je für mich ausgegeben hast.«

Er öffnete das Etui. Drinnen war ein Brillantring. Der Stein war fast so groß wie der von Aimé, aber er war schnell und billig gefaßt. Ich sah auf den ersten Blick, daß er falsch war.

»Hier«, sagte Daniel und drückte mir den Ring in die Hand. Wie erwartet, war er ziemlich schwer. Aha, dachte ich, typisch Imitation: Falsche Brillanten sind immer doppelt so schwer wie die echten.

»Gib ihn Lena!«

»*Darling*, der Stein hat zehn Karat!«

»Höchstens zweieinhalb«, erwiderte ich und gab ihm den Ring zurück.

»Zehn!« wiederholte Daniel hartnäckig. »Seit wann kennst du dich mit Diamanten aus?«

Früher hätte ich zu streiten begonnen, jetzt nicht mehr. »Hast du ihn in Australien gekauft?«

Daniel nickte und betrachtete ehrfurchtsvoll den Ring. Er hielt ihn ins Licht, damit auch ich ihn bewundern sollte, aber der Stein war eine so schlechte Imitation, daß nicht einmal die schönsten Sonnenstrahlen imstande waren, ihm das geringste Feuer zu entlocken.

»Hat es dir in Australien gefallen?«

Daniel steckte sich den Ring an den kleinen Finger und sah verliebt auf seine Hand. »Gefallen?« rief er dann, »in *Australien*? So fragt auch nur jemand, der keine Ahnung hat.« Er legte die Hand mit dem Ring auf sein Knie. »Willst du ihn nicht anprobieren? Ich habe ihn extra für dich fassen lassen.« Er griff wieder nach meiner Hand. »Ich will sehen, ob er paßt.«

»Laß mich in Frieden!« rief ich und rückte noch weiter weg. »Warum hat es dir in Australien nicht gefallen? Weil man kein Gold gefunden hat?«

Daniel war empört. »In Australien ist mehr Gold als in ganz Südafrika. Das habe ich mit eigenen Augen gesehen. Aber die Leute haben keine Kultur. Die servieren dir in der ärgsten Hitze einen Pferdehals *ohne* Eis.«

»Einen was?«

»Einen Pferdehals. Das ist ein Getränk. Besteht aus Brandy und Ginger-Ale.« Er lächelte nachsichtig und meinte dann selbstgefällig: »Du bist wirklich ein kleines Provinzäffchen!«

»Daniel«, sagte ich bestimmt, »was willst du hier? Hast du mir mein Geld zurückgebracht?«

Plötzlich kniete er vor mir. »Annette, bitte!« Er umfaßte meine Knie. »Ich möchte bei deinem Onkel um deine Hand anhalten.«

»Bist du wahnsinnig? Wenn er dich sieht, läßt er dich verhaften.«

»*Darling*!« rief Daniel mit ersterbender Stimme und warf sich plötzlich mit solcher Kraft auf mich, daß es mich umriß. »*Darling*!« und er begann mich wild zu küssen. Ich wehrte mich aus Leibeskräften, aber er ließ nicht locker. Ich stieß, kratzte, biß, aber es war nichts zu machen. Wir rollten ineinander verkeilt über die Decke und dann in die Wiese. Dort kam ich endlich von ihm los.

»Hör auf!« schrie ich und sprang auf die Beine. »*Ich will nicht mehr*! Ist das so schwer zu begreifen?«

Daniel saß keuchend im Gras und hielt meinen Knöchel umklammert.

»Deinetwegen haben wir die größten Schwierigkeiten.

Wir können den Gutshof nicht kaufen, und Onkel Eduard ist wütend. Wenn er dich sieht, ruft er sofort die Polizei. Ehrlich, er läßt dich einsperren.«

Daniel ließ meinen Fuß los. »Aber warum?« rief er flehend. »Weil ich dich reich mache? Ich habe dein Geld in bombensichere Geschäfte gesteckt, aber diese Geschäfte brauchen Zeit. Gut Ding hat Weile, verstehst du? Außerdem kann ich ihm ein Angebot machen, da *muß* er zugreifen. Warum glaubst du, daß ich in Australien war?«

Er stand auf und glättete die Jacke seines Tropenanzuges. Dann zog er ein Taschentuch heraus und wischte seine Schuhe ab. Als er fertig war, stellte er fest, daß der Ring nicht mehr an seinem Finger war.

»Der Ring!«

Gemeinsam begannen wir zu suchen. Wir fanden ihn auf der Decke in einer Falte. Daniel hob ihn hoch, als handele es sich um den Hope-Diamanten, dabei sah der Stein aus wie ein Stück Glas.

»Siehst du?« rief er triumphierend und hielt mir den Ring unter die Nase. »*Das* habe ich in Australien gefunden. Das ist viel besser als Gold. Vertraue mir noch ein einziges Mal, Annette, und versuch, deinen Onkel davon zu überzeugen. Ich brauche nur zweihunderttausend Dollar. Jetzt, da ihr den ungarischen Kronschatz ausgegraben habt, ist das doch kein Geld. Ihr seid doch reicher als je zuvor. Annette, ich habe eine Diamantenmine entdeckt, die wird in Kürze pro Jahr fünfundzwanzig Millionen Karat liefern. Kannst du dir das vorstellen? Das sind fast siebentausend Ringe wie dieser hier am Tag. Begreifst du, wieviel Geld ihr an diesem Geschäft verdienen könnt? In ein paar Monaten seid ihr Dollarmillionäre. Der Gewinn der Mine wird auf zweihundert Millionen Dollar im Jahr geschätzt, *darling*.« Er senkte seine Stimme und näherte sein Gesicht meinem Ohr. »Zweihundert Millionen«, seine Lippen bebten, »zweihundert Millionen Dollar«, und er versuchte, meinen Hals zu küssen. »Ist das keine freudige Überraschung?«

»Natürlich«, sagte ich und setzte mich wieder auf die Decke, »ich habe nämlich nicht gewußt, daß es Bergwerke gibt, wo man falsche Diamanten findet.«

Daniel war schwer getroffen. »Du vertraust mir nicht.«

»Nein. Ich habe nämlich gerade einen echten Ring bekommen und kenne den Unterschied.«

Daniel schüttelte den Kopf. »Da ist nichts mehr zu machen, nehme ich an. Du bist vollkommen verändert. Und deinetwegen bin ich um die ganze Welt geflogen nach diesem primitiven Kontinent, bei der größten Hitze. Ich bin in die Wüste gefahren und habe gelitten, und geschlafen habe ich in einem Eingeborenendorf namens Kununurra, da ist alles aus Plastik und rundherum Sand.«

Er sah mich an, und seine grünen Augen waren voll Empörung.

»Hallo, ihr beiden«, ertönte plötzlich Walters Stimme. »Na, Annette, war das eine Überraschung? Daniel, zieh dich aus! Wir gehen schwimmen.«

Walter stand vor uns, groß und vergnügt. Er trug Bluejeans und ein weißes T-Shirt. An den Füßen hatte er Sandalen.

»Wie ist heute das Wasser?« fragte er mich.

»Sehr angenehm.«

»Also, komm, Daniel!« Er begann sich auszuziehen.

»Danke, ich gehe«, rief Daniel beleidigt und stand auf. Er war einen ganzen Kopf kleiner als Walter und wirkte neben ihm wie ein trotziges Kind.

»Bis Kronau gehst du eine Dreiviertelstunde, bei der Hitze! Willst du dich vorher nicht abkühlen?«

Daniel schüttelte den Kopf und setzte wortlos seine Sonnenbrille auf. »Ich warte im Gasthaus auf dich.«

Walter wandte sich an mich. »Wir sind zusammen von Lokkenstein nach Kronau gefahren«, erklärte er. »Daniel hat dich überraschen wollen. Wir haben ausgemacht, daß *er* mit dem Auto hierherfährt, dafür fahre *ich* zurück.«

Daniel hob die Hand zum Gruß. »Die Autoschlüssel stekken«, murmelte er. Dann machte er sich, ohne ein weiteres Wort zu sagen, auf den Weg.

»Wohnt er bei euch?« fragte ich, als er außer Hörweite war.

»Ja. Er ist gestern mittag angekommen. Das war der Grund, warum wir nicht mit euch gegessen haben. Ich glaube, jetzt wird es ernst.« Walter setzte sich zu mir auf die Decke und lächelte mich an.

»Was wird ernst?«

»Die Sache mit meiner Schwester. Sie haben sich fünf Jahre lang geschrieben, aber mein Vater war gegen eine Heirat, weil Daniel keinen soliden Beruf hat.«

»Und jetzt hat er einen?« fragte ich, als ich mich von dieser Mitteilung erholt hatte. Fünf Jahre hatte er Maria geschrieben! Hinter meinem Rücken! Fünf Jahre Liebesbriefe!

»Er macht immer noch dasselbe, aber jetzt hat er Erfolg. Erinnerst du dich an den Streit über die Aktien? Die hat mein Vater über ihn gekauft. Goldaktien in Australien. Und jetzt hat er auch noch Diamanten aufgestöbert. Ein tüchtiger Kerl. Er fliegt überall hin und überzeugt sich persönlich. In Australien hat man heimlich viel Gold gefunden, deshalb steigen die Kurse so gewaltig.«

Ich bekam plötzlich Herzklopfen. Mein Gott, wenn das wahr wäre. »Stimmt das wirklich, Walter?«

»Laut Daniel schon. Er hat Unterlagen von der Firma mitgebracht. Aurelius heißt sie. Guter Name, klingt vielversprechend, nicht? Die Aktien stiegen um das Zweiundfünfzigfache im letzten Jahr.« Er lachte. »In Australien gibt es wirklich Gold und Uran und Eisenerze und Diamanten, das ist eine Tatsache. Außerdem ist es nur gerecht.« Er nahm meine Hand. »*Ihr* findet den ungarischen Kronschatz, und *wir* graben das Gold aus der Wüste.«

Ich sagte nichts, sondern dachte nach. Wenn die Sache mit dem Gold wirklich stimmte, warum hatte Daniel mir nichts davon erzählt? Oder wollte er sich diese gute Nachricht für Onkel Eduard aufsparen, wenn er um meine Hand anhielt? Und wie war das mit Maria? Wollte er die auch heiraten?

»Erzähl!« unterbrach Walter meine Überlegungen. »Wie war das mit dem Kronschatz? Wie seid ihr überhaupt auf die Idee gekommen, daß er in Kronegg ist? Wo war er denn versteckt? Warst du mit dabei?«

»Das erzähl' ich dir später.«

Walter sah mich kurz an. »Wie du willst. Komm!« Er half mir auf. »Wir gehen schwimmen!«

»Walter, ich geh' mit dir, aber ich warte heraußen. Mir ist noch nicht warm genug. Ich bin ziemlich lang geschwommen, bevor du gekommen bist.«

»Okay.« Walter nahm einen Anlauf und warf sich kopfüber in den Fluß, daß das Wasser zwei Meter hoch spritzte. Dann tauchte er wieder auf, winkte mir zu und tauchte wieder unter.

Ich wartete am Ufer.

Lange blieb er verschwunden. Dann erschien sein Kopf direkt vor meinen Füßen. Walter hielt etwas in der Hand.

»Da, das ist für dich.«

Es war ein kleiner, herzförmiger roter Stein, den er vom Grund heraufgeholt hatte.

Walter kletterte aus dem Wasser. »So, jetzt bin ich abgekühlt.« Wir legten uns auf die Decke, er noch im Schatten der Trauerweide, ich in der Sonne.

»Daniel hat mir erzählt, daß ihr euch in London öfter getroffen habt«, begann er dann, ohne mich anzusehen.

Leichte Untertreibung, dachte ich, aber ich sagte: »Ja, das stimmt.«

»Hoffentlich warst du nicht böse, daß er statt mir gekommen ist?«

Ein schlankes Weidenblatt löste sich vom Baum, drehte sich um die eigene Achse und fiel zwischen uns auf die Decke.

»Böse nicht, aber . . . ich mag ihn nicht besonders.«

Walter setzte sich auf. »Das tut mir leid. Das habe ich nicht gewußt.«

»Macht nichts. Sag, Walter, weiß dein Vater, daß wir uns treffen?«

»Nein. Weiß es der Graf?«

»Auch nicht. Glaubst du, die beiden hassen sich jetzt?«

»Aber wo!« Walter legte sich wieder hin und verschränkte die Arme unter seinem Kopf. »Als du weg warst, ist das die ganze Zeit so gegangen. Das ist wie ein Gesellschaftsspiel. Einer ärgert den anderen, und am Schluß versöhnt man sich.«

»Onkel Eduard hat gesagt, ich darf dich nicht wiedersehen.«

»Gut, daß du das so ernst nimmst.«

»Sag, Walter, stimmt das mit dem Gras? Läßt dein Vater wirklich den Wald abschlagen, wenn er den Gutshof kriegt?«

»Nie im Leben! Er wollte euch nur ärgern. Das Rasengeschäft ist nur ein kleiner Nebenerwerb. In Wirklichkeit habe ich mich mit biologischem Landbau beschäftigt. Da sind die Amerikaner ziemlich weit voraus.«

»Und die Amerikanerinnen?« fragte ich nach einer kleinen Weile.

»Sind nett, haben eine Schwäche für adelige Europäer.« Er sah mich an. »Aber die große Liebe habe ich nicht gefunden. Und du?«

»Ich auch nicht.«

Walter hielt mir seine Hand hin.

Ich rührte mich nicht.

»Komm!« sagte er leise. »Warum nimmst du sie nicht?«

Ich machte die Augen zu. »Ich weiß es nicht.«

Walter rückte näher, aber plötzlich hörte ich ein verhaltenes Lachen. Sofort setzte ich mich auf.

»Was hast du?«

»Die Stimme kenne ich. Das ist unser Mädchen.«

Walter sprang auf und sah um sich. Jetzt hörte er es ebenfalls. »Das kommt von drüben. Siehst du? Am andern Ufer. Hat sie ein blaues Dirndlkleid?«

Ich nickte.

»Ich sehe einen blauen Rock unter den Sträuchern, der Rest ist verdeckt. Wer ist der Mann?«

Ich stand ebenfalls auf. »Keine Ahnung. Ich sehe zu wenig. Ihr Freund vielleicht. Er ist beim Militär. Vielleicht hat er Urlaub bekommen?«

Walter drehte sich zu mir. Er kam ganz nahe.

»Euer Mädchen ist mir völlig egal.«

Er breitete die Arme aus und drückte mich fest an sich. Ich fühlte seinen starken, großen Körper und hörte sein Herz klopfen. Es war ein herrliches Gefühl.

Mein Gott, dachte ich, das ist unvergleichlich besser als . . . Da begann er mich zu küssen, und der Kronschatz, der Gutshof, die Erbschaft, die Hunnen und Daniel, alles, was mich in den letzten Tagen so brennend beschäftigt hatte, verschwand aus meinem Bewußtsein.

19

Es war ziemlich spät, als ich zur Burg zurückkam. Der Himmel begann sich bereits rosa zu färben, und die Schwalben sausten durch die Luft auf der Suche nach ihrem Abendessen. Ich sah ihnen zu, während ich den Burgberg hinaufstieg. Sehr hoch flogen sie nicht. Bedeutete das, daß es morgen regnen würde? Ich pflückte einen Grashalm vom Wegrand und drehte ihn vergnügt zwischen den Fingern. Regen oder nicht – mir war das vollkommen egal. Ich fühlte mich so glücklich, wie ich es seit Jahren nicht mehr gewesen war. Selbst die Aussicht auf eine zweite Sintflut hätte mich nicht erschüttern können. Ich nahm den Grashalm zwischen die

Zähne und biß an dem weichen Ende herum. Es schmeckte süß. Ich hatte Walter gebeten, mich nicht nach Hause zu begleiten. Ich wollte verhindern, daß uns der Graf zusammen sah. Außerdem wollte ich den ganzen herrlichen Nachmittag in Gedanken noch einmal allein durchgehen. Walter und ich. Wer hätte das gedacht? Ich begann zu lächeln und lächelte noch immer, als ich am äußeren Burgtor die Glocke läutete. Zu meiner Überraschung wurde das Tor sofort geöffnet. Olivier stand vor mir. Er trug bequeme braune Hosen und darüber ein sportliches Strickhemd. Außerdem hielt er einen Korb in der Hand. Er sah mich an und begann wie auf Kommando zu strahlen.

»Sie kommen, liebste Cousine, und ich gehe.« Er hielt das Tor für mich auf und verbeugte sich sogar. Was war los mit ihm? So freundlich hatte ich ihn noch nie erlebt.

»Wohin gehst du?« fragte ich überrascht.

»Zum Gutshof, Eier holen. Wir brauchen sie für das Diner. Schade, daß Sie den Tee versäumt haben. Wir haben eine halbe Stunde schmerzhaft auf Sie gewartet. Die Gräfin war sehr zornig.«

Er strahlte mich an. Warum war er so gut aufgelegt? War seine Verlobte angekommen? Höchstwahrscheinlich. Momentan zog es die unmöglichsten Leute nach Kronegg.

»Hast du Besuch bekommen?« fragte ich und warf meinen Grashalm weg.

»Nein«, sagte Olivier zufrieden. »Meine Rose hat angerufen, daß sie viel später kommt. Die Wintergarderobe ist sehr überhäuft.«

Ich starrte auf meinen Cousin. Dann sah ich verstohlen auf die Turmuhr. Sie zeigte halb acht.

»Halb vor sieben«, kommentierte Olivier sofort. »Sie sind sehr spät, Cousine. Um sieben wird gegessen, ganz leicht, mit *œuf à la crème* und großem Salatgemisch.«

»Sehr gut«, sagte ich zerstreut. »Ist Onkel Eduard schon da?«

Olivier nickte vielsagend.

»Wie ist er gelaunt?«

Er verzog sein Gesicht. »Ganz schwarz! Er hat sofort in seine Zimmer verschwunden!«

Ich seufzte. »Also, bis später. Servus!«

Olivier schritt sichtlich erfreut davon. Ich ging gedankenverloren an der Küche vorbei durch das innere Tor in den großen Burghof. Der Hof lag bereits im Schatten, aber die obersten Fenster des Gästetraktes strahlten golden im letzten Sonnenlicht. Ich trat in mein Appartement und ging durch das kleine Vorzimmer in den Salon.

Erstaunt blieb ich stehen. Jemand hatte einen riesigen Rosenstrauß dort hingestellt, so groß, daß er das Sofa fast verdeckte. Die Rosen waren nicht aus unserem Garten, das sah ich sofort. Wir zogen keine langstieligen Baccara, und wir besaßen keine einzige Blüte in diesem knalligen Orange. Von wem stammten die Blumen? Von Daniel? Oder hatten sie irgend etwas mit Oliviers übertrieben glücklicher Laune zu tun?

Ich zog mich um und dachte nach. Beim Abendessen würde ich schon erfahren, wer mir das Bukett geschickt hatte. Höchstwahrscheinlich würde ich aber auch hören, daß die Goldaktien Schwindel waren. Warum wäre der Graf sonst so schlecht gelaunt?

Ich schlüpfte in ein besticktes indisches Kleid mit langen Ärmeln und besticktem Gürtel. Dann nahm ich ein dazu passendes Schultertuch aus dem Schrank, für den Fall, daß es später kühler werden sollte. Ich machte mir keine allzugroßen Sorgen. Falls das Gold wirklich nicht vorhanden war, konnte ich dem Grafen die freudige Mitteilung machen, daß der Leopold ebenfalls hereingefallen war. Ich ging zum Spiegel und steckte die Haare hoch. Dann tupfte ich eine Spur Parfum hinter die Ohren und begann wieder an Walter zu denken. Schön war das gewesen, heute nachmittag unten am Fluß . . .

Punkt sieben wurde unter den Kastanien gegessen. Großmama wartete schon auf uns. Sie trug ein grünes Sommerkostüm und ein entsprechendes Hütchen, auf dem eine einzige weiße, ziemlich große Pfingstrose prangte. Olivier war ebenfalls in Grün, und zwar in einem eleganten Samtanzug.

Nur Onkel Eduard hatte sich nicht umgezogen. Er steckte noch immer in dem braunen Trachtenrock, den er mittags im »Gekränkten Auerhahn« angehabt hatte. Der Graf war äußerst schlechter Laune und bemühte sich nicht im geringsten, dies zu verbergen.

»Ist das hier der Jagdverein?« begrüßte er uns und setzte sich in seinen Korbstuhl, aber erst nachdem er sämtliche Polster entfernt und auf den Boden geworfen hatte. »Warum seid ihr alle grün? Sind euch die Kastanien nicht grün genug?«

»Schau, wie hübsch Lotte die Salate angerichtet hat«, rief Großmama, als habe sie nichts gehört. »Ich kann dir die Sellerieremoulade sehr empfehlen, Eduard. Ich habe sie nach meinem eigenen Rezept zubereiten lassen.«

Das Mädchen kam mit dem Wein und wollte einschenken. Onkel Eduard nahm ihr die Flasche aus der Hand. »Danke, wir erledigen das heute selbst. Sie können gehen. Wenn wir Sie brauchen sollten, rufen wir Sie.«

»Mama«, sagte er, nachdem er ihr Glas gefüllt hatte, »dein Hut ist ein Skandal. Dieses weiße Dingsda schreit zum Himmel. *Mußt* du das tragen?«

Großmama behielt die Fassung. »Ich muß nicht, Eduard, aber ich *will*«, verteidigte sie sich. »Die Pfingstrose macht ein sehr feines Gesicht, außerdem betont sie meine gräfliche Nase.«

Onkel Eduard hielt mitten im Einschenken inne, wollte etwas sagen, biß sich aber dann auf die Lippen und wandte sich zu mir. »*Wo warst du heute nachmittag*?«

»Schwimmen, Onkel Eduard.«

»Bis *halb sieben*?«

Ich nickte.

Der Graf sah mich durchdringend an und setzte sich. »Fragt

mich nicht, was ich in der Stadt auf der Bank erfahren habe, sonst vergeht mir der Appetit«, rief er, langte aber trotzdem kräftig zu. »*Eine* erfreuliche Mitteilung kann ich euch aber machen: Der Engelbert hat Annette in bester Erinnerung und ist einer Heirat nicht abgeneigt.«

Großmama fiel die Gabel aus der Hand und landete klirrend auf ihrem Teller. »Was ist das?« rief sie entsetzt, »was hast du gesagt? Annette und der *Engelbert*? Seit wann ist Annette in den Engelbert verliebt?«

»Seit heute vormittag«, antwortete Onkel Eduard recht vergnügt, »und ich bestehe darauf, daß du dich da heraushältst! Der Engelbert ist von Geburt her ein Prinz, außerdem besitzt er vier riesige *Sägewerke*. Er schätzt Annette über alles und hat ihr sofort Blumen geschickt. Ein echter Gentleman.« Er wandte sich zu mir. »Die Sache hat nur einen Haken. Der Engelbert hat die Frauen gern auf der molligen Seite. So, wie du jetzt aussiehst, Annette, bist du ihm zu dünn. Ab sofort wirst du daher ordentlich essen, verstanden? Morgen früh geht's los. Statt einem Ei zwei Eier zum Frühstück, ordentlich Butter und Marmelade aufs Brot und statt Kaffee heiße Schokolade mit Schlagsahne. Ist das klar?«

»Aber Onkel Eduard!« protestierte ich. »Ich mag keine Schokolade zum Frühstück. Ich brauche einen Kaffee, sonst werde ich nicht munter.«

»Also gut, zuerst Kaffee und dann die Schokolade. Aber Schokolade muß sein, die hat viele Kalorien. Sei froh, daß du keine Araberin bist. Die werden vor der Hochzeit noch ganz anders gemästet. Die essen den ganzen Tag Bonbons, und jede Nacht werden sie zweimal aufgeweckt und müssen einen Liter Kamelmilch trinken.« Er lächelte vergnügt vor sich hin.

»Gott sei Dank gibt es auf dem Gutshof keine Kamele«, sagte ich trotzig.

»Also, was soll dieser Unsinn?« ärgerte sich Großmama. »Würdet ihr mich bitte aufklären? Soll meine einzige Enkelin mit dem Engelbert verkuppelt werden, damit er sie nach Arabien verkaufen kann? Oder macht *er* einen Harem auf? Zuzutrauen wäre es ihm. Vier Frauen hat er schon auf dem Gewissen, da kommt es auf eine mehr oder weniger nicht mehr an.«

Der Graf winkte ab. »Annette wird dem Engelbert schon den Kopf zurechtsetzen, daran zweifle ich keine Sekunde. Was mich interessiert, ist, daß der Bursche *vier Sägewerke* besitzt und riesige Aufträge kriegt, sogar aus dem Ausland. Die Sägewerke sind . . .«

»Eduard Silvester«, unterbrach ihn Großmama, »wenn du noch ein einziges Mal ›Sägewerk‹ sagst, kriege ich einen Anfall.«

»Wie du willst. Jedenfalls hat sich Annette in den Engelbert verliebt.«

»Das kannst du jemand anderem erzählen.«

»Aber es stimmt, liebste Großtante«, mischte sich Olivier plötzlich ein. »Annette ist sehr verliebt. Sehr, *sehr* verliebt.«

Ich starrte meinen Cousin an, der mir triumphierend zunickte.

Onkel Eduard starrte ebenfalls. »Was weißt denn *du* darüber?«

Olivier strahlte. »Alles, liebster Onkel. Ich habe nämlich den Prinz erspäht und den anderen großen Mann. Der Prinz hat ein sehr exquisites Auto, rot mit weißem Verdeck, Chevrolet Corvette 1957, alles mit der Hand verarbeitet.«

Onkel Eduard war plötzlich *sehr* interessiert. »Bitte, Olivier, drück dich deutlicher aus! Wo hast du den Prinzen mit dem roten Auto gesehen?«

»Im Fluß«, behauptete mein Cousin.

»Du meinst, *am* Fluß«, korrigierte ihn der Graf. »Und wo? Bei der kleinen Staumauer?«

Olivier nickte eifrig.

»Und wann?« rief der Graf aufgeregt und zog seine buschigen Augenbrauen gefährlich zusammen.

»Heute nachmittag. Ich gehe auf die Promenade, ganz allein, hinunter den Berg und will die chinesische Pagode beobachten. Da ist meine schöne Cousine in dem Wasser. Schnell kommt das rote Auto, und sie springt heraus. Der Prinz . . .«

»Warte!« rief Onkel Eduard mit einem drohenden Seitenblick auf mich. »War der Prinz blond und sehr groß?«

»Nein, liebster Onkel, sehr klein.«

Der Graf war verblüfft. »Klein? Bist du sicher?«

Olivier nickte. »*Sehr klein*. Er springt aus dem Auto und bringt die Decke. Alle zwei sofort unter den Baum, und dann sind sie wild umarmt über die Wiese gerädert, über die Decke auf das Gras, voller Arme und Beine, *ohne Unterlaß*.«

Onkel Eduard saß da, wie vom Blitz getroffen.

»Auf das Gras, ohne Unterlaß«, wiederholte Olivier etwas lauter.

Der Graf wurde so rot, daß sich ein Truthahn vor ihm gefürchtet hätte. »*Was* hat sie?« tobte er. »Annette, was war das auf dem Gras? Was hast du auf dem Gras *angestellt?* Heraus mit der Sprache!«

»Ohne Gewand«, warf Olivier dazwischen und machte unschuldige Augen.

»Ohne Gewand?« brüllte Onkel Eduard so laut, daß sich seine Stimme überschlug. »Das wird ja immer ärger! *Wo war das Gewand?* Was hast du mit dem Gewand gemacht?«

»Und dann«, erzählte Olivier aufgeregt, »kommt der *große* Mann. Vielleicht der Kammerdiener? Er hat geküßt! Er hat sie gefangen, so, und steht wie eine Statue. Auch ohne Gewand.«

Onkel Eduard starrte Olivier mit offenem Mund an.

»Beide ohne Gewand«, wiederholte dieser zufrieden.

Der Graf holte tief Luft. Dann brach es aus ihm heraus, daß die beiden Türme zitterten. »Du hast dich am Fluß in aller Öffentlichkeit der *Fleischeslust* ergeben? Mit *zwei Männern?* Du bist enterbt!« Er schleuderte Messer und Gabel auf den Tisch, griff sich ans Herz, fiel in seinen Korbstuhl zurück und begann so fürchterlich zu stöhnen, daß uns angst und bange um sein Leben wurde.

Großmama sprang auf, flink wie ein Wiesel, ergriff ein Glas Wasser und hielt es ihm an die Lippen.

Ich war unfähig, mich zu rühren. So ein Luder, dachte ich, jetzt weiß ich, wer das war, unter den Sträuchern bei dem Mädchen.

»So«, sagte Großmama, als Onkel Eduard das Glas geleert hatte. »Jetzt werden wir in aller Ruhe klären, wie das gewesen ist. Also, Annette . . .«

»Ich will nichts hören!« schrie der Graf und hielt sich die Ohren zu.

»Doch, du willst. Also, Annette, du hast nackt gebadet?«

Der Graf ließ die Hände sinken und sah empört zu mir herüber.

»Natürlich *nicht!*« rief ich. »Ich habe meinen weißen Badeanzug angehabt und dann den Bademantel darüber angezogen.«

Onkel Eduard beugte sich über den Tisch. Seine Stimme war unheilschwanger. *»Wer war der kleine Mann?«*

Ich öffnete den Mund, aber ich brachte kein Wort heraus.

Großmama beugte sich ebenfalls zu mir. »Also, wer war das, Kindchen?«

»Der Prinz!« rief Olivier dazwischen. »Er war sehr teuer gewandet. Sehr, sehr teuer.«

»Ruhe!« befahl Onkel Eduard. »Also, Annette, wir warten!« Er trommelte mit den Fingern auf den Tisch und fixierte dabei seine Mutter.

Ich holte tief Luft. »Es war Daniel«, sagte ich kaum hörbar.

»Was?« brüllte Onkel Eduard und sprang auf wie von der Tarantel gestochen. »Dieser Mistbraten wagt sich in meine Nähe? Wo ist er? Ich werde ihn erschießen!«

Großmama war ebenfalls außer sich. »Du hast dich mit Daniel auf der Wiese . . .«

»Nein!« schrie ich verzweifelt und ziemlich laut. »Ich habe . . .«

»Sie *hat!*« brüllte der Graf unvergleichlich lauter. »Natürlich hat sie! Olivier hat gesehen, wie sie über die Wiese gerollt sind!«

»Nein!« schrie ich aus Leibeskräften. »Das ist *nicht wahr!*«

»Mein Gewehr«, tobte Onkel Eduard, »wo ist mein Gewehr? Ich werde diesen Mistkerl . . .«

»Gar nichts wirst du«, rief Großmama. »Du schießt sowieso immer daneben. Eduard Silvester, setz dich und *halt den Mund!*«

Zur allgemeinen Überraschung machte der Graf wirklich den Mund zu. Dann setzte er sich in seinen Korbstuhl, als wäre nichts gewesen.

»Also«, rief Großmama erleichtert, »Annette, jetzt sag, was du zu sagen hast. Bist du mit Daniel über die Wiese gerollt?«

»Ja. Nein. Ich . . .«

»Ja oder nein? Bitte keine Ausreden!«

Mir wurde plötzlich furchtbar heiß. »Er ist auf einmal vor mir gestanden, aus heiterem Himmel«, rief ich aufgeregt, »und dann wirft er sich auf mich und will mich küssen. Ich wehre mich aus Leibeskräften, aber er ist doch stärker als ich. Wir rollen über die Decke, und erst auf der Wiese habe ich ihn abschütteln können. Aber ich hätte ihn nie freiwillig angerührt, das schwöre ich. Ich kann ihn nicht mehr ausstehen.«

»Ist das wahr?«

»Ich schwöre.«

Onkel Eduard fixierte mich. »Hast du ihm geschrieben, daß er kommen soll?«

»Nein, bestimmt nicht. Ich habe ihm geschrieben, daß es aus ist und daß ich ihn nie mehr sehen will.«

»So?« fragte der Graf etwas besänftigt. »Was will er dann noch?«

»Du wirst es nicht glauben, aber er will bei dir um meine Hand anhalten, und dann will er zweihunderttausend Dollar haben.«

Onkel Eduard lächelte gefährlich. »Für Diamanten in der australischen Wüste, nehme ich an.«

Mir verschlug es die Sprache. »Woher weißt du das?« fragte ich, als ich mich wieder gefaßt hatte.

Der Graf lächelte noch gefährlicher. »Von meiner Bank. Ich habe alle Auskünfte erhalten, die ich haben wollte. Also, die Firma Aurelius hat tatsächlich existiert. Das war kein Schwindel. Aber, und das ist weniger erfreulich, sie haben kein Gold gefunden. Daraufhin sind sie in Konkurs gegangen, und man hat eine neue Firma gegründet, die weiter im Westen bei einem Eingeborenendorf namens Kununurra nach Diamanten gräbt. Für diese Diamantenschürferei suchen sie neue Geldgeber.«

»Was heißt das genau?« wollte Großmama wissen. »Ist von Annettes Geld noch etwas übrig?«

»Schwerlich, aber wir werden natürlich nicht untätig herumsitzen. Wir werden uns wehren. Wir prozessieren, was das Zeug hält.«

»Und der Leopold kriegt den Gutshof?«

»Nein!« donnerte Onkel Eduard. »Wie kommst du darauf! Annette heiratet den Engelbert, und der leiht mir das Geld.«

»Onkel Eduard«, rief ich schnell, »ich habe dir noch gar nicht gesagt, was ich über Leopold herausgefunden habe.«

»Warte einen Moment«, unterbrach mich Großmama. »Eduard Silvester, der Engelbert ist unmöglich. Ich will ihn nicht in der Verwandtschaft haben. Er ist das ledige Kind des Briefträgers und säuft wie sein Vater. Er hat sieben Kinder – und einen Jagdfimmel. Er schießt doch alles nieder. Weißt du, warum er dir Geld leiht? Weil er glaubt, daß du den ungarischen Kronschatz besitzt.«

»Großmama«, rief ich, »ich habe eine ganz tolle Sache erfahren.«

»Der Engelbert hat vier Sägewerke. Jedes einzelne ist so viel wert wie der Gutshof.«

»Onkel Eduard, bitte!«

»Und er war nie *kirchlich* verheiratet.« Er wandte sich zu mir. »Also, was ist?«

»Hat man dir auf der Bank gesagt, wie die Wunderaktien heißen, die der Leopold gekauft hat?« fragte ich frohlockend.

»Nein. Warum?«

»Weil ich den Namen weiß. Soll ich ihn dir sagen?« Ich begann zu lachen und freute mich über die erstaunten Gesichter rings um mich.

»Heraus mit der Sprache!« rief der Graf. »Was hat er gekauft?«

»A-u-r-e-l-i-u-s«, buchstabierte ich langsam und deutlich. Einen Moment war Stille.

»Bist du sicher?« fragte Großmama zweifelnd.

»Hundertprozentig!«

Onkel Eduard begann vorsichtig zu lächeln. »Ist das wahr, mein Kind?«

»Absolut! Der Leopold hat *kein* Geld!«

»Hurra!« rief der Graf und brach in ein gewaltiges Gelächter aus. »Das ist die beste Nachricht seit langem. Kinder, ist das Leben schön! Darauf wird jetzt getrunken.« Er erhob sich und schenkte mit großartiger Gebärde sämtliche Gläser voll. »Meine Lieben – auf die Geschäfte des Burgherrn von Lokkenstein!« Dann setzte er sich und rieb sich die Hände. »Also, mein Kind, erzähle! Wie hast du das herausgefunden?«

»Von seinem Sohn! Der Walter hat es mir gesagt. Er ist nämlich auch zum Fluß gekommen, er war der *große* Mann, den Olivier gesehen hat. Aber das Allerbeste kommt erst. Wißt ihr, wo Daniel ist? Er ist Hausgast auf Lockenstein. Und wißt ihr, was er dort tut? Er macht der armen Maria den Hof. Er hat ihr fünf Jahre lang Liebesbriefe geschrieben. Von London aus, hinter meinem Rücken.«

»Hat man Worte!« Großmama war, wie immer, wenn es sich um Liebesgeschichten handelte, besonders interessiert. »Und du hast nichts davon geahnt?«

»Nein. Daß er mich mit Lena betrogen hat, habe ich gewußt, aber daß die ganze Zeit eine dritte Frau im Spiel war, kommt sehr überraschend.«

»Also, der Leopold«, fing Onkel Eduard an, »das sind wirklich Neuigkeiten, die sich hören lassen können. Annette, du sorgst für Überraschungen, das muß man dir lassen. Aber eines verstehe ich nicht. Was will Daniel mit der Maria? Du hast doch gesagt, daß er bei mir um *deine* Hand anhalten will.«

»Du und die Liebe«, rief Großmama vergnügt, »ihr wart schon immer auf Kriegsfuß. Natürlich verstehst du nichts. Ich dagegen war sofort im Bilde. Gestatte, daß ich es dir erkläre. Der Bursche bewirbt sich um beide; und die, die er kriegt, die nimmt er.«

»Da wird er sich aber sehr wundern«, der Graf nahm amüsiert einen ordentlichen Schluck Wein. »Der wird etwas ganz anderes kriegen als zwei fesche junge Frauen. Eine Ladung Schrot in den Hintern wird er kriegen, dafür werde ich schon sorgen. Sag«, er wandte sich zu mir, »der Leopold hat kein Geld! Weiß er das schon?«

»Noch nicht. Ich habe dem Walter nichts gesagt, weil ich nicht gewußt habe, was mit den Aktien los ist. Der Daniel hat jedenfalls gefälschte Papiere mitgebracht, auf denen eine tolle Erfolgsgeschichte steht, vor allem, daß die Aktien im letzten Jahr um das Zweiundfünfzigfache gestiegen sind.«

Der Graf lehnte sich sichtlich erfreut in seinen Korbstuhl zurück. Dann bückte er sich, hob die Polster vom Boden auf, schüttelte sie und stopfte sie in seinen Rücken. Offensichtlich war es doch bequemer so.

»Annette«, rief er dann, »dir ist alles verziehen. Auch daß du den Walter getroffen hast. Ich nehme an, du hast es nur im Interesse der Familie getan, genau wie Aimé es gemacht hätte. Dafür verzeihe ich dir auch die Küsse.« Er dachte kurz nach. »Wie viele waren es?«

Großmama begann zu kichern. »Ich bitte dich, das ist doch völlig gleichgültig, ob sie ihn einmal oder zehnmal geküßt hat. Hauptsache, wir wissen, daß der Leopold kein Geld hat.«

»Recht hast du, es wird ja auch nicht wieder vorkommen.

Aber weißt du, was mich ärgert? Daß der Gutsbesitzer in Kanada ist. Sonst würde ich jetzt sofort hinüberlaufen und den Preis herunterhandeln.«

»Wann kommt er zurück?«

»Angeblich in vier Tagen. Na, *der* wird sich wundern.«

»Kann ich mir denken«, meinte Großmama mitfühlend. »Aber jetzt koste endlich den Sellerie. Er ist so gut geworden wie in Frankreich.«

Onkel Eduard kostete und lobte überschwenglich. Dann wandte er sich an meinen Cousin. »Siehst du, Olivier, du hast dich in Annette geirrt. Das war nur der Familiensinn – *nicht* die Fleischeslust und *nicht* der Prinz. Du hast alles durcheinandergebracht, mein Lieber, und fast wäre mein Temperament mit mir durchgegangen. Aber jetzt ist alles wieder gut, denn jetzt wissen wir, woran wir sind.«

»Noch nicht ganz!« Großmama schlug nach einer Mücke, die sich auf ihrer rechten Schläfe niedergelassen hatte, »das mit dem Engelbert ist noch in Schwebe. Was hast du mit ihm ausgeschnapst?«

»Ich habe ihn eingeladen.«

»Dann lade ihn wieder aus.«

»Das geht nicht. Er kommt übermorgen am Nachmittag. Zum Tee.«

Ich sah hilfesuchend zu Großmama. Sie nickte mir beruhigend zu.

»Weißt du was? Du lädst deinen Prinzen für übermorgen aus und für meinen Geburtstag wieder ein. Und dann sagst du ihm folgendes: Annette wird im Herbst mit mir nach Frankreich fahren, und vorher wird sie auf keinen Fall heiraten.«

Der Graf seufzte schwer. »Schrecklich ist das, wenn man kein Geld hat.«

»Aber liebster Onkel«, mischte sich Olivier ein, der die ganze Zeit lustlos in seinem Salat herumgestochert hatte. »Sie haben doch das schwere Gold. Ich weiß, es geht mich nichts an, es ist *Ihr* Geschäftsleben, aber wenn Sie den Kronschatz verkaufen, dann sind Sie blitzschnell im größten *business*.«

Der Graf sah kurz auf meinen Vetter, der ihn erwartungsvoll betrachtete. »Wie stellst du dir das vor?« fragte er mißtrauisch.

»Liebster Onkel«, rief Olivier aufgeregt, »senden Sie mich nach Frankreich, ich kenne die Leute, ich leite alles in die Straßen, und das schnellste Aufgebot akzeptieren wir. Wenn Sie wollen, reisen wir zusammen. Wir gehen in das Museum, in die größten Juweliere, die vielen Ölscheichs, alle sind sie in Paris, ganz ohne Hemd. Es ist kein Risiko!« Oliviers Wangen hatten sich gerötet, und seine Augen leuchteten.

»Wirklich?« fragte Onkel Eduard interessiert. »Du glaubst, daß du den Kronschatz an einen Ölscheich verkaufen könntest?«

»Ich verkaufe ihn, liebster Onkel, rasend wie die Blitze. In zehn Tagen bin ich zurück, und Sie haben den Gutshof einkassiert.«

»Eduard«, rief Großmama warnend, »nur keine krummen Touren! Der Kronschatz bleibt in der Familie.«

»Aber wenn Olivier meint, daß die Ölscheichs . . .«

»Die Ölscheichs haben viel lieber modernen Schmuck, aus etwas leichterem Gold. Ich bezweifle, daß ihnen die Legierung vom ungarischen Kronschatz zusagen wird.«

Der Graf dachte nach. »Immerhin eine interessante Möglichkeit«, meinte er dann. »Aber die Sache mit dem Engelbert ist sicherer.«

»Ich bitte dich«, rief seine Mutter, »hör endlich mit dem Engelbert auf! Lieber mache ich Schulden, als daß ich diesem Jagdfanatiker meine einzige Enkelin ins eheliche Bett lege.«

Der Graf war schockiert. »Also, wenn du das *so* ausdrückst, dann gefällt mir das Ganze auch nicht mehr.« Er griff nach seinem Weinglas. »Vielleicht sollte ich mir das noch einmal überlegen.« Nach einem kurzen Blick auf mich verkündete er dann: »Also gut, laden wir ihn wieder aus!«

Ich atmete erleichtert auf, und Großmama zwinkerte mir zu. »Bravo!« rief sie. »Das war ein schneller Entschluß. Glaube mir, du wirst ihn nicht bereuen.«

Es wurde ein gemütlicher Abend. Wir saßen bis zehn Uhr beisammen und machten Pläne, wie wir ohne Ölscheichs oder Engelberts den Gutshof zurückkaufen könnten. Anschließend wurde darüber diskutiert, wie man Daniel das Handwerk legen könnte und wie man dem Leopold die Wahrheit über seine Wunderaktien unter die Nase reiben sollte. Zwischenzeitlich versuchte ich vorsichtig, das Gespräch auf Walter zu bringen.

Großmama kapierte sofort. »Jetzt nicht«, flüsterte sie in einem unbeobachteten Moment. »Ich werde morgen für euch ein gutes Wort einlegen.« Und sie schlug nach einer Mücke, die sich auf ihrer Hand niederlassen wollte. »Eduard, die Mükken werden lästig.«

Der Graf sprang auf. »Wird sofort erledigt«, rief er. »Wenn ihr gestattet, mache ich die Nacht zum Tage.« Er verneigte sich spielerisch vor uns und schritt auf das steinerne Tor mit den Heckenrosen zu, das in den kleinen Burghof führte. Dort befand sich der Lichtschalter. Es hatte bereits zu dämmern begonnen. Der Himmel war von violett zu dunkelblau übergewechselt, und der Abendstern stand strahlend neben einem rührend kleinen, abnehmenden Mond.

»Es werde Licht!« rief der Graf und drehte am Schalter.

Sofort verwandelte sich der Eßplatz unter den Kastanien in einen märchenhaften Garten. An den Stämmen der Bäume waren Scheinwerfer befestigt, die nach oben strahlten und die Blätter romantisch beleuchteten. Kaum hatte der Graf das Licht eingeschaltet, schwirrten Mücken, Nachtfalter und Flugkäfer um die Scheinwerfer, uns aber ließen sie in Ruhe. Ungestört verzehrten wir unsere Nachspeise – Haselnußpudding mit Rumtopf –, und anschließend löschten wir die Lichter wieder aus und stiegen in der Dunkelheit hinauf auf den Wehrgang zum allabendlichen Sterngucken. Onkel Eduard ging voraus und leuchtete seiner Mutter mit einer Taschenlampe den Weg. Ich folgte, und hinter mir kam Olivier.

Auf der Steintreppe wandte ich mich an meinen Vetter. »Olivier«, sagte ich leise, »das war ziemlich gemein von dir. Ich habe dich nämlich auch gesehen heute nachmittag, und ich habe nichts gesagt. Du warst mit dem Mädchen unten am Fluß. Sie hat das blaue Dirndlkleid angehabt. Wenn du dem Grafen noch ein einziges Wort über mich und Walter erzählst, dann sage ich ihm, daß du mit dem Mädchen schläfst.«

»O nein!« flüsterte Olivier entsetzt. »Niemals, liebste Cousine. Ich bitte Sie sehr! Ich sage nie mehr wieder keine einzige Parole.« Und er streckte mir die Hand entgegen.

»Was treibt ihr da im Finstern?« ließ sich Onkel Eduard vernehmen. »Herauf mit euch, aber schnell! So schön wie heute war der Himmel schon lange nicht mehr.«

Und als jeder von uns eine Sternschnuppe gesehen hatte, begann er mit einer Lektion über die Milchstraße.

20

Der nächste Morgen brachte mehr Aufregung, als uns lieb war. Der Himmel über Kronegg hatte sich leicht bewölkt, und ein frischer Wind zwang uns, drinnen im kleinen, holzgetäfelten Eßzimmer zu frühstücken.

Lotte hatte auf Anordnung des Grafen den Tisch fürstlich gedeckt. Es gab Kaffee, Tee, frisch gepreßten Blutorangensaft und Grapefruitkompott. In hübschen Körbchen und in weißen Damastservietten eingeschlagen warteten goldbrauner Toast, dunkles Land- und weißes Milchbrot mit Rosinen auf uns. Neben Großmamas geliebter Pfirsichmarmelade standen geschliffene Glasschüsseln mit Weichsel- und

Kirschgelee. Butter, Milch, Eier und Schinken waren wie immer frisch vom Gutshof.

In der Mitte des Tisches, in einer hohen Silbervase, leuchtete ein großer Blumenstrauß, den ich schon morgens gepflückt und arrangiert hatte. Er war mir sehr gut gelungen. Onkel Eduard hatte auf ein festliches Frühstück bestanden. Die Tatsache, daß der Leopold kein Geld hatte, mußte gebührend gefeiert werden.

Ich warf einen letzten prüfenden Blick auf den Tisch. Alles war perfekt. Großmama hatte ihre Sonne-Mond-und-Sterne-Tasse, der Graf seinen gehörnten Teufel und ich meinen Pfau. Für Olivier hatte ich eine hübsche, verschnörkelte Tasse mit goldenen Kornähren ausgesucht. Wunderbar! Alles war, wie es sein sollte. Die Blumen dufteten, und der Geruch von frischem Kaffee drang aus der Küche herüber. Ich seufzte erleichtert und machte mich auf den Weg. Ich hatte Onkel Eduard versprochen, ihn abzuholen, wenn alles fertig sei. Kaum war ich am inneren Tor angelangt, sah ich, daß ich mir den Weg nach oben sparen konnte. Der Graf, elegant in englischer Sportjacke und heller Hose, hatte bereits den großen Hof überquert und marschierte mir zielstrebig entgegen.

»Sofort antreten zum Gutenmorgenkuß!« rief er gutgelaunt und küßte mich herzhaft auf beide Wangen. »So, und jetzt gehen wir in die Küche, Lotte und Hühnchen begrüßen.«

Was Lotte anbetraf, so wurden wir enttäuscht. Die kleine, rundliche Köchin war nirgends zu sehen. Aber Hühnchen war anwesend, das hörten wir gleich. Der Kakadu hockte oben auf seiner Vorhangstange und war sichtlich bemüht, diese in der Mitte durchzubeißen. Unten am Boden lag bereits ein großer Haufen Späne, und der Vogel war so eifrig am Arbeiten, daß er uns fast übersehen hätte. Kaum aber hörte er uns, erstarrte er mitten im schönsten Beißen und warf uns einen gekränkten Blick zu.

Bonnie hatte guten Grund, beleidigt zu sein. Seit seinem Ausflug in die Kastanien hatte er an keiner einzigen Mahlzeit mehr teilnehmen dürfen, und das hatte sein Vertrauen in uns und die Welt gestört. Trotzdem ließ er sich sofort herunterlokken, und er landete gekonnt mit aufgestelltem Schopf und gespreizten Flügeln auf seinem Kletterbaum. Offensichtlich waren wir gekommen, um Abbitte zu leisten. Gut, *eine* Chance würde er uns noch geben.

»Mein armes Hühnchen«, rief der Graf mitleidig, ohne die zerbissene Vorhangstange eines Blickes zu würdigen, »ohne dich schmeckt mir das Essen überhaupt nicht mehr. Und heute wird's wieder nichts mit dem gemeinsamen Frühstück, weil Olivier sonst zum Alkoholiker wird.«

»Krrrxt!« sagte Bonnie und entfernte zärtlich ein Staubkorn vom Handrücken des Grafen. Dann biß er spielerisch in den goldenen Manschettenknopf und kletterte mit Hilfe seines Schnabels geschickt Onkel Eduards Ärmel hinauf bis zur Schulter. Dort angekommen, schüttelte er sich kurz und blieb erwartungsvoll sitzen. Er war überzeugt, daß er jetzt, wie gewohnt, ins Eßzimmer getragen werden würde.

Der Graf sah flehend zu mir. »Was meinst du, sollen wir es wagen? Oder wird dein Vetter durchdrehen, wenn er ihn sieht?«

»Höchstwahrscheinlich, Onkel Eduard.«

Der Graf seufzte tief und setzte den Kakadu zurück auf den Kletterbaum. »Armes, armes Hühnchen«, sagte er und strich ihm zärtlich über den Rücken.

Bonnie verstand die Welt nicht mehr. *Noch* ein Frühstück ohne ihn? Er blickte mit seinen schwarzen Knopfaugen vorwurfsvoll auf den Grafen und dann auf mich. Keiner rührte sich. So war das also! Er spreizte den Schwanz, stellte den Schopf auf und kletterte hinunter auf den Boden. Dann marschierte er x-beinig in die nächste Ecke, hockte sich nieder und blieb wie ein Häufchen Elend sitzen.

Onkel Eduard zerriß es schier das Herz. »Ich werde mit meinem Hühnchen in der Küche frühstücken«, rief er laut und kniete sich neben sein Lieblingstier.

»O nein, das wirst du nicht!« Großmama, elegant und frisch mit rosa Blumenhut, war eben hereingekommen. »Lotte hat zusammen mit Annette einen wunderschönen Tisch gedeckt, und du mußt ihn bewundern. Eduard, steh auf! Der Vogel wird's überleben.« Dann nahm sie meinen Arm und ging mit mir ins Eßzimmer, wo Olivier bereits sorgenvoll auf uns wartete.

Ich sah sofort, daß mein lieber Cousin die Tassen vertauscht hatte, und zwar meinen Pfau gegen seine Kornähren. Ich sagte aber nichts, und Olivier tat ebenfalls, als wäre nichts geschehen. Er jammerte, daß er eine entsetzliche Nacht verbracht habe und mit dem Grafen ein ernstes Wort über sein Bett reden müsse. Dann verlangte er eine Portion Honig, weil Marmelade in der Frühe zu schwer für seinen angegriffenen Magen sei.

Das Mädchen kam und brachte das Gewünschte. Als sie den Honig vor Olivier auf den Tisch stellte, errötete sie so, daß es Großmama nicht verborgen bleiben konnte. Diese machte den Mund auf, beherrschte sich aber und fragte nur: »Wo ist Lotte, mein Kind?«

»Draußen vor dem Tor. Sie spricht mit dem Briefträger. Er hat gerade die Zeitung gebracht.«

»Natürlich«, meinte Großmama, »die bringt er jeden Morgen. Was gibt's da zu reden?«

»Aber heute stehen doch *wir* drinnen!« rief das Mädchen aufgeregt. In diesem Moment kam der Graf herein und schwenkte die Lokalzeitung in der Hand. »Alles herhören! Wir sind die Helden der heutigen Ausgabe. Riesige Fotos auf vier Seiten! Mama und Annette, ihr seid auf dem Titelbild. Da, schau her! Jetzt seid ihr berühmt.«

Er warf uns die Zeitung zu, setzte sich und bestellte drei Eier mit Speck. Dann faltete er seine Serviette auseinander und legte sie auf seinen Schoß. »Ich wette, dem Herrn Baron von Lockenstein ist gerade der Appetit vergangen.« Und er griff nach dem Milchbrot und ließ es sich schmecken.

Großmama las den Artikel. *Verlorengeglaubter ungarischer Kronschatz auf Burg Kronegg wieder aufgetaucht.*

»Eduard«, meinte sie, als sie fertig war, »hier steht, daß du fünfzig Kilo Gold gefunden hast und der Gemeinde Kronegg ein beheiztes Schwimmbad bauen wirst. Davon weiß ich ja gar nichts!«

»Ich auch nicht«, sagte der Graf, ohne sich aus der Ruhe bringen zu lassen. »Das hat der Chefredakteur erfunden, nehme ich an. Ich werde ihn nach dem Frühstück anrufen und mich beschweren.«

»Da«, rief Großmama, »Annette, hier sind deine beiden Armbänder. Ganz groß im Bild. Und drunter steht: ›Ein einziger dieser goldenen Reifen ist so viel wert wie zweitausend Tennisstunden.‹ Olivier, schau her, hier bist du.«

Sie wollte ihm das Blatt reichen, aber mein Vetter wehrte ab. »Danke, liebe Großtante, ich muß es nicht sehen. In der Zeitung zu stehen ist sehr vulgär.«

»Finde ich nicht«, meinte Großmama und hielt ihm das Blatt trotzdem vor die Nase. »Schau, wie gut ich auf diesen Fotos getroffen bin. Was soll daran vulgär sein?«

Olivier rümpfte seine feine Nase, und seine Schnurrbartspitzen zitterten verächtlich. »Liebster Onkel«, wandte er sich an den Grafen, »ich muß Sie dringend ersuchen.«

»In welcher Angelegenheit?« fragte dieser und schenkte sich Ersatzkaffee ein. »Einen schönen Anzug hast du heute an. Naturseide, wenn ich nicht irre.«

Olivier ließ sich nicht ablenken. »*Merci*. Sie irren nicht. Das ist die echte Seide, auch die Krawatte und das Hemd. Aber ich *muß* Sie ersuchen, teuerster Onkel, mein Bett geht nicht mehr. Ganz ohne Witze! Es geht . . .«

In diesem Moment kam das Mädchen zurück, um dem Grafen die Eier zu bringen und Besuch zu melden.

»Besuch?« rief der Graf, froh über die Unterbrechung. »So früh? Das muß ein Irrtum sein. Jeder, der mich kennt, weiß, daß ich vor elf niemanden empfange.«

Das Mädchen knickste. »Es ist aber dringend, hat er gesagt. Und er geht nicht weg vom Tor, bis Sie ihn hereinlassen.«

»Mein liebes Kind, wie oft habe ich Ihnen schon gesagt, daß man immer zuerst den *Namen* ankündigen muß. ›Er‹ allein genügt nicht. Wie soll ich wissen, wer unser Tor belagert, wenn Sie immer nur ›er‹ sagen?«

Das Mädchen errötete stark. »Der Herr Baron von Lockenstein, Herr Graf.«

»Was? Der Leopold? Das ist fabelhaft! Nichts wie herein mit ihm! Und legen Sie gleich noch ein Gedeck auf. Ist das klar?«

Das Mädchen knickste und verschwand. Kurze Zeit später kam sie mit dem Leopold zurück, der heute noch größer als sonst wirkte. Onkel Eduard ging ihm freudig entgegen. »Servus, Poldl, du bist uns willkommen!« Dann stellte er ihm Olivier vor und bot ihm einen Platz zwischen Großmama und mir an. »Also, mein Lieber«, rief er überschwenglich und schenkte ihm eigenhändig Kaffee ein, »ich bin froh, dich zu sehen.«

»So?« Unser Gast verstaute mühsam seine langen Beine unter dem Tisch. »Gestern hast du dich noch geweigert, mich zu empfangen.«

»Gestern war gestern, und heute ist heute.«

»Stimmt«, meinte der Leopold und rückte auf seinem Stuhl hin und her. Sein Bernhardinergesicht war kummervoll auf die Kaffeetasse gerichtet.

»Lieber Baron«, rief Großmama fröhlich, »hast du Probleme? Dann *mußt* du unser Milchbrot kosten, es ist ein Gedicht.«

»Küß die Hand«, sagte der Leopold und ließ sich bedienen. »Wieder ein Meisterwerk der guten Lotte?«

»Absolut!« donnerte der Graf. »Sie hat sich selbst übertroffen.«

Leopold trank seinen Kaffee schwarz, ohne Zucker und gleich zwei Tassen hintereinander. Dann wandte er sich an

Olivier. »Also, Sie kommen aus Frankreich«, begann er, »ein sehr schönes Land. Wunderbare Schlösser, aber fast keine Burgen. Ich hoffe, es gefällt Ihnen hier. Haben Sie sich schon eingelebt?«

Olivier lächelte höflich. »Danke, lieber Baron, ich habe mich sehr gut installiert.«

»Aha!« sagte der Leopold verwirrt und blickte hilfesuchend zu Großmama. »*Was* hat er installiert?«

»Sich selbst«, erklärte diese freundlich. »Weißt du, in Frankreich sagt man das so. Olivier übersetzt immer alles direkt ins Deutsche, und das klingt manchmal ein bißchen anders, als man es gewöhnt ist. Aber man muß ihm lassen, daß er eine sehr gute Aussprache hat, findest du nicht? Die Grammatik ist ebenfalls gut. Er macht keine Fallfehler, und meistens erwischt er sogar den richtigen Artikel.«

»Aha!« Der Leopold nickte verständnisvoll und wandte sich wieder an Olivier. »Also, es gefällt Ihnen auf der alten Ritterburg.«

»In der Tat«, rief dieser eifrig. »Die Kultur ist hier vollkommen«, er schluckte, »außer im Bett.«

»Was?« Der Leopold starrte verblüfft auf Olivier.

»Außer im Bett«, wiederholte der und blickte strafend auf den Grafen.

Leopold grinste breit. »Also, Edi, das ist wirklich gut! Keine Kultur im Bett, ha? Sehr interessant.«

Onkel Eduard sah ärgerlich in seine Kaffeetasse und rührte noch mehr Zucker hinein. »Laß dich aufklären, Poldl. Olivier spricht vom *Zustand* seines Bettes und nicht von dem, was du schon wieder denkst.«

»Sehr wahr!« rief Olivier. »Es ist zu peinlich.«

»Recht haben Sie«, grinste der Leopold. »Mir wäre es auch peinlich, zu peinlich. Aber seit der Edi hier der Herr ist, ist das eben so. Also, nehmen Sie es nicht zu tragisch, mein Lieber.«

Oliviers Schnurrbartspitzen zitterten aufgeregt. »Jawohl, teurer Baron, aber die Matratzen sind *doch* zu tragisch. Sie sind so hart wie die Steine. Man ist glücklich am Tag und installiert sich in der Nacht, und dann ist hinten alles blau.« Er faßte sich anklagend an den Rücken. »Von hinauf bis hinunter ist alles schmerzlich.«

»Wie war das?« amüsierte sich der Leopold. »Jetzt komme ich nicht mehr mit. *Was* ist blau und schmerzlich? Edi, wie behandelst du deine Gäste? Prügelst du sie jeden Abend vor dem Schlafengehen?«

Der Graf machte den Mund auf, aber seine Mutter kam ihm zuvor. »Mein Sohn hat dem Armen das Feldbett vom Kaiser Franz Joseph ins Zimmer stellen lassen. Jetzt weißt du alles. Eduard Silvester hat nämlich an Oliviers Haltung einiges auszusetzen. Er ist überzeugt davon, daß sie in Frankreich verdorben wurde und daß sie sich durch harte Matratzen wieder kurieren läßt.«

»Richtig!« kommentierte Onkel Eudard. »Es geht mir um seine *Haltung*, und zwar in jeder Hinsicht! Ob er will oder nicht, ich werde sie verbessern. Sie hat es dringend nötig. Verstanden?«

»Verstehe.« Der Leopold grinste noch breiter. »Der Arme hat kein Rückgrat.«

Olivier blickte schockiert auf den Baron. »Ich protestiere von meinem Höchsten!« rief er empört. »Ich habe ein außerordentliches Rückgrat. Sie können das Gewirbel zählen. Es ist komplett.« Er sprang auf, riß sich den Rock vom Leib, zog das seidene Hemd hoch und hielt uns seinen Rücken hin.

»Schaut ganz normal aus«, sagte der Leopold todernst. »Edi, ich verstehe nicht, was du hast.«

»*Merci!*« Olivier stopfte das Hemd in die Hose. »So ist es. Aber mein teurer Onkel *will es nicht.* Ich bitte Sie vollkommen, liebste Großtante, liebster Baron, ich *muß* das Bettlein entbehren. Ich *muß* das weiche Bett wiederhaben, außer ich bin krank.« Er sah den Leopold flehend an.

»Also, Edi, was ist?« rief der vergnügt. »Hast du keine anständigen Betten auf deiner Burg? Im Notfall könnte ich dir ein paar herüberschicken.«

»Betten, soviel du willst«, warf Großmama ein, »aber der Eduard ist so stur, du kennst ihn ja. Eduard! Findest du nicht, daß du zu weit gehst? Zwei schlaflose Nächte genügen, oder?«

»Teuerster Onkel, ich flehe Sie!« Olivier hob bittend die Hände.

»Edi«, der Leopold lachte, »ist dein Herz so hart wie deine Matratzen?«

»Schon gut«, seufzte der Graf gequält. »Ich werde es mir überlegen.«

»*Merci*, liebster Onkel, *merci, merci!*«

»Aber versprechen kann ich nichts.« Der Graf griff nach dem Milchbrot, brach ein Stück ab, häufte Butter und Weichselgelee darauf und schob es in den Mund. »Hervorragend«, meinte er dann und gönnte sich einen Schluck Ersatzkaffee. »Also, Poldl, kommen wir zu dir. Was verschafft uns die Ehre so früh am Morgen?«

Sofort wurde das gutmütige Bernhardinergesicht um eine Spur geröteter. »Edi, die ganze Gegend spricht davon. Du hast den ungarischen Kronschatz ausgegraben. Stimmt das?«

»Es stimmt«, rief Olivier aufgeregt. »Das Gold ist über die Welt. So *schwer* habe ich das Gold noch nie erlebt . . .«

Onkel Eduard schnitt ihm das Wort ab. »Hier«, rief er stolz und reichte Leopold die Zeitung, »überzeuge dich selbst! Willst du auch die Originale sehen?«

»Natürlich!« Der Baron überflog den Artikel. »Samt Schatzkiste, wenn ich bitten dürfte.«

»Also gut, nach dem Frühstück führe ich dich hinauf. Ich nehme an, das ist der Grund deines Besuches?«

»Nicht nur«, verkündete der Leopold feierlich. »Ich bin gekommen, um dir als guter Nachbar zu deinem Fund zu gratulieren. Seit Aimés Heirat sind wir ja auch verwandt. Also, Edi, meinen allerherzlichsten Glückwunsch!« Er stand auf, beugte sich über den Tisch und streckte dem Grafen seine riesige Hand hin. Dieser schüttelte sie kräftig. Die beiden Burgherren sahen sich in die Augen und setzten sich.

Der Leopold verschränkte die Arme: »Aber den Gutshof kriegst du trotzdem nicht.«

»Interessant. Und wie, bitte sehr, kommst du zu dieser idiotischen Schlußfolgerung?«

Der Leopold trank eine dritte Tasse bitteren schwarzen Kaffee und seufzte zufrieden. »Meine Aktien sind in den vergangenen zwei Tagen um das Doppelte gestiegen. Seit wir uns das letzte Mal gesehen haben, bin ich mehrfacher Aktienmillionär geworden.«

»Aber nein«, lächelte Onkel Eduard ganz sanft. »Bist du dir da ganz sicher?«

»Wie meinst du das?« Leopold zog eine Zigarre aus der Westentasche. »Darf ich?«

»Aber gerne. Rauch soviel du willst, du wirst es brauchen.«

Der Leopold blickte verdutzt auf den Grafen. Dieser nickte ihm huldvoll zu, stand auf und öffnete ein Fenster.

»Also, mein Lieber«, begann er, als er sich wieder gesetzt hatte, »ich muß dir eine betrübliche Mitteilung machen. Ich weiß alles über deine Aktien. Ich weiß, wo du gekauft hast, wie sie heißen, wieviel sie wert sind und über wen du sie gekriegt hast. Na, was sagst du jetzt?«

»Das glaube ich dir nicht.«

»Nein? Die Firma sucht nach Gold in der australischen Wüste. Genügt dir das?«

Der Leopold versuchte, seine Zigarre anzuzünden, aber seine Hand zitterte so, daß es ihm nicht gelang.

»Sie sucht nach Gold in der australischen Wüste«, wiederholte Onkel Eduard und gab ihm Feuer, »aber sie hat leider keines gefunden.«

»Was? Was ist das für eine hirnverbrannte Behauptung? Natürlich hat man Gold gefunden. Berge von Gold. Unglaubliche Mengen von Gold. Ganz Südafrika beißt sich in den Hintern, soviel Gold hat man in Australien gefunden.«

Onkel Eduard nickte freundlich. »Die Firma hat vor eineinhalb Monaten bankrott gemacht. Du glaubst mir nicht? Gut, dann werde ich dir jetzt den Namen sagen.« Er machte eine wirkungsvolle Pause, während der man den Leopold schwer atmen hörte. »Der Name der Firma ist Aurelius!« Die Zigarre fiel auf das Tischtuch und wäre dort liegengeblieben, wenn Großmama sie nicht schnell auf den nächsten Teller geschubst hätte.

»Dein Daniel ist ein hundsgemeiner Betrüger. Annette hat ihn in London wiedergetroffen und Erkundigungen über ihn eingezogen. Alle seine Geschäfte sind faul.«

»Bist du wahnsinnig?« brüllte der Leopold.

»Ich nicht, Poldl, aber du wirst es sicher noch werden, wenn du nicht sofort etwas unternimmst. Der Bursche ist gemeingefährlich. Am besten, du läßt ihn sofort verhaften.«

»Aber ... aber ich habe die Papiere gesehen. Da steht schwarz auf weiß ...«

»Papier ist geduldig«, rief Großmama, »da kann man draufdrucken, was man will. Es tut mir leid, Baron, aber Eduard Silvester hat wirklich recht. Der Mann ist ein Betrüger.«

Onkel Eduard beugte sich vor. »Poldl, ich weiß sogar, warum er zu dir auf Besuch gekommen ist. Er will *noch* mehr Geld. Für eine Diamantenmiene in Nordwestaustralien. Habe ich recht? Angeblich sollen die Diamanten zweihundert Millionen Dollar Profit im Jahr abwerfen.«

Der Leopold saß starr wie eine Statue.

»Der Mann muß verhaftet werden! Ich kenne Leute, die hat er um ein *Vermögen* gebracht. Nach dem, was mir Annette erzählt hat, verkauft er dir die Burg unter deinem Hintern weg, und du merkst es gar nicht.«

»Ist das wahr?« flüsterte der Leopold und sah hilfesuchend von einem zum andern.

»Leider.«

»Kenne ich die Leute, die er betrogen hat?«

»Natürlich.«

»Wer ist er denn?«

»Das sag' ich dir später, aber es gibt noch was. Wenn er mit den Männern kein Glück hat, dann macht er sich an die Töchter heran und bringt sie um ihr Erbteil.«

Leopold erblaßte. »Gestern hat er mich gefragt, ob er mein Schwiegersohn werden darf.«

»Na, siehst du! Und die Maria will ihn?«

»Sie will.«

»Poldl, der geht jetzt durch Lockenstein und rechnet aus, wieviel deine Burg wert ist. Dann läßt er sich von deiner Maria eine Aufstellung machen, was du sonst noch besitzt, und in diesem Moment, während wir hier alle so gemütlich beisammensitzen, überlegt er gerade, was er für deine Gemäldesammlung kriegt.«

Leopold riß entsetzt die Augen auf. »Aber er hat mich nie gefragt, wieviel irgend etwas wert ist.«

»Paß auf«, sagte Onkel Eduard geduldig, »ich war gestern auf meiner Bank, du kennst ja den Rudi, er ist jetzt Direktor. Der Rudi hat mir geschworen, daß die Aurelius-Aktien nicht einmal das Papier wert sind, auf das sie gedruckt wurden.«

»Schwörst du, daß das wahr ist?«

»Ich schwör's dir.«

»Himmelherrgott!« schäumte der Leopold außer sich. »Das ist ja nicht zu fassen! Und dieser Schweinehund ist jetzt mit meiner Tochter allein zu Hause. Meine Frau ist in der Stadt. Ich muß sofort telefonieren. Der Walter soll sie keinen Augenblick allein lassen. Wo ist der nächste Apparat?«

»Hinter dir.«

Das Telefon stand neben der Tür auf einer kleinen Anrichte. Aber seltsam, kaum streckte der Leopold den Arm danach aus, da begann es zu läuten.

Automatisch griff er nach dem Hörer und hob ab. »Hallo?« und dann erstaunt: »Walter! Ich wollte dich gerade anrufen.

Was gibt's?« Er horchte angestrengt und wurde dabei rot wie ein Krebs. »Ja! Der Edi hat gerade . . . Himmelherrgott!« Er ließ den Hörer sinken. »Ja, komm sofort herüber!«

Er drehte sich um. »Meine Maria ist weg. Mit diesem Schweinehund.«

»Was?« rief Großmama. »Das ist ja furchtbar.«

»Sie ist weg«, rief der Leopold verzweifelt, sank auf seinen Stuhl und versteckte das Gesicht in seinen riesigen Händen.

»Poldl«, verkündete der Graf, »wir stehen dir bei. Jeder einzelne von uns, wie wir hier sitzen. Sag, hat deine Maria kürzlich eine Erbschaft gemacht?«

»Nein. Wie kommst du darauf? Aber ihr Sparbuch hat sie mitgenommen.«

»Wieviel war drauf?«

»Fünftausend Mark.«

»Dann sei beruhigt, in zwei Tagen ist sie wieder da.«

»Bist du sicher?«

»Absolut. Fünftausend Mark reichen bei dem höchstens achtundvierzig Stunden.«

»Wieso weißt du das so genau?« fragte der Leopold, Verzweiflung in der Stimme. »Vielleicht sehe ich mein Kind nie wieder.«

»Ich bin mir deshalb so sicher, weil er für das Vermögen, das Annette geerbt hat, *fünf Jahre* gebraucht hat.«

»Was?« Dem Leopold blieb der Mund offen stehen. »Der hat . . . von dem Nestor . . . von der Annette . . . du meine Güte! Edi, das ist entsetzlich, das tut mir wahnsinnig leid.«

»Mir auch«, sagte der Graf trocken.

»Himmelherrgott!« Der Leopold wandte sich an mich. »Er hat dich um dein Geld gebracht, Annette, das werde ich mir nie verzeihen. *Ich* habe ihn doch damals hierhergeschleppt, ich Trottel!«

»Poldl«, Onkel Eduard setzte sich kerzengerade auf. »Jetzt müssen wir zusammenhalten. Zuerst wird deine Maria gerettet, die kann noch nicht weit sein. Seit wann ist sie weg? Seit gestern nacht? Dann ist sie sicher noch im Land. Also, wir befreien die Maria, und dann nehmen wir den besten Anwalt, den es gibt. Die Kosten teilen wir. Klar? Wir brauchen einen Fachmann, der sich mit internationalem Recht auskennt. Den Daniel wird man in London schnappen, und der andere Typ, der noch einen Teil von Annettes Geld hat, der sitzt in Genf. Von dem haben wir Namen und Adresse. Sag, Leopold, hat er dir auch Aktien von einer Firma angedreht, die im Atlantik nach Erdöl sucht? Ja? In Ordnung! Da wissen wir ebenfalls, wo die Made schwelgt. Aber zuerst die Maria. Ich rufe sofort die Polizeiinspektion an, und wenn der Walter kommt, gebe ich euch den Hans mit.« Er hielt mir seine Tasse hin. »Annette, Kaffee! Den echten. Ich will mich aufregen.«

»Himmelherrgott«, rief der Leopold und stieß seinen Stuhl zurück, daß er polternd umfiel. »Ich kann nicht mehr ruhig sitzen bleiben. Edi, geh mit mir hinaus! Vielleicht ist der Walter schon da.«

»Viel Glück«, rief Großmama mitfühlend.

»Danke!«

Und schon eilten die beiden Burgherren durch den Gang hinaus zum Tor. Wir blieben schweigend zurück. Keiner wußte, was er sagen sollte.

»Eine schöne Bescherung«, meinte Großmama schließlich und griff nach der Zeitung. »Aber wenigstens wird uns nicht langweilig. Ich muß ehrlich zugeben, so einen aufregenden Sommer wie heuer habe ich seit Jahren nicht mehr erlebt.«

»Ich auch nicht«, rief Olivier sofort und fügte dann bedauernd hinzu: »Jetzt hat der Baron den Schatz nicht angeblickt.«

»Er wird schon wiederkommen«, tröstete ihn Großmama, »dann zeigen wir ihm alles.« Sie seufzte und blätterte in der Zeitung. »Arme Maria! Das ist die vierte Fastverlobung innerhalb von zwei Jahren.«

»Sie ist nicht schön?«

»Doch. Sie ist recht hübsch, aber ziemlich groß. Und sehr verwöhnt.«

»Große Frauen sind *sehr* begehrlich«, stellte Olivier mit Nachdruck fest. »Meine Rose zum Beispiel ist größer als mein Kopf, und sie gefällt mir so gut, als wenn sie nicht kleiner wäre.«

»Interessant.« Großmama machte die Zeitung zu. »Wann kommt sie denn?«

»Später, liebste Großtante. Sie wird nächste Woche mit dem Telefon anrufen. Aber, liebste Gräfin, darf ich mich auf Sie verlegen mit meinem Bett? Ich flehe Sie sehr!«

»Aber sicher. Mach dir keine Sorgen! Du kriegst dein Bett zurück, wahrscheinlich schon heute abend.«

Olivier setzte zu einer überschwenglichen Dankesrede an, aber gerade als er den Mund aufmachen wollte, krachte etwas von außen gegen die Eßzimmertür. Olivier machte sogleich den Mund wieder zu und sah verstört auf die Tür. »Was ist denn jetzt wieder los?« rief Großmama. »Eine Aufregung jagt die andere. Annette, sieh nach, was das war!«

»Nein!« rief Olivier, und seine Schnurrbartspitzen begannen zu zittern.

Vor der Tür wurden kleine Trippelschritte vernehmbar: Tack, tack, tack – Pause – tack, tack, tack, tack.

Ich sprang auf und riß die Tür auf. Mitten auf dem Steinboden des Ganges saß Bonnie. Neben ihm lag eine gelbe Hirserispe, die er offensichtlich als Proviant mitgenommen hatte. Beim Anprall an die Tür mußte sie ihm aus dem Schnabel gefallen sein. Hühnchen starrte mich einen Moment böse an, fauchte kurz, drehte sich um und marschierte x-beinig und immer schneller werdend in Richtung Küche.

Ich hob die Rispe auf.

»Das war Bonnie«, sagte ich. »Er wollte zu uns herein und ist gegen die Tür geflogen.«

Olivier wurde weiß wie die Wand. »Ist er weg?« stammelte er.

»Ja. Er ist in die Küche zurück. Er ist beleidigt, weil wir die Tür zugemacht haben. Sonst steht sie nämlich immer offen.« In diesem Moment drangen aus der Küche ominöse Geräusche.

Schnapp – schnapp, als ob Schilf geschnitten würde. Was war das? Einen Moment war es still, dann krachte etwas Schweres zu Boden. Anschließend lautes Geflatter und dann fürchterliches Gekreische, das nicht aufhören wollte.

Olivier klammerte sich starr und kreidebleich an seinen Stuhl.

»Schnell«, rief Großmama, »jetzt hat er bestimmt etwas angestellt.« Sie sprang auf, und wir liefen um die Wette durch den Gang.

Die Küche war menschenleer. Lotte war offensichtlich mit den beiden Herren ans Tor gegangen, und das Mädchen räumte um diese Zeit immer die Zimmer auf.

»Um Gottes willen«, rief ich, »die Blumen!«

Auf dem Boden entlang der ganzen Fensterfront lagen die Überreste der Geranien, auf welche die Köchin so stolz gewesen war. Hühnchen hatte sie samt und sonders geköpft. Anschließend hatte er auch noch einen ganzen Blumentopf hinunterbefördert, so daß Blüten, Blätter, Tonscherben und Erdklumpen auf dem roten Steinboden verstreut lagen. Hühnchen selbst hing mit dem Kopf nach unten vom großen Holzlüster über dem Küchentisch und beäugte sein Werk mit großem Interesse.

Während Großmama und ich noch auf die Blumenreste starrten, kamen Onkel Eduard und Lotte zurück. Die Köchin hob die Hände und blieb wie angewurzelt stehen. Der Graf blickte empört auf den Boden und dann auf uns.

»Was ist denn das wieder für eine Bescherung?« fragte er streng. Großmama zeigte nach oben, wo Hühnchen immer noch verkehrt vom Lüster hing. »Ein Racheakt, weil wir die Eßzimmertür zugemacht haben.«

»Krrrxt«, machte Bonnie und begann, auf dem Lüster hin und her zu schwingen.

»Meine schönen Blumen!« klagte Lotte, und ihre Augen füllten sich mit Tränen.

Großmama legte beruhigend ihren Arm um sie. »Das tut

mir wirklich leid, Lotte. So ein Fratz, dieser Vogel! Verzogen wie ein kleines Kind. Kaum steht er einmal nicht im Mittelpunkt, muß er sich schön rächen.«

»Was heißt hier rächen?« polterte der Graf lautstark. »Mama, du hast kein Gefühl. Das arme Tier ist vollkommen verstört. Das war eine Verzweiflungstat, eine echte. Jawohl!«

Er stellte sich unter den Tisch und versuchte, Bonnie herunterzulocken. Bonnie flog auch wirklich – aber nicht auf die Schulter des Grafen, sondern hinauf auf die angeknabberte Vorhangstange. Die war der Landung aber nicht mehr gewachsen und brach in der Mitte entzwei. Sofort rutschten die Vorhänge herunter und landeten unter lautem Geklapper der Holzringe, an denen sie befestigt waren, auf dem Steinboden. Bonnie brach in markerschütterndes Geschrei aus und flatterte wild durch die Küche. Schließlich landete er wieder auf dem Holzlüster, krallte sich fest, stellte den Schopf wieder auf und wandte uns demonstrativ den Rücken zu.

Onkel Eduard war bis ins Mark getroffen. »So geht das *nicht weiter!*« tobte er. »Entweder Olivier *reist ab*, oder er gewöhnt sich an mein Hühnchen!!«

»Nicht so laut«, rief Großmama und zeigte auf die offene Tür. »Er hört doch jedes Wort.«

»Ob er es hört oder nicht, ist mir vollkommen egal. Ist das klar? Etwas *muß* geschehen. Annette, hol bitte deinen Cousin, ich habe mit ihm zu reden. Olivier, komm sofort hierher!«

»Ich reise!!« rief Olivier hysterisch aus dem Eßzimmer, »ich werde *nicht* zu diesem *Monster* hinein, *niemals!*«

»Du kommst hierher, sofort!«

»Non, non! Jamais!« Und dann hörten wir ihn schluchzen.

»Eduard«, warnte Großmama ihren Sohn, »nur keine Familientragödie! Ich will die französische Verwandtschaft nicht zu Feinden haben.« Sie eilte ins Eßzimmer, um Olivier zu trösten.

Der Graf lief ihr nach. Olivier hing schluchzend auf seinem Stuhl: ein Bild der Verzweiflung. Sofort war Onkel Eduard an seiner Seite. »Olivier! Reiß dich zusammen! So war es auch wieder nicht gemeint.«

Großmama setzte sich neben meinen schluchzenden Vetter und nahm seine Hand. Er überließ sie ihr, als gehörte die Hand nicht zu ihm. »Also, Olivier, jetzt werden wir gemeinsam eine Lösung finden. Der Vogel gehört genauso zur Familie wie du, und irgendwie werdet ihr beide doch unter einen Hut zu bringen sein. Ich weiß auch schon, was wir tun werden. Der Hans soll ein Kettchen kaufen, und während des Essens wird Bonnie an seinem Kletterbaum angehängt. Dann kann er dir nicht mehr gefährlich werden. Was meinst du, Olivier? Ist das eine Idee?«

Olivier nickte schwach.

Dafür war Onkel Eduard beleidigt. »Mein Hühnchen an die Kette?« rief er. »Nur über meine Leiche!«

Olivier begann wieder zu schluchzen.

Der Graf sah verwirrt auf ihn hinunter. »Na ja«, meinte er nach einer kleinen Weile, »vielleicht könnte man es versuchen. Aber ein sehr leichtes Kettchen, Mama, mit einem weichen Ring am Ende, damit das arme Füßchen nicht verletzt wird.«

»Natürlich! Was hast du denn gedacht? Daß ich deinen kostbaren Kakadu in Eisen legen lasse? Übrigens, Eduard Silvester, dir ist hoffentlich klar, *warum* Olivier so überreizt ist. Er hat zwei Nächte nicht geschlafen.«

Olivier schluchzte laut und legte seinen Kopf auf Großmamas Schulter. Es war ein rührendes Bild.

Auch Onkel Eduard konnte ihm nicht lange widerstehen. »Olivier, nur Mut! Du kriegst dein Bett zurück, hörst du? Dafür versuchst du, morgen beim Frühstück mit Hühnchen an der Kette auszukommen. Einverstanden?«

Olivier nickte schwach und wischte sich die Tränen aus den Augen.

»So«, rief der Graf erleichtert, »das wäre geklärt. Und um ein Haar hätte ich vergessen, was ich euch sagen wollte. Die

Wetterfahne dreht sich wieder! Ist das eine Überraschung? Und sie quietscht nur mehr ganz leise.« Er sah aufgeregt zu mir herüber. »Erinnerst du dich, mein Kind, was ich dir gleich nach deiner Ankunft auf dem runden Turm gesagt habe?«

Ich nickte.

»Also war Daniel der Besuch aus westlicher Richtung. Interessant, nicht? Dieser Bursche bringt sogar das Eisen zum Rotieren.«

»Ich weiß nicht, wovon du redest«, rief Großmama aufgebracht, »würdest du die Güte haben, mich aufzuklären?«

»Annette soll das erledigen. Ich habe keine Sekunde länger Zeit. Ich treffe den Leopold und den Walter auf der Polizeiinspektion, und dann fahren wir zum Bahnhof und von dort in die Stadt. Wenn alles gutgeht, bringen wir die Maria gleich mit heim. Wenn nicht, läuft eine Fahndung an, die sich gewaschen hat. Dieser Mistbraten glaubt, wir sind alle von gestern. Aber *so* einfach entführt man uns die Töchter nicht!«

Er sah wildentschlossen aus dem Fenster, knöpfte seine Jacke zu und warf die Tür hinter sich ins Schloß.

21

Die Suche nach Maria dauerte nicht lange. Leopolds verlorengeglaubte Tochter kam nämlich ganz von alleine nach Hause. Um zwei Uhr nachmittags wurde ihr kleiner, robuster Renault 4 auf der Straße zwischen Kronegg und Lockenstein gesichtet, gerade als die angekündigte Großfahndung losgehen sollte.

Wir saßen alle im »Gekränkten Auerhahn« auf der Terrasse, wo wir wieder zu Mittag gegessen und die letzten Details der Suche durchgesprochen hatten. Es wurde gerade heftigst debattiert, ob man Spürhunde einsetzen sollte – Leopold war dafür, Onkel Eduard dagegen und der Gendarmerieoberst unentschieden –, als Walter plötzlich aufsprang, mitten auf die Straße lief und wild zu winken begann.

Sein Vater begriff sofort, stürzte ihm nach – und da war das kleine, grüne Auto, und eine verblüffte Maria trat kräftig auf die Bremse. Nach ihrem Gesichtsausdruck zu schließen, hatte sie nicht die geringste Ahnung, welche Aufregung ihr Verschwinden hervorgerufen hatte.

»Maria, Himmelherrgott, Maria!« Leopold warf sich auf seine Tochter, daß wir um ihr Leben fürchteten.

»Was habt ihr denn?« keuchte diese und versuchte, sich den mächtigen Armen zu entwinden. »Seid ihr alle verrückt geworden? Ich war nur am Flughafen. Daniel mußte dringend in die Schweiz. Laß mich los, Vater, ich ersticke ja.«

»Warum hast du das Sparbuch mitgenommen?«

»Reg dich nicht auf, ich krieg' es in einer Woche wieder zurück. Daniel kommt spätestens am Montag, und dann feiern wir Verlobung.«

»Meine einzige Tochter«, begann der Leopold und blickte milde auf Maria hinunter, »die Verlobung ist geschmissen. Hör mir jetzt gut zu!« Und er erzählte brühwarm, was er über Daniel erfahren hatte.

Maria blinzelte nervös, denn die Sonne schien ihr direkt ins Gesicht.

»Ist das wahr?« fragte sie dann.

Leopold nickte. »Wahr wie Dromedar«, sagte er sinnig. Dann küßte er sie auf die Stirn und führte sie zu uns auf die Terrasse, wo er ihr einen doppelten Schnaps einschenken ließ. Maria mußte ihn in einem Zug hinunterkippen, und als sie keuchend und hustend nach Atem rang, klopfte ihr der Leopold liebevoll auf den Rücken und meinte: »Das ist gesund! Vergiß den Schweinehund und beantworte uns ein paar Fragen.«

Der Schnaps schien zu wirken, denn Maria erholte sich erstaunlich schnell. Als sie alles erzählt hatte, was sie über Daniel wußte, gelang ihr sogar ein Lächeln. »Lieber ein Ende mit Schrecken als ein Schrecken ohne Ende«, meinte sie, »wenigstens haben wir die Fischerei nicht verkauft. Was glaubst du, Vater, vielleicht gibt es die Diamantengruben gar nicht, für die er das Geld haben wollte?«

Dann zog sie einen Ring aus der Tasche und gab ihn dem Leopold. Um ein Haar hätte ich zu lachen angefangen. Es war derselbe Ring, den mir Daniel unten am Fluß aufdrängen wollte.

Leopold sah kurz auf den Brillanten. »Wenn der echt ist, fress' ich einen Besen«, erklärte er und steckte ihn in die Jakkentasche. Dann bestellte er für alle eine Runde Schnaps und begann mit Onkel Eduard um die Wette zu diskutieren, wie man »dem Schweinehund« das Handwerk legen könne.

Um fünf Uhr nachmittags waren sich endlich alle einig, und wir begaben uns leicht benebelt, aber bester Laune auf den Heimweg.

»Wir sehen uns spätestens an meinem Geburtstag!« Großmama winkte fröhlich zum Abschied.

»Morgen um drei am Fluß«, flüsterte mir Walter zu. Dann setzten wir uns in unsere Autos und fuhren in entgegengesetzte Richtung davon.

Am nächsten Morgen wurde gehandelt.

Onkel Eduard und der Leopold fuhren in die Stadt, um einen Anwalt zu engagieren, den ihnen Rudi, der Bankdirektor, empfohlen hatte. Der Mann galt als äußerst tüchtig. Er hatte internationales Recht studiert und besaß glänzende Kontakte im Ausland. Von Anfang an war er zuversichtlich, daß zumindest ein kleiner Teil der Erbschaft gerettet werden könne. Am optimistischsten war er wegen des Baugrunds in Genf, den Daniels Freund Christian von meinem Geld gekauft hatte.

Onkel Eduard kam strahlend aus der Stadt zurück und ließ uns sofort zu sich rufen, um die gute Nachricht loszuwerden. Als er fertig war, wirkte er um zehn Jahre jünger. »Meine Lieben, der Bluthund ist auf der Fährte. Vielleicht gibt es vor dem Sommerfest noch Resultate. Der Anwalt meint zwar, daß es mit dem Geldsegen noch etwas dauern wird, aber ich werde kurzfristig einen Kredit aufnehmen, um den Gutshof anzuzahlen, und wenn meine Schwester kommt, soll sie mir ihr Erbteil leihen.«

Er lockerte seine Krawatte. »Na, Mama? Ist das eine Idee? Ich muß gestehen, jetzt freue ich mich erst so richtig auf deinen Geburtstag. Wir werden dich feiern, daß es in die Geschichte eingeht.« Und noch am gleichen Tag begannen wir mit den Vorbereitungen.

Zuerst wurden die Einladungen verschickt und über die Tischordnung gestritten. Der Graf wollte eine große, U-förmige Tafel, Großmama mehrere kleine Tische. Nachdem das Problem zu Großmamas Gunsten gelöst war, bekam Hühnchen wieder einmal eine neue Vorhangstange.

Diesmal war sie aus Hartholz gefertigt, und als sie in der Küche montiert wurde, stellte sich Onkel Eduard darunter und sagte ernsthaft zu seinem Liebling: »A, a, a – der Winter, der ist da.«

Hühnchen hörte sofort auf, sich zu putzen, legte den Kopf schräg und horchte angestrengt.

Großmama, die zufällig anwesend war, blickte verständnislos auf ihren Sohn. »Heute ist der 21. Juli. Hochsommer! Bis zum Winter mußt du noch sechs Monate warten.«

»Natürlich«, der Graf näherte sein Gesicht dem Vogel. »A, a, a – mein Schönster! Merk dir das!«

»Ist dir nicht gut?« Onkel Eduard richtete sich auf und kraulte den Kakadu unter den Flügeln.

»Mama, du kannst Gift darauf nehmen, daß sämtliche Gäste an deinem Geburtstag den Vogel sehen wollen. Dann will ich mich nicht zu Tode genieren über das, was er sagt.«

»Aha«, sagte Großmama, die keine Ahnung hatte, worauf er hinaus wollte. »Und was hat der Winter damit zu tun?«

»Nichts. Außer daß er zum Sprechunterricht gehört. Ich

werde diesem Hühnchen hier so lange ›A, a, a – der Winter, der ist da‹ vorsagen, bis sich sein O in ein schönes A verwandelt. Verstehst du? Dann sagt er ›Papa‹ statt ›Popo‹, und das ist salonfähig.«

Großmama nickte schweigend, und auch Bonnie ließ den Winter kommentarlos über sich ergehen. Der Vogel sagte tagelang überhaupt nichts mehr, weder O noch A, und auch bei den Mahlzeiten, an denen er – Kettchen am Bein – wieder teilnehmen durfte, schwieg er wie ein Grab.

Auch wir sagten nicht viel. Wir unterstützten nämlich den Sprechunterricht, indem wir in Gegenwart des Kakadus alle Wörter mit O vermieden. Das ist leicht gesagt, aber schwer getan. Keiner von uns hatte je beim Sprechen seine O gezählt. Da uns die Übung fehlte, wagten wir kaum mehr, den Mund aufzumachen. Das Tischgespräch wurde immer eintöniger, und am Schluß verstummte es ganz.

Als ich einmal, ohne nachzudenken, »Danke, Lotte« sagte und Großmama sofort »Vorsicht! Ich meine Achtung!« rief, dämmerte es dem Grafen, daß er zu weit gegangen war.

»Alles herhören«, verkündete er entschlossen. »Ab sofort wird wieder normal geredet. Jeder kann O sagen, sooft er will. Wenn Hühnchen bis zum 31. Juli nicht kapiert, was er sagen und was er lassen soll, dann wird er in die Küche eingesperrt. Ich habe keine Zeit mehr für diesen Unsinn. Gerade ist wieder ein Berg von Post gekommen, und ich muß dich bitten, Annette, daß du mir dabei hilfst.«

Die Post zu beantworten – und zwar richtig –, gehörte ebenfalls zu unseren Aufgaben vor dem Sommerfest.

Seitdem der Artikel über den ungarischen Kronschatz erschienen war, kamen ständig Anfragen von Museumsdirektoren, Wissenschaftlern, Kunsthistorikern, Malern, Goldschmieden und Journalisten, die alle zu uns nach Kronegg kommen und den Schatz besichtigen wollten. Ein schönes Dilemma! Anfangs waren wir ziemlich konsterniert gewesen. Sollten wir die Wahrheit sagen? Zugeben, daß wir Eisen statt

Gold gefunden hatten? Einen ganzen Morgen hatten wir uns die Köpfe zerbrochen. Dann waren wir zu dem Entschluß gekommen, daß der Kronschatz echt zu bleiben habe, bis die Sache mit dem Gutshof geklärt sei. In diesem Sinne wurde auch die Post beantwortet.

»Mein liebes Kind«, erklärte Onkel Eduard und fuhr energisch mit der Hand durch seinen weißen Haarschopf. »Du setzt dich jetzt hin und schreibst ein paar höfliche Briefe. Du bedankst dich zuerst für das Interesse, das man dem Schatz entgegenbringt, dann teilst du bedauernd mit, daß die Burg derzeit voller Gäste ist und den ganzen Sommer voller Gäste bleiben wird. Anschließend bedankst du dich noch einmal für das Interesse und vertröstest die Leute auf den Herbst. Bis zum Herbst«, meinte er hoffnungsvoll, »wird uns schon etwas Besseres einfallen.«

Während ich täglich zwei Stunden lang Briefe schrieb, hatte Hans ein Podest für die Schatztruhe und zwei hübsche Glasvitrinen fertiggestellt. Letztere wurden mit grüner Seide ausgeschlagen und dann ins Kaiserzimmer transportiert. Onkel Eduard verbrachte den ganzen Tag damit, die Schmuckstücke so zu ordnen, daß keinem in den Sinn kommen konnte, sie seien nicht echt. Die Leute wollten Gold sehen – bitte sehr! Gold würde er ihnen präsentieren.

Am Abend ließ er uns rufen, um stolz sein Werk zu zeigen. Der ungarische Kronschatz funkelte auf der grünen Seide, als wäre er lebendig. Niemand würde auf den Gedanken kommen, daß hier irgend etwas nicht in Ordnung war. Am kostbarsten wirkten die Stücke aus der Brautausstattung der Elisabeth von Thüringen, die jetzt endlich vollständig war. Die Diademe, die Ketten und die Agraffe, die noch gefehlt hatten, waren vergoldet ganz oben in der Schatztruhe gelegen.

»Da werden die Herzen höher schlagen, meint ihr nicht auch?« fragte Onkel Eduard.

»O freilich«, rief mein Cousin, und ich sah, wie sich seine Wangen röteten.

»Am meisten freue ich mich auf das Gesicht, das der Leopold machen wird«, fuhr der Graf fort und schaltete alle Lichter ein. »Da wird ihm die Lust vergehen, mit mir um den Gutshof zu feilschen. Was meint ihr: Solltet ihr nicht doch am 31. Juli ein paar Goldketten tragen?«

»O bitte«, rief Olivier und küßte Großmamas kleine Hand, »tragen Sie das Diadem!«

»Nicht um die Burg!« rief diese in einem Ton, der keinen Wiederspruch duldete. »Glaubt ihr, ich will meinen Geburtstag mit Atemnöten verbringen? Ich will mich amüsieren, und dabei bleibt's.« Sie sah mich an, und ich merkte, daß ihr das eisenbeschwerte Mittagessen im »Gekränkten Auerhahn« genau wie mir in schmerzvoller Erinnerung geblieben war.

»Onkel Eduard«, kam ich ihr zu Hilfe, »bei dem alten Gold muß man vorsichtig sein. Man trägt es zweimal, und schon ist die oberste Schicht dahin.«

»Absolut!« rief Großmama, »Annette hat ganz recht. Die oberste Schicht ist schnell dahin. Das würde ich an deiner Stelle nicht riskieren.« Und sie sah dem Grafen so fest in die Augen, daß er promt die Vitrinen abschloß.

Großmama war in Hochform.

Je näher ihr Geburtstag rückte, um so energischer wurde sie. Sämtliche Vormittage verbrachte sie mit Lotte in der Küche, wo sie für zwei arbeitete. Sie stellte lange Einkaufslisten auf, telefonierte herum, fuhr mit der Köchin auf den Markt und gab telegrafisch in der Stadt Bestellungen auf.

Geheimnisvolle große Körbe wurden am Burgtor abgeliefert und sofort von ihr in Verwahrung genommen. Keiner durfte auch nur einen einzigen Blick hineinwerfen.

»Seid nicht so neugierig«, befahl sie, wenn wir protestierten, »laßt euch überraschen, dann schmeckt es doppelt so gut.«

Daß Großmama selbst das Geburtstagskind war, merkte man nur daran, daß ihr am Nachmittag der Zutritt zur Küche verboten war. Punkt drei läutete es am äußeren Burgtor, und der Mann der geizigen Anna schlüpfte herein. Er war gelernter Zuckerbäcker und verfertigte mit Lottes Hilfe die Geburtstagstorte, die Onkel Eduard selbst entworfen hatte.

Eine ganze Woche lang verbreiteten sich ab halb vier köstliche Düfte über den großen Hof, und die Mutter des Burgherrn stand schnuppernd unter den Kastanien.

»Nuß?« riet sie. »Punsch? Schokolade?« Aber keiner half ihr weiter. Nur eines ließ man sie wissen: daß sie noch nie in ihrem Leben ein solches Wunderwerk von Torte gesehen habe.

Nur noch sieben Tage bis zum Sommerfest. Die Vorbereitungen liefen inzwischen auf Hochtouren. Wurde nicht gebacken oder gekocht, so wurde geputzt, und zwar von morgens bis abends. Anna schickte Personal vom »Gekränkten Auerhahn«, und mit gemeinsamen Kräften wurde der zweite Stock des Hauptgebäudes auf Hochglanz hergerichtet.

Sämtliche Möbel und Spiegel wurden poliert, die Teppiche gesaugt, die Böden gewachst und die Fenster geputzt. Die riesigen Kronleuchter im Rittersaal und im Speisezimmer hatte man sorgfältig abgenommen und mit Seifenlauge gewaschen, bis die einzelnen Kristalltropfen wie Brillanten funkelten. Die kostbaren venezianischen Lüster, die im großen Salon hingen, wo getanzt werden sollte, polierte man mit weichen Tüchern Blüte für Blüte. Anschließend veranstaltete der Graf eine Beleuchtungsprobe und ließ dort, wo es nötig war, neue Glühbirnen einschrauben.

Kaum war man mit den Lichtern fertig, kamen die schweren Brokat- und Samtvorhänge an die Reihe. Sie wurden abgenommen, gesaugt und geklopft. Von den Ahnenbildern, Ritterrüstungen, Waffen und verzierten Kachelöfen wurde jedes Staubkorn entfernt. Die Burgkapelle erhielt einen neuen roten Teppich, die Familienbetstühle bekamen hübsche, rote Samtpolster. Am Schluß wurden den Heiligenfiguren die Gesichter gewaschen und die Kleider mit größter Vorsicht gesäubert, um das Blattgold nicht zu beschädigen. Die neue

Harfe der heiligen Cäcilia bekam einen eleganten dunkelbraunen Lackanstrich.

Hans war nur noch mit Leiter und Werkzeugkasten unterwegs. Für alles Höhergelegene war *er* zuständig. Außerdem mußte er zweihundert Glühbirnen auf dem Wehrgang und in den beiden Burghöfen befestigen, über die am Morgen des Festtages die Lampions gestülpt werden sollten.

Zwischendurch wurden Kleider probiert, wurde gewaschen, gebügelt und eine Friseuse aus der Stadt bestellt, die kurz vor dem Ball auf die Burg kommen mußte. Lotte fuhr außerdem zweimal in der Woche zur Schneiderin, bei der sie sich ein elegantes Salondirndl nähen ließ, mit dem sie uns alle überraschen wollte. Und während die Aufregung und die Vorfreude ständig stiegen, traf ich Walter jeden Tag. Onkel Eduard hatte mir zwar den Umgang mit ihm verboten, aber Großmama war auf meiner Seite, und mit ihrer Hilfe blieben wir ständig in Kontakt. Seit jenem Nachmittag am Fluß waren auch meine letzten zarten Gefühle für Daniel dahin. Ich hatte mich in Walter verliebt und er sich in mich. Am liebsten hätten wir uns sofort verlobt, aber Großmama riet uns, noch zu warten, bis die Sache mit dem Gutshof geklärt sei.

»Und wenn der Gutsbesitzer erst in einem Monat aus Kanada zurückkommt?« fragte Walter, der wenig begeistert war.

»Dann fragst du den Grafen beim Sommerfest. Versprich mir, daß du vorher nichts unternimmst. Sei nicht so ungeduldig! Auf *die* paar Tage kommt es auch nicht mehr an.«

Walter war nicht der einzige, der auf den Gutsbesitzer wartete. Onkel Eduard vermißte ihn noch viel schmerzlicher. Jeden Tag rief er drüben an, und immer war es dasselbe. Kein Brief, keine Nachricht. Die Kanadareise hatte ursprünglich nur wenige Tage dauern sollen, jetzt aber war der Gutsbesitzer bereits zwei Wochen verschwunden. Seine Frau wußte auch nichts. Er hatte sie nur ein einziges Mal angerufen, am ersten Tag, um ihr mitzuteilen, daß er gut in Manitoba angekommen sei. Der Rest war Schweigen.

Onkel Eduard hinterließ die Nachricht, daß er *sofort* benachrichtigt werden wollte, als erster, noch vor dem Leopold. Die Frau versprach es, und der Graf beruhigte sich, was sich angenehm auf den Hausfrieden auswirkte.

Dafür wurde Olivier mit jedem Tag zappeliger, denn seine Rose war noch immer in Italien. Angeblich sollte sie noch vor dem Sommerfest kommen, aber sicher war es nicht. Großmama war voll des Mitgefühls, denn *sie* wartete auf Anna Louisa, die ebenfalls nichts von sich hören ließ. Großmama hatte bereits in Südfrankreich angerufen, und die Haushälterin hatte ihr nur mitgeteilt, daß ihre Tochter vor zwei Tagen abgereist sei, aber keine Nachricht hinterlassen habe. Der letzte Tag vor Großmamas Geburtstag brach an. Wir saßen in meinem Salon, lange Listen in der Hand, denn wir gingen die Blumenarrangements durch. Es war elf Uhr vormittags, und das Wetter ließ zu wünschen übrig. Vor einer halben Stunde hatte es noch gehagelt, jetzt schien es langsam besser zu werden.

Ich hatte mich nicht besonders fein gemacht. Heute war ein Arbeitstag, und nach dem Durchgehen der Blumenlisten wollte ich die zweite Bauerntruhe, mit der ich vor kurzem angefangen hatte, fertigrestaurieren. Olivier und Onkel Eduard waren ebenfalls eher praktisch als fein gekleidet, und Großmama hatte sogar auf ihren Blumenhut verzichtet. Wir stritten gerade über die Buketts, die ins Eßzimmer gestellt werden sollten, als plötzlich das Telefon läutete.

»Endlich!« rief Großmama. »Das ist sicher Anna Louisa. Höchste Zeit, daß sie sich meldet.«

Aber der Anruf war für Olivier: ein Ferngespräch aus Italien. »Meine Rose!« rief er glücklich, als er zum Hörer griff. »Sicher kommt sie ebengleich.« Dann wartete er ungeduldig, bis die Verbindung hergestellt war. Rose hatte schon öfter angerufen, und Olivier hatte jedesmal mit ihr deutsch gesprochen. Er konnte nicht Englisch und sie kaum Französisch. Die letzte Unterhaltung war mir noch in bester Erinnerung. Sie hatte eine halbe Stunde gedauert, und Olivier war vor Eifersucht fast zersprungen. Offensichtlich war für ihn der Fotograf der Grund, warum seine Verlobte so lange in Italien blieb.

Endlich schien es mit der Verbindung zu klappen.

»Alloo, alloo!« rief Olivier begeistert, »Rooose, mein *darlink!!* Ja, ja, ich höre. Du arbeitest ohne Unterlaß . . . mit dem Abendkleid . . . und dem Kostüm. Mein armes Lamm. Wann kommst?«

Es folgte eine längere Pause, während der Oliviers Gesicht immer länger wurde.

»Was?« rief er schließlich empört. »*Wieder* nicht? Morgen ist Sommerball. Jeder Adel ist vorhanden. Bist du da?«

Rose schien irgend etwas zu erklären, und mein Vetter preßte verzweifelt den Hörer ans Ohr.

»Nein, nein, nein!« sprudelte es plötzlich aus ihm heraus. »Das ist zuviel! Die Wintergarderobe hat meinen Verdacht. Wie überhäuft *kann* sie sein? Gestehe, ich habe den Käfer! Der Fotograf ist in der Wurzel. Ah, mein *darlink*, so geht es nicht dahin. Ich vermute am ärgsten. Was, zwei Tage? Gut! Aber dann ist es geschwindelt. Auf dem Ernst. Verstehst? Ja, ja, ich küsse.«

Er warf den Hörer hin und setzte sich wütend wieder zu uns.

»Zwei Tage!« ärgerte er sich lautstark. »Sie kommt *nicht* auf den Ball. Ich verdächtige sie mit dem Fotografen. Sie sagt nein, die Wintergarderobe ist schuldig. Aber ich bin französisch und kenne die Italiener, wie wenn ich kein Mann sein sollte. Was glauben Sie, lieber Onkel, soll ich die Eifersucht begleiten?«

Onkel Eduard hatte fasziniert zugehört. »Eifersucht ist immer schlecht«, meinte er trocken, »vor allem in Begleitung. Wenn ich dir einen Rat geben darf, nimm's mit Humor! Das Übel liegt derzeit in der Luft, mein Lieber. Meine schöne Schwester ist der Beweis. Wahrscheinlich hat sie auf dem

Weg hierher wieder einmal den Mann ihres Lebens kennengelernt, und ein amouröses Abenteuer ist ihr wichtiger als der achtzigste Geburtstag ihrer Mutter.«

»Unsinn!« rief Großmama dazwischen. »Eduard, deine Verdächtigungen sind nicht mehr zu ertragen. Olivier, glaub ihm kein Wort! Deine Rose arbeitet sicher Tag und Nacht. Was meinst du, aus wie vielen Kleidern so eine Kollektion besteht? Außerdem sind Modefotografen völlig ungefährlich. Die meisten sind vom anderen Ufer. Hast du das nicht gewußt?«

Olivier war verwirrt. »Von welchem Ufer? Dieser ist von keinem Ufer. Er ist italienisch, vielleicht von Sizilien über die Insel, da ist das Ufer sehr weit. Aber was hilft das meiner Rose?«

»Es hilft ihr, weil er privat lieber Männer hat. Verstehst du jetzt? Wenn einer vom andern Ufer ist, dann sind ihm Frauen egal.«

Olivier begann zu lächeln. »Das stimmt, liebste Gräfin?«

»Aber sicher.« Großmama faltete das Blatt Papier, das sie in der Hand gehalten hatte, griff nach einem Bleistift und stand auf. »So«, verkündete sie, »und jetzt werde ich euch etwas sagen. Ab sofort ist Schluß mit der Warterei. Olivier, übermorgen kommt deine Rose, und Anna Louisa wird auch noch rechtzeitig auftauchen. Ihr macht euch unnötig das Leben schwer mit euren Verdächtigungen. Annette, kommst du mit? Ich gehe jetzt hinauf und fange mit dem Arrangieren der Blumen an. Sind die Vasen schon oben?«

Ich nickte und sah aus dem Fenster. Die Hagelschloßen waren geschmolzen. In Kürze würde die Sonne wieder hervorkommen.

»Seid ihr im großen Speisezimmer?« fragte Onkel Eduard. »Wie lange habt ihr dort zu tun?«

»Eine halbe Stunde«, meinte Großmama. »Wenn du willst, kannst du später hinaufkommen.« Dann nahm sie meinen Arm, und wir machten uns auf den Weg.

Es war schade, daß das große Speisezimmer nicht öfter benützt wurde. Es besaß den schönsten Stuckplafond der Burg, und man konnte es nicht betreten, ohne unter der Tür stehenzubleiben und ihn zu bewundern. Blumengirlanden bildeten den Rand, pausbäckige Engel, die Posaune bliesen, schwebten in den vier Ecken. In der Mitte prangte ein großes Familienwappen, das sehr eindrucksvoll wirkte, weil die Decke zweifarbig war: Vom rosa Untergrund hob sich der Stuck weiß und strahlend ab. Jetzt wirkte der Raum etwas kahl, da die Vorhänge fehlten. Aber sie waren schon gereinigt, und Hans wollte sie noch vor dem Mittagessen aufhängen. Alle vier Fenster standen offen, als wir durch die Tür traten. Die Sonne hatte es doch noch geschafft und spiegelte sich in dem frischgebohnerten Parkett wider. Großmama setzte sich auf einen Stuhl, über den noch der weiße Schutzbezug gestülpt war, räusperte sich und kam sofort zur Sache.

»Mein liebes Kind. Deine Blumen sind perfekt, bis auf die Rosen und Lilien, die du unbedingt hier herinnen haben willst. Weißt du, warum das nicht geht? Sie duften zu stark.«

»Auch wenn die Fenster offen sind?«

»Auch dann. Rosen und Lilien riecht man immer. Sie lenken vom Essen ab, und genau das darf nicht sein. Im Speisezimmer soll es nach Speisen riechen, alles andere stört.«

Ich dachte einen Moment nach. »Was hältst du von Gladiolen?«

»Wunderbar! Haben wir genug in den Farben, die du vorgeschlagen hast?«

»Jede Menge! Wir haben rosa und orange, weiße, gelbe und rote. Sie sind genau richtig aufgeblüht. Ich habe heute früh nachgesehen, wir haben genug für fünf große Sträuße.«

Im Geist sah ich den Raum schon voller Blumen. Ich wußte genau, wie ich die Gladiolen stecken wollte. Hervorragend würde das aussehen, vor allem vor den großen Wandspiegeln. Hoffentlich würde meine Mutter rechtzeitig kommen, um die Pracht nicht zu versäumen.

Großmama schien meine Gedanken zu erraten. »Sorg dich

nicht! Sie kommt schon noch. Glaubst du, sie läßt uns im Stich?« Dann stand sie auf und fing an, die Vasen zu sortieren.

Im nächsten Moment geschah es. Aus dem Gang drangen Stimmen. Großmama drehte sich abrupt um und horchte. Dann lachte sie auf, rief: »Na, was hab' ich gesagt?« und eilte, so schnell sie konnte, zur Tür.

»Anna Louisa!« hörte ich sie rufen. »Das war aber wirklich höchste Zeit!«

Ich wandte mich um, eine schwere Silbervase in der Hand, und sah, wie Großmama stürmisch eine junge, schlanke Frau umarmte. Der Graf stand steif daneben und blickte stumm auf die beiden hinunter. Ich stellte meine Vase ab. Also, das war meine Mutter!

Anna Louisa war klein, zierlich und exquisit. Sie hatte schwarze Haare, genau wie ich, aber ihre waren glatt, halblang und nach Pagenart geschnitten. Ihre Augen waren *meine* Augen: blau, mit einem Schuß Violett. Sie hatte eine helle Haut und keine einzige Falte im Gesicht. Arm in Arm kam sie mit Großmama auf mich zu. Sie trug ein weißes Sommerkleid und eine schwere rote Korallenkette.

»Annette«, rief sie fröhlich, »du bist ja größer als ich!«

»Mein Kind«, befahl Onkel Eduard und räusperte sich. »Gib meiner Schwester einen Kuß!«

Ich gehorchte nur zu gerne und wurde fest umarmt. Das schwarze Haar roch frischgewaschen, und die Wange, an die ich meine Nase preßte, duftete nach Sonne und Meer. Am liebsten hätte ich zu weinen begonnen, aber dazu war keine Zeit. »Auseinander!« befahl der Graf nach einer Sekunde. »Anna Louisa, jetzt ist es genug.«

»Aber ja«, rief seine Schwester und drückte mich noch einmal herzhaft. »Darf man seine eigene Tochter nicht begrüßen?« Dann hielt sie meine Hand in der ihren und sah den Grafen herausfordernd an. Der räusperte sich verlegen.

»Na, also! Schließlich seid ihr erwachsen.« Er wandte sich

an mich. »Mein Kind, das ist meine Schwester. Bißchen klein geraten, findest du nicht? Hast du dir sicher anders vorgestellt, oder?«

»Sei nicht so taktlos, Eduard«, Großmama hatte gerührt die Begrüßung mitverfolgt. »Anna Louisa ist einen halben Kopf größer als ich. Das genügt für eine Frau. Es kann nicht jeder in den Himmel wachsen.«

Anna Louisa lachte. »Genau wie früher. Ich fühle mich wieder ganz zu Hause. Ohne Zankerei geht's einfach nicht.«

Onkel Eduard stellte vier Stühle an ein offenes Fenster, und wir setzten uns. Die Sonne war gerade wieder hinter ein paar Wolken verschwunden, und wir hörten, wie Hans nebenan im großen Salon die Vorhänge befestigte.

»Also, erzähle!« Großmama betrachtete verliebt ihre elegante Tochter. »Wo warst du so lange? Warum kommst du erst jetzt? Warum hast du der Haushälterin nicht gesagt, wo du bist?«

Onkel Eduard konnte sich nicht beherrschen. »Weil der neue Liebhaber dagegen war. Wahrscheinlich ist er verheiratet und will kein Aufsehen erregen.«

»Aber wo! Ich komme erst jetzt, weil ich Mamas Geburtstagsgeschenk abgeholt habe.«

»Dazu hast du *drei Tage* gebraucht?«

»Warum denn nicht?«

»Hört auf zu streiten!« befahl Großmama. »Anna Louisa, was ist es denn?«

»Etwas sehr Großes. Größer als du und mindestens fünfzehn Kilo schwerer.«

»Was?« Onkel Eduard vergaß sofort den Liebhaber. »Das klingt verlockend. Ich wette, es ist ein großer, zusammengerollter Perserteppich.«

»Falsch!«

»Ein Schrank?« riet Großmama. »Für mein Vorzimmer in Südfrankreich?«

»Völlig daneben. Weißt du was? Du hörst sofort auf zu raten und läßt dich überraschen. Du kriegst es sowieso schon heute. Es wird in Kürze geliefert.«

Ich hatte die ganze Zeit hindurch fasziniert meine Mutter betrachtet. Sie war eine sehr weibliche Frau und wirkte unglaublich jung. Wie alt war sie? Mich hatte sie mit achtzehn bekommen, also war sie jetzt fünfundvierzig. Toll, wie sie aussah! Ihr Arm lag graziös auf der breiten Fensterbank, und ich sah, daß sie ebenso kleine Hände hatte wie Großmama und ich. Am rechten Ringfinger trug sie einen prachtvollen dunkelroten Rubin, und ihre gepflegten Nägel waren in derselben Farbe lackiert. Ich sah an mir hinunter und kam mir ziemlich schäbig vor. Ausgerechnet heute hatte ich diese alten Hosen anziehen müssen! So was nennt man Pech.

Anna Louisa hatte bemerkt, daß ich sie anstarrte. Sie lächelte mir aufmunternd zu.

»Schön ist es bei dir, Eduard«, meinte sie dann. »Diese Aussicht geht mir sogar in der Südsee ab. Und die vielen Neuigkeiten: eine neue Köchin, ein Kakadu *und* ein Telefon! Wenn das so weitergeht, wird es hier noch richtig gemütlich.«

»Wie lange warst du nicht auf der Burg?« fragte ich neugierig.

»Fünf Jahre. Du warst gerade durchgebrannt, und dein Bewacher hier war überzeugt davon, daß ich dir dabei geholfen habe. Also hat er mich hierherzitiert und mir die Leviten gelesen.«

»Aber du hast doch gar nichts damit zu tun gehabt!«

»Das weiß ich inzwischen auch«, schnitt mir Onkel Eduard das Wort ab, »aber damals war das anders. Du hast damals so ein Theater gemacht, Anna Louisa, ich soll Annette zu dir auf die Insel schicken, daß ich überzeugt davon war, du hast sie mir entführt.«

»Du hast mich in die Südsee eingeladen? Davon habe ich nie ein Wort erfahren. Ich wäre sehr gern gekommen. Wann war denn das?«

»Kurz vor deinem einundzwanzigsten Geburtstag. Ich hätte

ein großes Fest für dich gegeben und dich allen meinen Freunden vorgestellt.«

»Genau das wollte ich verhindern«, regte sich Onkel Eduard auf. »Ich war der Erziehungsberechtigte, und in dieser Eigenschaft habe ich abgelehnt.«

»Was eine Schnapsidee war«, mischte sich Großmama ein. »Hättest du sie fahren lassen, dann wäre die Sache mit Daniel nicht passiert.«

»Daniel oder nicht«, donnerte der Graf, »Anna Louisa ist zur Erziehung einer Tochter nicht geeignet. Du brauchst sie dir nur anzusehen: roter Mund, rote Nägel, falsche Wimpern. Glaubst du, ich schicke mein Kind freiwillig in den Sündenpfuhl?«

»Falsche Wimpern?« entrüstete sich seine Schwester. »Also, das ist das letzte!«

»Die Wimpern sind echt«, verteidigte Großmama ihre Tochter.

»Haltet ihr mich alle für blöd? Mein Malerauge ist untrüglich. Vor mir sitzt der Jahrmarkt der Eitelkeiten, und die Wimpern sind des Teufels!«

»Dann zieh daran!« Anna Louisa hielt ihm ihr Gesicht unter die Nase.

Onkel Eduard zog – und wurde sichtlich blässer. »Also, so was!« staunte er und betrachtete seine Finger, an denen Spuren schwarzer Farbe klebten. »Sie sind tatsächlich echt. Wer hätte das gedacht. Aber sie sind gefärbt. *Ganz* natürlich sind sie doch nicht. Auf mein Malerauge ist Verlaß.«

Anna Louisa setzte sich auf die Fensterbank. »Ich ersuche höflichst, das Thema zu wechseln. Auf der Herfahrt habe ich mir geschworen, mich über nichts zu ärgern. Wenn das so weitergeht, werde ich wortbrüchig.«

»Aber gerne!« Onkel Eduard begann sofort, gewinnend zu lächeln. »Du könntest mir zum Beispiel mitteilen, wie du dein Erbteil angelegt hast, das ich dir mit großen Mühen auf Heller und Pfennig ausbezahlt habe.«

»Mit Vergnügen. Ich habe es auf meiner kleinen Insel in ein neues Hotel gesteckt. Im Herbst wird es fertig, und ihr seid alle zur Eröffnung eingeladen.«

»Verkaufen willst du nicht, nehme ich an.«

»Verkaufen? Nie im Leben!«

»Schade«, seufzte der Graf. »Ich würde das Geld für den Gutshof brauchen.«

»Eduard«, sagte seine Schwester, »du bist wirklich einmalig! Das Schicksal überhäuft dich mit Gaben, und du jammerst ununterbrochen.«

»Ich?« entrüstete sich der Graf. »Ich jammere *grundsätzlich* nur, wenn ich *Grund* habe.«

»Aber du hast keinen.«

»So?«

Anna Louisa kicherte.

»Ich sage nur ein einziges Wort: Gold!«

»Gold?«

»Gold!«

»Du meinst wahrscheinlich Eisen.«

»Eisen? Wovon redest du?«

»Vom ungarischen Kronschatz.«

»Aber der ist doch nicht aus Eisen!« protestierte meine Mutter. »Das erste, was mir der Stationsvorsteher in Kronau gezeigt hat, war eine alte Zeitung. Da seid ihr alle abgebildet, behängt bis über beide Ohren. Fünfzig Kilo Gold habt ihr ausgegraben.«

Onkel Eduard nickte gequält. »Langsam wird mir das Theater zu blöd. Anna Louisa, komm mit mir ins Kaiserzimmer! Ich zeig' dir die Schatztruhe und das, was drinnen war.«

»Kein Gold?«

»Kein Gold. Veredeltes Gußeisen. Sieht hübsch aus, aber für den Ankauf des Gutshofs ist es untauglich. Der Gutshof aber wird verkauft, sobald der Besitzer aus Kanada zurück ist. Und ich bin nicht der einzige, der ihn haben will. Der Leopold will ihn haben, und ein Schweinezüchter, den du nicht kennst, will ihn ebenfalls. Er hat einen Geldgeber gefunden und wird mitbieten. Du siehst, wie die Sache steht. Alle haben Geld, der Leopold verkauft die Fischerei, nur wir stehen mittellos da. Sogar für die Anzahlung muß ich einen Kredit aufnehmen.«

»Hat Annette überhaupt nichts mehr von ihrer Erbschaft?« fragte meine Mutter, als sie sich von diesen Neuigkeiten erholt hatte.

»Das wird sich erst herausstellen. Wir haben uns einen Anwalt genommen. Aber du weißt ja selbst, wie lange so was dauert. In der Hand hat sie jedenfalls nur ein paar Pfandbriefe und das Zeug, das du um den Hals trägst.«

»Welches Zeug?« fragte Anna Louisa verständnislos. »Du meinst doch nicht Korallen?«

»Genau!«

»Sie besitzt Korallen?« rief Anna Louisa plötzlich aufgeregt. »Das ist doch hervorragend. Ich kenne Juweliere, die sind ganz wild darauf. Wieviel hast du denn, Annette?«

»Berge«, sagte Onkel Eduard.

»Vierzig Kilo«, verbesserte ich.

»Was? *Vierzig Kilo?* Eduard, das ist unter Umständen ein Vermögen. Welche sind es denn? Auf die Qualität kommt es an.«

»Extra Grade«, erklärte ich stolz, »das Beste vom Besten. Und sie kommen aus dem Roten Meer.«

»Bravo!« rief meine Mutter. »Eduard, du bist aus dem Wasser!«

»Wieso?« mischte sich Großmama ein. »Ich verstehe überhaupt nichts mehr. Was ist Extra Grade?«

»Die beste Qualität, die man sich vorstellen kann. Bei Korallen gibt es Grad drei, Grad zwei, Grad eins und Extra Grade. Schau her! Meine Halskette ist Grad eins, das ist schon ziemlich teuer, aber hier, siehst du? Das sind kleine schwarze Vertiefungen, wo die Äste weggegangen sind. Bei Extra Grade ist das ganz glatt. Du mußt dir einen Korallenbaum denken, Mama, und das Innerste der dicksten Stämme ist Extra Grade. Das wird zu großen, runden Kugeln geschliffen und auf Hochglanz poliert. In Europa findet man das äußerst selten. Das meiste geht in die Südsee oder nach Afrika. Die Stammeshäuptlinge sammeln solche Kugeln. Für sie ist das königlicher Schmuck. Das heißt, wenn es sich um rote Korallen handelt. Rosa sind sie nicht so gefragt.« Sie sah mich erwartungsvoll an.

»Annette, welche Farbe haben deine?«

»Blutrot.«

»Gratuliere! Eduard, meine Tochter ist ein Genie. Weißt du, daß ihre Korallen unter Umständen dreihunderttausend Mark wert sind?«

»Wie bitte?« Der Graf starrte seine Schwester fassungslos an.

»Du hast richtig gehört: dreihunderttausend Mark.«

»Bist du dir da ganz sicher?« fragte Großmama streng.

»Absolut! Ich weiß sogar, wo man sie am besten verkaufen kann. Annette, überlaß das nur mir, ich verschaffe dir einen ausgezeichneten Preis.«

»Hurra!« schrie Onkel Eduard und umarmte seine Schwester. »Anna Louisa, dir ist alles verziehen. Der Himmel hat dich geschickt als Bollwerk gegen den Leopold.« Er sprang auf und war nicht mehr zu halten. »Ich rufe jetzt den Rudi in seiner Bank an, der soll mir das Geld vorstrecken, bis wir das Zeug, pardon, die Korallen verkauft haben. Wenn alles klappt, dann knallen wir dem Gutsbesitzer, wenn er zurückkommt, einen Scheck über dreihunderttausend Mark auf den Tisch.« Und er stürzte in sein Arbeitszimmer.

Fünf Minuten später war er wieder da.

»Der Rudi macht mit«, rief er freudestrahlend. »Wenn ich will, kann ich heute noch den Scheck ausstellen. Habe ich es nicht immer gesagt? Über uns schwebt ein gütiges Schicksal.«

»Warum bist du eigentlich so dagegen, daß der Leopold den Hof kriegt?« wollte seine Schwester wissen.

Die Antwort kam wie aus der Pistole geschossen. »Weil er die Landwirtschaft versaut. Dann ist es aus mit den guten Eiern und der frischen Milch. Haltet die Daumen, daß der Gutsbesitzer bald zurückkommt. Je früher die Sache abgeschlossen ist, desto besser.«

Kaum hatte er ausgeredet, kam Hans mit einer hohen Leiter bei der Tür herein und fragte, ob er die Vorhänge aufmachen dürfe.

Hinter ihm drängte sich das Mädchen durch und rief: »Herr Graf, schnell, ein Herr ist am Tor!«

»Bravo!« rief Onkel Eduard. »Das läuft ja wie geschmiert. Ich wette, das ist der Gutsbesitzer.«

»Nein, der ist es nicht.« Das Mädchen schüttelte den Kopf. »Den Gutsbesitzer kenne ich. Diesen Herrn habe ich noch nie gesehen. Er spricht nur ausländisch.«

»Was? Ausländisch? Dann wird er nicht hereingelassen. Wir erwarten keinen Ausländer.«

»Moment!« Anna Louisa hob die Hand. »Du vergißt, daß mein Geburtstagsgeschenk heute angeliefert wird. Es kommt aus Frankreich. Eduard, laß mich durch, ich bin gleich wieder da.«

Sie wollte sich an uns vorbeizwängen, aber Großmama erwischte sie am Arm. »Warte! Ich komme mit hinunter. Glaubst du wirklich, ich bleibe hier sitzen?«

»Wir kommen *alle* mit«, bestimmte Onkel Eduard und reichte seiner Mutter den Arm. »Wir begeben uns würdevoll ans Tor, wie es sich für eine gräfliche Familie gehört, und sehen nach, was man uns eingelegt hat.«

Gesagt, getan. Unten angekommen, stellten wir fest, daß Lotte das Gelieferte bereits ins Frühstückszimmer gebracht hatte. »Sie können schon hineingehen«, meinte sie und lächelte verschmitzt. »Es ist alles drinnen.«

Im Frühstückszimmer aber war kein einziges Paket zu sehen; keine Kiste; keine Rolle; kein Koffer.

Dafür lehnte ein eleganter, grauhaariger Herr am Eßtisch

und sprach freundlich mit Hühnchen, der sich sicherheitshalber auf den Kachelofen geflüchtet hatte.

Der Kakadu sah uns kommen, spreizte die Flügel und sagte laut und deutlich: »A – A!!«

Großmama stieß einen Schrei aus, lief zum Ofen und fiel dem Fremden um den Hals.

Onkel Eduard sah verblüfft auf seine Schwester, dann auf seine Mutter, dann auf mich. Ich zuckte mit den Achseln, aber ich ahnte schon, wer der Fremde sein könnte. Anna Louisa bestätigte meine Vermutung.

»Eduard«, rief sie übermütig. »Darf ich vorstellen? Das ist Aristide de Piemont, Admiral im Ruhestand, Weingut- und Schloßbesitzer und seit drei Jahren durch zarte Bande mit unserer Mutter liiert. Mama, *vier Tage* habe ich gebraucht, bis ich ihn so weit gehabt habe, daß er kommt. Also, was sagst du, ist das eine Überraschung?«

Onkel Eduard war noch viel mehr überrascht als Großmama. Unverhoffte Besuche waren ihm ein Greuel, und es dauerte ein paar Sekunden, bis er sich gefangen hatte. Er räusperte sich mehrmals, zog an seiner Jacke und mobilisierte schließlich sein bestes Französisch, um den Gast, so gut es ging, willkommen zu heißen.

Aristide zeigte daraufhin, was *er* konnte, und entschuldigte sich in gebrochenem Deutsch für den Überfall. Onkel Eduard lobte seine Sprachkenntnisse und radebrechte auf französisch, daß die Entschuldigung nicht der Mühe wert sei, alles sei sowieso in bester Ordnung. Aristide verbeugte sich, Onkel Eduard lächelte, und nach längerem Hin und Her kam man zweisprachig zu dem Schluß, daß man sich schon viel früher hätte kennenlernen sollen.

Nachdem dieser Punkt geklärt war, schüttelten sich die beiden Herren ausgiebigst die Hände, und es war allen Anwesenden klar, daß sie sich sympathisch fanden. Warum auch nicht? Aristide besaß ein großes Weingut, und Onkel Eduard nannte ebenfalls einen hübschen Weinberg sein eigen.

»Aristide!« rief er gutgelaunt. »Heute mittag gibt's Eigenbau. Weiß, ungezuckert, ungeschwefelt, vom letzten Herbst. Ich bin sehr gespannt auf dein Urteil!«

Und schon begann eine heftige Debatte über französische Rot- und heimische Weißweine, über Kreide-, Lehm- und andere Böden, und als wir das Frühstückszimmer verließen, hörte ich, wie der Graf seiner Schwester zuflüsterte: »Anna Louisa, dir ist alles verziehen. Der Mann ist ein Volltreffer!«

Aristide und Anna Louisa wurden oben, neben Olivier, in zwei hübsche Gästezimmer einquartiert. Ich hatte meiner Mutter zwar mein Appartement angeboten, aber sie wollte davon nichts wissen.

»Ich bin viel lieber oben im dritten Stock«, meinte sie. »Da ist die Aussicht besser. Außerdem bin ich nur ein Gast wie jeder andere auch. Bleib nur, wo du bist, Annette. *Du* bist hier zu Hause.«

Es wurde ein lustiger Tag. Olivier war zwar anfangs beleidigt, weil zuviel Französisch gesprochen wurde und er keine Gelegenheit hatte, sein Deutsch zu praktizieren. In kürzester Zeit aber war er so von Aristide eingenommen, daß er wie ein Wasserfall zu reden begann und nicht mehr zu bremsen war. Er wollte Aristides Weinen den Weg nach Afrika öffnen, die Gäste in den Luxushotels tranken wie die Fische, und bis in die Nacht hinein wälzte er Pläne, wie das am besten zu bewerkstelligen sei.

Abends saßen wir oben in Großmamas blauem Salon, denn zum Sterngucken war es zu bewölkt. Aristide hatte wunderbaren Rotwein mitgebracht, der die Stimmung alles andere als verschlechterte. Trotzdem erhob sich Onkel Eduard Punkt elf und legte allen nahe, ins Bett zu gehen.

»Ich will euch zu nichts zwingen«, meinte er, »aber morgen ist ein großer Tag. Mama, schlaf gut und träume süß! Betet um schönes Wetter, meine Lieben, ansonsten ist für alles gesorgt. Es gibt zu Essen und zu Trinken, es wird getanzt und gefeiert.« Er seufzte und küßte seiner Mutter die Hand. »Ihr werdet sehen, es wird ein Tag der vollendeten Harmonie!«

Aber da irrte er sich.

22

Der Morgen des Sommerfestes brach an, und bis zum Abend verlief auch wirklich alles nach Plan. Es war strahlendes Wetter, und Großmama wurde beim Frühstück unter den Kastanien von der Familie gefeiert und mit Geschenken überhäuft.

Unter anderem erhielt sie von Anna Louisa einen herrlichen grünen, handgewebten Seidenstoff, von Aristide drei Flaschen Wein aus ihrem Geburtsjahr und von Onkel Eduard einen sehr großen Smaragd von ungewöhnlicher Farbe und Klarheit.

Der Smaragd brachte sie leicht aus der Fassung. »Eduard«, sie blickte auf den viereckigen Stein in ihrer Handfläche, »ist das nicht zu verwegen für mein Alter?«

Der Graf lachte laut. »Mit achtzig fängt das Leben an. Muß *ich* dir das sagen? Wenn man achtzig wird, braucht man neue Juwelen und eine neue Garderobe.«

»Richtig!« rief Anna Louisa. »Deshalb habe ich dir die Seide geschenkt. Daraus läßt du dir ein umwerfendes Kleid machen, und die Rechnung schickst du mir.«

Nach Plan verliefen auch die Messe in der Burgkapelle und das Mittagessen. Kritisch wurde es erst am Abend.

Der Graf hatte das Programm geändert. Er hatte den Kinderkaffee und den Tee abgesagt, und der Nachmittag blieb frei für die letzten Vorbereitungen. Um vier kam die Friseuse aus der Stadt, um fünf trafen zehn Kellner ein und begannen sofort unter Lottes wachsamem Auge mit der Arbeit. Die Musiker, insgesamt acht Mann, waren für halb zehn bestellt.

Punkt sechs schlüpfte ich in meine Tanzschuhe. Als die Turmuhr noch sieben schlug, machte ich mich auf den Weg hinauf zu Großmama, denn dort wollten wir uns alle treffen, fix und fertig gekleidet, gekämmt, geputzt, frisiert, manikürt – und zu jeder Schandtat bereit.

Ich nahm zwei Stufen auf einmal und blieb vor dem Spiegel in Großmamas kleinem Vorzimmer stehen, um zu verschnaufen. Kritisch musterte ich mich. Um ganz ehrlich zu sein: Ich hatte schon schlechter ausgesehen.

Mein Ballkleid war aus duftigem, zartgelbem Seidenchiffon; es war schulterfrei und betonte die Taille. Der Stoff war so leicht, daß man ihn kaum spürte. Ich drehte mich kurz und fühlte, wie die frischgewaschenen Locken auf meiner Haut tanzten. Ein herrliches Gefühl! Ich breitete die Arme aus und machte einen tiefen Knicks, da hörte ich Onkel Eduards laute Stimme aus dem Salon.

»*Was* war das?« drang es durch die Tür. »Kommt nicht in Frage! Nein, nein, daraus wird nichts, hört ihr? *So* schnell geht das nicht.«

Neugierig trat ich ein. Meine Mutter saß in einem roten, schulterfreien Seidenkleid auf dem Sofa neben Großmama, die in ihrer weißen Robe mit Smaragdcollier und ebensolchen Ohrringen wahrhaft fürstlich wirkte. Onkel Eduard, sehr elegant im Frack, mit weißer Rose im Knopfloch, stand am Fenster. Alle drei tranken Champagner.

»Ah, da ist sie ja«, rief Anna Louisa. »Das Kleid ist entzükkend. Ganz ähnlich geschnitten wie meines. Komm her, dreh dich um und laß dich von allen Seiten bewundern!«

»*Meine* Nichte!« stellte der Graf mit Genugtuung fest.

»Du meinst, *meine* Tochter.« Anna Louisa reichte mir ein Glas. »Annette, setz dich zu uns, wir haben gerade über deine Zukunft gesprochen.«

»In der Tat.« Onkel Eduard kam näher und blieb vor mir stehen. »Ich habe soeben erfahren, daß Walter heute versuchen wird, sich in die Familie einzuschleichen.«

»Blöde Formulierung«, brummte Großmama.

Onkel Eduard ignorierte die Bemerkung.

»Annette, weißt du etwas von der Sache?«

Ich nickte stumm.

»Aha!« Es klang gekränkt. »Immer dasselbe. Alle sind im Bilde, nur ich nicht. Aber daraus wird nichts, hörst du? Der Walter ist zu minder, der Leopold ist nur ein Baron, und das auch nur durch Zufall. Ich gebe dich einem Prinzen, sonst keinem.«

»Abgemacht!« rief meine Mutter. »Annette kommt mit mir in die Südsee, da gibt es Prinzen, soviel du willst. Jede Menge weiße und noch mehr schwarze. Ich wette, in einem Monat hat sie sich einen geangelt.«

»Ich habe eine viel bessere Idee«, meldete sich Großmama zu Wort. »Annette kommt im Herbst mit mir nach Frankreich und besucht die École du Louvre. Dort lernt sie ordentlich Restaurieren, und wenn sie fertig ist, hat sie einen Beruf. Der Kurs dauert sechs Monate. Was meinst du, Eduard?«

»Sechs Monate Ausland?« entrüstete sich der Graf. »Kommt nicht in Frage! Im Ausland war sie doch gerade. Restaurieren kann sie genausogut hier lernen. Ich kenne den Museumsdirektor in der Stadt. Den werde ich fragen, ob es Kurse gibt; für die Theorie, versteht sich. Die Praxis bringe ich ihr bei.«

Großmama trank ihr Glas leer. »Wie du willst. Aber was wirst du Walter sagen?«

»Keine Ahnung. Ich glaube, ich werde ihm aus dem Weg gehen. Aber jetzt etwas anderes. Ich verlange von euch, daß ihr mir heute abend keine Schande macht. Anna Louisa, kein Herumgeflirte mit dem Leopold! Annette, du hältst dich von Walter fern! Mama, dasselbe gilt für dich und deinen Aristide.« Er machte eine kleine Pause. »Was ihr zwei aufführt, wenn ihr alleine seid, ist eine andere Sache. Das will ich gar nicht wissen.«

»Keine Angst«, rief Großmama, »auch alleine benehmen wir uns standesgemäß. Wir sitzen einander stumm gegenüber, und ab und zu küßt er meine Hand. Apropos Hand, Annette, gib her dein Händchen! Der Familienrat hat beschlossen, daß du heute deinen Ring kriegst.«

Sie nahm das kleine schwarze Ledereutui vom Tisch, das ich schon kannte.

»Halt!« rief der Graf und nahm Großmama das Etui weg. »*Ich* werde das erledigen.«

Dann steckte er mir Aimés großen Brillanten mit den kleinen viereckigen Rubinen an den linken Ringfinger.

»So«, meinte er zufrieden, »jetzt brauchst du dich überhaupt nicht mehr zu verloben. Mit so einem schönen Ring kann kein Mann konkurrieren.« Dann sah er auf die Uhr und mahnte zum Aufbruch. »Annette, du bleibst hier und wartest auf die beiden Herrn. Wir gehen inzwischen hinunter und begrüßen die Gäste. Und merkt euch: kein Herumgeflirte, kein Händchenhalten! Anstand, Haltung, Würde.« Würdevoll schritt er zur Tür, und das Schicksal nahm seinen Lauf.

Der Rittersaal war zum Bersten voll. Fünfundneunzig Leute waren gekommen, die Herren im Frack, die Damen in duftigen, langen Abendkleidern. Man sah viel kostbaren, alten Familienschmuck. Ich wurde begrüßt wie die verlorene Tochter, denn die meisten Gäste hatte ich fünf Jahre nicht mehr gesehen. Leopold und Walter waren umwerfend elegant, Maria sehr hübsch in einem blauen Plisseekleid mit Perlenstickerei. Ihre Mutter, von Kopf bis Fuß in starre Thai-Seide gehüllt, wirkte steif und flach wie immer.

Der Engelbert erschien mit einer neuen Freundin, die sofort alle Blicke auf sich zog. Sie war mindestens doppelt so breit wie er, und das war eine Leistung. Um ihre Fülle zu verbergen, hatte sie sich in einen giftgrünen Kaftan gezwängt und den gewaltigen Busen unter einem Wasserfall von Barockperlen versteckt.

Die von Hohenfried, Herrnstein und Friedensburg wirkten

wie immer gleich, so als wären sie verwandt. Die Damen trugen Modelle von Azzaro, die Herren Hosen, die absichtlich *nicht* nach der neuesten Mode geschnitten waren.

Aperitifs wurden serviert, und Lotte schickte Kellner aus wie ein General die Soldaten.

Großmama hielt Hof wie eine Königin, flankiert von Aristide und Onkel Eduard. Ab und zu warf der Graf forschende Blicke in dunkle Ecken. Wo waren die Familienangehörigen? Benahmen sie sich auch standesgemäß?

Ich prostete ihm mit gutem Gewissen zu. Walter war nicht in meiner Nähe. Er stand mit dem Leopold bei Anna Louisa, und die drei steckten die Köpfe zusammen und lachten.

Olivier lehnte an einem offenen Fenster und trank Whisky. Ich näherte mich ihm im Gedränge. Gut sah er aus im Frack. Der blonde Schnurrbart war leicht gestutzt, das Haar keß gescheitelt, und in seinen Augen entdeckte ich das gewisse Glitzern, das nichts anderes hieß als: Ein Franzose kriegt *jede* Frau!

Welche Frau? dachte ich, aber da sah ich sie schon kommen.

Der giftgrüne Kaftan drängte sich entschlossen in Richtung Fenster und blieb schwer atmend neben meinem Vetter stehen.

»Heiß«, sagte dieser mitfühlend.

»Leider ja«, meinte die Freundin des Engelbert, und ihr gewaltiger Busen hob und senkte sich so stürmisch, daß die Perlenflut, die ihn bedeckte, leise klirrte.

Olivier starrte gebannt auf die Oberweite. Wo war der Prinz? Offensichtlich in einiger Entfernung. Ich sah mich um. Typisch! Engelbert bewunderte die Ritterrüstungen und die Waffen, die an der Wand darüber befestigt waren. Zwei eisenbeschlagene Lanzen aus dem Dreißigjährigen Krieg schienen ihn besonders zu faszinieren. Er war so vertieft in ihren Anblick, daß er die Freundin darüber völlig vergessen hatte.

Olivier holte tief Atem, blähte seinen Brustkorb auf und zog den Bauch ein. »Madame«, sagte er und zwang sich, die Augen zu heben, »darf ich Ihnen meinen Arm anwerfen?«

Die prinzliche Freundin verstand nicht gleich. »Pardon, *was* möchten Sie werfen?«

»Den Arm«, wiederholte Olivier. »Ich meine, anbiegen.« Die Verständigung klappte noch immer nicht, aber Olivier gab nicht auf. Er hielt ihr seinen Ellbogen hin und blickte ihr so tief in die Augen, daß ein Widerstand unmöglich war. Die Dame hängte sich ein und lachte gutmütig. »Sagen Sie, woher kommen Sie?«

»Ich bin französisch. Ich bin der Neffe des Grafen hier, und vielleicht einmal Burgbesitzer, wer weiß?« Er winkte einem Kellner. »Ich praktiziere mein Deutsch den ganzen Sommer. Sagen Sie, sind Sie in der Nähe?«

Der Kellner kam und unterbrach die Debatte. Olivier nahm zwei Gläser mit Whisky vom Tablett und reichte eines seiner Begleiterin mit einer tiefen Verbeugung.

»Auf der Liebe!« sagte er und nahm einen kräftigen Schluck.

»*Die* Liebe heißt das. Im Deutschen ist die Liebe weiblich.«

»Sie ist es in der Tat«, rief Olivier zärtlich und senkte seine Augen auf die wogenden Perlen. »Madame, Sie sind sehr begehrlich. Sie haben die Persönlichkeit getroffen. Kommen Sie, meine Teure, ich zeige Ihnen das Festgelage.« Und er steuerte gekonnt auf den großen Salon zu, der noch leer war.

Sie waren vielleicht fünf Minuten verschwunden, als sich der Engelbert umdrehte.

Kein Giftgrün am Fenster! Jetzt wurde es gefährlich.

Sofort verwandelte sich der Prinz im Frack in einen Jäger auf der Pirsch. Daß er Übung hatte, sah man sofort. Er stellte sich kurz auf die Zehen, spähte forsch in alle Richtungen und eilte dann, ohne eine Sekunde zu zögern, in den Salon.

Guter Spürsinn, dachte ich anerkennend und hörte auch gleich lautes Stimmengewirr durch die Flügeltür, die der Engelbert vorsichtshalber hinter sich zugemacht hatte. Jetzt zerbrach ein Glas. Ein kurzes Gezeter. Olivier rief laut: »Barbarisch!«, und schon erschien der Engelbert auf der Schwelle, die Freundin vor sich herschiebend, die Perlen ziemlich durcheinander, beide rot im Gesicht. Sie verschwanden sofort im Gewühl, während er ihr kurze, böse Sätze ins Ohr zischte.

Onkel Eduard drehte sich um. Trotz der vielen Leute war ihm aufgefallen, daß irgend etwas nicht stimmte. Hatte nicht im großen Salon ein Glas geklirrt? Er entschuldigte sich kurz bei Großmama und ging, um nachzusehen. Ich folgte ihm, und da die Tür nur angelehnt war, wurde ich Zeuge einer ordentlichen Strafpredigt.

»Und keinen Tropfen Whisky mehr«, schloß der Graf, »verstanden? Und laß die Finger von der Person. Der Engelbert war Landesmeister im Ringkampf! Zeig her! Hat er dir etwas gebrochen?«

Mein Vetter saß zerknirscht auf dem Podium, das für die Musiker aufgebaut worden war. Onkel Eduard beugte sich über ihn und bürstete eine weiße Puderschicht von Oliviers Frack. Dann entfernte er noch etwas rote Farbe von seinem Kinn und trat einen Schritt zurück.

»So. Alle Spuren getilgt. Steh auf, und benimm dich! Und merk dir: Ich lasse dich den ganzen Abend nicht mehr aus den Augen.«

Das Diner wurde ein voller Erfolg.

Gespeist wurde an neun kleinen Tischen, die mit unserem schönsten Limoges-Porzellan gedeckt waren. Zuerst gab es Spargel mit Sauce Tartare und frischgebackenem Weißbrot. Dann einen gekühlten Gazpacho Andaluz und geräucherte Forellen auf Blattspinat. Als Zwischengang wurde Zitronensorbet serviert, und dann folgte eine kleine, ziemlich lustige Pause.

Champagner wurde ausgeschenkt, und alle tranken auf Großmamas Wohl. Onkel Eduard und Leopold hielten kurze

Reden, und am Schluß wurde die widerstrebende Lotte hereingeführt und ordentlich beklatscht. Die Köchin wirkte in ihrem weißen Salondirndl, das bis zum Boden reichte, noch rundlicher, aber dafür hatte sie noch nie so appetitlich ausgesehen. Sie wurde sehr rot, verneigte sich zweimal und verschwand, so schnell sie konnte, um den zweiten Teil des Essens zu überwachen.

Zarter Lammrücken wurde aufgetragen, das Fleisch innen noch rosa, dazu gab es kleine gebratene Tomaten sowie Sellerie- und Karottenpüree. Es folgten grüner Salat mit Nußöl und Apfelessig, eine große Käseplatte und zum Schluß eine hervorragende gekühlte Weichselcreme.

Aber der große Moment, auf den wir schon mit Spannung gewartet hatten, kam kurz vor dem Kaffee.

Sämtliche Lichter wurden gelöscht, und als es aufregend dunkel war, wurde die Geburtstagstorte auf einem niedrigen Tischchen hereingerollt.

»Bravo!« riefen alle Gäste gleichzeitig und applaudierten spontan. »Das ist einmalig.«

Die Torte war auf den Millimeter so hoch wie Großmama. Sie bestand aus acht Stufen, für jedes Jahrzehnt ihres Lebens eine. Jede Stufe war mit zehn brennenden Kerzen und naturgetreu nachgebildeten Blumen aus Marzipan und Karamel dekoriert.

Ganz unten waren dunkelrote Rosen, darüber hellrote Gladiolen, gefolgt von rosa Hibiskus, violetten Primeln, dunkelblauen Glockenblumen, hellblauen Vergißmeinnicht, zartgelben Orchideen, und ganz oben, als Krönung, prangten schneeweiße Lilien. Die Blumen dufteten, als wären sie frisch gepflückt. Lotte hatte sie nämlich mit Blütenessenz betupft. Für die unterste Stufe hatte sie sogar echtes bulgarisches Rosenöl verwendet.

»*Sehr* beträchtlich«, rief Olivier, der neben mir saß, »aber ich kann keinen Bissen, ich habe zuviel gespeist.« Trotzdem ließ er sich ein großes Stück auf den Teller legen.

»Ich kann noch«, sagte ich und kostete. »Wunderbar! Nuß. Sehr zu empfehlen!« Ich hatte kein Fleisch gegessen und die Vorspeisen nur gekostet. Deshalb fühlte ich mich leicht und vergnügt und tanzbereit. Ich freute mich auf den Ball.

Während die Kellner Kaffee einschenkten, waren die Musiker eingetroffen. Man hörte, wie sie im großen Salon die Instrumente stimmten: Klavier, Kontrabaß, Geigen, Klarinette. Aufregend klang das.

»Onkel Eduard«, ich beugte mich vor, »darf ich wenigstens einmal mit Walter tanzen?«

Der Graf, in bester Champagnerlaune, nickte huldvoll. »Aber nicht zu lange«, warnte er mich sicherheitshalber, »und vergiß nicht, ich behalte dich im Auge.«

Die Kapelle spielte den ersten Walzer – und ich tanzte drei Stunden lang nur mit Walter. Die strafenden Blicke in meinem Rücken waren mir egal, aber als wir erhitzt und leicht schwindlig an ein offenes Fenster traten und Walter locker seinen Arm um mich legte, wurde mir doch unheimlich.

»Vorsicht«, sagte ich, »der Graf liegt auf der Lauer. Er hat drei Tassen echten Bohnenkaffee getrunken, da ist er gefährlich.«

Walter war nicht im mindesten beeindruckt. Er küßte mich ungeniert auf den Mund, brach von einem Blumenstrauß neben dem Musikpodium eine gelbe Rose ab und steckte sie an. »Dieselbe Farbe wie dein Kleid«, sagte er kämpferisch. »Jetzt ist klar, daß wir zusammengehören.« Ich wartete auf ein gräfliches Donnerwetter, aber da keines kam, nahm ich Walter bei der Hand, und wir stiegen hinunter in den großen Burghof.

Die Nacht war warm, verführerisch und nur von bunten Lampions erleuchtet. Mehrere Tische und Stühle standen unter den Kastanien, und der Kellner, der hier unten Dienst hatte, kam sofort und fragte nach unseren Wünschen.

»Ich will gar nichts«, sagte ich und setzte mich. Walter bat um einen Cognac und rückte seinen Stuhl ganz nahe heran. Aus den hellerleuchteten Fenstern des großen Salons drang Musik zu uns herunter, und man sah die Schatten der Tänzer. Die Musiker spielten »Lady be good« und dann »The Man I love«. Ich machte die Augen zu. Als ich sie wieder aufmachte, hatten sich Großmama und Aristide zu uns gesetzt.

Walter schien nur darauf gewartet zu haben. »Wißt ihr was«, sagte er entschlossen und stand auf, »ich gehe jetzt hinauf und werde beim Grafen um Annettes Hand anhalten.«

»Jetzt gleich?« fragte Großmama überrascht.

Walter nickte.

»Wer weiß, wann der Gutsbesitzer zurückkommt. Ich will es endlich hinter mir haben.«

»Also gut, wir halten dir die Daumen.« Großmama kuschelte sich an ihren Aristide und schloß die Augen.

Ich blieb mit Herzklopfen sitzen und wartete.

Zehn Minuten vergingen, eine Viertelstunde, und Walter kam nicht. Zwanzig Minuten, eine halbe Stunde: nichts.

»Großmama«, sagte ich endlich, »das dauert aber lange. Sollen wir nicht hinaufgehen und etwas nachhelfen?«

Großmama kam nicht zum Antworten. Eine männliche Gestalt stürzte in höchster Eile aus dem kleinen Burghof und lief mit flatternden Rockschößen auf uns zu. Walter war es nicht, das sah ich gleich. Als die Gestalt näher kam, merkte ich, daß es Olivier war, völlig außer Atem, die Haare wirr in der Stirn. O Gott, dachte ich, der Engelbert ist hinter ihm her! Aber das war nicht der Fall.

Olivier stolperte über ein Tischbein und brach fast vor uns zusammen. »Liebste Gräfin«, keuchte er, nach Luft ringend, »*sofort* hinauf in den Riesensaal! Die Tragödie! Entsetzlich!«

»Welche Tragödie?« rief Großmama besorgt und setzte sich kerzengerade auf.

»Das Duell! In dem Mittelalter! Der Ritter kommt, schnell der Graf den Wurfspeer, alle zwei sofort dahingestochen, ohne Unterlaß!«

»Um Gottes willen!« rief Großmama. »Olivier, *wer* hat dahingestochen?«

»Der Wurfspeer, nein, der Ritter!« rief mein Cousin in höchster Aufregung. »Der große! Wie heißt? Aus dem Adelshäusel!«

»Jetzt dreht er durch«, stellte Großmama fest. »Olivier, weißt du noch, was du sagst?«

»Natürlich!« schrie ich in Panik. »Walter und Onkel Eduard duellieren sich!«

»Olivier, ist das wahr?«

»Ja, ja – nein, nein, ich flehe Sie!« Er begann an meinem Kleid zu zerren. »Sofort alle hinauf, das *Leben* ist über alle Berge.«

»Tot?« schrie Großmama entsetzt auf. »Also wirklich, das ist ein schöner Geburtstag! Aristide, nichts wie hinauf! Da, nimm mein Täschchen, ich muß meine Schleppe halten. Olivier, wo sind die Leichen?«

»Sie sind noch *nicht*«, stammelte mein Vetter. »Der Riesensaal ist voll davon. Jede Sekunde ist zu teuer.« Und er lief davon und wir ihm nach.

Daß sich im Rittersaal Ungewohntes abspielte, hörten wir schon im Treppenhaus. Seltsame Geräusche kamen uns entgegen, und als wir durch die große Flügeltür stürzten, war uns alles klar.

Leichen sahen wir zwar keine, dafür aber Onkel Eduard und den Leopold, die mitten im Saal auf dem großen, polierten Eichentisch wie zwei Fechter einander gegenüberstanden. Beide waren ohne Jacke. Hosenträger voll im Blickfeld, Haare im Gesicht, Köpfe krebsrot, jeder hielt eine schwere eisenbeschlagene Lanze in der Hand und versuchte aus Leibeskräften, den anderen damit vom Tisch zu stoßen.

Eine große Anzahl von Gästen stand rundherum, alle eifrig bemüht, die beiden Kampfhähne durch gutes Zureden zu trennen. In die Nähe wagte sich niemand, da die beiden dann wild nach allen Seiten aushieben. Nur Walter hatte die Front durchbrochen. Er stand hinter seinem Vater, hielt ihn fest an beiden Beinen gepackt und versuchte, ihn aus dem Gleichgewicht zu bringen.

»Helft mir!« rief er, als er uns kommen sah. »Die beiden wollen sich erschlagen.«

»Wegen uns?« schrie ich entsetzt.

»Aber nein«, keuchte Walter. »Wegen dem Gutshof. Der, der zuerst vom Tisch fällt, verzichtet. Vater, gib nach! Wir sind nicht mehr im Mittelalter.« Dann krümmte er sich, denn der Leopold hatte ihm einen kräftigen Tritt gegen die Brust versetzt.

»Der Edi macht mich wahnsinnig«, brüllte der Herr von Lockenstein und stach mit der Lanze in die Luft.

Onkel Eduard, keineswegs verlegen, versuchte einen Ausfall und hätte beinahe einen Treffer gelandet. Leopold parierte im letzten Moment, die Lanzen verkeilten sich, und unter heftigem Geschnaufe schoben sie einander hin und her, ohne daß es einem gelang, den anderen auf den Boden zu befördern. Plötzlich aber spitzte sich die Lage dramatisch zu.

Der Engelbert, der bisher interessiert zugesehen hatte, beschloß auf einmal, einzugreifen. Er sprang zum Tisch und versuchte, die Lanzen zu erwischen.

»Verschwinde!« tobte der Graf, und die beiden Burgherrn hieben wild um sich. Unvorsichtigerweise blickten sie dabei nach unten auf den Engelbert, und im nächsten Moment verfingen sich die beiden Lanzen in dem schweren Kronleuchter, der über dem Tisch hing.

»Vorsicht!« brüllte der Engelbert, aber der Leopold zog schon am Schaft.

Ein allgemeiner Aufschrei, der Lüster begann gefährlich zu schwanken und krachte dann mit viel Getöse und Geklirr herunter. Der Tisch war sofort leergefegt, Kristalltropfen flogen durch die Luft und prasselten zu Boden, die Gäste stoben kreischend zurück, und dann ging das Licht aus.

Im großen Salon brach die Musik ab. Einen Moment war Totenstille, dann eilten die Tänzer aufgeregt herbei. Sämtliche Flügeltüren wurden aufgerissen, und aus dem Korridor und dem Salon fiel Licht herein. Der Rittersaal besaß zum Glück einen eigenen Stromkreis, sonst wäre die ganze Etage in Finsternis getaucht worden.

»Ein Kurzschluß«, rief Lotte in das Stimmengewirr, »darf ich die Herrschaften in den Salon bitten? Es ist nichts passiert. Nur ein Kurzschluß. Er wird sofort repariert.«

»Eduard«, rief Großmama und warf einen Blick auf den zerbeulten Lüster, der auf dem Tisch lag. »Hast du dir weh getan?«

»Natürlich nicht!« Der Graf stand im Halbdunkel und fuhr sich verwirrt durch seinen weißen Haarschopf.

Großmama hob seinen Frack auf. »Da, zieh ihn an, und dank dem Schicksal, daß du noch lebst!«

»Der Edi ist zuerst gesprungen«, frohlockte der Leopold, der in Hemdsärmeln, Walter an seiner Seite, auf uns zukam. »Ich hab' es genau gesehen. Edi, du verzichtest auf den Gutshof.«

Sofort war der Graf wieder in Rage. »Halt den Mund, sonst erwürge ich dich!«

»An meinem Geburtstag wird nicht gemordet«, befahl Großmama. »Gebt euch die Hand und versöhnt euch!«

»Was?« tobte der Graf und warf den Frack wieder zu Boden. »*Ich* soll mich versöhnen? Nur über meine Leiche. Der Leopold will die Fischerei verkaufen und mein letztes Angebot um *fünfzehn* Prozent erhöhen. Das bringt mich zur Weißglut.«

»Mich auch«, ertönte plötzlich eine bekannte Stimme, und gegen das helle Licht de Salontür hob sich eine Männergestalt ab, die direkt auf uns zu schritt. »Mich bringt es auch zur Weißglut, aber nur, weil ich das Angebot nicht akzeptieren kann.«

»Also, so was!« entfuhr es dem Grafen.

Es war der Gutsbesitzer.

»Herr Kornbinder«, rief Großmama überrascht, »willkommen in der Heimat! Wir haben Sie schon mit Sehnsucht erwartet.«

»Alles Gute zum Geburtstag, Frau Gräfin! Ein rauschendes Fest, wie man sieht. Sogar mit Turnier und allem, was dazugehört.«

»Wie man's nimmt«, Großmama gab Onkel Eduard ein Zeichen, seinen Frack endlich anzuziehen. »Die Überraschung mit dem Lüster war jedenfalls nicht eingeplant.«

»Ich bin vor einer halben Stunde angekommen. Meine Frau hat mich sofort zu Ihnen geschickt. Hier bin ich, ganz zu Ihrer Verfügung.«

»Kornbinder«, sagte Onkel Eduard streng und knöpfte seinen Frack zu, »was heißt das, daß Sie das Angebot nicht annehmen? Wollen Sie noch mehr aus uns herauspressen? Ich warne Sie, alles hat seine Grenzen!«

»O nein«, rief der Leopold und drängte sich zwischen die beiden. »*Ich* biete mehr. Kornbinder, wir werden uns schon einigen.«

Der Gutsbesitzer seufzte. »Das glaube ich kaum, Herr Baron. *Ich verkaufe nicht.*«

»Was?« riefen alle Anwesenden gleichzeitig und starrten den Gutsbesitzer an.

»Kanada gefällt mir nicht«, sagte Herr Kornbinder einfach und setzte sich.

»Da schmeißt sich doch der Fisch ins Fett!« rief der Leopold fassungslos. »Himmelherrgott, Kornbinder, ist das Ihr Ernst?«

Kornbinder nickte.

Onkel Eduard setzte sich ebenfalls. »Und *wir* bringen uns fast um für einen Gutshof, der nicht zu haben ist.«

»Champagner!« befahl Großmama. »Kinder, wir brauchen was zu trinken. Also, mein Lieber, jetzt erzählen Sie! Wie sind Sie zu dem Entschluß gekommen?«

»Das war ziemlich einfach, Frau Gräfin. Gleich am ersten Tag in Kanada habe ich derart Heimweh bekommen, daß ich gewußt habe, das geht nicht gut. Mein Bruder hat keinen Geschmack. Die Farm ist zwar riesig, aber auf dem ganzen Grund ist kein einziger Baum. Das Haus ist ein besserer Wohnwagen, und die Gegend ist trostlos. Flach wie ein Brett, so weit das Auge reicht, und kein Mensch weit und breit.«

»Flach wie ein Brett?« fragte Großmama interessiert. »Das ist ja ganz neu. Auf den kanadischen Reisebüroplakaten sieht man immer Berge und herrliche Wälder.«

»Die Reisebüros machen keine Fotos in Manitoba«, meinte Herr Kornbinder trocken. »Das habe ich am eigenen Leib erfahren. Manitoba wird einem verschwiegen.«

»Und die Anzahlung?« wollte Onkel Eduard wissen. »Sie haben doch die Farm schon anbezahlt, oder?«

»Die verfällt.«

»Aha«, meinte Großmama, »und was sagt Ihre Frau zu dem Ganzen?«

»Die ist selig. Sie hat sowieso immer hierbleiben wollen.«

»Also bleibt alles beim alten?«

»Alles beim alten«, bestätigte Kornbinder. »Jetzt weiß ich erst, wie schön es bei uns ist. Der Wald, die Weinberge, der Blick auf Ihre schöne Burg! Lebend kriegt mich keiner mehr von hier weg.«

»Wunderbar!« Onkel Eduard starrte triumphierend auf den Lockensteiner. »Mir ist das *sehr* recht. Ich habe mich schon so an Ihre gute Milch gewöhnt, von den Eiern und der Butter ganz zu schweigen, daß mir eine Umstellung wirklich schwer gefallen wäre. Außerdem sind Sie uns ein lieber Nachbar, Kornbinder. Gratuliere zu Ihrem Entschluß!«

Der Gutsbesitzer stand auf. »Ich bin zehn Stunden im Flugzeug gesessen. Ich muß nach Hause.«

»Ich begleite Sie.«

»Nicht nötig. Aber wenn Sie gestatten, komme ich morgen abend kurz vorbei. Meine Frau hat mir den Zeitungsartikel über den ungarischen Kronschatz gezeigt. Herzlichen Glückwunsch, Herr Graf! Kann man das Gold sehen?«

»Jederzeit! Kommen Sie morgen um fünf mit Ihrer Frau

zum Tee, dann führe ich Sie zur Schatztruhe. Ja, ja, wir waren fleißig, während Sie in Kanada waren.«

»Walter«, sagte Großmama und hängte sich bei ihm ein, »komm, wir müssen was besprechen!« Und als sie außer Hörweite waren: »Was hat mein Sohn zur Verlobung gesagt?«

»Nichts. Ich habe ihn noch gar nicht gefragt. Als ich heraufgekommen bin, haben die beiden schon gestritten.«

»Dann werde *ich* das jetzt für dich erledigen.«

Das Fest dauerte bis drei Uhr früh.

Als die letzten Gäste gegangen und alle Lichter gelöscht waren, versammelten sich die Burgbewohner oben auf dem Wehrgang. Die Nacht war noch immer warm, und da Neumond war, strahlten die Sterne noch heller als sonst. Der Himmel wölbte sich prachtvoll über uns. Es war, als habe ein wohlwollender Zauberer einen Glitzerschleier über die Burg geworfen.

»Voilà«, rief Großmama und zeigte hinauf. »Schon wieder eine Sternschnuppe. Annette, das ist die vierte. Das bringt Glück für deine Verlobung.«

»Verlobung?« fragte Olivier überrascht. »Wer ist davon betroffen?«

»Annette verlobt sich mit Walter«, erklärte Anna Louisa.

»Hm!« brummte Onkel Eduard, ohne sich näher zu äußern.

»Aber zuerst heirate *ich*«, ließ Olivier wissen. »*Ich* heirate meine Rose im Februar, und ihr kommt alle nach Antibes, und wir feiern das große Getümmel.«

»Natürlich!« Der Graf hatte seine Stimme wiedergefunden. »Von einer Hochzeit kann noch gar keine Rede sein. Annette lernt zuerst einmal ordentlich Restaurieren, und ich bringe ihr bei, wie man bei Kunstauktionen etwas günstig ersteigert. Dann werden wir sehen, wie weit sie mit den Bauernmöbeln kommt. Das Geld für die Korallen ist auch noch da. Wenn alles gutgeht, kann sie damit in den Kunsthandel einsteigen.«

»Aha«, sagte Olivier zufrieden, »und dann?«

»Dann wird sie heiraten und ein paar süße kleine Kinder

kriegen. Unter die Kastanien kommt wieder die Schaukel hin, genau wie früher, und mein altes Kinderzimmer wird hergerichtet. Erinnerst du dich noch an die Schaukel, Annette?«

»Natürlich. Du bist fast so oft draufgesessen wie ich.«

»Stimmt«, meinte Onkel Eduard sehr vergnügt, »eine Schaukel gehört dazu. Und dann nehmen wir ein nettes Kinderfräulein . . .«

»Ein französisches«, unterbrach ihn Großmama.

»Ein englisches natürlich, damit die Kleinen nicht dieselben Haltungsschäden wie Olivier kriegen.«

»Wie bitte?« rief mein Vetter alarmiert. »Meine Haltung ist . . .«

»Aber ja«, beruhigte ihn der Graf, »sie hat sich sehr gebessert, wenn man von der heutigen Entgleisung absieht. Jedenfalls nehmen wir eine Engländerin, die kann ihnen ›Alice im Wunderland‹ im Original vorlesen. Das nenne ich eine gute Kinderstube.«

»Wenn du unbedingt willst.« Großmama gähnte. »Englisch ist eine hübsche Sprache.«

»Und eine leichte«, bekräftigte Onkel Eduard, »besonders für Kakadus. Ich habe große Hoffnungen, daß Hühnchen endlich reden lernt, wenn auf der Burg ordentlich Englisch gesprochen wird.«

»Schon wieder eine Sternschnuppe!« rief Anna Louisa, »Eduard, was tust du, wenn Walter auf Lockenstein wohnen will?«

»Lockenstein? Kommt nicht in Frage. Lockenstein hat nur einen einzigen Turm, und der ist windschief.«

»Aber wo! Der Turm ist in Ordnung, nur das Dach muß erneuert werden.«

»Turm?« rief der Graf plötzlich und sah gebannt nach rechts.

»Was ist?« Großmama erschrak. »Ist dir ein Geist erschienen?«

Onkel Eduard schlug plötzlich mit beiden Händen auf seine Schenkel, daß es klatschte. »Ich hab's!« rief er begeistert. »Jetzt ist mir das Licht aufgegangen. Der Schatz ist im *eckigen* Turm!«

»Wie?« Olivier war Feuer und Flamme. »Sie verdächtigen *noch* eine Schatzsuche?«

»O nein!« rief Großmama sofort. »Das tut er nicht. Wenn es hier bald eine große Hochzeit geben soll, dann hat er andere Probleme.«

»Liebste Gräfin«, sagte Olivier aufgeregt, »eine Hochzeit mit *einem* Schatz ist sehr fröhlich, aber mit *zwei* ist sie darüber. Wenn Sie erlauben, teuerster Onkel, dann bleibe ich länger auf Kronegg und gehe Ihnen auf die Hand.«

»Noch eine Sternschnuppe!« rief Anna Louisa. »Damit ich nicht vergesse, die Hochzeitsreise wird in die Südsee gemacht!«

»Wißt ihr was?« Der Graf stand auf. »Das besprechen wir alles morgen. Annette, wie heißt der Morgenstern?«

»Venus.«

»Und wann fallen die meisten Sternschnuppen?«

»Um den 10. August herum. Aber heute fallen sie auch schon wie wild.«

»Und wie heißen sie, mein Kind?«

»Perseiden, mit der Betonung auf dem I.«

»Fabelhaft! Antreten zum Abendkuß!«

»So«, meinte er dann erleichtert, »*das* war ein Tag! Morgen lasse ich den Kronleuchter richten, und dann kommen die Lockensteiner zum Essen. Aus irgendeinem Grund wollen sie meine Nichte unbedingt in der Familie haben. Na ja, es gibt Schlechteres. Lieber ein Baron auf der Burg als ein Prinz auf dem Dach. Hab' ich recht?«

Und er blinzelte mir zu.

Band 16143

Ute Rabeneck
Barbara Wilde

Vergiß ihn doch!

Die Fotografin Hannah, ein rothaariges Temperamentsbündel, die ihren Männerfrust immer mit Käsekuchen bekämpft, und die möchte-gern-coole Drehbuchautorin Christine, die ihren Kater Henry Miller liebt, verstehen sich auf Anhieb. Beide Frauen, 35, Single und lebenslustig, lernen sich auf einer Zugfahrt kennen und stellen fest, daß sie (nicht nur) eines gemeinsam haben: auf der Suche nach dem Märchenprinzen erleben sie einen Flop nach dem anderen. Selbstironisch und herzerfrischend offen lassen sie die traurig-komischen Helden ihrer Affären Revue passieren…

»Ein amüsanter Querschnitt der modernen Männer und ihrer Macken«
FREUNDIN

BASTEI LÜBBE